FORGOTTEN GIRLS

포가튼 걸

The Forgotten Girls

FORGOTTEN GIRLS

포가튼 걸

사라 브리달 장편소설 | **박미경** 옮김

BOOK PLAZA

<〈포가튼 걸〉에 쏟아진 평단의 찬사!

브리달은 내가 만난 최고의 소설가다.

마이클 코넬리

사라 브리달은 뛰어난 범죄소설 작가이다. 전 세계 어느 독자라도 그녀의 탄탄한 스토리에 빠져들지 않을 수 없다.

카린 슬러터

으스스한 이야기, 긴박한 전개, 견고한 인물 구성…. 단연 압권이다!

퍼블리셔스 위클리

이 책은 범죄소설에서 독보적 위치를 점한 저자의 입지를 더욱 굳건히 다져줄 것이다. 브리달은 수시로 단서를 제시해 독자의 추리를 유도하지만 새로운 단서가 나올 때마다 또 다른 가능성이 열린다. 각 단서가 어떻게 연결되는지 궁금해 책을 내려놓을 수 없다. 장애인 치료 시설에서 실제 있었던 사건을 바탕으로 각색된 이야기는 끔찍하면서도 너무나 생생하다.

로맨틱 타임스 서평 잡지, 최우수

덴마크 범죄소설의 여왕이 내놓은 또 다른 야심작! 끈질긴 형사와 암울한 미스터리가 등장하는 스칸디나비아 범죄소설의 특징을 보여준다. 브리달은 독자가 외면하고 싶은 장면에서 눈을 돌리고 싶어도 계속 읽게 하는 놀라운 재주가 있다.

라이브러리 저널

〈The Forgotten Girls〉에는 독자의 눈을 사로잡는 요소가 다 들어 있다. 현재와 과거가 교차되는 끔찍한 사건들이 도처에 깔려 있다. 단서를 추적하다 보면 미스터리가 하나씩 풀리며 독자의 허를 찌른다. 일단 펼쳐 들면 끝까지 손을 뗄 수 없다."

북 리포터

〈The Forgotten Girls〉는 사회적으로 대단히 흥미로운 주제를 긴장감 있게 그려냈다. 북유럽 감성을 극적으로 드러냈다.

북페이지

〈The Forgotten Girls〉는 끔찍한 범죄 사건을 사실적으로 묘사해 독자의 눈길을 사로잡는다. 이 분야 최고의 소설이다.

워싱턴 포스트

〈The Forgotten Girls〉는 덴마크를 배경으로 긴장감과 극적인 사건이 가득한 범죄소설이다. 사실적인 이야기와 빠른 전개로 독자의 시선을 사로잡는다.

FreshFiction.com

사라 브리달의 간담이 서늘한 이야기에 빠져들면 헤어날 수 없다. 영리하면서도 예민한 주인공 루이세 형사에게 마음을 빼앗길 것이다.

산드라 브라운

〈The Forgotten Girls〉를 제대로 감상하려면 세 번은 읽어야 한다! 처음엔 충격을 받고, 두 번짼 울분을 터뜨리고, 세 번짼 연민을 느낄 것이다.

역자

촘촘한 짜임새가 단연 압권이다!

커커스 리뷰

이 책은 허구에 바탕을 두고 있습니다. 이름과 등장인물, 장소와 사건은 어디까지나 상상의 산물입니다. 실제 사건이나 장소, 생존 인물이나 돌아가신 분과 유사한 점이 있더라도 우연의 일치일 뿐입니다.

Sara Blaedel

The Forgotten Girls

사랑하는 엄마

보고 싶어요

그들이 날 얼마나 학대했는지 아세요

벨트와 장갑으로 침대에 꽁꽁 묶어

꼼짝 못하게 했어요.

사랑하는 엄마

보고 싶어요.

솔버그스 보그, 솔보그 루스 크리스텐센

일러두기

1. 본문에서 글자체가 다른 부분은 화자의 독백 또는 저자가 강조한 단어를 의미합니다.
2. 본문 속의 주석은 모두 역자 주입니다.

목　　차　　　　포가튼 걸

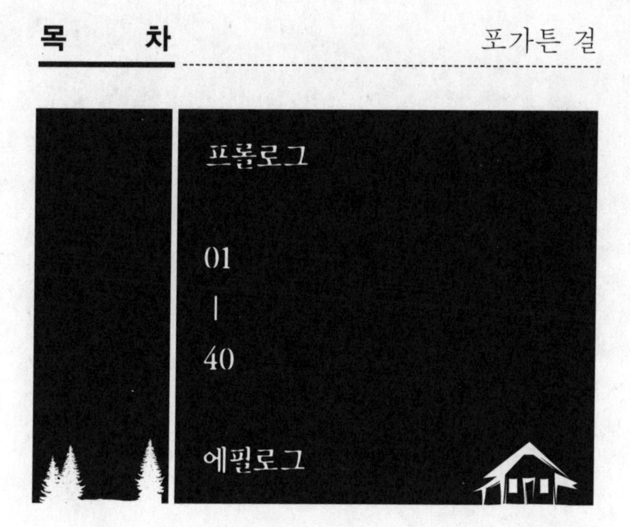

프롤로그

고네가 올 거야, 고네가 올 거야!

숲 바닥에 흩어진 돌멩이에 발이 걸리고 나뭇가지에 정강이가 긁히는 와중에도 이 말이 귓전을 맴돌았다. 극도의 두려움으로 심장이 오그라들고 머리가 터질 것 같았다.

그녀는 유일하게 보이는 불빛을 향해 나아갔다. 어둠에서 벗어날 출구처럼 하얀 불빛이 그녀를 숲 속으로 자꾸만 끌어당겼다. 혼란과 두려움 속에서 가쁜 숨을 몰아쉬며 나무들 사이로 비틀비틀 걸어갔다.

어둠이 두려웠다. 목구멍에 주먹만 한 덩어리가 걸린 것처럼 숨이 턱 막혔다. 어린 시절 그녀는 얼른 불을 끄고 자지 않으면 고네가 와서 잡아갈 거라는 말을 들었다. 그때부터 어둠이 깔리면 늘 불안하고 두려웠다.

고네, 고네, 고네-

이 말이 귓전에서 빙빙 돌았다. 이젠 너무 지쳐서 뺨을 스치는 나뭇가지를 피할 기운도 없었다.

잠시 걸음을 멈추고 숨을 골랐다. 우뚝우뚝 솟은 나무들 때문에 한 치 앞도 분간할 수 없었다. 다리가 후들거리고 자신의 울음소리에 놀라 심장이 멎을 것 같았다. 하지만 곧 멀리 보이는 불빛에 시선을 고정한 채 다시 걸음을 옮겼다. 눈을 껌뻑이지도 않고 불빛을 노려봤더니 눈이 시큰거렸다.

어쩌다 길을 잃게 됐는지 그녀도 몰랐다. 문이 약간 열려 있었다. 그녀가 문가에 서 있는 걸 그들은 눈치채지 못했다. 따사로운 햇살에 취해 엉겁결에 밖으로 나왔다. 그게 벌써 몇 시간 전이다. 지금은 상황이 완전히 바뀌어 사방이 컴컴하고 으슬으슬 추웠다.

아까는 무작정 돌아다니다 어느 순간 배가 고파서 털썩 주저앉아 버렸다. 단편적으로 떠오르는 장면들 때문에 머리가 지끈거렸다. 하늘엔 어느새 땅거미가 깔렸다. 얼마 동안 앉아 있었는지도 모른 채 자리에서 일어났다. 그녀는 일상에서 벗어나는 것에 익숙하지 않았다. 혼자 있는 건 좋지 않았다.

하얀 불빛을 향해 속도를 높였다. 자력에 끌리는 쇠붙이처럼 불빛 쪽으로 점점 더 빨려갔다. 아픔과 소리는 모두 차단했다. 그런 감각을 차단하는 기술은 오래 전에 익혔다. 하지만 두려움은 감당할 수 없었다. 아무리 애써도 두려움에는 익숙해지지 않았다. 어둠에서 도망쳐야 했다. 안 그러면 고네가 와서 잡아갈 것이다.

거리가 점점 좁혀 들었다. 조금만 더 가면 불빛이 잡힐 것 같았다. 호수에 비친 달빛을 보자 심장 박동이 느려졌다. 걸음을 조금 늦추려는데 별안간 발밑의 땅이 사라졌다.

01 - 40

1

숲 속에서 여자의 시신이 발견되고 나흘이 지났다. 경찰은 아직 여자의 신원조차 파악하지 못했다. 수사를 진행할 사소한 단서조차 없었다.

월요일 아침 늦게 법의학부 건물 옆에 차를 세운 루이세의 어깨가 축 처졌다.

오전 10시에 부검이 시작됐다 하니 제법 진행됐을 것이다. 수색전담부 수장인 론하트 총경이 조금 전 사무실로 오더니, 루이세에게 법의학부로 건너가 에이크를 도와주라고 지시했다.

방금 법의학부에서 연락이 왔는데, 타살 여부를 확인코자 DNA 검사를 추가해야 하므로 부검 등급을 높이겠다고 했단다.

루이세는 지난주부터 특별수색팀의 책임자로 출근했다. 특별수색팀은 실종자 수색을 전담하도록 신설된 임시 부서였다. 덴마크에서 접수되는 실종신고는 매년 1,600건에서 1,700건에 달했다. 대부분 멀쩡하게 살아 돌아오지만 일부는 시신으로 발견되었다. 경찰청 분석에 따르면 미해결 실종 사건 다섯 건 중 하나는 범죄에 연루됐다고 한다. 이러한 미해결 실종 사건이 특별수색팀에 배정되었다.

루이세는 차에서 내려 문을 잠갔다.

루이세로서는 어차피 에이크란 작자가 부검실에 가 있을 텐데 왜 자기까지 가야 하는지 이해할 수 없었다. 에이크라는 친구는 그동안 한 달째 휴가 중이라 특별수색팀 팀원 중에서 유일하게 루이세가 아직 만나보지 못했다.

루이세는 금요일 오후 내내 실종자 목록을 뒤졌다. 하지만 숲속에서 발견된 여자의 인상착의와 일치하는 사람을 찾지 못했다. 론하트 총경은 루이세도 같이 부검을 참관하는 편이 좋겠다고 생각했거나, 아니면 루이세가 강력부 출신이라 특별수색팀의 다른 팀원들보다 부검에 더 빠삭할 거라고 생각했나 보다. 사실 루이세의 부서 이동은 예상 밖의 행보였다. 직위가 강등되는 것 같아 내키지 않았지만 어쩔 수 없는 선택이었다. 이왕 옮겼으니 어떻게든 적응할 생각이지만 아직까진 특별수색팀 생활이 탐탁지 않았다.

일주일 동안 낯선 업무로 헤맸는데, 오늘은 익히 아는 일을 맡게 돼 속이 편했다. 새로운 업무를 시작했을 땐 자기가 사람들 이름을 까먹고 복사기 위치를 몰라 애먹을 거라곤 생각지도 못했다. 지난주는 '쥐구멍'을 정리하느라 정신이 없었다. 쥐구멍. 참 엿 같은 이름이었다. 복도 끝에 비워 뒀던 사무실을 동료들이 우스개로 부르는 명칭이었다. 루이세는 슬슬 짜증이 났다. '쥐구멍'이라고 불리는 사무실은 두 사람이 간신히 사용할 만큼 옹색했고, 바로 아래층이 구내식당의 주방이라 음식 냄새가 올라왔다. 원래 쥐가 출몰했던 사무실인데, 지난봄에 해충 방제를 실시해 쥐떼를 몰아냈다. 그 뒤론 줄곧 비어 있었다. 론하트 총경은 방제 이후에는 쥐가 한 마리도 나오지 않았다며 그녀를 안심시켰다.

총경은 새 의자와 게시판을 구입하는 등 '쥐구멍'에 사무실 구색을 갖춰주려고 꽤 신경 썼다. 퀴퀴한 사무실에 생기를 불어넣겠다고 자신이 개인적으로 좋아하는 난초 화분까지 들여 놨다. 루이세는 그런 건 아무래도 좋았다. 부서를 맡기로 결심한 결정적 이유는 총경의 열정 때문이었다. 론하트 총경은 이 임시 부서를 어엿한 상설 부서로 키우겠다고 의욕이 넘쳤다. 실종자 수색을 전담하는 특별수색팀의 필요성을 입증하는 데 주어진 시간은 앞으로 1년이다. 그때까지 제대로 자리 잡지 못한다면 루이세는 경찰을 관두고 나가서 탐정 사무소를 차려야 할지도 몰랐다.

"팀원은 자네 마음에 드는 사람으로 결정하게."

총경이 특별수색팀을 이끌어 보라고 루이세에게 권하면서 선심 쓰듯 한 말이었다.

그 뒤로 루이세는 이 사람 저 사람을 저울질하며 계속 고민했다. 결국 예전에 함께 일했던 사람들 중에서 최종 후보를 몇 명 추렸다. 경험과 능력이 최우선 고려사항이었다.

첫 번째 후보는 특수 기동대 소속 소렌이었다. 소렌은 전국 각지에서 근무한 경험 덕분에 인맥이 굉장히 넓었다. 하지만 현재 업무에 만족하고 있어서 부서를 옮기겠다고 선뜻 나서줄지 확신이 없었다. 게다가 론하트 총경이 소렌의 현재 급여 수준을 그대로 보장해줄지도 의문이었다.

다음 후보는 재산범죄 전담부 소속 세이르였다. 세이르는 사고가 유연한 사람이었다. 하지만 알비노 환자라 햇빛에 민감해서 같이 일하려면 노상 커튼을 치고 살아야 할 것 같았다.

마지막 후보는 강력부에서 최근까지 파트너로 일한 요르겐슨이었다. 두 사람은 눈빛만 봐도 속내를 알 만큼 친해서 일하기가 참 편했다. 이쪽 업무가 그의 성격에도 맞을 것 같았다. 게다가 라스는 혼자서 볼리비아 출신의 사내아이를 둘이나 키우는 입장이라 강력부보단 특별수색팀에 더 적합할 터였다. 이렇게 유망한 후보들을 추려놓긴 했지만 루이세는 누구한테 먼저 낚싯줄을 드리울지 결정하지 못했다.

루이세는 부검반 출입구 앞에서 과학수사연구소 소속 에세를 만났다. 늘씬한 몸매의 에세는 서류가방 옆에 쪼그리고 앉아 있다가 루이세를 보더니 반갑게 일어났다.

"부검을 시작하기 전에 얼굴 사진을 두어 장 찍어 뒀어요." 인사를 나눈 뒤에 에세가 말했다. "사망자 신원 확인을 위해 언론에 도움을 요청하려면 필요하실 것 같아서요."

"그래요. 사진이 필요할지도 모르겠네요." 루이세는 에세의 말에 동의했다. 하지만 사진 공개와 관련해선 늘 의견이 분분했다. 사망자 얼굴을 신문 지면에서 보면 소름끼친다고 비난하는 사람들이 꼭 있었다.

과학 수사관인 에세가 부검실로 가자고 손짓했다. 그녀의 초록색 눈동자가 사뭇 진지해 보였다.

"친지가 있다면 사망자를 쉽게 알아볼 수 있을 거예요. 안면 우측에 화상으로 추정되는 흉터가 크게 있고, 그 흉터가 어깨까지 길게 이어져 있거든요. 아직 실종 신고가 들어오지 않았다면 사진으로 신원을 파악하는 게 제일 빠를 거예요."

루이세가 고개를 끄덕이며 대답하려는 순간 플레밍이 부검실 기사 두 명과 함께 그들 쪽으로 걸어왔다. 키가 큰 플레밍 검시관은 루이세를 발견하고 활짝 웃었다.

"흠, 이게 누구신가? 영 못 보는 줄 알았습니다! 갑자기 부서를 옮겼다기에 나한테서 벗어나려고 하나 걱정했거든요." 플레밍이 루이세를 끌어안으며 말했다.

"설마 진짜 그렇게 생각한 건 아니죠?" 루이세가 웃으며 반박했다.

강력부에서 근무한 8년 동안 플레밍 검시관과 잘 알고 지냈다. 루이세는 자신의 업무에 만족했고 은퇴할 때까지 강력부에 뼈를 묻겠다고 생각했었다. 그런데 빌룸센이 떠나고 미카엘이 새로운 강력부 수장으로 임명되자, 론하트의 제안을 받아들이기까지 많은 시간이 필요하지 않았다.

"에이크는 안에 있나요?" 루이세가 턱으로 부검실 쪽을 가리키며 물었다.

"누구요?" 플레밍이 어리둥절한 표정으로 물었다.

"특별수색팀 소속 에이크요."

"처음 들어보는 이름인데요. 자, 일단 안으로 들어갑시다. 외부 부검은 이미 끝났으니 가면서 간단히 설명해 줄게요."

루이세는 에이크가 없다는 말에 내심 놀랐지만 에세가 먼저 들어가도록 문을 잡아준 후 뒤따라 들어갔다. 방 안엔 고무장화와 가운이 가지런히 정렬돼 있었다.

"사망한 여자에 대해 알아낸 거라도 있나요?" 루이세가 가운을 걸치고 헤어네트를 머리에 쓰면서 플레밍에게 물었다.

"목요일 아침에 삼림 관리인이 질랜드 중앙에 있는 에븐소 호숫가에서 여자 시신을 발견했다는 사실 외엔 별거 없어요." 플레밍이 녹색 수술용 마스크를 건네며 말했다. "최초 부검 결과에 따르면 사망 시간은 수요일과 목요일 이른 아침 사이로 추정됩니다."

"경찰은 그녀가 5미터쯤 되는 가파른 언덕에서 떨어지거나 미끄러졌을 거라고 생각하더군요." 플레밍이 계속 설명했다. "최초 부검은 금요일에 홀베크에서 실시됐어요. 여자가 그런 데서 홀로 죽은 데다가 신원도 알 수 없으니 검시관과 현지 경찰이 부검을 실시하기로 결정했던 모양이에요. DNA를 확보할 목적으로 내가 부검 등급을 올리기로 결정했어요."

루이세가 동의하는 뜻으로 고개를 끄덕였다. 신원 확인을 위해선 DNA와 치과 기록을 반드시 확보해야 했다. 에이크란 작자도 이 자리에 참관했다면, 자기나 에이크 중 한 명이 치과의사를 따라가 기록을 확인할 수 있을 텐데 못내 아쉬웠다.

"장담컨대 우리가 조사하는 이 여자는 평범한 사람이 아닙니다." 플레밍은 여자가 입었던 옷과 몸 상태를 설명하기 시작했다. "적어도 평범하게 살았던 사람은 아닙니다."

"지문을 떠서 조회해 봤지만 일치하는 사람이 없었어요." 에세가 덧붙였다. "내 생각으론 외국인이 아닐까 싶어요."

플레밍이 그럴 가능성도 있다고 거들었다.

"아무튼 오랫동안 사회생활을 하지 않은 게 분명해요. 무슨 뜻인지는 곧 알게 될 겁니다."

플레밍 검시관은 그들을 흰색 타일이 깔린 복도로 이끌었다. 복도 오른쪽으로 여러 개의 부검실이 나란히 붙어 있었다. 부검실마다 검시관들이 꾸부정한 자세로 철제 테이블에 놓인 시신을 살피고 있었다. 루이세는 한 테이블에 놓인 아기 시신을 보고 황급히 시선을 돌렸다.

"부검을 시작하기 전에 뇌를 정밀 촬영해 봤는데, 깊은 고랑이 파여 있더군요. 간단히 말하자면 뇌에 커다란 구멍이 있다는 뜻이에요." 플레밍은 루이세가 알아듣기 쉽도록 부연 설명을 했다. "그녀는 필시 뇌가 제대로 작동하지 못했을 겁니다."

"지적 장애가 있다는 말인가요?" 루이세가 물었다.

"아인슈타인 같은 천재는 절대로 아니었을 겁니다."

2

범죄와 연루됐다고 추정되는 시신을 부검하는 방은 복도 끝에 있었다. 이 부검실은 경찰과 과학 수사관이 참관할 수 있도록 다른 방보다 두 배 정도 넓었다. 철제 테이블과 널찍한 싱크대, 밝은 조명 같은 내부 시설은 다른 부검실과 같았다.

루이세는 구술 녹음기인 딕터폰을 꺼내 부검 내용이 잘 들리는 자리에 내려놨다. 수사에 필요한 자료를 모으기 위한 촬영은 과학수사연구소 소속의 에세가 맡아서 진행했다. 부검 과정에서 플레밍이 채취한 시료는 위층에 있는 유전학자에게 전달할 예정이었다.

부검실 중앙 테이블에 놓인 여자는 지저분하진 않았지만 그렇다고 단정하다고 말하기도 어려웠다. 머리카락은 너무 길게 자라 엉켜 있고 긴 손톱은 들쭉날쭉하게 잘려 있었다. 가장 두드러진 점은 한쪽 뺨을 덮고 있는 커다란 흉터였다. 흉터 때문에 눈꼬리가 밑으로 처져서 왠지 슬퍼 보였다.

"치과 의사가 검사를 마친 후에 경악을 금치 못하더군요." 에세가 카메라를 집어 들며 말했다. "이 정도로 엉망인 치아는 처음 봤다고 혀를 차더라고요. 충치도 많고 치열도 고르지 않대요."

플레밍이 고개를 끄덕이며 덧붙였다. “교정치료를 전혀 받지 못했고 위쪽 잇몸엔 치주질환도 심하더군요. 치아도 몇 개 빠졌고요.”

플레밍이 신체 내부 부검을 시작하자 루이세는 높다란 스툴을 테이블 가까이 끌고 가서 앉았다. 플레밍은 먼저 장기를 들어내서 싱크대 옆 철제 쟁반으로 옮겼다.

“성인 여자인 건 알겠는데 나이를 정확히 가늠하기 어렵군요.” 플레밍이 시신 쪽으로 몸을 숙이며 말했다. “안면 흉터가 이 정도로 심한 걸 보면 치료를 전혀 못 받았나 봅니다. 염증이 심했을 텐데.” 그가 수심에 잠긴 목소리로 덧붙였다. “조직 이식도 전혀 이뤄지지 않았어요. 사고 당시 무지하게 아팠을 겁니다.”

루이세도 딱 보고 그런 생각이 들었기에 고개를 끄덕였다.

“어린 시절 입었음직한 흉터가 하나 더 있습니다. 왼쪽 팔뼈가 부러졌는데, 이 역시 치료를 받지 못했어요.” 플레밍이 고개를 들면서 첫 검시 결과를 설명했다.

“이런 점을 종합해 보면, 평생 관심을 못 받고 방치됐던 것으로 보입니다. 고립된 생활을 했을 가능성도 있습니다.”

루이세는 시신의 발바닥과 발목에 난 상처를 바라봤다. 맨발로 한참 돌아다닌 게 분명했다. 플레밍이 시신 쪽으로 다시 고개를 돌리고 입을 꾹 다문 채 부검을 계속했다. 이내 여자가 언덕에서 떨어지면서 좌측 갈비뼈가 일곱 개나 부러진 걸 알아냈다.

"좌측 흉부강에 30리터 가량의 출혈이 있습니다." 플레밍이 고개를 들지도 않고 말했다. "폐가 완전히 뭉개졌어요."

플레밍은 내부 장기를 세척해서 하나씩 살핀 뒤에야 허리를 펴고 에세에게 부검이 끝났다고 말했다.

"부러진 갈비뼈와 흉부강의 출혈 외에는 폭행 흔적이 없습니다." 플레밍이 꼭 끼는 장갑을 뒤집어 벗어서 쓰레기통에 던지며 말했다. "내출혈로 사망한 것으로 추정됩니다."

플레밍이 잠시 생각하는가 싶더니 덧붙였다.

"당신이 흥미를 느낄 만한 점을 덧붙이자면, 여자가 사망하기 직전에 성관계를 했던 것 같네요."

루이세가 놀란 눈으로 플레밍을 쳐다봤다.

"질 내부와 양쪽 허벅지 안쪽에 정액이 묻어 있는 것으로 추정됩니다. 물론 그 점은 확인이 필요하니까 단정하기 전에 테스트 결과를 기다리도록 합시다. 한 일주일 정도 걸릴 겁니다."

플레밍의 설명을 다 듣고 나서 루이세가 고개를 끄덕였다. 사망 원인이 지금처럼 범죄의 결과라는 징후가 전혀 없을 때도 있었다. 루이세는 스툴에서 일어나 여자의 일그러진 얼굴을 보려고 가까이 다가갔다.

"내 추정이 맞는다면, 여자가 그리 외롭게 지내지 않았을 수도 있겠네요." 플레밍이 말했다. 그리고 부검이 끝났음을 알리려고 담당 기사들을 불렀다.

"하지만 사망한 지 일주일이 다 돼 가는데 실종 신고가 없는 걸 보면 그리 복작대며 살았을 것 같지도 않은데요."
루이세가 슬며시 반박했다.
루이세는 에세가 장비를 정리할 때까지 기다렸다가 플레밍에게 작별을 고했다. 플레밍은 인사를 마친 후, 검시 보고서를 작성하려고 구석에 있는 컴퓨터 쪽으로 걸어갔다.
루이세와 에세는 부검실 담당 기사 두 명에게 목례를 하고 방을 나왔다. 두 기사는 시신을 봉합해서 지하 냉동고로 운반하려고 바삐 움직였다.

3

지금껏 화를 참았던 루이세는 손가락이 꺾일 정도로 번호를 꾹꾹 눌러 론하트 총경에게 전화했다.

"법의학부에 갔더니 에이크란 작자는 없더군요." 루이세는 론하트가 전화를 받자마자 대뜸 소리쳤다. "신체 외부 부검 때 경찰이 입회를 안 하는 바람에 검시관이 나한테 다시 설명하느라 시간을 낭비했잖아요. 이쪽 부서 사람들은 원래 일을 이따위로 하나요?"

"이런, 쯧쯧." 론하트가 혀를 끌끌 찼다. "그 친구가 거기 안 왔단 말인가?"

"적어도 제가 있던 장소엔 없더군요." 루이세는 그렇게 대답한 뒤 사무실로 돌아가는 길이라고 덧붙였다.

"잠깐." 론하트 총경이 말했다. "잠깐만 거기 그대로 있어 봐. 내가 바로 다시 전화할 테니까."

론하트가 황급히 전화를 끊자 루이세는 법의학부 건물 앞에서 그의 전화를 기다렸다. 하지만 전화가 오지 않자 인내심이 한계에 달해 결국 차를 세워둔 곳으로 걸음을 옮겼다.

루이세가 운전석에 앉자마자 휴대폰에 론하트의 이름이 번쩍 들어왔다.

"벌써 출발한 건 아니지?"

"막 출발하려던 참이었어요." 루이세는 치솟는 짜증을 숨기지 않으며 대답했다.

"부탁이 하나 있는데, 시다브넨에 있는 '울라스'라는 곳에서 에이크를 태워오도록 하게. 아직 휴가 기분에 젖어 일상으로 복귀하는 게 어려운가 보네."

루이세는 한숨을 내쉬며 주소를 물어봤다. 론하트의 고맙다는 인사에 대꾸도 않고 내비게이션에 주소를 입력했다.

아직은 이 직책을 맡겠다고 서명하지 않은 상태였다. 상사에게 잘 보이려고 안달하는 신참도 아닌데 지저분한 술집에 널브러져 있는 파트너를 데리러 가라니, 갑자기 생각이 많아졌다.

67번지. 아무리 찾아도 67번지는 보이지 않았다. 65번지와 69번지 사이에는 허름한 술집으로 보이는 곳이 한 군데 있었다. 창문에 낡아 빠진 칼스버그 광고 포스터가 붙어 있는 것으로 보건대, 술집은 몇 년째 파리만 날릴 것 같았다. 때마침 새까만 머리칼에 육중한 몸매의 여자가 문 쪽으로 다가왔다.

"실례합니다." 루이세가 말을 걸었다. "67번지가 어딘지 아세요?"

"여기가 67번진데요." 여자가 대답했다. 여자의 뒤쪽에서 찌든 담배 냄새와 맥주 냄새가 훅 끼쳤다.

"울라스에 있는 에이크라는 사람을 데리러 왔습니다. 혹시 울라스를 아세요?"

"내가 울라예요. 울라스는 내 술집이고. 그 친구는 저 안에 있어요."

루이세는 술집 안쪽으로 안내받았다. 안에는 사행성 게임기 두 대가 벽에 붙어 있었다. 카펫은 군데군데 끈적거렸고 테이블에는 꽁초로 가득 찬 재떨이가 그대로 놓여 있었다. 울라는 야간 영업을 마치고 막 청소를 하려던 참이었다.

에이크는 벽 쪽에 의자 네 개를 붙여 놓고 그 위에 널브러져 있었다. 몸에는 조그마한 이불이 덮여 있었다. 입을 벌린 채 가볍게 코를 골았고, 기름기 낀 덥수룩한 머리카락이 이마를 지나 코까지 흘러내렸다.

"누가 찾아 왔어." 울라가 에이크의 검정 가죽 재킷을 잡고 흔들었다.

"그냥 놔두세요. 깨우실 필요도 없어요."

루이세는 속으로 론하트 총경을 저주하며 돌아서서 나가려는데, 울라가 루이세를 잡았다.

"딱 2분만 시간을 주세요. 그럼 발딱 일어날 거예요."

루이세는 울라가 카운터 뒤로 가서 잔과 술병을 가지고 돌아오는 모습을 지켜봤다. 울라는 테이블에 잔과 술병을 내려놓고 에이크를 다시 깨우기 시작했다.

툴툴거리며 간신히 일어난 에이크는 울라가 건네는 술잔을 받아들었다. 그리고 눈도 뜨지 않은 채 고개를 젖히고 단숨에 넘겼다. 한 잔을 더 받아 연거푸 넘겼다.

그런 다음에야 눈을 뜨고서 몽롱한 눈으로 루이세를 쳐다봤다.

"당신은 뭐야?" 녹슨 파이프에서 나는 소리처럼 거친 목소리였다.

"론하트 총경이 당신을 데려오라더군요. 휴가는 끝났어요." 루이세가 대답했다.

"쳇, 지옥으로 꺼지라고 전해요." 에이크는 툴툴거리며 테이블에 있는 담뱃갑에서 담배를 꺼내 불을 붙였다.

루이세는 그를 잠시 노려보다 돌아서서 나와 버렸다.

"기다려요!" 안에서 거친 목소리가 들렸다.

에이크가 비틀거리며 밖으로 나오더니 밝은 햇살 때문에 눈이 부신지 몇 차례 깜빡거렸다. 흘러내린 머리를 쓸어 넘기다 휘청 쓰러질 뻔했지만 용케 균형을 잡았다. 그는 차로 향하는 루이세를 따라잡으려고 서둘러 걸었다.

"우리가 아는 사이였던가요?" 에이크가 담배를 길가에 휙 던지며 물었다.

루이세는 고개를 저으며 말했다. "당신은 3시간 전에 법의학부로 출근했었어야 합니다. 당신이 안 와서 별 수 없이 내가 대신 갔죠."

루이세는 조수석 문을 열고 에이크를 가까스로 밀어 넣었다. 그녀가 운전석으로 걸어가는 사이에 그는 벌써 고개를 젖히고 곯아떨어졌다.

루이세는 수색전담부로 돌아가는 내내 코고는 소리에 시

달려야 했다. 그 소리를 애써 무시하며 신원미상의 여자에 대해 생각했다. 여자는 왠지 어린 아이처럼 연약해 보이는 구석이 있었다. 커다란 흉터 때문에 한쪽 얼굴이 일그러지긴 했지만 한때는 상당히 예뻤을 것 같았다. 그때가 언제였을까? 그것이 문제였다.

루이세는 에이크를 놔둔 채 차에서 내렸다. 차문을 쾅 닫아도 그에게선 꿈쩍하는 기색이 없었다. 끓어오르는 분노를 드러내지 않으려고 경찰청 내의 희끄무레한 리놀륨 바닥만 쳐다보며 걸었다.

루이세는 사무실로 들어와 바닥에 가방을 던져 놓고 문을 닫았다. 벽은 여전히 휑했지만 그녀가 외출한 사이 창문에 블라인드 커튼이 설치되어 있었다.

햇빛이 강하게 비쳐 들었다. 루이세는 창가로 가 블라인드를 조절한 뒤 책상에 앉았다. 컴퓨터를 켜다가 책상에 놓인 파일에 눈길이 갔다. 파일에는 함께 일하면 좋을 만한 사람들의 이력서와 그렇게 생각한 이유를 적은 메모지가 들어 있었다. 파일을 보면서 루이세는 헤니도 후보로 추가해야겠다고 마음먹었다.

헤니는 강력부에서 잔뼈가 굵은 선배로, 루이세가 대단히 높게 평가하는 여성 수사관이었다. 지금은 무선통신부로 배속된 상태였다. 헤니를 옛 둥지로 불러올 만한 조건을 제시할 수 있을지 확신이 들지 않았기에 일단은 와일드카드로 남겨 두었다. 더구나 그녀가 돌아와서 예전처럼 헌신적으로 뛰어줄지, 선배랍시고 거들먹거릴지는 알 수 없었다.

한참 생각에 빠져 있는데 노크 소리가 나기 무섭게 문이 벌컥 열렸다. 에이크가 상자 두 개가 놓인 의자를 발로 밀면서 불쑥 들어왔다.

"흠, 의자는 벌써 준비돼 있군." 에이크가 문가에서 사무실을 휘 둘러보며 말했다.

"무슨 일이죠?" 루이세는 파일을 재빨리 닫으며 소리쳤다. 에이크는 머리에 물을 축여서 머리카락을 뒤로 깔끔하게 넘긴 상태였다. 탈의실에서 대충 씻고 사무실에 비치해 둔 깨끗한 셔츠로 갈아입었나 보다.

"이사 왔습니다." 에이크가 루이세 반대편의 빈자리를 가리키며 말했다.

루이세는 어이가 없어서 벌떡 일어났다.

"당신이랑 나는 한 사무실에서 직접 부딪히며 일하지 않을 거예요." 루이세가 반박했다. "특별수색팀은 다른 팀들과 대등한 위치에서 별도로 활동할 겁니다."

"그야 그렇죠." 에이크가 루이세의 말에 동의하며 박스를 책상에 내려놓았다. "그런데 특별수색팀의 팀원이 당신과 나라는 말씀! 방금 짐 챙겨서 여기로 옮기라는 지시를 받았습니다."

"뭔가 착오가 있나 보네요. 누가 그렇게 지시했죠?"

에이크는 가죽 재킷을 벗어 바닥에 던져놓고 상자에서

물건을 꺼내기 시작했다.

"누군 누굽니까, 론하트 총경이죠. 숲에서 사망한 여자에 대한 조사를 시작하라던데요."

루이세는 미덥지 않은 눈으로 그를 쳐다봤다.

"그래요? 하지만 그 사건을 조사한다고 굳이 여기로 들어올 필요는 없잖아요?"

"그야 그렇지만 앞으로 죽 당신이랑 같이 일할 거라서요." 그는 말을 마치고 기침을 쿨럭쿨럭 했다. 폐는 여전히 휴가에서 돌아오지 않은 듯했다.

루이세는 그의 말뜻을 제대로 이해하려고 잠시 서 있었다.

다음 순간 책상에 놓인 파일을 움켜쥐었다. 여분의 의자를 다시 꺼내놓으려는 에이크를 밀치고 사무실 밖으로 성큼성큼 걸어 나왔다.

"총경님 안에 있어?" 루이세는 상관의 비서에게 따지듯 물었다. 론하트의 비서인 한느는 몇 년 전에 강력부에서도 잠깐 일한 적이 있었다. 그런데 한느의 시뻘건 머리와 총천연색 옷차림, 독특한 성향 등이 빌룸센 경장의 기호에 맞지 않았다. 결국 몇 달 못 가서 다른 부서로 쫓겨났다.

"지금은 들어갈 수 없습니다! 총경님은 경찰총장님과 있을 회의 준비로 바쁘시거든요." 한느가 말했다.

"난 지금 당장 얘기해야 하거든. 2분이면 충분해." 루이세는 물러나지 않았다.

루이세가 문을 두드리려고 하자 한느가 잽싸게 달려와 막아섰다.

"이렇게 막무가내로 들어가려고 하면 안 되죠." 한느가 성난 눈으로 루이세를 노려봤다. "오늘 중으론 도저히 시간을 내실 수 없어요. 제가 이번 주 안으로 어떻게든 시간을 잡아 볼게요."

"그 입 좀 닥칠래!" 루이세는 꿈쩍하지 않고 한느의 면전에서 소리쳤다.

때마침 문이 열렸다. 론하트 총경은 사무실에서 나오려다 문 앞을 막아선 비서에게 부딪혀 뒤로 넘어질 뻔했다.

"어이쿠!" 론하트는 균형을 잡으려고 한느의 어깨를 움켜잡았다. 그 와중에도 루이세에게는 웃으며 말했다. "에이크를 데려오는 데 성공했더군. 그 친구, 휴가 기분에서 벗어나면 썩 괜찮은 사람이야."

"바로 그 문제 때문인데요." 루이세는 한느를 무시한 채 총경을 다시 사무실로 밀고 들어가 문을 닫았다. "전에 새 팀에서 일할 사람을 저한테 결정하라고 하지 않으셨어요? 분명히 그런 조건을 제시하셨던 걸로 기억하는데요."

루이세는 론하트 총경에게 파일을 내밀었다.

"제가 적임자로 생각하는 후보들 명단이에요."

론하트 총경이 파일을 받아든 즉시, 루이세는 각 이력서에 붙여 둔 메모가 떠올랐다. 그녀만 보려고 작성한 내용이라 파일을 다시 잽싸게 낚아챘다.

"그런 주정뱅이를 제 파트너로 갖다 붙일 생각은 꿈도 꾸지 마세요."

"주정뱅일 갖다 붙이다니, 무슨 소리야?" 론하트 총경이 이마에 주름을 깊게 잡으며 반박했다. "에이크는 내 부하들 중 가장 유능한 사람이야. 둘이 힘을 합치면 세계 최상급의 팀워크를 발휘할 거라고 확신하네."

세계 최상급? 루이세는 론하트의 어휘 선택에 어이가 없었다. 아울러 적임자를 고른다고 고심하던 그녀와 달리 성의 없이 동료를 찍어주는 그의 처사에 화가 치밀었다.

"총경님의 가장 유능한 부하께서 술집에 널브러져 계시더군요. 눈도 못 뜨고 술 두 잔을 연거푸 마신 뒤에야 두 발로 일어섰답니다. 그런 사람한테 세계 최상급 운운하시는 겁니까? 말이 되는 소리를 하셔야죠. 다 관두고 요르겐슨으로 정할게요. 당장 이쪽으로 발령내 주실 수 있죠?"

론하트는 책상으로 걸어가 루이세를 쳐다봤다.

"그래, 에이크가 가끔 미친놈처럼 굴긴 하지. 하지만 때로는 약점이 강점으로 변할 수도 있는 거야. 요르겐슨도 괜찮긴 하지만 에이크에게 기회를 한번 줘봐. 일단 둘이서 여자의 신원을 파악하고 연락할 친척이 있는지 알아보도록 해. 이 사건을 종결한 뒤에 다시 생각해 보자고."

루이세가 기대한 반응이 아니었다. 루이세는 숨을 깊이 들이마셨다가 뱉었다. 이대로 넘어갈 순 없었다.

론하트가 손목시계를 보더니 옷걸이에서 코트를 내렸다.

"이러다 늦겠군. 오늘 밤 브리지 게임엔 내가 치즈를 준비해 가야 해. 회의 끝나고 사무실로 돌아오지 못할 거야."

루이세는 론하트를 따라 나오다 문 앞에서 멈칫했다. 프런트에서 에이크가 한느와 시시덕거리고 있었다. 한느는 에이크의 말에 연신 고개를 끄덕이며 웃었다.

"흠, 신원미상의 여자에 대해 알아보러 갈까요?" 루이세가 에이크에게 물었다. "노닥거리느라 바쁘면 놔두고!"

루이세는 자신의 언짢은 목소리를 의식하며 프런트를 빠져나왔다. 뒤에서 에이크가 뭐라고 속삭이자 한느가 낄낄거렸다. 뒤이어 에이크가 복도를 뛰어오는 소리가 들렸다.

"커피 마실래요?" 에이크가 탕비실 쪽으로 걸음을 옮기며 물었다.

"됐어요. 난 차를 마셔요."

루이세는 쥐구멍 문을 열었다가 깜짝 놀랐다. 사무실이 싹 바뀌어 있었다. 이제야 사람이 들어와 일하는 사무실처럼 보였다. 액자에 담긴 포스터들이 취향에 딱 맞지는 않았지만 그런대로 분위기가 살았다.

"그러니까 난…." 루이세는 뭐라 말을 잇지 못했다.

"거슬리면 다 떼버리겠습니다."

루이세는 에이크가 뒤에서 그녀를 쳐다보며 하는 소리를 들었다. 손에는 커피 한 잔과 치즈 샌드위치 두 개가 들려 있었다.

"아뇨, 그냥 두세요." 루이세가 재빨리 대답했다. 실은 그가 사무실을 대신 꾸며줘서 내심 흐뭇했다. 분위기 있는 사무실을 갖고는 싶었지만 손수 꾸미는 데는 관심이 없었던 것이다.

루이세는 자신의 책상으로 걸어가 파일을 내려놓고 의자에 털썩 주저앉았다.

4

"인터폴 명부에서 이 사건 피해자가 사망자로 분류되도록 사건명 옆에 검정 표시를 해놨어요." 샌드위치를 두 개째 먹고 있는 에이크를 쳐다보며 루이세가 말했다. "그런데 언론 공개에 앞서서 각 경찰 지구대와 인터폴에 먼저 사진을 보내야 하지 않나요?"

루이세는 올바른 절차를 몰라 에이크의 대답을 기다렸다. 홀베크 경찰서에서 여자의 신원을 파악하지 못해 사건이 수색전담부로 이관된 상황이다.

"하긴 이름도 모르는 상황에서 다른 지구대에 보내봤자 소용도 없겠네요." 루이세가 얼른 덧붙였다.

에이크가 고개를 저으며 입안에 든 걸 재빨리 씹어 넘겼다. "가만히 앉아서 아는 사람이 짠! 하고 나타나길 기다리는 건 시간낭비죠. 신원미상의 시신이 나왔을 땐 발견된 지역부터 살피는 게 순서입니다."

"그렇군요." 루이세가 말했다. "지난 목요일 오전에 삼림관리인이 질랜드 중심부에 있는 에븐소 호숫가에서 시신을 발견했어요. 어딘지 알아요?"

에이크가 고개를 저었다. 루이세가 호발소, 스코브 헤스트럽, 살로세, 니 톨스트럽 등 호수 인근의 지명을 대면서 덧붙였다. "근처에 난민 보호소가 있어요."

"코게 아래쪽인가요?" 에이크가 티셔츠에 붙은 부스러기를 털면서 물었다.

"아뇨. 코게 근처는 아니에요. 로스킬레와 홀베크 사이죠. 삼림 관리인이 호수 주변을 청소하다 발견했대요. 사망자에 대해선 전혀 모르고 숲에 사람이 살았다는 흔적도 보이지 않더래요."

루이세가 부검 때 들은 정보를 설명하려는데 에이크가 손을 들어 그녀를 제지했다.

"리필 좀 하고 올게요."

그러더니 머그잔을 들고 잽싸게 나갔다. 잠시 후 돌아온 에이크가 다짜고짜 물었다. "현지 경찰은 여자가 떨어진 경사지 주변을 수색했다던가요?"

"홀베크 경찰이 보낸 보고서에 따르면 경사지 꼭대기의 젖은 땅에 미끄러진 자국이 선명하게 찍혔대요. 밤에 비가 살짝 내렸지만 여자의 발자국 외에는 아무것도 없다는군요."

"숲에서 살았을지도 모르죠. 집 없이 떠돌아다녔을 수도 있고." 에이크가 이런저런 가능성을 내놨다.

그때 밖에서 노크 소리가 들렸다. 한느가 고개를 들이밀더니 입꼬리를 밑으로 내린 채 루이세가 여태 우편함에 이름을 적지 않았다고 지적했다. "제 책상에 우편물이 자꾸 쌓이니까 성가셔 죽겠어요!"

"나한테 뭐가 왔어?" 루이세는 강력부에서 다시 전달해

준 우편물일 거라 짐작했다. 새로운 팀에서 자리 잡을 때까진 강력부에서는 그녀에게 새로운 임무를 맡기지 않겠다고 했으니 특별한 건 없을 터였다.

"여름 바비큐 파티 초대장과 제가 뽑아 놓은 전화번호부예요."

"그 얘길 하러 여기까지 오면서 그걸 들고 오지 않았단 말이야?"

"부서 사람들의 우편물까지 일일이 배달하러 다닐 순 없잖아요." 한느가 쌀쌀맞게 대꾸했다.

"어, 지난번에 나한텐 그런 일도 가뿐히 해주더만." 에이크가 눈을 찡긋하며 끼어들었다.

"당신은 다르죠." 한느가 갑자기 나긋나긋한 목소리로 대답한 뒤 문을 닫았다.

루이세는 닫힌 문 쪽을 한참 노려보다 고개를 절레절레 저었다.

"한느가 여자한테는 좀 쌀쌀맞죠. 경쟁에 익숙하지 않아서 그럴 겁니다." 에이크가 등을 젖히고 주머니에서 꼬깃꼬깃한 담뱃갑을 꺼내며 말했다. "한느가 우리 부서에서 홍일점이라 다들 떠받들거든요."

에이크는 납작하게 눌린 담배를 꺼내 입에 물더니 라이터를 찾아 두리번거렸다.

"여기선 담배를 피울 수 없어요." 에이크가 책상 서랍에서 라이터를 찾아 불을 붙이려 하자 루이세가 얼른 제지하며 말했다.

에이크는 이마를 찡그리고 루이세를 한참 쳐다보더니 결국 라이터를 서랍에 도로 던져 넣었다.

루이세는 경찰 보고서를 책상에 내려놨다.

"참, 실종자 목록 말인데요." 루이세가 다시 입을 열었다. "처음엔 한 달 전까지의 목록만 살펴봤는데, 유틀란트 반도 북부에서 실종된 여자랑 네스트브에서 실종된 청년밖에 없더라고요. 그래서 1년 전 목록으로 거슬러 올라갔는데도 그 여자 연령대는 한 명도 없었어요. 마지막으로 5년 전 목록까지 살펴봤어요."

루이세의 책상에는 두툼한 실종자 목록이 놓여 있었다.

"특징이 일치하는 여자는 한 명도 없어요. 그 정도로 큰 흉터라면 분명히 기록해 놨을 텐데 눈 씻고 찾아봐도 없더라고요. 결국 이번에 사망한 여성은 실종 신고가 돼 있지 않다는 뜻이죠."

에이크는 여전히 담배를 물고서 피지 못해 안절부절못하는 듯 보였다.

"목록을 이리 줘 봐요. 내가 한번 살펴볼 테니." 에이크가 라이터를 손에 쥐고 일어나며 말했다.

"얼른 나가서 그놈의 담배나 피우고 와요. 진도를 나갈 수가 없네." 루이세가 버럭 소리 질렀다.

7분쯤 뒤 에이크가 돌아왔다. "여자의 얼굴 사진을 나한테 보내줘요."

그는 사진을 찬찬히 살핀 뒤 말했다. "여자가 덴마크 사람이라면 누군가는 알아보겠는데요. 이만한 흉터는 한 번 보고도 절대로 잊을 수 없을 테니까."

루이세가 고개를 끄덕였다.

"언론에 발표할 문구를 작성하는 일과 사진을 보내는 일은 내가 할까요? 실종 경보를 발령할 때 필요한 연락처 목록이 나한테 있거든요."

"그렇게 해요." 루이세는 에이크가 이제야 제 구실을 하는 것 같아 마음이 살짝 놓였다. 시계를 힐끔 쳐다본 뒤 덧붙였다. "난 오늘 로스킬레에서 친구랑 약속이 있어 조금 일찍 나갈 거예요."

루이세는 절친인 카밀라 린드가 곧 결혼할 남자의 본가로 들어갔다는 사실이 아직도 실감나지 않았다. 시댁의 대저택은 중세 귀족이 살던 영지(領地)로, 로스킬레 외곽인 보세럽에 있었다. 카밀라의 남자 친구 프레데릭 샥스-스미스는 미국에서 지내다 얼마 전에 덴마크로 돌아왔다. 형님이 세상을 떠나고 누님마저 가업을 물려받지 않겠다고 해서 테모럭스Termo-Lux라는 조명회사의 운영을 떠맡게 되었다.

루이세는 카밀라가 '귀부인' 칭호를 듣게 되리라곤 생각지도 못했다. 카밀라는 프레데릭스베르 수영장 옆 조그마한 아파트를 팔려고 내놨고, 프레데릭의 성화에 못 이겨 한 달 전 아들 마커스를 로스킬레의 사립학교로 전학시켰다. 모든 일이 일사천리로 진행되었고 두 사람은 곧 결혼식을 거행하기로 했다. 카밀라가 초대장을 손수 만들겠다고 우기는 통에 루이세는 초대장에 쓸 진주를 더 구하려고 공예품점에 들렀다. 시간 낭비라는 생각이 들었지만 절친에게 얼마나 중요한 일인지 알기에 루이세는 퇴근하는 길에 갖다 주겠다고 약속했다.

친구의 결혼식 준비에 끌려 다닐 걸 생각하면 벌써부터 한숨이 나왔다. 아무래도 카밀라는 벌써부터 귀부인 놀이에 푹 빠진 것 같았다.

"끝!" 에이크가 잠시 후 침묵을 깨며 소리쳤다. "여자와 친분이 있거나 조금이라도 아는 사람은 특별수색팀에 연락해 달라는 안내문과 함께 인상착의와 사진을 언론사에 보냈습니다."

에이크가 기대에 찬 눈빛으로 루이세를 쳐다봤다.

"수고했어요." 루이세가 칭찬했다. "참, 경찰이 여자를 발견한 곳에서 찍은 사진은 봤어요?"

에이크가 고개를 저었다.

루이세는 해당 사진을 모니터에 띄워 그에게 보여주었다.

고개를 쭉 빼고 미간을 찌푸린 채 사진을 뚫어져라 쳐다보는 에이크의 얼굴은 사뭇 진지했다.

"우리 어머니도 이런 원피스 스타일의 기다란 꽃무늬 작업복이 있었어요. 앞쪽에 후크가 잔뜩 달렸죠. 지퍼가 나오기 전인 60년대 유행하던 스타일인데, 이런 걸 입는 사람이 아직도 있는 줄은 몰랐네요."

루이세가 사진을 보며 고개를 끄덕였다. 옷만 보면 사진 속 여자에겐 시간이 정지된 듯했다.

"여자를 처음 발견했다는 삼림 관리인이란 사람을 찾아가서 직접 얘기를 나눠볼까요?" 에이크가 말했다. "쥐어짜면 뭐가 나올지도 모르잖아요."

"안 그래도 내일 아침 일찍 만나러 가려던 참이에요." 루이세가 말했다. 한편으론 이 임시 파트너가 내일은 자기 발로 나타날지, 아니면 또다시 데리러 가야 할지 살짝 의문이 들기도 했다.

"당신은 로스킬레로 가서 친구를 만나도록 해요." 에이크가 컴퓨터를 끄고 가죽 재킷을 걸치며 말했다. "내가 지금 혼자 가서 만나볼게요. 달리 할 일도 없거든요."

루이세는 모니터 화면에서 눈을 떼고, 에이크가 하나 남은 담배를 꺼낸 뒤 담뱃갑을 구겨서 쓰레기통에 던지는 모습을 지켜봤다.

"초과근무까지 할 정도로 시급한 사안은 아니에요." 루이세가 반대했다. 혹시라도 에이크가 느지막이 출근해서 늑장부리다 오후 4시를 넘겨 초과수당을 챙기는 부류의 인간이라면 더 이상 상대하고 싶지도 않았다. "당신은 에븐소 호수가 어딘지도 모르잖아요!"

"내비게이션은 뒀다 뭐합니까?"

"숲까지는 어떻게든 가겠지만 그 뒤로는 어디가 어딘지

전혀 모를걸요. 안쪽으로 들어가면 길 안내가 종료되잖아요."

평소 일을 가급적 빨리 깔끔하게 마무리 짓자고 우기는 쪽은 루이세였다. 그런데 약속을 핑계로 할 일을 미루자고 하다니, 나이 먹고 안주하려는 조짐인가 싶어 뜨끔했다.

'아냐, 그럴 리 없어.'

루이세는 가방을 집어 들면서 단호하게 고개를 저었다. 이제 겨우 사십 줄에 들어섰을 뿐, 시쳇말로 '볼 장 다 본 아줌마' 소리를 들으려면 아직 멀었다.

"좋아요. 지금 같이 갑시다."

나가는 길에 두 사람은 한느에게 들렀다. 부서에서 운용하는 자동차 두 대 중 하나의 열쇠를 에이크가 집어 들었다. 하지만 주차장에 내려왔을 때 루이세가 손을 내밀었다.

"운전은 내가 할게요."

5

운전하고 가는 내내 두 사람 다 말이 없었다. 루이세는 에이크가 잠에 곯아떨어졌나 싶어 몇 번이나 돌아봤다. 하지만 그는 진지하게 앉아 있었다. 큼직한 두 손을 포개 무릎에 내려놓고 차창으로 스치는 풍경을 유심히 살폈다. 좌회전을 하자 폐쇄된 목공 제재소가 나왔다. 유리창이 깨진 제재소 건물은 속이 텅 빈 유령처럼 보였다. 오른쪽에는 초가지붕을 한 세 동짜리 널찍한 농가가 나타났다. 하얀 울타리와 커다란 출입문이 아니었다면 울창한 나무들에 가려 눈에 띄지도 않았을 것이다. 루이세는 '사냥터 관리인의 집'이라는 곳을 지나면서 속도를 살짝 늦췄다. 이곳은 그녀가 살고 싶다고 오랫동안 꿈꾸던 집이었다.

"이 길로 쭉 가면 목초지 옆에 자리 잡은 캠핑장이 나와요. 캠핑장 끝에서 경사지가 시작되어 호수 쪽으로 이어져요." 루이세가 운전하면서 설명했다. "그런데 캠핑장 쪽으로 가면 여자가 미끄러진 경사지에서 한참 떨어진 곳에 차를 세워야 해요. 에븐소 호수까지 쭉 가서 오솔길을 따라 걸어가는 게 더 빨라요."

"이곳 지형을 잘 아나보죠?" 에이크가 호기심 어린 눈으로 쳐다보며 말했다.

"난 이 동네에서 나고 자랐어요." 루이세가 도로에 움푹 팬 곳을 피해 운전하며 대답했다. "바로 여긴 아니고 숲 반대편의 레버에그 출신이에요. 어린 시절을 이 도로에서 보냈죠. 한창 때는 호숫가에 모닥불을 피워놓고 놀았고요."

그 놀이에 맥주와 마리화나가 곁들여졌다는 점은 굳이 언급하지 않았다. 루이세는 물론 마리화나를 피우지 않았다. 그저 친구들과 잔디에 누워 별을 헤아리곤 했다.

"요즘도 이쪽에 오나요?"

"부모님이 아직 이 동네 살거든요." 루이세가 짧게 대답했다. "하지만 호수에 가 본 지는 몇 년 됐어요."

이건 거짓말이었다. 요즘도 가끔 복잡한 머리를 식히러 호수에 갔다. 루이세에게 에븐소 호수는 세상에서 가장 아름답고 평화로운 곳이었다. 해질 무렵 나무에 기대 앉아 붉게 물든 하늘을 바라보는 게 참으로 좋았다. 컴컴한 호수 표면에 번지는 불그스름한 노을을 바라보다 보면 머리가 맑아지고 생각이 정리됐다.

물론 고통스러운 기억도 있었다. 잊으려고 무던히 애쓴 끔찍한 기억도 있었다. 하지만 그런 얘기를 에이크에게 시시콜콜 들려줄 마음은 없었다. 얼마 전에 양아들인 요나스를 데리고 이곳에 왔다는 사실도 에이크와는 하등 상관없는 일이었다. 에이크가 그녀의 사생활에 관여할 일은 하나도 없었다.

"다 왔어요." 루이세가 차를 대며 말했다. "차는 여기 세울게요."

언덕 기슭에 자리 잡은 호수가 햇살을 받아 반짝거렸다. 좁은 길을 따라가면 호수가 곧장 나왔다. 루이세는 어렸을 때 이 길에서 자전거를 타고 놀았다. 차가 다니지 않는 길이라 신나게 질주하며 짜릿한 기분을 만끽했었다.

루이세는 앞쪽을 가리키며 다소 멀지만 경사가 완만한 갈림길로 갈 수도 있다고 설명했다.

에이크가 차에서 내린 뒤 물었다. "이쪽에 낚시할 만한 장소도 있나요?"

루이세가 고개를 끄덕였다. 예전에 손수 만든 낚싯대로 조그마한 잉어를 잡던 기억이 불현듯 떠올랐다. 곤들매기와 농어를 낚은 적도 있었다. "호수를 빙 둘러 산책할 수 있는 길이 있어요." 루이세가 오른쪽 덤불숲을 가리키며 말했다. "우린 저쪽까지 가야 해요."

삼림 관리인이 여자를 발견한 곳으로 가려면 호수 둘레길을 사분의 일쯤 걸어가야 했다.

"쉬잇!" 에이크가 갑자기 루이세의 팔을 잡았다.

루이세가 입을 다물고 멈칫하자 난데없이 아이 울음소리가 들렸다. 울창한 나무들 사이로 퍼지는 울음소리가 너무나 애처롭게 들렸다.

"사람들이 이쪽으로 소풍을 오기도 해요." 루이세가 목소리를 낮추며 설명했다. "저 아래쪽에 피크닉 테이블이 있거든요."

날씨가 좋을 땐 에븐소 호수로 놀러오는 사람이 많았다.

루이세의 학창 시절, 이쪽으로 현장 학습도 여러 번 왔었다. 여학생은 풀밭에 앉아 꽃으로 화관을 만들었고 남학생은 나무에 자기 이름을 새기거나 아름드리나무에 설치된 그네를 타고 호수 위를 넘나들었다. 온갖 추억이 켜켜이 쌓인 곳이었다.

상념에 빠져 들던 루이세는 또다시 들리는 아이 울음소리에 정신이 번쩍 났다. 아이가 어찌나 목 놓아 우는지 저러다 숨이 넘어가겠다 싶었다.

"왜 아무도 아이를 달래지 않지?" 에이크가 툴툴거렸다. 그는 미끄러지지 않도록 관목 가지를 움켜잡고 가파른 비탈길을 내려가기 시작했다.

루이세는 차 문을 잠그고 에이크를 따라나섰다.

호수 옆 평지에 도달하자 루이세의 기억대로 그네가 매달린 커다란 나무가 나왔다. 그 옆에 어린 아이 셋이 모여 있었다. 땅바닥에 주저앉아 우는 사내아이는 줄무늬 재킷과 바지 차림이었다. 두 눈을 질끈 감고 큰 소리로 우는 바람에 얼굴이 홍당무처럼 새빨갰다. 그 옆에는 금발의 사내아이가 배를 깔고 누워 있었다. 아이는 애벌레처럼 바닥을 기면서 금방이라도 울 것처럼 낑낑거렸다.

루이세는 멈춰 서서 마지막 여자아이를 쳐다봤다. 헐렁한 빨간 원피스 차림인 아이는 위험할 정도로 호수에 가까이 있었다. 얼굴에 흙을 잔뜩 묻히고 손가락을 입에 넣고 빨았다.

기껏해야 두세 살 정도로밖에 보이지 않았다. 이렇게 어린 아이들을 호수 바로 옆에 방치하다니 어이가 없었다. 루이세는 여자아이가 일어나서 호수 쪽으로 걸어가 가장자리에 털썩 주저앉는 모습을 보고 걸음을 재촉했다. 아이는 찰싹거리는 잔물결을 잡으려는 듯 몸을 앞으로 숙였다.

에이크가 먼저 뛰어가 여자아이 옆에 당도했다. 그는 아이를 번쩍 들어올려 그네 옆 벤치로 데려갔다.

"누구 없어요?" 루이세가 사방을 둘러보며 소리쳤다. 근처엔 어른 그림자도 비치지 않았다.

에이크는 다시 걸어가 울음을 그치지 않는 사내아이 옆에 쪼그려 앉았다. 아이는 이제 온몸을 부들부들 떨면서 경기를 일으켰다. 에이크가 두 팔로 아이를 감싸 안고서 살살 흔들었다.

"근처에 누가 분명히 있을 거예요!" 루이세가 눈으로 여기저기 살피며 말했다.

에이크가 세 번째 아이까지 벤치 옆으로 안전하게 데려왔다. 두 아이가 땅바닥을 기어 다니는 동안 그는 우는 아이를 안고서 토닥토닥 두드리며 걸어 다녔다.

"이봐요!" 루이세가 다시 소리쳤다. "내가 주변을 둘러볼 동안 당신은 애들을 데리고 여기 있을래요?"

루이세는 에이크의 대답을 기다리지도 않고, 퍼뜩 떠오른 생각 때문에 인근에 있는 창고를 향해 뛰어갔다. 호수 둘레로 난 길을 따라 황급히 걸음을 옮겼다. 오솔길이 나올 때마다 몸을 숙이고 나무 아래를 이리저리 살폈다. 분노로 관자놀이가 불끈불끈 솟았다. 젊은 커플이 애들을 데리고 외출했다가 후끈 달아서 애들은 팽개치고 어딘가에서 뒹구는 모습이 뇌리를 스쳤다. 루이세도 학교 다닐 때 남자 친구와 함께 아이를 돌본 적이 두어 번 있었다. 그냥 앉아서 얘기만 하는데도 아이의 존재는 까맣게 잊었던 기억이 있었다.

"누구 있어요?" 보트를 보관하는 창고 옆에 도달했을 때 루이세는 한 번 더 소리쳐 불렀다. 창고엔 커다란 자물쇠가 걸려 있고 인기척은 전혀 없었다.

잠시 숨을 고르고 주변을 둘러봤다. 사내아이의 울음소리가 여전히 들렸지만 아까처럼 숨넘어갈 듯한 소리는 아니었다. 루이세는 숲으로 이어지는 길 쪽으로 방향을 틀었다. 사람들이 숲에서 호수로 내려올 때 주로 이용하는 길이었다. 숨을 헐떡이며 언덕 꼭대기에 이르렀지만 여전히 사람 그림자는 보이지 않았다.

루이세가 돌아와 보니 에이크는 세 아이와 함께 바닥에 앉아 있었다. 울던 아이는 그의 품에서 잠이 들려고 했다. 두 아이는 막대기로 땅바닥을 파헤치고 있었다.

"반대쪽도 살펴보고 올게요." 루이세가 등 뒤를 가리키며 말했다. 바람 한 점 없어서 나뭇잎마저 흔들리지 않았다. 루이세는 잠시 귀를 기울이다가 돌아서서 뛰기 시작했다.

그곳은 원래 길이 아니었지만 사람들의 왕래가 잦다 보니 발아래 길이 생겨났다. 군데군데 그루터기가 튀어나와 있어서 조심하지 않으면 넘어지기 십상이었다.

"이봐요!"

루이세는 큰 소리로 부르다가 몇 미터 앞쪽에 검푸른 유모차를 보고 입을 다물었다. 옆으로 넘어진 유모차가 안 그래도 좁은 길을 가로막고 있었다. 그것은 멀리서 봐도 탁아소나 보호시설에서 사용하는 다인용 유모차였다.

"빌어먹을!"

루이세는 혹시라도 유모차에 아이가 더 있을까 싶어 덜컥 겁이 났다. 아무 소리도 나지 않아 무슨 변고라도 당했나 싶었던 것이다.

그루터기를 훌쩍 넘어 유모차 쪽으로 뛰어갔다. 유모차 바퀴가 그녀 쪽으로 향하고 있었다. 가까이 가서 아무도 없는 걸 보고 나서야 마음이 놓였다. 하얀 천 기저귀가 담긴 가방은 네 번째 좌석 밑에 삐져나와 있었다. 물병과 쌀과자가 담긴 비닐봉지는 좌석 밑 그물망에서 튕겨 나와 몇 걸음 떨어진 바닥에 나뒹굴었다. 이동하던 중에 넘어진 듯 보였다.

마음이 불안해진 루이세는 다시 한번 주변을 둘러보며 큰 소리로 사람을 불렀다. 하지만 끝내 아무도 찾지 못하고 에이크에게 돌아왔다.

"저쪽에 얘들 유모차가 있어요." 루이세가 방금 지나온

길을 가리키며 말했다.

울던 아이는 에이크의 품에서 깊이 잠들었다. 이젠 나머지 두 아이가 칭얼거렸다.

"애들 태우게 그 유모차를 갖다 줄래요?" 에이크가 부탁했다.

루이세는 고개를 끄덕이며 듬성듬성 솟은 나무들 사이를 바라봤다. 자진해서 호숫가에 어린 아이들을 방치할 사람은 없을 터라 갑자기 아드레날린이 분출하기 시작했다.

루이세는 유모차를 가지러 다시 숲길로 들어갔다.

몸을 굽히고 유모차 손잡이를 잡으려는데, 낙엽으로 덮인 덤불 밑에 희끄무레한 물체가 보였다. 눈을 가늘게 뜨고 보니 여자의 다리였다. 가시에 긁혀 핏자국이 선명했다.

루이세는 유모차를 내려놓고 덤불 쪽으로 성큼 다가갔다.

"이봐요!" 이번엔 목소리를 바짝 낮췄다. "이봐요!" 쪼그리고 앉아서 재킷 소매로 손을 감싼 뒤 나뭇가지를 들어올렸다. 하의가 벗겨진 상태로 뒤틀린 여자의 몸이 보였다.

"바닥에 여자가 쓰러져 있어요." 루이세는 아이들이 놀랄 거라곤 생각도 못하고 큰 소리로 외쳤다. 그리고 재빨리 휴대폰을 꺼내 구급차를 불렀다.

그런데 신고를 받은 구급차 배차 담당자가 잠시 머뭇거리더니 이 동네 지리를 모른다고 했다. 루이세는 서둘러 설명했다. "쉽게 찾는 방법은 호발소에서 비스트럽 숲으로 향하는 길을 타면 돼요. '삼림 관리인의 집'이라는 곳을 지나 계속 직진하세요. 내가 도로 쪽에 서 있다가 이쪽으로 안내할 게요."

루이세는 여자의 얼굴을 보기 위해 덤불 반대편으로 돌아갔다. 관목 사이로 헤집고 지나가다 나뭇가지에 바지가 찢어졌다.

여자는 이마를 심하게 구타당했는지 상처가 심했다. 어쩌면 나무에 세게 부딪혔는지도 몰랐다. 눈은 멍하니 위를 향하고 있었다. 진작 숨이 끊어졌을 터라 맥박을 확인할 필요도 없었다. 얼굴을 보니 그녀와 비슷한 연배 같았다.

아마도 도망치려다 가해자의 손아귀에 잡혀 뒤로 홱 잡아채였나 보다. 얼굴에 생긴 심한 상처로 봐서 격렬하게 반항하다 흠씬 두들겨 맞은 듯 보였다.

루이세는 뒤로 몇 걸음 물러나서 주변을 찬찬히 살폈다. 누군가가 여자를 관목 덤불 아래 숨기려 애쓴 듯 보였지만, 숲길을 따라 걷다 보면 눈에 쉽게 띌 정도로 어설픈 솜씨였다.

신발 한 짝과 바지가 조금 떨어진 바닥에 놓여 있었다. 루이세는 그쪽으로 걸어가 몸을 수그리고 회백색 바지를 살폈다. 단추는 떨어져 나갔고 지퍼는 한쪽이 뜯겨 있었다. 가해자가 단추와 지퍼를 풀 새도 없이 여자의 바지를 확 뜯어 내렸나 보다.

잔풀이 돋아난 흙바닥에 검붉은 그늘이 눈에 띄었지만 핏자국인지 분간할 수 없었다. 아무래도 성폭행은 두 나무

사이 바닥에서 이루어진 것 같았다.

루이세는 구급차 배차 담당자가 위치를 제대로 알아듣지 못했을까 싶어 다시 전화해야겠다고 생각하며 에이크와 아이들이 있는 곳으로 돌아왔다.

"여자는 이미 죽었어요." 루이세가 말했다. "경찰이 올 때까지 유모차는 그대로 둬야겠어요."

"그럽시다." 바닥에 누워 잠든 아이들을 두고 에이크가 일어나며 물었다. "고의 범행인가요?"

루이세가 고개를 끄덕였다.

"여자가 애들의 보모라면 조만간 부모들이 아이가 없어진 걸 알아차리겠죠." 에이크가 말했다.

루이세도 같은 생각을 하던 참이었다. 죽은 여자의 신원은 어렵지 않게 알아낼 수 있을 것이다. 이 근처 사람이 아니라면 애들을 셋이나 데리고 호수까지 걸어오진 않았을 테니까.

"난 교차로까지 나가서 경찰과 구급차를 기다릴게요." 루이세는 잠시 망설이다 덧붙였다. "아니면 당신이 가서 그들을 데려올래요?"

에이크가 재빨리 고개를 저었다. "난 돌아오는 길을 찾지 못할 겁니다." 말을 마치고는 코트 주머니에서 담배를 꺼냈다.

루이세는 가파른 길을 따라 올라가기 시작했다. 이리저리 뛰어다녔더니 다리가 후들거렸다. 언덕 꼭대기에 이르자 숨이 턱까지 차올랐다. 숲길을 따라 걸어가다 방향을 오른쪽으로 틀어 교차로까지 이어지는 도로로 접어들었다. 길이 생각보다 먼 것 같아 차를 가져오지 않은 걸 후회했다.

숲으로 들어오는 간선 도로에 간신히 도착한 뒤, 카밀라에게 문자메시지를 보내려고 그루터기에 털썩 주저앉았다. 아무래도 오늘은 카밀라에게 진주를 전해주러 갈 시간이 날 것 같지 않았다.

6

의료진을 태운 구급차가 시야에 들어오기 한참 전부터 사이렌이 울리며 조용한 숲을 흔들었다. 금방 도착할 거라는 사실을 그녀에게 알리려는 의도일 거라고 짐작했다.

루이세는 그루터기에서 일어났다. 잠시 후 언덕배기를 넘어오는 구급차가 보였다. 손을 흔들어 세운 뒤 방향을 알려줬다.

"이 길로 800미터쯤 직진하다 좌회전하세요."

루이세가 막 돌아서려는데 경찰차 한 대가 옆으로 다가와 멈췄다. 루이세는 운전대를 잡은 사람이 미크 라스무센인 걸 확인하고 깜짝 놀라 한 걸음 물러났다. 오랫동안 그를 만나지 못했다. 정확히 말하자면 미크가 관계를 끝내자고 한 뒤로 처음이었다.

헤어질 당시 미크는 소리치고 욕설까지 퍼부으며 온갖 문제를 시시콜콜 들먹이면서 그녀를 비난했다. 순전히 그녀가 자기에게 마음을 허락할 수 없다고 생각하거나 실제로 허락하지 않는다는 이유였다.

미크는 그녀가 결국 혼자 외롭게 죽어갈 거라고 악담을 퍼부었다. 그렇더라도 자기는 전혀 슬퍼하지 않을 거라며 빈정거렸다. 그를 떠올릴 때마다 그 말이 귓전에 맴돌아서 루이세는 점차 그에 대한 생각을 억지로 밀어냈다.

미크의 말이 모두 진심이었다는 걸 루이세는 의심하지 않았다. 어쩌다 마음이 굉장히 약해졌을 때 그 말을 떠올리면 실제로 그렇게 될까 봐 두렵기도 했다. 미크에게 그런 말을 듣게 된 건 순전히 그녀 탓이었다. 아주 오래 전, 누구하고도 깊이 사귀지 않겠다고 굳게 마음먹었고 미크에게도 그 결심을 고수했다. 또다시 상처받지 않도록 누구에게도 정을 주거나 기대지 않았다.

루이세는 미크를 2007년에 처음 만났다. 홀베크 경찰서의 사건 해결을 지원하려고 특수기동대로 출장 근무를 나왔을 때였다. 미크와 한 사무실에서 근무했는데, 처음엔 키만 멀쑥한 이 보안관에게 별로 끌리지 않았다. 서먹한 사이로 지내던 어느 날 그가 카약을 타러 가자고 청했다. 잠시 사건에서 벗어나 머리를 식힐 기회였다. 루이세는 기동대 팀과 머물던 낡은 호텔이 지겹던 참이라 그의 초대에 흔쾌히 응했다. 어쩌다 보니 그날 밤 그의 거처에서 아이리시 커피를 마시게 되었다. 하룻밤 인연은 해를 넘기고도 계속 이어졌다. 2년 동안 만나면서 미크는 둘 사이를 진지한 관계로 여겼지만 루이세는 심각하게 여기지 않았다.

"오랜만이네." 루이세는 스치는 생각을 떨쳐내며 말했다. 조수석에 앉아 있는 여자 동료에게도 눈짓으로 가볍게 인사했다. 살해당한 여자가 아이들을 데리고 산책 나온 보모 같다고 설명하면서 내심 자신의 목소리가 너무 딱딱하다고 생각했다.

"그럼 아이들은? 여전히 그 자리에 있어?" 미크가 호수 쪽을 가리키며 물었다.

"자고 있어. 내 동료가 옆에서 지키고 있어." 루이세는 아이들이 필시 배도 고프고 목도 마를 거라는 얘기도 덧붙였다.

루이세는 옛 생각에 잠긴 채, 미크의 차와 과학 수사관들의 파란색 밴이 떠나는 모습을 한참이나 지켜봤다.

루이세가 돌아왔을 때 에이크는 벤치에 앉아 홀베크 경찰서에서 온 남자에게 상황을 설명하고 있었다. 아이들은 여전히 바닥에서 자고 있었다. 에이크의 오른쪽으로는 사람들의 출입을 통제하는 저지선이 쳐졌다. 경찰차가 한 대 더 숲길을 따라 들어왔다.

"애들 소리를 들었습니다." 에이크가 발견 당시 상황에 대해 설명했다. 바지는 흙투성이고 어깨 쪽은 아이가 울면서 흘린 눈물과 콧물로 축축했다. "애들을 발견하고 5분에서 10분쯤 뒤 루이세가 여자의 시신을 찾아냈습니다." 에이크가 이야기하다 말고 루이세를 쳐다보며 물었다. "그렇죠?"

루이세는 고개를 끄덕이며 미크가 여자의 시신이 있는 장소에서 걸어 나오는 모습을 지켜봤다. 유모차는 이제 똑바로 세워져 있었다.

"여자의 이름은 카린입니다." 미크가 벤치 쪽으로 다가와서 말했다. 손에는 여자의 지갑이 들려 있었다. "거주지가 스토케보 로드로 나와 있는데, 혹시 들어봤어?" 미크가 루이세를 쳐다보며 물었다.

루이세는 잠시 생각하다 고개를 저었다. 캠핑장으로 이어지는 다른 도로인가 싶었지만 확실하지 않았다.

"아마 여기서 곧장 가다가 갈림길에서 좌측으로 가면 나오지 않을까 싶은데." 루이세가 뒤쪽을 가리키며 설명했다. "숲길을 따라 쭉 가면 커다란 주차장이 나오고, 그 주차장을 지나서 나오는 자갈길이 스토케보 로드인 것 같아."

이 근방에서 숲길로 이어지는 다른 길은 딱히 떠오르지 않았다.

"그쪽에 주택도 몇 채 있거든." 루이세가 덧붙였다.

과학 수사관들이 시신 주변에서 증거를 수집하기 시작했다. 유모차는 비좁은 길에서 옆으로 살짝 치워졌다. 범죄 현장에는 늘 극도의 긴장감이 흘렀다. 다들 머리카락 한 올도 놓치지 않으려고 현장을 열심히 살폈다. 루이세는 그런 긴장감과 고도의 집중력이 새삼스러웠다.

하지만 오늘은 수사팀의 일원이 아니었다.

"아이들을 주소지로 데려다 줘야 해." 미크가 여자 동료에게 말했다.

수사를 진행하고 임무를 할당하는 미크의 모습이 자연스러워 보였다. 루이세의 양아들 요나스가 최근에 미크의 승진 소식을 전해주긴 했지만 그가 수사를 이끄는 모습을 본 건 이번이 처음이었다. 요나스와 미크는 여전히 연락하며 지냈다. 두 사람은 디나도 같이 키우다시피 했다.

노란색 래브라도 종인 디나는 원래 미크의 강아지였다. 아버지를 잃은 뒤 루이세와 같이 살게 된 요나스에게 디나를 키워보라고 미크가 제안했다. 열두 살짜리가 그런 제안을 받고 거절하기 어렵다는 걸 알면서도 루이세는 요나스에게 화가 많이 났었다. 사전에 그녀와 상의하지 않은 것도 못마땅한 데다 때맞춰 밥 주고 씻기고 산책까지 시켜야 하는 동물을 키울 생각은 추호도 없었기 때문이다.

미크가 루이세 쪽으로 다가왔다. "시신 발견자 란에 당신 이름이 적힌 걸 보고 조금 놀랐어."

"이쪽으로 온다고 사전에 통지했어야 하는데 우리가 미처 생각을 못했어." 루이세가 사과했다. 다른 지구대에서 조사를 진행할 때는 사전에 통지하는 것이 기본 절차였다. "지난주에 이쪽에서 사고가 있었거든." 루이세는 여자가 미끄러져 사망한 장소를 둘러보러 왔다는 점을 설명했다. "이따가 여자의 시신을 발견한 남자도 만나볼 참이야."

미크는 그 사건을 넘겨준 사람이 바로 자기라고 밝혔다.

"혹시 두 사건이 서로 관련된 건 아닐까?" 루이세가 물었다.

미크가 고개를 저었다. "지난주에 발견된 여자는 범죄 피해자라는 징후가 전혀 없었어. 개들을 풀어서 주변을 샅샅이 수색했지만 아무것도 나오지 않았어. 속단하면 안 되겠지만 부검 결과도 낙상에 따른 부상으로 사망했다고 나왔잖아. 경사지 주변엔 여자의 발자국밖에 없었어. 참, 여자의 신원은 알아냈어?"

"백방으로 알아보고 있어."

루이세는 미크를 만나 반가웠다. 둘 사이에 있었던 일은 이제 과거지사로 묻었다. 분노는 가라앉았고 그저 동료로서 업무상 관계만 남았다. 그런 상태가 나쁘지 않았다. 동료로서 이야기하는 지금 상황이 갑자기 아주 자연스럽게 느껴졌다. 루이세는 그에게 살짝 미소를 지어 보였다.

"오랜만에 보니 반갑네." 루이세는 다른 사람들이 듣지 못하도록 나직이 말했다. 에이크는 아이들을 여자 경관에게 맡겨 놓고 나무에 기대어 담배를 피우고 있었다.

"자리를 옮겼다던데, 일은 할 만해?" 미크가 물었다.

루이세는 무의식적으로 고개를 끄덕이려다 멈칫하고는 솔직하게 털어놨다. "별로야. 하지만 자리 잡고 나면 괜찮겠지."

가끔은 미크가 그리워 가슴이 시릴 때도 있었다. 두 사람 사이에 형성된 가족 같은 유대감 때문에 헤어진 뒤로 많이 허전했다. 하지만 그와 헤어지고 나서 오히려 더 편했다는 사실을 떠올리며 마음을 다잡았다. 게다가 그녀에겐 요나스와 멜빈이 있었다. 아래층에 사는 멜빈은 은퇴한 노인으로, 퇴근이 늦는 루이세를 대신해 요나스의 저녁을 챙겨주는 등 여러모로 도와줬다. 하지만 홀로 지새야 할 긴긴 밤이 남아 있었다. 누군가에게 특별한 사람이 돼야 한다는 압박을 피하려면 섹스를 포기해야 한다는 사실을 받아들여야 했다.

“우리가 이 자리에 더 있어야 해?” 루이세는 에이크에게 자리를 뜨자는 신호를 보내며 미크에게 물었다. “사실 원래 가려고 했던 경사지엔 올라가보지도 못했거든. 삼림 관리인을 만나 얘기도 해야 하고.”

“당장은 별게 없으니까 가도 될 것 같아.” 미크가 대답했다. “여기로 오다가 특별히 본 건 없지?”

루이세가 고개를 저었다. “아이들을 발견하기 전까진 별거 없었어.”

아이들은 경찰차 뒷좌석으로 옮겨졌다. 여자아이가 칭얼거리기 시작하더니, 경관이 안전벨트를 채우려 하자 울음을 터뜨렸다. 두 사내아이는 겨울잠에 들어간 듯 조용했다. 안전벨트를 채울 때도 가만히 있었다.

“아랫길에서 거슬러 올라갈 거예요.” 루이세가 경사지와 그 아래 호수를 가리키며 에이크에게 말했다. 그런 다음 경찰차가 빠져나가는 모습을 가만히 지켜봤다. 내심 그들과 함께 수사를 진행하고픈 마음이 들었지만 애써 억눌렀다.

“갑니다.” 에이크가 담배를 짓눌러 끈 뒤 꽁초를 주머니에 넣으며 말했다.

7

신원미상의 여자가 발견된 경사지로 이어지는 길은 쉽게 지나다닐 만한 곳이 아니었다. 바닥은 미끄러운 진창길이고 도중에 개울도 건너야 했다.

"개울을 건널 수 있게 나무 그루터기가 두어 개 놓여 있어요." 루이세가 기억을 더듬으며 말한 뒤, 에이크에게 따라오라고 손짓했다.

루이세는 경사지 위로 올라가야 뭐라도 알아낼 거라고 짐작하면서도 일단 기슭부터 살펴보기로 했다.

"사람들이 호수 주변을 두루 돌아다니나요?" 에이크가 쫓아오느라 숨을 헐떡이며 물었다.

"아뇨. 주로 그네 근처에서 놀아요. 어쩌다 캠핑 방갈로 옆으로 펼쳐진 목초지 아래쪽까지 가는 사람이 있긴 해요."

"흠, 그럼 여자가 이쪽 근방에서 노숙을 했다면 본 사람이 없을 가능성이 크네요." 에이크가 그루터기에 걸려 비틀대며 말했다.

"이쪽 근방이라면 그럴 거예요." 루이세는 에이크의 말에 동의하며 조심스럽게 그루터기에 발을 디뎠다.

경사지는 상당히 가팔랐다. 여자가 떨어져 사망한 지점에서 올려다보니 족히 5, 6미터는 될 것 같았다. 위에서 이쪽으로 내려올 만한 길은 전혀 없었다. 커다란 나무가 우뚝우뚝 솟아 있는 땅이 갑자기 뚝 끊긴 것처럼 보였다.

"어두워진 후에 떨어졌겠죠?" 루이세가 말했다. "그렇지 않다면 길이 끊긴 걸 못 봤을 리 없잖아요."

"그나저나 저 위에서 대체 뭘 했을까요?" 에이크가 중얼거리듯 말하며 기슭 쪽으로 바짝 다가갔다. "그냥 우연히 지나갈 만한 곳은 아니잖아요."

경사지 위쪽은 커다란 나무들 때문에 그늘이 짙게 드리웠다.

"혹시 길을 잃었던 게 아닐까요?" 에이크가 주변을 둘러보며 의견을 내놨다. 그는 가죽 재킷을 벗어 어깨에 휙 걸쳤다. "당신이 얘기한 캠핑 방갈로에서 바람 쐬러 나왔다가 돌아가는 길을 찾지 못했을 수도 있잖아요."

루이세가 고개를 끄덕이며 말했다. "사방이 어두우면 돌아갈 길을 찾기가 쉽지 않았을 거예요." 캠핑장에 세워진 방갈로에서 빛이 새어 나오지 않으면 방향을 알아낼 방법이 없었다.

"지난주에 방갈로를 빌린 사람이 있는지 알아볼 수 있을까요?"

루이세가 어깨를 으쓱했다. "삼림 관리인이 알고 있으려나? 이따 만나면 물어보죠."

두 사람은 아까 왔던 길로 돌아 나왔지만 개울을 건너지 않으려고 위쪽으로 둘러 갔다.

"방갈로는 저 위쪽에 있어요." 루이세가 왼쪽을 가리키며 말했다. 불을 피우도록 파 놓은 구덩이가 호수 옆쪽에 그대로 있었다. 전에는 그냥 땅바닥에 주저 않았는데, 지금은 구덩이 주변에 그루터기가 빙 둘러 놓여 있었다.

잔풀로 덮인 언덕 꼭대기까지 계속 올라가자 초록색 페인트가 칠해진 방갈로가 보였다. 루이세가 기억하는 것보다 규모가 컸다. 지난 20년 사이 확장됐나 보다.

"여자가 여기서 나갔다면 길을 잃었을 수도 있겠네요." 에이크가 방금 지나온 방향을 돌아보며 말했다.

루이세가 고개를 끄덕였다. 여자가 빈 방갈로를 은신처로 사용했다면 그럴 수 있을 것 같았다.

방갈로 앞쪽은 자갈이 깔린 널찍한 마당이었고 왼쪽은 잔디가 길게 자란 뜰이었다. 잔디밭에는 그네와 미끄럼틀이 세트로 연결된 놀이기구가 두 개 있고 벤치도 몇 개 보였다. 잔디에 밟힌 흔적이 전혀 없는 것으로 봐서 요 며칠 사람이 머물지 않은 듯했다.

두 사람은 방갈로 쪽으로 걸어가 창문으로 안을 들여다봤다. 학생들이 단체로 와서 캠핑하는 방갈로 같다고 에이크가 말했다. 이층 침대와 책상이 몇 개 놓여 있고 벽 쪽으로 의자가 높다랗게 쌓여 있었다. 건물의 양 날개 쪽에 늘어선 침실과 휴게실까지 살펴봤지만 노숙하는 여자의 소지품처럼 보이는 물건은 하나도 없었다.

"삼림 관리인에 대해 우리가 아는 게 뭐죠?" 루이세가 차를 돌려 나오면서 물었다.

에이크가 앞좌석 사물함에서 경찰 보고서를 꺼내 읽었다. "이름이 톰슨이군요. 주소지는 스코브 해스트럽인데, 그 일대도 아는 지역인가요?"

루이세는 도로에 움푹 팬 곳을 주시하며 고개를 끄덕였다. 잘게 부서진 자갈이 갑자기 튀어 오르는 바람에 눈을 깜빡이고는 차를 천천히 몰았다. 흔들리는 나뭇잎에 반사된 햇살이 섬광처럼 번뜩거려 눈이 부셨다.

루이세는 숲에서 나와 속도를 높이려다 '사냥터 관리인의 집' 뜰에 서 있는 덩치 큰 남자를 보고 멈칫했다. 그는 삽을 들고 서서 그들이 지나가길 기다리고 있었다.

루이세는 가속 페달에서 발을 떼고 남자를 향해 손을 흔들었다.

남자가 흥분한 아이처럼 손을 열심히 흔들며 그녀에게 화답했다.

루이세가 계속 손을 흔들면서 그 집의 진입로를 지나쳤다.

"옛날 남자친구라도 됩니까?" 에이크도 웃으면서 남자에게 손을 흔들었다. 남자의 입이 더 크게 벌어졌다.

"무슨 그런 소릴!"

루이세는 지금 손을 흔드는 저 사내가 옛날에 사고를 당했다고 설명했다. "요르겐은 건설 현장에서 일하다 머리를 다쳤대요. 하필 안전모를 벗고 스웨터로 갈아입는데 위에서 철근이 떨어졌나 봐요. 사고 이후 아내와 함께 이곳으로 들어왔어요. 그 뒤로 아내가 줄곧 돌보고 있어요. 그는 누가 차를 몰고 지나가면 꼭 멈춰 서서 손을 흔들어요."

에이크는 웃음을 멈추고 사이드미러로 남자를 쳐다봤다. 그는 한 팔을 여전히 들고 있었다.

3킬로미터쯤 더 가자 초승달 모양을 한 스코브 해스트럽이 나왔다. 이 마을은 흐발소로 가는 간선도로 뒤쪽에 있었다.

"아까 그 삼림 관리인의 이름이 정확히 뭐랬죠?" 루이세가 깜빡이를 켜면서 에이크에게 물었다.

"올레 톰슨."

에이크는 삼림 관리인의 이름을 말하다 갑자기 기침을 심하게 했다. 폐부 깊숙한 곳에서 올라오는 거친 기침이었다.

'흠, 이런. 엿 같은 빅 톰슨Big Thomsen이군.'

루이세는 고개를 끄덕이며 생각했다. 안 봐도 누군지 훤히 알았다. 그는 머리보다 몸이 먼저 움직이는 사람이었다. 전에 자갈 채굴장에서 일했는데, 그 사이 숲으로 이주했나 보다.

"글렌테소 로드라는 곳에 산대요." 기침이 멎자 에이크가 덧붙여 말했다.

루이세는 간선도로에서 벗어나 비좁은 도로로 들어섰다.

도로 폭은 좁았지만 갓길은 의외로 넓었다.

"저쪽에 보이는 농장일 거예요." 에이크가 앞쪽을 가리키며 말했다.

루이세는 속도를 늦추고 농장 마당으로 진입해서 낡은 토요타 랜드 크루저 뒤에 차를 세웠다.

루이세가 막 시동을 끄는데 부엌문이 벌컥 열리며 사람이 나왔다. 톰슨은 변한 게 거의 없었다. 여전히 키가 크고 근육질의 다부진 체구였다. 짙은 머리카락은 마지막으로 봤을 때보다 짧았고 관자놀이가 살짝 벗겨졌다. 짧은 머리는 대머리가 진행되는 걸 어떻게든 막아보려는 시도일 거라고 루이세는 생각하며 차에서 내렸다.

에이크가 앞장서 들어가고 루이세는 뒤쪽에 잠자코 서 있었다. 에이크는 자신을 소개한 뒤, 톰슨이 홀베크 경찰에게 진술한 내용 외에 몇 가지 더 물어보러 왔다고 설명했다.

"딕터폰을 사용해도 괜찮겠습니까?" 에이크가 주머니에서 소형 녹음기를 꺼내며 물었다.

톰슨이 기대에 찬 표정으로 고개를 끄덕였다. 그는 팔짱을 끼고 몸을 뒤로 살짝 기울여 루이세와 에이크를 내려다봤다.

루이세는 그가 자신을 알아차리는 낌새가 없어서 적잖이 안심했다. 그녀가 자신을 소개하면서 악수를 청할 때도 그의 표정은 바뀌지 않았다. 별다른 관심이나 호기심을 드러내지 않고서 그녀의 손을 잡았을 뿐이다.

"글쎄, 딱히 더 할 얘기는 없을 것 같은데…." 그가 입술을 깨물며 느릿느릿 말했다. 뭘 생각하는 것 자체가 곤혹스러운 듯 보였다. "웬 여자가 그냥 거기 누워 있었어. 죽은 채로." 그가 어깨를 으쓱하며 덧붙였다.

"누군지 알아보지는 못하셨고요?"

"처음 보는 얼굴이었어."

"혹시 근처에서 돌아다니는 걸 본 적은 없습니까?"

"전혀."

"만에 하나 여자가 그 위쪽 방갈로에 머물진 않았을까요?" 에이크가 넌지시 물었다.

"턱도 없는 소리!" 톰슨이 단호하게 소리쳤다. "거긴 보너의 구역이야. 살로세 출신의 보너 크누센 말이야. 그 친구는 애들이 함부로 접근하지 못하도록 눈에 불을 켜고 지킨다니까. 방갈로가 비어 있을 때도 누가 창문에 돌을 던지거나 시설을 망가뜨릴까 봐 날마다 확인하지."

"그럼 지난주에는 방갈로에 손님이 있었습니까?"

톰슨이 숨을 깊이 들이마시고 눈을 찡그리더니 고개를 흔들었다. "없었던 것 같은데. 하지만 다음 주에는 힐레뢰드에서 사람들이 올 거야. 그들은 해마다 이맘 때 오거든. 그런데 인솔교사들 중 한 명은 감시 대상이야." 그가 에이크 쪽으로 음흉한 눈짓을 보냈다. "우린 숲에서 어슬렁거리는 사람을 예의주시하거든."

에이크는 그에게 보너 크누센의 전화번호가 있는지 물었다.

루이세는 보너를 기억했다. 체구가 작은 보너는 그녀보다 몇 학년 위였다. 부모가 커다란 농장을 운영해서 아침에 소를 돌보다 작업복 차림으로 등교하기도 했다.

톰슨은 가슴 주머니에서 휴대폰을 꺼내 큼직한 손으로 작은 화면을 두드렸다.

"그 사람한테 전화해서 직접 물어봐." 그가 귀찮다는 듯한 목소리로 보너의 번호를 알려줬다.

'안 그래도 그럴 생각이야.' 루이세는 짜증이 났지만 꾹 참았다.

"혹시 여자가 숲 어딘가에서 야영했을 가능성은 없을까요?" 에이크가 개의치 않고 또 물었다.

톰슨이 에이크의 말을 묵살했다. "그랬다면 우리가 못 봤을 리 없지. 우리는 숲에서 일을 마치고 나서 그냥 노닥거리지 않아. 사냥터 관리인들을 위한 재정 지원을 삭감한 뒤에도 우리더러 구석구석 다니며 죽거나 다친 동물을 처리하라고 한다니까."

그가 숨을 들이마시고 불평을 더 늘어놓으려는데 루이세가 끼어들었다.

"그 정도면 됐습니다." 루이세는 그에게 고맙다고 인사한 뒤 몸을 돌렸다.

"천만에. 도움이 됐나 모르겠군." 톰슨이 대답했다.

루이세는 뒤통수에 와 닿는 그의 따가운 시선을 의식했다.

"가만 있자, 당신 혹시 레버예그에서 살지 않았었나?" 루이세가 빨리 차문을 열고 차에 타려고 하는데, 톰슨이 큰 소리로 불러 세웠다.

"당신, 클라우스랑 사귀던 여자 맞지?"

루이세는 얼음처럼 굳었다. 등을 보인 상태에서 어떻게든 마음을 가라앉힌 후 천천히 돌아섰다.

"이름이 왠지 익숙하더라니까." 톰슨이 의기양양하게 말했다. "내 머리가 그렇게 녹슬진 않았군. 클라우스의 부모하고는 여전히 연락하고 지내나?"

입을 열면 감정이 드러날까 싶어 루이세는 고개를 살짝 저은 뒤 황급히 차에 올랐다.

"아까 그 얘긴 뭡니까?" 톰슨의 농장에서 어느 정도 벗어난 뒤 에이크가 물었다.

루이세는 호기심 어린 에이크의 시선을 무시했다. 마침 재채기가 나오려는 것도 참았다.

"조심하세요." 에이크가 말했다. "재채기를 너무 세게 하면 갈비뼈가 부러지거나 디스크가 돌출될 수 있어요. 그렇다고 억지로 참으면 머리나 목에 있는 혈관이 터질 수 있습니다. 재수 없으면 죽어요."

"알려줘서 고맙군요." 루이세가 톡 쏘아붙였다. 재채기를 참다가 혈관이 터질 거라는 걱정은 없었다. 다만 찰나의 순간이나마 자동차를 통제하지 못할까 봐 운전하면서 재채기하는 게 싫었을 뿐이다.

잠시 침묵이 흘렀다. 하지만 그리 오래 가지는 않았다.

"올레 톰슨이랑 아는 사이죠?" 루이세가 마지막 모퉁이를 돌고 속도를 높였을 때 에이크가 단정하듯이 물었다.

"아는 사이였죠." 루이세가 경멸적으로 말했다.

"정확히 언제까지 이쪽에 살았나요?" 에이크가 이번엔 그녀 쪽으로 고개를 돌리며 물었다.

루이세는 한숨을 내쉬며 마지못해 대답했다. "5학년 올라가기 직전 여름에 이곳으로 왔다가 스무 살 때 다시 떠났죠."

"아직까지 여기 사는 친구들도 있겠네요?"

"없어요." 루이세가 재빨리 대답했다.

나무가 늘어선 레제 대로로 접어들자 에이크가 다시 그 얘기를 꺼냈다. "그래도 남자 친구는 있었잖아요!"

"있긴 있었지만 그게 언제 적 일인데요."

그의 집요한 질문이 성가셔서 루이세는 속도를 높였다. 그런다고 에이크가 입 다물 위인이 아니라는 걸 알았지만 운전에 집중한다는 핑계로 무시할 생각이었다.

"그 사람 이름이 클라우스였나요?" 에이크가 또다시 물었다.

하지만 루이세는 무시하고 운전에만 집중했다. 그러다 문득 부모의 낡은 심카(프랑스의 자동차 제조회사 및 그 제품명 - 역자 주)를 타고 이 길을 가다 목격했던 사고가 떠올랐다.

남동생과 함께 뒷좌석에 앉아 있었는데, 바로 이 지점을 통과하던 중에 앞서 달리던 차가 커다란 나무와 정면으로 충돌했다. 엄마가 그들에게 몸을 수그리고 창밖을 내다보지 말라고 소리쳤기 때문에 사고 현장을 제대로 보지는 못했다.

휴대폰이 나오기 한참 전이라 아버지는 도움을 청하러 근처 농장으로 뛰어갔다. 루이세는 몸을 웅크리고 있다가 비명 소리를 들었다. 부상자들의 신음 소리가 밤의 적막을 깨고 사방으로 퍼졌다. 충돌한 차에 몇 명이 탔는지, 얼마나 다쳤고 몇 명이 살아남았는지는 지금까지도 모른다. 하지만 살며시 고개를 들고 바라본 끔찍한 장면은 낙인을 찍은 듯 뇌리에 남았다.

"그 남자한테 차였나요?" 에이크가 오른쪽 손목에 찬 팔찌를 만지작거리며 물었다. 노란색과 초록색 끈을 꼬아 만든 낡은 팔찌였다.

"오래 전에 떠났다면서 이쪽 도로를 훤히 꿰고 있네요." 에이크는 기어이 그녀의 입을 열 작정인 것 같았다.

루이세는 입을 꽉 다물고 대답하지 않았다. 고속도로 진입로로 들어가지 않고 계속 직진했다.

"어, 뭡니까?" 에이크가 물었다.

"로스킬레로 갈 거예요." 루이세는 이제 에이크가 술이다 깨서 운전해도 될 거라 판단했다. "지금이라도 가면 약속을 지킬 수 있거든요."

"그럼 어디서 내릴 건데요?"

"아무 데나 상관없어요." 정말로 아무 데나 상관없었다. "여긴 어떨까요?" 루이세는 속도를 팍 줄여 차를 길가에 붙였다.

"아뇨, 아뇨. 그냥 약속 장소까지 가세요. 그 다음에 내가 차를 받을게요." 에이크가 차를 다시 도로 쪽으로 돌리라고 손짓하면서 말했다.

루이세는 고개를 돌리고 에이크를 쳐다봤다.

"그렇다면 그 입 좀 다물어 줄래요? 안 그러면 여기 내려서 걸어갈 겁니다."

"알았어요. 진정해요." 에이크가 졌다는 듯이 두 손을 들어올리고 고개를 살짝 숙였다. 긴 앞머리가 콧잔등까지 내려왔다. "입 꼭 다물고 찌그러져 있을게요."

루이세는 한쪽 입꼬리를 살짝 올리며 고개를 다시 도로 쪽으로 돌렸다.

카밀라가 새로 살게 된 대저택은 창문이 문짝만큼 클 정도로 웅장했다. 현관으로 이어지는 널찍한 돌계단 양쪽에는 아름다운 화분이 줄지어 놓여 있었다. 앞뜰 중앙에 조그마한 분수대가 있고 분수대 주변에 잔디가 동그랗게 깔려 있었다. 사방에 조그마한 조약돌이 깔려 있어서, 루이세가 집 앞에 차를 댈 때 타이어에 밟힌 조약돌이 뽀드득거렸다.

에이크는 대저택을 보고도 시큰둥한 표정으로 주머니에서 담뱃갑을 꺼냈다. 업무용 차를 쓸 때는 원래 담배를 피울 수 없었다. 하지만 루이세가 차에서 내리자 냉큼 운전석에 앉더니 창문을 내리고 바로 규칙을 어겼다.

"내일 봅시다." 에이크는 고개를 살짝 끄덕인 후 차를 돌려 쌩 떠났다.

8

“아까 발견했다는 애들은 어떻게 된 거야?” 카밀라가 물었다. 늦게나마 나타난 친구를 보고도 별로 놀란 얼굴이 아니었다.

“여자아이는 아무 일도 없는 것처럼 놀고 있더라.” 루이세가 말했다. “처음엔 어린 남자아이의 울음소리를 들었어. 아주 목 놓아 울더라고. 소리 나는 곳으로 달려갔더니 애들만 있더라니까.” 루이세는 말하다 말고 고개를 절레절레 저었다.

그 장면이 머릿속에서 떠나지 않았다. 여자가 죽을 때 아이들은 분명 아주 가까운 곳에 있었을 것이다. “얼마 동안 그렇게 방치된 상태로 있었는지도 모르겠어.”

카밀라가 뭘 마시겠냐고 묻더니 선택 가능한 음료를 일일이 읊었다.

“하이네켄 맥주.” 루이세가 대답했다. 담배를 오래 전에 끊었지만 지금 기분으로는 권하면 한 대 피우고 싶은 심정이었다. 하긴 에이크 때문에 오늘은 하루 종일 담배 연기를 흡입했다.

루이세는 심란한 이유가 미크를 다시 봤기 때문인지, 아니면 톰슨을 우연히 만났기 때문인지 종잡을 수 없었다. 어쩌면 처음부터 끝까지 엿 같은 상황의 연속이었기 때문인지도 몰랐다. 시다브넨에 있는 술집에서 에이크를 데려온 지 하루도 안 지났다는 게 믿기지 않았다.

"아까 우연히 빅 톰슨을 만났어." 루이세는 카밀라가 따 준 맥주를 받으며 말했다. "그 사람 기억나지?"

카밀라는 생각도 않고 고개를 저었다. 루이세와 달리 옛날 일을 털어버리는 데 선수였다. 카밀라가 테이블에 잔을 내려놓으며 말했다. "난 그 사람이 누군지 전혀 모르겠는데."

"아냐, 넌 알고 있어." 루이세가 우기더니 갑자기 웃었다. "그 남자랑 자기도 했잖아!"

"내가 그 남자랑 잤다고?" 카밀라가 놀라며 물었다. 얼굴 표정으로 봐선 정말 아무것도 떠오르지 않는 눈치였다.

"성령강림절(부활절 뒤 일곱 번째 일요일과 그 전후의 날들 - 역자 주) 축제 때 흐발소에 왔었잖아." 루이세가 옛날 일을 상기해 주었다. "아무튼 넌 그날 그 사람 집에 갔었어."

카밀라는 루이세와 처음 만났을 때부터 로스킬레에 살았다. 흐발소와 로스킬레가 기차로 한 정거장 거리였지만 카밀라를 흐발소까지 오도록 설득하는 게 쉽지 않았다.

"흠, 난 아무것도 기억나지 않는데." 카밀라가 끝까지 우겼다.

"그 당시 톰슨은 자기 부모 집 지하실에서 살았어. 한쪽에 바를 설치하고 커다란 스테레오 스피커까지 갖춰놨지. 그의 아버지가 로스킬레 경찰서장이었잖아. 기억나지 않는 게 아니라 기억하고 싶지 않은 거겠지."

"잠깐!" 카밀라가 머릿속에서 퍼즐을 맞추는 것처럼 눈을 이리저리 굴렸다. "아, 그 남자! 요새 어떻게 지낸대?" 카밀라는 질문하면서도 관심이 딴 데 있는 것 같았다. 창밖을 내다보더니 자리를 뜨면서 말했다. "나 좀 나갔다 올게. 일꾼들이 지금 떠나려는 것 같아. 오늘 중으로 일을 끝내겠다고 하더니 왜 저러는지 모르겠네."

루이세는 홀로 남아 맥주를 들이켰다. 열린 문틈으로 카밀라가 누군가와 언쟁하는 소리가 들렸다. 잠시 후 카밀라가 성난 얼굴로 주방에 돌아왔다.

"그 사람들한테 다시 올 필요 없다고 말해줬어." 카밀라가 투덜거렸다. "오늘 중으로 끝낼 거라더니 저 따위로 해놓고 그냥 가네. 낯짝도 두껍지."

카밀라가 손으로 식탁을 쾅 내리쳤다. "라스 헤밍센이야. 너도 알지? 이 자식도 옛날에 톰슨 패거리랑 몰려다니지 않았니?"

루이세는 누군지 퍼뜩 떠오르지 않았다. 어쨌든 톰슨은 늘 추종자를 거느리고 다녔다.

"그들이 어련히 알아서 안 할까." 루이세는 카밀라가 왜 이렇게 까다롭게 구는지 이해할 수 없었다. 도급업자들이 일을 제때 마치지 않는 것은 어제오늘의 문제가 아니었다.

"도장공들이 내일 올 거란 말이야." 카밀라가 분개하며 덧붙였다. "하지만 소용없게 됐지 뭐야. 벽에 회반죽도 다 안

발랐는데 페인트를 어떻게 칠하겠어. 너 그거 아니?"

루이세는 무슨 소린가 싶어 고개를 흔들었다.

"그 헤밍센이란 작자가 무자료거래를 요구하더라니까!"

"응?" 루이세는 무슨 소린가 싶어 귀를 쫑긋 세웠다.

"프레데릭이 계산서를 떼어달라고 하니까 일부러 작업을 질질 끄는 거야. 그래야 돈을 더 받아낼 수 있을 테니까."

카밀라는 결혼식을 집에서 치르겠다고 고집 부렸다. 저택 뒤쪽의 로스킬레 피오르드로 이어지는 대정원에서 예식을 치르고 널찍한 집에서 피로연을 열겠다는 계획이었다. 반면에 프레데릭은 로스킬레 대성당에서 결혼식을 올리고 레스토랑에서 멋진 디너파티와 함께 축하연을 베풀고 싶어 했다. 하지만 카밀라의 고집을 꺾지 못했다.

"아까 에븐소 호수 옆에서 미크를 우연히 만났어." 루이세는 남은 맥주를 잔에 따르며 말했다. "오랜만에 다시 보니까 기분이 묘하더라."

"그 사람은 거기서 뭐하고 있었는데?"

"수사를 지휘했지, 뭘 해."

"무슨 수사?"

"아까 말한 살인사건."

카밀라는 루이세의 말을 전혀 귀담아 듣지 않았다. 신문기자로 일하던 때였다면 옳다구나 달려들어 캐물었을 것이다.

"미크는 요새 어떻게 지낸대?"

카밀라는 다시 창가로 다가가서 미장공들이 장비를 차에 실는 모습을 지켜봤다.

루이세가 어깨를 으쓱하며 말했다. "물어보지 않았어."

"미크랑 헤어진 건 정말 멍청한 짓이었어." 카밀라가 몸을 돌리고 루이세를 나무랐다. "둘이 정말 잘 어울렸는데."

그러더니 다시 몸을 돌려 미장공들을 살폈다. 루이세는 대답하지 않으려고 잔을 들어 벌컥벌컥 들이켠 뒤 자리에서 일어났다. 카밀라는 완전히 딴 세상 사람이었다. 루이세는 거기에 동참할 기운이 없었다.

그때 문이 열리고 마커스가 들어왔다. 마커스 뒤로 친구 두 명이 따라 들어왔다.

"엄마, 우리 영화 보러 가도 돼요? 엄마가 극장까지 태워다 줄 수 있어요?"

카밀라는 아들의 친구들에게 가볍게 인사한 뒤 고개를 끄덕였다. "숙제할 거 없으면."

마커스가 뒤늦게 루이세를 알아보더니 다가와서 가볍게 포옹하고 휙 돌아섰다. 평소보다 성의 없는 인사에 살짝 당황했지만 친구들이 지켜보고 있어서 그런가 보다고 생각했다. 게다가 마커스가 곧 열네 번째 생일을 맞이할 거라는 점도 감안해야 했다.

루이세는 마커스가 학교를 옮겨서 자주 만나지 못했다. 요나스와 마커스는 일 학년 때부터 친구로 지냈다. 전학한 뒤로 자주 연락하자고 약속했지만 요나스는 딱 한 번 마커스를 방문했을 뿐이다. 마커스는 다행히 새로운 학교에 잘 적응한 듯 보였다.

"나도 정거장까지만 태워줄래?" 루이세가 부탁했다. 그리고 공예품점에서 사온 장식품을 가방에서 꺼내 테이블에 올려놨다. 그녀는 카밀라가 아래층 전체를 리모델링하면서까지 집에서 예식을 치르려는 이유를 도저히 이해할 수 없었다.

"그럼 미크하고 무슨 약속이라도 잡았니?" 차에 오른 뒤에 카밀라가 물었다. 사내아이들은 뒷자리에서 저희들끼리 떠들었다.

"그 사람은 살인사건을 수사하던 중이었다니까." 루이세가 같은 말을 다시 했다. "여자의 시신이 발견됐어. 몇 마디 나눌 새도 없었단 말이야."

"하지만 이젠 그에게 연락할 구실이 생겼잖아." 카밀라는 루이세의 기분을 감지하지 못하고 계속 떠들었다. "기분을 좋아지게 하는 데는 섹스만한 게 없다니까."

"그만하라니까." 루이세는 정거장에 도착하면 바로 내리려고 바닥에 내려둔 가방을 집어 들었다. "조심해서 가."

루이세는 카밀라의 뺨에 가볍게 입을 맞춘 후 차에서 내렸다. 보도에 올라서서 아이들한테도 손을 흔들었다.

루이세가 집에 돌아왔을 때 요나스는 방에서 기타를 연주하고 있었다. 닫힌 방문 너머로 연주 소리가 흘러나왔다.

루이세는 구두를 벗고 집 안으로 들어갔다. 꼬리치며 다가오는 디나를 살짝 만져준 뒤, 요나스의 방문을 두드렸다.

"오셨어요?" 요나스가 그녀를 올려다보며 말했다.

"오늘 멜빈 아저씨랑 저녁 같이 먹는 거지?" 아래층 사는 멜빈에게 연락하겠다고 말해놓고는 하루 종일 전화할 짬도 없었다. 각자 다른 계획이 없으면 주중에는 보통 함께 식사를 했다. 원래는 교대로 식사를 준비하기로 약속했지만 실제론 멜빈이 요리를 도맡다시피 했다.

"아저씨는 그레테 아줌마랑 같이 계세요. 아줌마 친구가 드라고르의 커뮤니티 가든에 사는데, 오늘은 거기 가신대요. 원하면 우리도 같이 가자고 하셨어요."

"난 별로 내키지 않는구나." 루이세가 한숨을 푹 쉬며 말했다.

지난 몇 달 동안 멜빈은 그레테와 자주 만났다. 두 사람은 우연한 기회에 만나 가깝게 지냈다. 그 덕에 루이세는 오늘처럼 아무도 만나고 싶지 않은 날, 멜빈의 말상대를 해주지 않아도 돼서 좋았다.

"난 아무래도 좋아요." 요나스가 말했다. "이거나 더 연습해서 유튜브에 올릴래요."

루이세는 아들의 생일 선물로 소프트웨어 프로그램을 사줬다. 녹음한 연주곡을 컴퓨터에 업로드하고 이미 올린 곡에 믹싱할 수 있는 프로그램이었다. 요나스는 날마다 몇 시간씩 작곡과 편곡에 매달렸다. 루이세는 그런 아들에게 아무런 불만이 없었다. 폭력이 난무하는 비디오 게임에 빠지거나 페이스북에 올라온 친구들의 시시껄렁한 이야기에 댓글을 다느라 밤을 지새우는 다른 십 대에 비하면 기특하기까지 했다.

“샌드위치 먹을래? 아니면 나가서 뭐 좀 사올까?” 루이세가 주방으로 가면서 물었다.

“샌드위치요.” 요나스가 다시 기타를 연주하며 대답했다.

9

"어서 오세요." 8시쯤 사무실에 당도한 루이세에게 에이크가 인사를 건넸다. 그는 책상에 발을 올린 채 손에 블랙커피가 가득 든 머그잔을 들고 있었다. 허벅지엔 조간신문이 펼쳐져 있었다.

에이크가 오늘도 검정색 차림인 것을 보고 루이세는 그의 옷장에는 검정색만 있나 싶었다.

"일찍 나왔네요." 루이세는 웅얼거리듯 인사하고 가방을 책상 옆에 내려놨다.

"맛 좀 볼래요?" 에이크가 빵이 든 봉지를 내밀며 물었다.

루이세가 고개를 저었다. "됐어요. 그냥 내 잔이나 돌려주세요."

에이크가 의아한 표정을 짓자 루이세는 커피가 가득 담긴 머그잔을 가리켰다.

"아! 텀블러가 없기에 그냥 제일 큰 놈으로 고른다는 게 그만…. 이거 다 마시고 돌려줄게요. 됐죠?"

루이세는 한숨을 지으며 전기 주전자에 물을 채우고 다른 잔을 찾았다.

"어제 죽은 여자는 진짜로 보모였답니다. 이제 겨우 서른네 살 먹었고요." 에이크가 신문을 가리키며 말했다. "그런데 홀베크 경찰서의 당신 친구가 정보를 꼭꼭 숨기는지 다른 내용은 없네요. 비밀 수사로 돌린 건가요? 따로 들은 얘기 없어요?"

루이세가 어깨를 으쓱하며 대답했다. "글쎄요. 그쪽하고 얘기한 게 없어서…." 차를 따를 만한 게 작고 하얀 찻잔밖에 없어서 짜증이 확 솟구쳤다. "우린 그냥 실종자 신원 파악에나 신경 쓰죠."

에이크가 고개를 끄덕이더니 신문을 접어 바닥에 휙 던졌다.

"덴마크인 실종자 명단에 없으니 국제 실종자 명단을 찾아보는 게 어때요? 여자의 얼굴 흉터와 비슷한 설명이 있는 사람을 찾아볼 수 있잖아요." 루이세가 물었다. 그녀는 에이크가 명단을 찾기 위해 컴퓨터를 보려면 다리를 책상에서 내려 놔야 한다는 사실을 생각하며 내심 고소해했다.

"어느 기간을 살펴볼까요?" 에이크가 전날 사용하고 치우지도 않은 잔 옆으로 루이세의 머그잔을 밀치며 물었다.

'여자가 작정하고 숨은 거라면 한 20년 정도는 거슬러 살펴봐야겠지.' 루이세는 속으로 생각한 뒤 말했다. "1960년에서 1975년 사이에 태어난 여자들 중에서 1990년 이후에 실종된 사례를 살펴보도록 하죠."

루이세는 흉터가 없는 쪽 살결이 매끄럽고 어린 아이처럼 연약해 보이던 걸 떠올리며 어쩌면 더 젊을지도 모르겠다고 생각했다.

에이크가 리옹에 있는 인터폴 본부에 접속하는 사이 사무실엔 침묵이 흘렀다.

"어제 그쪽으로 사진을 보냈으니," 에이크가 잠시 뜸을 들이다가 말을 이었다. "뭐라도 찾은 게 있으면 진작 통지해 주지 않았을까요? 여자가 그쪽에 등록돼 있었다면 흉터를 보고 벌써 찾았을 것 같은데요. 어찌 됐든 내가 직접 그쪽 목록을 살펴볼게요."

"좋아요." 루이세는 새로운 부서에 온 지 얼마 안 돼 인터폴의 실종자 명부에 일치하는 사람이 있으면 인터폴 본부에서 직접 연락을 해준다는 사실을 아직 몰랐다.

에이크가 인터폴 기록을 살피는 사이, 루이세는 국내 기록을 열어서 검색창에 "1990"을 입력했다. 실종 신고자와 취소자 명단이 화면에 떴다. 실종자가 다시 나타나거나 사망했다고 보고되더라도 등록 명부에는 이름이 남았다. 물론 그런 경우엔 이름 옆에 취소 코드가 표시돼 있었다.

이번엔 세부 검색창에 출생 연도를 기입하고 성별 란에 여자라고 체크했다.

루이세의 시선을 끈 첫 번째 사건은 1990년 3월 3일 실종된 1964년생 여자였다. 밑으로 읽어 내려가자 검정 표식이 보였다. 여자는 4개월 후 시신으로 발견되었다. 다음으로 루이세가 집중한 사진은 작지만 다부진 체격의 여자였다. 얼굴 뒤쪽으로 보이는 길고 검은 머리카락이 헝클어진 후광처럼 보였다. 콜딩 출신의 여자는 유사점이 있었지만 얼굴에 흉터가 없었다.

어쩌면 실종된 후에 사고로 흉터가 생겨 신고 당시에는 흉터에 대한 언급이 없었을 수도 있겠다는 생각이 들었다. 하지만 플레밍 검시관이 오래 전에 생긴 흉터라고 했던 말이 떠올라 루이세는 콜딩 사건을 그냥 넘어갔다.

페이지를 더 내려가자 흐발소라는 지명이 루이세의 눈길을 붙잡았다. 몸을 쑥 내밀고 1991년에 발생한 사건을 클릭했다. 취소되지도 않았고 검정 표식이 붙어 있지도 않았다. 여자가 끝까지 발견되지 않았다는 뜻이었다.

루이세는 눈을 찡그린 채 잠시 여자의 이름을 쳐다봤다. 어슴푸레 떠오르는 기억이 있었다. 당시엔 이미 마을을 떠난 뒤였지만 그 사건은 기억했다. 로테 스벤센. 실종 당시 스물세 살이었다. 루이세보다 몇 학년 위였다. 사진을 보자 얼굴도 어렴풋이 떠올랐다.

로테 스벤센은 마을에서 열린 성령강림절 축제 때 실종됐다. 실종 시간은 스포츠센터에서 파티가 열리던 토요일 저녁과 일요일 오전 사이로 추정되었다. 루이세는 그 사건이 어떻게 됐는지 전혀 신경 쓰지 않았다는 사실을 깨달았다. 흐발소를 기억에서 싹 지우려고 애쓰던 시절이었다.

'결국 돌아오지 못했구나.'

하지만 로테 스벤센은 그들이 찾는 신원 미상자와 일치하는 점이 하나도 없었다. 이어지는 목록에서 같은 연령대의 여자 두 명은 나중에 발견되어 신고가 취소되었다. 같은 해에 실종 신고된 여자가 또 있었지만 키가 크고 피부가 흰 편이라는 설명을 읽고 루이세는 그들이 찾는 여자가 아니라고 결론 내렸다. 다만 이 사건의 실종자도 끝내 발견되지 않았다는 점이 마음에 걸려 자세히 읽어봤다. 열아홉 살. 에스퍼가드에서 부모와 함께 살았고 뉘 톨스트럽에서 기숙학교에 다니는 친구를 방문하다 실종되었다.

루이세는 이 사건에 대해선 들어보지 못했다. 마을을 떠난 뒤 몇 년 동안 부모 집에 머문 적이 거의 없었기 때문일 것이다.

두 사건은 오래 전에 전자 시스템에서 삭제되고 압축 파일로만 보관되었고, 정보도 많지 않았다. 두 번째 사건은 여자가 실종되고 3주 뒤 예전 수색전담부에 배정됐었다는 점과, 비슷한 시기에 호발소에서 발생한 실종 사건과 관련됐을지도 모른다는 점만 간략하게 언급되어 있었다. 두 마을은 여자들이 실종된 숲을 사이에 두고 8킬로미터쯤 떨어져 있었다. 그 점을 제외하면 두 실종자 사이에 연결점이 없었다. 결국 별다른 단서를 찾지 못하고 사건은 교착상태에 빠지고 말았다.

★

한느가 노크도 없이 문을 열더니 부서 회의가 10시에 시작된다는 점을 상기해 주었다.

"참, 주방에 케이크를 갖다 놓으셨어요?" 한느가 루이세를 쳐다보며 물었다.

"케이크?" 루이세가 어리둥절한 표정으로 반문했다.

"우린 돌아가면서 케이크를 갖다 놓거든요." 한느가 말했다. "그럼 그게 하늘에서 뚝 떨어지는 줄 아셨어요?"

루이세는 부서의 주간 회의에 딱 한 번 참석했다. 테이블에 놓인 간식이 어디서 떨어지는지 생각해 보지 않았다. "그래? 내 차례인 줄 몰랐네."

"간식 명단에 나와 있잖아요." 한느는 구내식당 게시판에 명단이 붙어 있다고 설명했다.

지금까지 '아무도' 루이세에게 간식 명단에 대해 알려주지 않았다. 그걸 미리 알려줬어야 할 '아무개'가 한느일 거라고 루이세는 짐작했다.

"내가 얼른 빵집에 뛰어갔다 올게요." 에이크가 끼어들었다. "회의실에 가면 내가 몇 분 뒤에 합류할 거라고 전해줘요."

회의 시작까지 10분도 남지 않았지만 에이크는 벌써 재킷을 걸치고 문 쪽으로 걸어갔다.

"아뇨, 그러지 마세요." 한느가 에이크를 황급히 말렸다. "혹시 몰라서 제가 쿠키를 준비했거든요. 오늘은 이걸로 때우죠."

에이크가 한느를 향해 활짝 웃더니 볼을 만져주며 말했다. "담배가 떨어져서 어차피 나가려던 참이었어."

루이세는 론하트의 사무실로 가려고 억지로 몸을 일으켰

다.

연녹색 복도 벽에는 흑백으로 그려진 만화 캐릭터가 광택 처리된 나무 액자에 줄줄이 걸려 있었다. 누군가가 애니메이션 캐릭터를 아주 좋아하는 모양이었다. 이제 보니 루이세의 사무실 맞은편에도 새로운 그림이 추가되어 있었다. 애니메이션 영화 '라따뚜이Ratatouille'에 나오는 생쥐 레미였다.

'칫, 유치하긴!'

루이세는 처음엔 코웃음을 쳤지만 이내 씩 웃고 말았다. 복도를 따라 사무실이 세 개 더 있었는데, 수사관들의 이름은 기억하지 못했지만 그들 중 한 명이 그렸을 거라고 짐작했다.

"마음에 들어요?" 에이크가 뒤에서 물었다.

"마음에 드냐고요?" 루이세가 반문했다. "내 맘에 드는지가 중요한 포인트는 아닌 것 같네요. 쥐가 들끓던 사무실에 입주했다는 사실을 나한테 상기시키려는 의도 아니에요?"

"그럴 리가요!" 복도를 따라 걸어가면서 에이크가 말했다. "그건 요한슨의 작품이에요. 사무실 입주를 환영하는 뜻으로 그려준 것 같은데요. 그는 그림에 탁월한 재주가 있거든요. 부서 사람들한테 다 하나씩 그려줬어요. 난 구피 그림을 받았어요. 얼빠진 개 있잖아요."

에이크가 자신의 옛 사무실을 가리켰다. 문 바로 옆에 구피 캐릭터가 걸려 있었다.

"우리 부서에선 요한슨이 제일 고참이죠. 한느는 그가 그림을 팔아서도 충분히 먹고 살 거라더군요. 하지만 그는 주말이나 초과 근무할 때만 끼적거린답니다."

루이세는 싸구려 액자에 담긴 만화 그림을 누가 살까 싶었다. 요한슨이 그녀를 목표 고객으로 삼았더라면 한 푼도 벌지 못했을 거라고 확신했다.

"흠, 그렇다면 얼른 가서 그에게 고맙다고 해야겠네요." 루이세가 그렇게 말하며 슬며시 미소를 짓는데, 갑자기 한느가 뛰어왔다.

"방금 사무실로 전화를 연결했어요." 한느가 헐떡거리며 말했다. "여자 분인데, 당신이 신원을 파악하려고 애쓰는 여자를 안다는데요."

10

"아주 오래 전 일이에요." 루이세가 전화를 받자 여자가 어렵사리 입을 열었다.

"어쨌든 사진 속 여자를 알아보신다는 거죠?" 루이세가 재빨리 물었다.

"네, 물론이죠. 알아봤어요. 사진 속 여자처럼 얼굴이 흉하게 훼손된 여자아이를 알고 있어요. 멀쩡한 쪽 모습도 보니 금세 알아보겠던데요."

"그렇다면 전화 주셔서 감사합니다." 루이세가 여자의 이름과 전화번호를 물었다.

"아그네테에요." 여자는 골레브의 헬렌스레브에 산다는 말을 덧붙였다.

"우리가 찾는 여자를 만났던 적이 분명히 있으신 거죠?"

"물론이에요. 그녀의 이름은 리세메테예요."

루이세는 아그네테에게 아는 바를 소상히 알려달라고 부탁했다.

"당시엔 어린 아이에 불과했는데." 아그네테가 이야기를 시작했다. "몇 년도였는지 기억이 가물가물하네요. 아마 1965년이었을 거예요. 그래요, 리세메테는 1965년에 엘리스룬드로 왔어요. 내가 그때 D구역을 담당했기 때문에 또렷이 기억해요. D구역은 어린 아이들이 머물던 곳이에요. 리세메테는 세 살이었을 거예요."

"엘리스룬드? 그게 뭐죠?" 루이세는 일단 죽은 여자가 1962년에 태어났겠다고 추정하며 여자의 말을 끊었다.

"아, 그건 정신박약자들을 위한 시설이었어요." 아그네테가 설명했다. "요즘엔 지적장애인이라고 부르지만 그땐 다들 그렇게 불렀어요. 링스테드 외곽에 있는 시설인데, 난 거기서 간병인으로 일했어요."

아그네테가 생각에 잠겼는지 잠시 이야기를 중단했다.

"동네 이름이 뭐였는지 딱히 기억나지는 않네요. 앞쪽에 커다란 호수가 있었어요. 지도를 찾아보면 금세 찾아낼 수 있을 거예요."

"그러니까 그녀가 정신적으로 장애가 있는 사람들을 위한 시설에 있었다는 거군요." 루이세가 방금 들은 얘기를 반복했다. 플레밍 검시관이 실시했던 뇌 스캔 검사와 일치하는 내용이었다. "여자의 부모는 기억나세요? 그 동네 사람이었나요?"

"그런 건 기억나지 않아요."

"그녀의 가족이나 친척을 꼭 찾아야 하거든요." 루이세는 여자에게 잘 기억해보라는 뜻으로 말했다.

수화기 너머에서 침묵이 이어졌다. 루이세는 아그네테가 기억을 더듬고 있으려니 짐작했다. 그런데 한참 만에 입을 연 그녀의 목소리는 아까보다 날카로웠다.

"잘 모르나 본데, 그런 애들은 우리에게 넘겨진 후로 부모와 연락이 끊기는 경우가 많습니다. 부모를 영영 못 만나는 애들도 있고요. 그렇다 보니 우리가 걔들 친인척 이름을 알긴 어렵습니다. '기억에서 지워진 소녀들The forgotten girls'이라고 불리는 것도 다 그런 이유죠."

"그렇지만 부모가 아이를 그런 시설에 보냈다고 해서 존재 자체를 지우는 건 아니잖아요?"

"상당수는 그랬어요." 아그네테는 많은 부모가 '모자란' 자식을 뒀다는 걸 숨기거나 심지어 기억에서 지워버리려 했다고 설명했다. "그들은 일단 맡기고 나면 방문하고 싶어 하지 않았어요. 때로는 우리가 부모에게 방문하지 말라고 권유하기도 했어요. 부모가 다녀간 뒤로 아이가 불안해하고 발작을 일으키기도 했거든요. 그래서 아예 접촉하지 않는 것이 모두에게 좋았어요."

"그렇군요."

루이세는 반박하고 싶었지만 그런 일이 비일비재하게 일어난다는 걸 알기에 애써 참았다. 경찰로 근무하면서도 끔찍한 일을 수없이 목격하기도 했다. 그렇긴 해도 부모 기대에 미치지 못한다는 이유로 자식을 유기한다는 점은 용납하기 힘들었다.

아그네테가 침묵을 깨면서 변명조로 말했다. "내 얘기가 끔찍하게 들린다는 거 알아요. 하지만 그땐 다들 그랬어요."

"알겠습니다. 어쨌든 그 여자아이는 부모와 접촉이 없었다는 거죠?" 루이세가 마음을 가라앉히며 물었다.

"정확한지는 모르겠지만 내 기억으로는 방문자가 전혀 없었어요. 물론 내가 잘못 알았을 수도 있어요."

아그네테가 다시 입을 다물었다.

"그녀의 성이 뭔지는 기억하세요?" 루이세가 물었다.

"미안하지만 기억이 안 나네요."

"하지만 누군가는 그녀의 부모 이름을 알지 않을까요?" 루이세는 시설의 관리자나 감독자를 떠올리며 물었다.

"아, 물론 기록에는 적혀 있겠죠." 아그네테가 수긍했다. "하지만 직원들이 그런 데까지 신경 쓸 여력이 있어야죠."

"그러니까 기록이 있다는 거네요?"

"물론이죠. 그런 내용이야 당연히 기록 보관소에 보관돼 있죠. 하지만 옛날 파일이 아직 남아 있을지는 모르겠네요. 당시에는 지하실에 보관했거든요. 첫 환자들이 엘리스룬드에 들어온 1860년 기록까지 모두 보관해 뒀어요. 초창기 파일 중 일부는 박물관에 전시해 놨을 거예요."

"박물관이요?"

"네." 그녀는 루이세가 그 시설에 대해 전혀 모른다는 점이 성가신 듯 대답했다. "1980년에 정신박약자 보육부가 해체된 뒤 엘리스룬드도 대부분 폐쇄됐어요. 현재는 본관만 지적장애인을 위한 치료센터로 사용하고 있어요. 다른 건물은 모두 비어 있지만 듣자 하니 예전에 세탁실로 썼던 곳을 박물관으로 개조했다더군요. 당시 사용하던 장치 중 일부를 전시해 놨대요. 필시 유티카 크립Utica crib도 갖다 놨을 거예요. 물론 미친 사람들을 그런 식으로 가두는 건 오래 전 일이죠. 요즘엔 어디 그렇게 하나요."

"저, 유티카 크립이라는 게 뭐죠?" 루이세가 물었다.

"사람들을 가두는 데 쓰던 나무 상자예요. 면적이 3제곱미터쯤 됐을 거예요. 심하게 난동을 부리는 사람을 거기 가뒀어요. 물론 구속복과 벨트도 사용했죠. 그런 건 실내에서 사용했지만 유티카 크립은 한겨울에도 야외나 외양간에 설치했어요."

"아무튼 거기 가면 옛날 기록을 찾을 수 있다는 거죠?" 루이세는 아그네테의 스스럼없는 태도에 몸이 부르르 떨렸다.

"치료센터에서 근무하는 사람이 도와줄 수 있을 거예요. 본관으로 찾아가 보세요. 하지만 내가 뭘 알겠어요. 그쪽에 발길을 끊은 지 40년도 넘었는데. 어린 리세메테의 사진을 보는 순간, 왠지 연락을 취해야 할 것 같았어요."

루이세는 아그네테에게 협조해줘서 고맙다고 한 번 더 인사한 후, 인터넷에서 엘리스룬드를 검색했다.

엘리스룬드 치료센터, 웨스트 질랜드 주(州)라는 주소 뒤에 전화번호가 나왔다. 바로 전화를 걸었다. 센터 운영시간, 의뢰인과 연락하는 방법, 본관에 연결하기 위한 내선 번호 등 자동응답기 목소리가 들렸다. 루이세는 내선번호를 눌렀다.

그러자 릴리안이라는 여자가 곧바로 전화를 받았다.

"그런 기록은 아주 민감한 사안이라 함부로 내줄 수 없습니다."

릴리안은 루이세가 신분을 밝히고 전화를 건 용건을 설명하자 퉁명스럽게 말했다.

"파일을 넘겨달라고 요청하는 게 아닙니다." 루이세가 서둘러 해명했다. "그냥 좀 살펴보고 싶-"

"모든 기록은 사생활 보호법에 의해 보호받습니다." 릴리안이 또다시 루이세의 말을 잘랐다.

루이세는 한 번 더 사정했다. 신원 파악에 성큼 다가갔다는 생각에 잔뜩 들떴는데, 융통성이라고는 눈곱만치도 없는 여자가 앞을 막아섰다.

"우린 사망한 여자의 신원을 파악하려는 겁니다. 방금 그녀를 알아본 사람의 제보를 받았거든요. 사망자가 어렸을 때 엘리스룬드에서 살았다고 해서요." 루이세는 상세하게 설명했다. "직원 중에 누가 고인의 파일을 찾아서 주민번호나 부모 이름을 찾아주셨으면 합니다. 그래야 우리가 고인의 가족에게 연락할 수 있거든요."

"그건 어렵겠는데요." 릴리안이 무뚝뚝하게 말했다.

"그렇다면 영장을 발부받는 수밖에 없겠네요." 루이세는 릴리안의 관료주의적 행태에 한숨을 내쉬며 말했다. "그래도 옛날 기록이 아직 거기 있는지 정도는 얘기해줄 수 있지 않나요?"

"네, 물론 있습니다. 우린 아무것도 함부로 내버리지 않거든요." 릴리안이 계속 떽떽거렸다.

기록이 있다는 사실을 릴리안이 알려주자 루이세는 틈을 놓치지 않고 한 번 더 시도해야겠다고 판단했다.

"그렇다면 한 가지만 부탁드릴게요. 아무라도 기록 보관소에 내려가 옛날 환자 기록을 살펴서 리세메테라는 이름의 여자아이가 거기 살았는지 여부만 알려주셨으면 합니다."

"아무라도 전화해서 그런 걸 요청할 수는 있겠죠. 하지만 우리는 절차에 따라서만 움직입니다."

루이세의 인내심이 바닥나려는 찰나, 그런 문제라면 경찰이 직접 와서 요청하라는 말이 이어졌다.

"직접 와서 당신들이 찾는 사람을 정확히 설명해 보시든가."

"아, 그럼 바로 갈게요." 루이세가 재빨리 대답했다. "그쪽으로 가면 60년대 중반에 엘리스룬드에서 근무했던 사람을 만날 수 있을까요?"

"아뇨. 하지만 연감이 있으니까 그 시기에 거주했던 사람들의 이름과 사진은 찾아볼 수 있습니다."

루이세는 잽싸게 주소를 받아 적고 대화를 끝냈다.

"갑시다." 때맞춰 들어오는 에이크에게 루이세가 말했다. 그의 손에는 빵이 들려 있었다. "여자의 이름이 리세메테인가 봐요. 어렸을 때 링스테드 외곽의 지적장애인 보호시설에 들어왔대요. 지금은 폐쇄됐지만 기록이 남아 있대요. 달리 할 일이 없으면 나랑 같이 가서 연감을 살펴보도록 합시다. 그녀가 맞는지 확인해 보자고요. 맞는다면 가족이나 친척도 찾을 수 있을 거예요."

11

5월의 따사로운 햇살에 만물이 싱싱하고 푸르른 자태를 뽐냈다. 샛노란 민들레꽃이 지면서 보송보송한 갓털이 은색 물결을 이루었다. 차가 스치는 길목마다 그림 같은 전원 풍경이 펼쳐졌다. 초가지붕을 이은 목조 주택이 뜨문뜨문 나오고 넓은 목초지에선 말들이 한가롭게 풀을 뜯었다. 가로수가 줄지어 늘어선 굽잇길을 한없이 가다보니 해랄스테드 호수가 나왔다. 루이세는 풍경에 넋을 읽어 이쪽에 나온 이유를 망각할 지경이었다. 맑고 투명한 하늘 아래 펼쳐진 풍경은 눈이 시릴 정도로 아름다웠다. 마지막 커브를 돌자 호수로 이어지는 내리막길이 펼쳐지면서 엘리스룬드가 자태를 드러냈다.

폐쇄된 흰색 건물들이 거대한 석상처럼 우뚝우뚝 솟아 있었다. 가운데뜰을 중심으로 커다란 건물이 삼면에 세워져 있고 뒤쪽으로도 작은 건물이 몇 채 더 있었다. 루이세는 엘리스룬드로 이어지는 언덕 꼭대기에서 잠시 차를 세웠다. 모든 건물이 높다란 벽돌담으로 에워싸였던 흔적이 있었다. 빛바랜 벽돌 잔해가 여전히 주변 지역과 경계를 이루었다.

뜰 한쪽에 자동차가 몇 대 서 있었다. 언덕 꼭대기에서 보니, 어느 건물이 치료 센터인지 쉽사리 알아차릴 수 있었다. 잘 관리된 본관 건물 앞에는 검정 주춧돌이 햇빛을 받아 반짝거렸다. 반면에 나머지 건물들은 완연히 쇠락해 가고 있었다.

루이세는 언덕 아래로 천천히 차를 몰았다.

"그나마 아름다운 환경에서 자라긴 했네요." 에이크가 정문을 통과하면서 한마디 던졌다.

루이세는 정문을 통과하면서 왠지 베스트레 감옥이 떠올랐다. 아치형으로 지어진 붉은 벽돌 정문도 유사했지만 이곳의 예전 용도를 생각하면 감옥으로 들어가는 듯한 느낌을 지울 수 없었다.

"그렇군요." 루이세는 정문을 지나 담벼락 옆에 차를 세웠다. "하지만 입소자들은 외부와 완전히 단절된 채 살았나 봐요."

에이크가 고개를 끄덕이며 뜰 주변을 휘 둘러봤다. "안에 갇혀서 꼼짝 못했겠죠."

허물어진 담장과 폐쇄된 건물들 때문에 전체적으로 음산한 기운이 감돌았다.

치료센터 입구에 초인종이 없어서 두 사람은 바로 문을 밀고 들어갔다. 안쪽에서 사람들의 말소리가 들렸다.

두 사람은 기다란 복도를 따라 걸어갔다. 한쪽 벽에는 시설의 과거 모습이 담긴 사진 액자가 걸려 있고, 맞은편 벽에는 상담 의사들의 사진이 걸려 있었다. 사진 밑에 이름과 근무 연도가 적힌 황동 명판도 보였다.

“누굴 찾아오셨죠?” 위쪽에서 불쑥 목소리가 들렸다.

루이세는 들어오면서 출입문 좌측에 있던 계단을 미처 보지 못했다.

“아, 네.” 루이세는 대답한 뒤 목소리의 주인이 내려오길 기다렸다. 곧이어 머리가 희끗한 중년 여성이 만면에 미소를 띠면서 다가왔다. 전화로 떽떽거리던 여자는 확실히 아니었다.

‘시작이 좋군.’ 루이세는 마음이 살짝 놓였다.

에이크가 한 발 다가가서 여자와 악수를 나누며 신분을 밝혔다. 오기 전에 전화를 했으며 각종 기록이 지하실이나 박물관에 보관돼 있다는 얘기를 듣고 살펴보러 왔다고 설명했다.

“오래된 연감을 꼭 살펴보고 싶습니다.” 신원미상의 여자 시신이 발견됐는데, 어렸을 때 엘리스룬드에 머물렀을 것으로 추정된다는 점을 루이세가 덧붙여 설명했다.

“신문에 난 공고문을 읽었어요.” 여자가 말했다. “그녀가 이곳에 환자로 머물렀다고 생각하세요?”

“예전에 엘리스룬드에서 근무했던 분에게 연락을 받았거든요.” 루이세는 전직 간병인이 흉터를 알아보고 제보했다는 사실을 밝혔다. “우린 고인의 가족에게 어떻게든 연락하고 싶습니다. 고인의 주민번호를 찾도록 도와주셨으면 합니다.”

여자는 루이세의 요청을 따져보지도 않고 선뜻 도와주겠

다고 했다. "연감에는 보육 시설에 입소한 사람이 모두 기록돼 있을 거예요. 하지만 환자의 가족 관계까지 나와 있진 않아요. 그건 환자 기록에 따로 적혀 있어요."

"그 기록은 박물관에 있나요?" 루이세가 물었다.

여자가 웃으며 고개를 저었다. "그쪽엔 지난 세기 중반에 머물렀던 환자들 기록만 전시돼 있어요. 나머지는 지하의 기록 보관실에 있어요."

루이세가 한숨을 쉬면서 말했다. "그럼 잠시 시간을 내서 우리가 찾으려는 파일이 있는지 확인해주실 수 있으세요? 성씨와 입소 연도를 알고 있거든요."

여자가 손을 내저으며 말했다. "파일을 가져가지만 않는다면 두 분이 직접 내려가서 찾아본다고 문제될 건 없다고 봐요."

"그럼 더 좋죠!"

"고인의 가족이 언론을 통해서 사망 소식을 접할 거라 생각하면 마음이 너무 아파요." 여자가 덧붙여 말했다.

기밀 정보는 경찰한테도 함부로 내줄 수 없다는 사실을 익히 알았지만, 상황에 따라 융통성을 발휘하는 사람을 만나니 참으로 반가웠다. 게다가 성격이 시원시원해서 상대하기도 좋았다.

"따라오세요." 여자가 지하실로 이어지는 계단 쪽으로 앞장서며 말했다. "아래는 공기가 차요. 기록 보관소가 너무 어두워서 파일을 읽기 어려우면 갖고 올라오셔도 돼요."

루이세는 파일을 갖고 올라올 생각이 전혀 없었다. 혹시라도 성질 더러운 여자를 만나 그들이 필요한 정보를 찾기도 전에 쫓겨날까 두려웠던 것이다.

"굳이 그럴 필요까진 없을 거예요. 금방 살펴보고 갈게요." 루이세가 얼른 말했다. 에이크가 가죽 재킷 안주머니에서 메모장을 꺼내들었다. 죽이 착착 맞는 것 같아 루이세는 마음이 흐뭇했다.

길게 이어진 복도 양쪽으로 묵직한 쇠장식이 달린 문이 늘어서 있었다. 천장이 높아서 180센티미터가 넘는 에이크가 허리를 쭉 펴고 걸어도 괜찮았다. 하지만 눅눅한 공기와 퀴퀴한 냄새로 봐서 지하실은 보관용도 외엔 사용하지 않는 듯했다. 문이 열린 방들을 지날 때 보니, 환자의 팔다리를 묶는 데 사용했을 법한 잠금장치, 기다란 끈이 달린 침상, 낡은 치과 의자 따위가 놓여 있었다.

"저 의자에서 이뤄졌을 학대와 그에 따른 고통을 생각만 해도 간담이 서늘하죠." 여자가 돌아서며 말했다. "환자의 치아를 관리했던 치과 의사가 마취제를 사용하지 않았다는 얘길 들었어요. 환자를 의자에 눕혀서 꽁꽁 묶은 다음 바로 처치했대요."

루이세는 고개를 절레절레 저었다.

세 사람은 복도 끝에서 오른쪽으로 꺾은 뒤 다시 긴 복도를 따라 걸어갔다.

"저쪽 끝이에요. 방을 여러 개 터서 기록 보관소로 사용하고 있어요." 여자가 설명했다. 이쪽은 한때 격리 치료실로 쓰였다는 말도 덧붙였다. "난동을 부려서 묶어 둬야 하는 환자나 전염 우려가 있어서 일시적으로 격리해야 하는 환자를 수용하던 곳이에요."

당시의 망령이 여전히 떠도는 것 같아 루이세는 등골이 오싹했다. 하지만 곧 축축하고 서늘한 공기 탓이려니 생각하며 마음을 다잡았다.

"여기예요." 여자가 문을 열고 책장이 바닥에서 천장 끝까지 늘어선 방으로 안내했다. "파일 아래 선반에 연도가 표시돼 있어요."

여자가 천장 조명을 켜고 선반에 부착된 하얀 표식을 가리켰다.

"예전엔 병상이 300개나 있었는데도 늘 모자라서 침상을 추가로 설치했대요. 동시에 400명 가까이 수용한 적도 있다더군요. 보다시피 그간 수많은 사람들이 이곳을 거쳐 갔어요."

루이세는 사방을 둘러봤다. 앞쪽 책장만 해도 환자 기록이 너무 빼곡히 꽂혀 있어서 기록을 구분해 놓은 초록색 접힘 면이 잘 보이지도 않았다. 범위도 1930년에서 1960년에 이를 정도로 광범위했다. 다음 책장에는 베이지색 파일이 꽂혀 있고 범위는 1970년까지 포함돼 있었다. 루이세는 걸음을 옮겨 약간 작은 책장으로 다가갔다. 1970년부터 1980년 사이에 태어나 시설의 마지막 10년 동안 거주했던 환자들 기록이 꽂혀 있었다. 엘리스룬드가 폐쇄될 당시 아직 어린 나이였을 환자도 꽤 있었을 거라고 루이세는 생각했다.

"여기 있군요." 에이크가 베이지색 파일들 사이에 부착된 색인표를 가리키며 말했다. "1962년."

루이세가 에이크 옆으로 걸어가 색인표를 살폈다. 에이크는 파일 표지에 적힌 이름을 확인하려고 하나씩 꺼내기 시작했다.

"한꺼번에 꺼내는 게 더 쉽지 않겠어요?" 루이세가 제안했다. "나도 일부를 꺼내서 살펴볼게요. 그래야 금방 찾을 수 있죠."

에이크가 선반에서 파일을 한 무더기 꺼냈다. 해당 연도에 속한 파일이 스무 개 정도 있었다. 루이세는 나머지 파일을 꺼내 불빛이 좀 더 밝은 곳으로 가져갔다. 쪼그려 앉아서 1962년에 태어난 남녀 환자들의 파일을 무릎에 펼쳤다. 에릭, 리세, 미크, 소렌, 한느, 로네, 메테, 비베케, 올레, 한스-헨리크….

루이세는 각 파일의 내용물이 섞이지 않도록 바닥에 내려놨다. 에이크도 나머지 파일을 들고 그녀 옆에 쪼그려 앉았다.

"환자들이 질랜드 전역에서 왔나 봅니다." 에이크가 파일을 휙휙 넘기며 말했다. 그의 파일은 대부분 사내아이들의 것이었다.

루이세가 꺼내온 파일에도 리세메테는 없었다.

"아그네테가 출생년도를 백 프로 확신하진 않았어요." 루이세가 말했다. "한 해 전후도 살펴보도록 하죠."

"내가 앞쪽을 살펴볼게요." 에이크가 말했다.

루이세는 일어나려다 어느 파일에선가 떨어진 낡은 흑백 사진에 눈이 가는 바람에 에이크의 말을 듣지 못했다. 사진을 집어 불빛 쪽으로 다가가 여자아이의 얼굴과 벌거벗은 상체를 유심히 살폈다. 상반신 한쪽은 전체적으로 살갗이 벗겨진 상태였다. 그나마 남은 피부도 물집이 심하게 잡혔다. 하얀 베개에 머리를 대고 누운 아이는 눈을 꼭 감고 있었다.

에이크는 선반에서 파일을 한 무더기 꺼내와 쪼그려 앉았다. 첫 번째 파일을 열려고 하는데 루이세가 말했다.

"이 중에 있는 것 같아요." 루이세는 어느 파일에서 사진이 떨어졌는지 찾으려고 환자 기록을 바닥에 죽 늘어놨다. "어느 파일인지만 찾으면 돼요."

루이세는 에릭이라는 이름의 파일을 옆으로 치우고 리세라는 이름의 파일을 열었다. "이거네요!"

흉하게 일그러진 여자아이의 사진이 몇 장 더 있었다. 부상에서 회복되어 가는 사진도 있었지만 피부조직이 워낙 심하게 훼손돼 별 차이가 없어 보였다. 광대뼈에서 관자놀이까지 울퉁불퉁하게 늘어난 피부에는 딱지가 앉았다. 어깨 부위도 상처가 아주 심했다.

"리세 엔더슨, 1962년 8월 6일 출생." 루이세가 파일을 들고 읽어 내려갔다. 사고가 1970년에 발생했다는 사실 외에는 흉터에 대한 언급이 없었다. 루이세는 아이가 여덟 살 때 사고를 당했다고 결론 내린 후 나머지 내용을 빠르게 훑었다. 파일 뒷면에 입원실에서 작성한 서류가 두 장 첨부되어 있었다.

루이세는 고정 클립을 제거하고 내용을 살폈다. 리세 엔더슨이 다섯 살 때 배꼽탈장으로 수술을 받았고 화상 사고가 난 이듬해에 왼팔이 골절됐다는 내용이 적혀 있었다. 플레밍 검시관이 부검 중에 알아낸 소견과 딱 맞아떨어졌다.

"우리가 찾던 여자예요." 루이세는 의료 기록을 클립으로 다시 고정한 후 에이크에게 건넸다. "주민번호는 우측 상단에 있어요. 메모 좀 부탁해요."

그런 다음 여자아이의 기본 정보를 찾기 위해 나머지 내용을 휙휙 넘겨봤다. 시설에 들어올 당시 아이의 부모가 보럽에 거주했다는 사실을 추가로 알아냈다.

"여동생이 있네요." 루이세가 소리 내어 읽으면서 불빛 가까이 가려고 몸을 일으켰다. "쌍둥이 동생의 이름은 메테로군요."

에이크는 바닥에 놓인 파일에 의료 기록을 꽂은 후 루이세와 함께 읽으려고 다가왔다. 너무 가까이 다가오는 바람에 그의 숨결이 느껴질 정도였다.

"방금 살펴본 서류에서 여동생 이름이 나왔어요." 에이크가 말했다.

"그래요?" 루이세가 그를 뒤로 살짝 밀치며 물었다.

"리세메테." 에이크가 서류 더미에서 기록을 찾으며 말했다. "리세와 메테. 이게 두 사람이었군요! 그렇다면 동생의 주민번호도 적어야-"

"어, 이미 죽은 사람이네!" 루이세가 깜짝 놀라며 에이크의 말을 잘랐다. "리세 엔더슨은 1980년 2월 27일에 사망했어요."

"1980년에 사망했다고요?" 에이크가 어리둥절한 목소리로 반문하며 동생의 파일을 가져왔다. "그게 무슨 소립니까?"

"파일 뒤쪽에 사망 진단서가 있어요. 이에 따르면 그녀는 31년 전에 사망했어요. 열여덟 번째 생일을 6개월 앞둔 시점이네요."

루이세는 무릎을 굽히고 앉아 바닥에 있는 파일에서 사진들을 꺼내 죽 펼쳤다.

눈에 확 띄는 얼굴 흉터는 법의학부에서 그녀가 봤던 흉터와 똑같았다. 머리카락도 짙은 색이고 멀쩡한 쪽 얼굴도 그때 본 것처럼 연약해 보였다.

"말도 안 돼!" 루이세는 어리둥절한 얼굴로 에이크에게 여동생 파일을 보여 달라고 말했다.

에이크는 파일을 건넨 후 같이 읽으려고 고개를 기울였다.

"메테 엔더슨." 자매는 시설에 함께 입소했다. 루이세는 파일 뒤쪽에서 의료기록부터 살폈다. 이번에도 사망 진단서가 나왔다.

"둘이 같은 날 사망했어요. 1980년 2월 27일." 루이세는 얼떨떨한 표정으로 에이크가 내민 손을 붙잡고 몸을 일으켰다.

에이크도 도저히 믿기지 않는 표정이었다.

"같은 날일뿐만 아니라," 루이세가 다시 입을 열었다. "거의 동시에 사망했어요. 오전 9시 56분과 9시 57분."

"그러니까 흉터투성이 신원 미상녀가 이미 오래 전에 죽은 사람이라는 거예요?" 에이크가 황당한 표정으로 물었다.

"그런가 봐요." 루이세가 대답했다. "하지만 그녀는 지금 법의학부 냉동고에 누워 있잖아요!"

루이세는 재빨리 파일을 뒤져서 유용한 기록을 빼냈다. 파일이 텅 비지 않도록 나머지는 다시 집어넣었다.

"영장을 받아서 정보를 정식으로 요청할 때를 대비해 몇 가지는 놔두는 게 좋겠어요." 루이세는 빼낸 서류와 사망 진단서를 가방에 넣었다. 그런 다음 에이크를 도와 파일들을 선반에 꽂았다. "여기서 얼른 나갑시다."

"아니, 어떻게 벌써 죽었을 수가 있죠?" 에이크가 또다시 물었다.

루이세가 고개를 저었다. 답을 모르긴 그녀도 마찬가지였다.

"뭐 좀 찾았나요?" 뒤쪽에서 목소리가 들렸다.

에이크가 서두르는 모습을 보면서 루이세는 도망치는 듯한 인상을 주지 않으려고 동작을 멈추고 몸을 돌렸다.

"네, 도움이 많이 됐습니다." 루이세가 웃으며 여자에게 고맙다고 인사했다. "할 일이 많아서 그만 가야겠어요."

"찾던 여자가 맞나요?" 희끗한 머리의 중년 여자가 물었다. 그녀는 전등이 나가지 않도록 스위치를 계속 누르고 있었다.

"맞는 것 같아요." 루이세가 말했다. "이젠 가족을 찾아서 얼른 연락해 줘야죠."

루이세는 에이크에게 나가자고 신호하며 앞장서 복도로 나갔다.

"흠, 행운을 빌게요." 여자가 뒤에서 소리쳤다. "두 분이 계단을 다 올라갈 때까지 난 여기서 스위치를 누르고 있을게요."

루이세는 아까 전화로 얘기했던 까다로운 여자와 부딪힐까 봐 건물을 빠져나올 때까지 가슴이 조마조마했다. 차에 무사히 오른 뒤에야 안도의 한숨을 내쉬었다. 하지만 언덕을 운전해 가는 동안 머릿속은 한없이 복잡했다. 무슨 일부터 처리해야 할지 종잡을 수 없었다.

"한느에게 전화해 주민등록 시스템에서 쌍둥이 자매의

주민번호를 확인해 보라고 할게요." 에이크가 침묵을 깨고 말했다. 그는 메모지를 꺼내 무릎에 내려놓고 휴대폰을 귀에 댔다. "사망 진단서에 적힌 대로 열일곱 살에 사망했다면 호적에도 그렇게 적혀 있겠죠."

루이세는 부검 테이블에 누워 있던 여자가 나이로 보나 흉터로 보나 리세 엔더슨이라고 확신하면서도 에이크의 말에 고개를 끄덕였다. 리세 엔더슨의 부모가 어디 사는지도 알아보라고 에이크에게 말했다. 부모를 만나보면 두 딸을 땅에 묻었는지 확실히 알 수 있을 터였다.

"신원 미상녀의 사진을 챙겨 왔나요?" 루이세가 링스테드 외곽에 있는 휴게소에 차를 세우며 물었다. 두 사람은 잠시 쉬면서 한느의 전화를 기다리기로 했다. 쌍둥이 자매의 부모가 살아 있는지, 살아 있다면 어디에 사는지 한느가 알아보고 알려주기로 했다.

에이크가 바지 뒷주머니에서 반으로 접힌 서류 두 장을 간신히 빼냈다. "경찰청에서 출발하기 전에 출력해 왔죠. 참, 과학수사연구소와 법의학부에도 여자의 주민번호를 알려줘야 하지 않을까요?" 에이크가 제안했다. "그래야 그들이 의료 기록이나 치과 기록을 찾아볼 수 있잖아요. 아직까지 뭐라도 남아 있다면 말이죠."

에이크가 담뱃갑을 꺼낸 뒤 창문을 내리려고 했다.

"나가서 피우시죠!" 루이세는 두 부서에 전화하겠다고 말한 뒤 덧붙였다. "하지만 사망한 지 엄청 오래됐는데 자료가 남아 있을까요? 1980년에는 컴퓨터에 저장하지도 않았을 테고. 뭐라도 남아 있다면 아까 우리가 보던 파일에 있었어야 하지 않을까요?"

"그럼 아까 뭐라도 있었나요?" 에이크가 차에서 내린 채 열린 문을 통해 물었다.

루이세가 어깨를 으쓱하며 대답했다. "딱히 눈에 띄는 건 없었어요. 그렇다고 지금 다시 가서 확인할 필요는 없을 것 같아요."

때마침 전화벨이 울려 퍼졌다. 에이크가 얼른 전화를 받았다.

루이세는 그가 론하트의 비서와 통화하는 모습을 호기심 어린 눈으로 지켜봤다.

"고마워, 이쁜이." 에이크는 한느를 추켜세운 후 휴대폰을 조수석으로 던졌다. "호적에 둘 다 사망자로 기록돼 있답니다."

"부모는요? 부모는 살아 있대요?"

에이크가 방금 통화하면서 메모한 내용을 훑었다. "어여쁜 한느 양의 정보에 따르면, 아버지는 살아 있습니다. 이름은 비고 엔더슨, 주소는 바이비 셸란 외곽의 데스트럽이라는 동네로군요."

"얼른 만나러 갑시다." 루이세가 내비게이션에 주소를 입력하면서 말했다.

"뭐가 그렇게 급해요?" 에이크가 정색하며 반대했다. "30

년도 더 전에 두 딸을 잃은 아버지에게 불쑥 찾아가서 딸들이 죽은 게 맞느냐고 물어볼 건가요?"

"당연히 물어봐야죠." 루이세는 그의 반발을 무시했다. "게다가 그 아버지는 30년 전에 두 딸을 잃지도 않았어요. 둘 중 하나는 지금 법의학부 지하실에 안치돼 있고요. 당장 그를 만나서 얘기해야 해요."

"신원 미상녀가 쌍둥이 자매 중 한 명인지 확실하지도 않잖아요." 에이크가 극구 반대했다. "까마득한 옛날에 봤다는 제보자의 말과 환자 기록만으로 추정했을 뿐이잖아요. 내 생각엔 신원을 확인하는 데 그것만으론 충분하지 않습니다."

루이세가 못마땅한 눈으로 에이크를 쳐다봤다.

"하지만 내 생각엔 충분하고도 남습니다." 루이세는 자신이 옳다고 확신하며 주장을 굽히지 않았다. "얼굴에 똑같은 흉터가 있고 왼쪽 팔에 똑같은 골절이 있으며, 배꼽탈장으로 수술한 흔적까지 똑같아요. 이게 다 우연의 일치일 순 없다고요. 두 사람은 동일인이 맞아요. 아버지가 가서 신원 확인을 해줘야 합니다. 혹시 알아요? 딸이 지난 30년 동안 어디서 숨어 지냈는지 알지도 모르잖아요."

12

세 동짜리 농가는 오래되어 빛이 바랬지만 진달래가 활짝 핀 정원은 깔끔하게 관리돼 있었다. 차 안에서 보니, 한 남자가 외바퀴 손수레를 밀면서 정원을 거닐고 있었다. 남자의 연배로 봐서 쌍둥이 자매의 아버지일 거라고 루이세는 짐작했다. 마당으로 진입한 뒤 낡은 우물 펌프 옆에 차를 세웠다. 워낙 깔끔한 걸로 봐서 시간 여유가 아주 많은 사람이 정원을 공들여 관리하는 게 분명했다.

"딸들을 가슴에 묻고 오랜 세월을 살았을 텐데, 이제 와서 상처를 들춰주면 아주 좋아하겠네요." 입을 꾹 다물고 있던 에이크가 기어이 한마디 했다. 그러더니 루이세에게서 멀찍이 떨어져 따라왔다. 두 사람은 본채와 별채 사이로 난 좁은 길을 따라 걸어갔다.

"딸이 땅에 묻히지도 못하고 법의학부 냉동실에 갇혀 있다는 사실을 모르는 게 아버지로서 더 속상할 거라는 생각은 안 들어요?" 루이세가 어깨 너머로 속삭였다.

"그 말도 일리가 있네요. 자, 후딱 해치웁시다."

때마침 노인이 인기척을 느끼고 두 사람 쪽으로 걸어왔다. 그는 손수레를 내려놓고 새로 깎인 잔디 더미에 삽을 세워놓았다.

"어떻게 오셨죠?" 노인이 따뜻한 목소리로 말했다.

루이세가 손을 내밀었다. "제 이름은 루이세이고 이쪽은 동료인 에이크입니다. 경찰청 수색 전담부에서 왔습니다. 비고 엔더슨 씨가 맞습니까?"

"맞는데요." 노인이 의아한 표정으로 두 사람을 쳐다봤다.

"괜찮다면 몇 가지 여쭙고 싶습니다."

"뭐든 물어봐요." 노인이 선뜻 대답했다.

"안으로 들어가서 여쭤도 될까요?" 에이크가 턱으로 집 쪽을 가리키며 제안했다.

"물론이죠." 엔더슨은 두 사람에게 따라오라고 손짓하며 앞장섰다. 주방문을 열자 사냥개인 저먼 포인터가 반갑게 꼬리를 흔들었다. 노인이 개를 제지하며 말했다. "이 녀석은 순둥이라 물진 않지만 낯선 사람을 보면 몹시 흥분해요."

"괜찮습니다." 에이크가 녀석의 귀 뒤쪽을 긁어주며 말했다. 녀석은 좋아서 꼬리를 흔들며 펄쩍펄쩍 뛰었다. 루이세는 살짝 한 번 쓰다듬어 준 뒤 얼른 피했다.

에이크가 녀석의 목줄을 단단히 잡고 있는 사이 노인은 주방을 지나 거실로 루이세를 안내했다. 그런 다음 개를 부엌방에 집어넣고 두 사람에게 의자를 권했다.

"누가 실종되기라도 했나요?"

"네, 아주 오래 전에요." 루이세가 고풍스러운 집 안을 둘러보며 대답했다.

"차라도 들면서 얘기할까요?"

"아뇨, 괜찮습니다." 에이크가 얼른 사양했다. 루이세도 고개를 저었다.

"리세라는 따님에 대해 두어 가지 여쭤볼 게 있습니다." 노인이 맞은편 의자에 앉았을 때 루이세가 이야기를 꺼냈다.

엔더슨이 깜짝 놀란 눈으로 루이세를 쳐다봤다.

"리세에 대해서?" 노인이 루이세에게 반문했다. 이마에 주름이 깊게 잡히더니 놀라움은 이내 당황스러움으로 바뀌었다. "숱한 세월 다 지나고 이제 와서 뭘 알고 싶은 거죠?"

루이세는 말을 빙빙 돌려봤자 좋을 게 없겠다고 판단했다.

"따님이 1980년에 엘리스룬드에서 사망하지 않았다고 믿을 만한 근거가 우리에게 있습니다. 사진을 한 장 보여드리고 몇 가지 여쭤보도록 하겠습니다."

에이크가 그녀 쪽으로 힐끗 보내는 시선으로 봐서 "우리"라는 표현이 못마땅한 것 같았다. 그는 옆에서 거들 의향이 전혀 없어 보였다.

"내 딸이 죽지 않았다니, 그게 무슨 말입니까?" 엔더슨이 어리둥절한 표정으로 물었다.

루이세는 숨을 한 번 깊이 들이쉰 뒤 에이크에게 사진을 보여드리라고 부탁했다.

"지난주에 질랜드 중심부에 있는 숲에서 여자의 시신이 발견됐습니다. 그녀에게 굉장히 또렷한 흉터가 있었는데, 따님의 안면 우측과 어깨에 난 흉터와 동일합니다."

엔더슨은 꼼짝도 않고 이야기를 들었다.

"부검 과정에서 드러난 사항도 두 사람이 동일인이라는 점을 재차 확인해 줬습니다. 가령 왼쪽 팔에 생긴 골절과 배꼽탈장으로 수술한 흔적이 일치했습니다. 엔더슨 씨, 오랜 세월이 지난 뒤에 이런 소식을 접해 무척 놀라셨을 줄 압니다만, 우린 숲에서 발견된 여자가 따님일 가능성이 크다고 봅니다."

엔더슨은 루이세의 이야기를 들으면서 얼굴이 점점 더 창백해졌다. 몸을 앞으로 수그리며 어떻게든 이해하려고 애썼지만 쉽사리 납득하지 못하는 듯했다.

"하지만, 하지만… 아니, 어떻게 그럴 수 있죠?" 엔더슨이 말을 더듬으며 고개를 저었다. "그럴 리가 없어요. 당신들이 뭘 잘못 알았나 봅니다. 당시에 사망 통지서도 받았고 애들 유품도 집으로 전달받았어요. 구두 상자 두 개에 든 게 전부였어요."

에이크가 종이 두 장을 펴서 노인 쪽으로 내밀었다.

"폐렴 때문에 애들이 세상을 떠났다고 편지에 적혀 있었어요." 노인이 침을 삼키는 것도 힘들어 하면서 말을 이었다. "그런데 이제 와서 왜 이런 얘길 하는 거죠?"

루이세는 이런 임무를 수행해야 한다는 점이 몹시 안타까웠다. 노인은 뜻밖의 소식에 넋이 나간 듯했다. 그렇더라도 수사를 진행하려면 노인이 아는 바를 어떻게든 알아내야 했다. 아무리 괴로워도 밀어붙여야 했다. 피도 눈물도 없는 인간처럼 비쳐도 어쩔 수 없었다.

"정말 이상하긴 합니다." 루이세도 그 점을 인정했다. 노인에게 사진을 봐달라고 한 뒤 사진 속의 여자가 리세 엔더슨인지 확인해 달라고 부탁했다. "시간이 훌쩍 지난 데다 따님이 다 성장한 후의 모습이라 알아보는 게 쉽진 않을 거예요."

노인은 사진 두 장을 받아 유심히 살폈다. 그의 반응이 표정으로 확연히 드러났다. 입술을 깨물며 감정을 억제하긴 했지만 떨리는 눈빛은 감출 수 없었다. 그가 고개를 끄덕였다.

"흉터를 알아보시겠어요?" 루이세가 확인 차 물었다.

"실은," 노인이 주저하며 입을 열었다. "딸이 끔찍한 사고로 얼굴을 다친 후 한 번밖에 보지 못했습니다. 그래서 흉터는 잘 모르겠습니다. 곱던 얼굴이 망가졌다는 점 외엔 딱히 기억나는 게 없습니다. 하지만 아내를 쏙 빼닮은 광대뼈는 또렷이 기억합니다. 내 딸들은 여느 집 애들처럼 똑똑하진 않았지만 세상 누구보다 예뻤습니다."

노인은 죽은 딸에 대한 이야기가 왜 나왔는지 망각한 듯 미소를 지었다. 하지만 흐뭇한 미소를 거두고 금세 현실로 돌아왔다.

노인이 너무나 슬픈 눈으로 쳐다보는 바람에 루이세는 그의 눈을 마주보기도 힘들 지경이었다.

"내 딸이 분명합니다. 내 귀여운 리세메테가 분명해요. 오랜 세월이 지났지만 확실히 알아보겠어요. 그런데 어떻게, 어떻게 이런 일이 있을 수 있답니까?"

노인은 영문을 모르겠다는 듯 고개를 흔들면서 턱을 매만졌다.

"애들을 잘 돌보지 못했어요." 들리지 않을 정도로 작은 목소리였다. "끝까지 책임지지도 못했고."

"시간을 좀 거슬러 올라가 볼까요." 에이크가 제안했다. "두 따님을 세 살 때 엘리스룬드로 보낸 뒤론 전혀 연락하지 않으셨습니까?"

노인이 손을 비틀며 잠시 머뭇거리더니 고개를 끄덕였다.

"애들이 태어나고 닷새 만에 아내가 세상을 떠났어요." 어렵사리 입을 연 노인이 헛기침을 한 뒤 말을 이었다. "아내는 코게에 있는 병원 대신 집에서 출산하고 싶어 했어요. 뱃속에 있는 애가 둘이나 되는지도 몰랐던 거죠."

노인의 턱이 가볍게 떨렸다. 그래도 마음을 다잡고 이야기를 계속했다.

"나중에 의사한테 듣기론 태반이 자궁벽에서 분리됐다고 하더군요. 푸르스름한 양수가 터졌을 때 난 아무것도 모르고 베개만 더 갖다 줬어요." 노인이 옛 일을 회상하며 말했다. "산파가 내내 같이 있었는데 처음엔 아무 문제없다고 자신했어요. 그러다 돌연 애가 둘이나 되는데 둘 다 거꾸로 있다는 거예요."

노인은 한동안 말을 잇지 못했다.

"구급차를 부른 사람도 산파였어요. 자기 혼자서는 골반위 분만을 둘씩이나 감당할 수 없다고 했어요."

"그래서 쌍둥이의 뇌가 분만 중에 손상된 거군요?" 루이세가 물었다.

노인이 고개를 끄덕였다. "메테가 늦게 나오는 바람에 더 심하게 손상됐어요." 딸들이 병원에 있는 동안 아내가 죽었다고 과거를 회상할 때는 눈을 감고서 눈물을 삼켰다. "의사가 말은 해줬지만 워낙 경황이 없어서 애들 뇌가 얼마나 손상됐는지 살펴볼 겨를도 없었어요. 한참 지나서야 제대로 파악했죠."

"하지만 둘 다 집으로 데려오셨죠?" 루이세가 조심스럽게 물었다. 노인에게 힘든 기억을 떠올리게 해서 마음이 무척 아팠다.

"그랬죠. 아내의 장례를 치르고 나서 딸들을 안고 집으로 돌아왔어요. 처음엔 여기저기서 도움을 많이 줬어요. 애들이 보채면 내가 노래를 불러줬어요. 그럼 금세 얌전해졌어요."

노인의 눈에 순간 따사로운 기운이 서렸지만 이내 사라졌다.

"하지만 나 혼자서 갓난아기 둘을 감당하긴 무리였어요." 노인이 테이블을 내려다보며 말했다. 가슴 한 켠에 묻어둔 아픔을 떠올리는 게 쉽지 않아 보였다. "애들만 보고 있을 수 없잖아요. 먹고 살려면 일을 해야 했으니까."

노인은 자신의 행동을 해명해야 한다고 생각한 듯 고개를 들었다.

"집 안도 치우고 밭일도 해야 했어요. 도와줄 사람이 전혀 없었어요. 딸들과 보낼 시간이 많지 않았지만 어떻게든 버텼어요. 그런데 애들의 세 살 생일이 다가올 무렵 사회복지사에게 호출을 받았어요. 보통 때는 집으로 찾아오더니 그때는 나더러 사무실로 오라고 하더군요."

노인이 이야기를 잠시 중단했다.

"그 뒤로 두 따님을 시설에 보내셨군요." 에이크가 노인의 말을 거들었다.

"그래요, 결국 그렇게 됐죠."

엔더슨은 입이 떨어지지 않는 듯 한참 만에 말을 이었다.

"사무실에 갔더니 사회복지사가 딸들은 잊고 새 출발을 하라더군요. 남의 일이라 그런지 참 쉽게 말하더군요. 자식이 남들과 다른 것으로 판명되면 다들 그렇게 한다는 투였어요. '애들은 잊고 아버님 인생을 사셔야죠. 애들은 우리가 잘 돌볼게요.'라면서…."

엔더슨이 바지 주머니에서 커다란 손수건을 꺼내 코를 팽 풀었다.

"딸들이 남들보다 모자란다고 해서 외면하고 싶진 않았어요. 하지만 사회복지사가 계속 설득했어요. 로스킬레에 정신지체아가 스물두 명 정도 수용된 조그마한 보육시설이 있는데, 어쩌다 방문자가 찾아오는 아이는 세 명뿐이고 나머지 열아홉 명은 두 번 다시 부모를 만나지 못한다는 겁니다. 다들 그렇게 산다며 거듭 설득했어요."

"그래서 딸들을 엘리스룬드에 집어넣고 연락을 끊으신 겁니까?" 에이크가 물었다.

"처음부터 그런 건 아닙니다." 노인이 항변했다. "애들을 만나러 두 차례 방문했는데, 헤어질 때 애들이 너무 우는 겁니다. 그러자 직원이 다시는 찾아오지 말라고 요구했습니다. 내가 떠날 때 애들이 저렇게 힘들어 하면 좋을 게 없다면서요. 딸들이 자꾸 아빠를 찾고 보채면 자기들도 달래기 힘들다는 겁니다."

노인은 잠시 멍한 얼굴로 앉아 있다가 다시 입을 열었다.

"그래도 크리스마스와 생일엔 꼬박꼬박 선물을 보냈습니다. 하지만 아무런 반응도 없었어요. 애들이 견진성사를 받을 무렵엔 돈도 좀 보내줬습니다. 시설 측에서 애들을 위해 파티라도 열어줬으면 싶었거든요. 그랬는지 어쨌는지 알 수야 없지만."

노인은 한숨을 푹 내쉬고 고개를 저었다. 당시 직원의 충고를 무턱대고 따랐던 걸 후회하는 눈치였다.

"시설의 관리자가 나더러 새 가정을 꾸리고 딸들과 죽은 아내는 잊으라더군요. 아무한테도 득 되지 않는데 왜 굳이 찾아와서 서로 힘들게 하냐고. 결국 난 몇 년 뒤에 새 가정을 꾸렸어요. 그 덕에 지금껏 행복하게 잘 살았습니다."

"그렇다면 그 뒤로는 두 따님을 만난 적이 전혀 없습니까?" 에이크가 물었다.

엔더슨이 고개를 저었다.

"사고가 일어난 직후에 연락을 받았어요. 메테가 펄펄 끓는 냄비를 들다가 리세에게 떨어뜨렸다고 하더군요. 메테는 혼자서 할 수 있는 게 많지 않았어요. 운동 능력도 많이 떨어졌고요. 그래서 아이가 뜨거운 물건을 만지도록 뒀다는 사실에 충격을 받았어요. 그 길로 운전해서 입원실로 찾아갔어요. 그런데 둘 다 나를 알아보지도 못하더군요."

노인이 이를 악물었다.

"그 뒤로 다시는 만나지 못했습니다."

엔더슨은 초췌한 눈으로 두 사람을 쳐다봤다. 괴로운 이야기를 털어놓느라 기운이 쭉 빠진 듯 보였다.

루이세는 노인이 몹시 안쓰러웠지만 여기서 중단할 수는 없었다. 고개를 돌리고 벽에 걸린 가족사진을 쳐다봤다. 키가 크고 머리가 희끗한 여자에게 엔더슨이 팔을 두르고 있었다. 두 사람 옆에는 삼십 대로 보이는 커플이 두 쌍 서 있었다. 루이세는 그들이 노인의 새로운 가족일 거라고 짐작했다.

"그땐 나도 새 가정을 꾸린 뒤였어요." 엔더슨이 루이세의 눈길을 따라가며 말했다. "저 사진은 내가 일흔 살 때 찍은 겁니다."

"그러다 1980년에 두 딸이 사망했다는 통지를 받으셨군요?" 루이세가 그를 쳐다보며 물었다.

엔더슨이 고개를 끄덕였다.

"장례식에 가셨습니까?" 에이크가 물었다.

"아니, 못 갔어요." 노인이 고개를 저었다. "몇 가지 유품이 든 상자를 받았을 땐 이미 장례가 끝난 뒤였어요. 그들이 옷가지도 보내주길 바라냐고 묻기에 그냥 두라고 했어요."

"사망 소식을 누가 전해줬나요?" 루이세가 물었다. 세월이 한참 흐른 뒤라 기억하기 어려울 거라 짐작하면서도 굳이 물었다.

"그야 당연히 엘리스룬드에 있던 사람들이죠." 노인이 얼른 대답했다. "어느 날 그들이 전화를 했어요. 아내가 받아서 전화기를 들고 밭까지 달려왔지요. 며칠 뒤 서류가 도착했어요. 그런데 어디다 치웠는지 지금은 없는 것 같아요."

"아, 네. 상관없습니다." 루이세가 오싹한 느낌을 억누르며 황급히 말했다. 사망 진단서 중 하나가 위조된 거라면 나머지 하나도 위조됐을 가능성이 컸다.

"시설에서 사망한 사람들을 처리하는 장의사가 뒷일을 처리했다고 들었어요." 노인이 말했다. "나한테 아무것도 청구하지 않더군요. 그래서 애들 묘를 잘 꾸며줬을 거라고 기대하진 않았어요. 가족이 시신을 가져가지 않는 사람들을 묻기 위한 공동묘지가 있겠지 싶었어요."

"그러니까 딸들이 땅에 묻히는 모습을 직접 보시진 않았다는 거죠?" 루이세는 자신을 노려보는 파트너의 시선을 애써 외면하면서 다그치듯이 물었다.

"못 봤어요." 엔더슨이 수긍했다.

그는 딸의 사진을 다시 볼 수 있겠냐고 물었다. 에이크는 사진을 내밀며 상태가 좋진 않지만 원한다면 간직해도 좋다고 말했다.

"고마워요." 엔더슨이 구겨진 종이를 어루만졌다. "그렇다면 리세가 땅에 묻혔던 게 아니로군요?" 한참 만에 나직이 말하더니 확인을 위해 고개를 들고 루이세를 쳐다봤다.

루이세가 고개를 끄덕였다.

"따님이 지난 목요일까진 살아 있었다고 봅니다. 엔더슨 씨, 안타깝지만 그녀가 여태 어디 머물렀는지, 시설에서 왜 사라졌는지…, 또 그런 일이 어떻게 가능했는지 전혀 모릅니다."

루이세는 가방에서 사망 진단서를 꺼내 노인에게 보여줄까 잠시 고민하다 마음을 바꿨다. 굳이 그럴 필요까진 없을 것 같았다.

"그러면 엄마 옆에서 편히 쉬도록 해줘야겠군요." 엔더슨이 말했다. 그의 입가에 옅은 미소가 떠올랐다 금세 사라졌다. "그렇다면 메테는, 메테는 어떻게 됐습니까? 그 애도 죽었나요?"

엔더슨이 걱정스러운 표정으로 두 사람을 쳐다봤다.

루이세는 어떻게 대답해야 할지 몰라 바닥을 응시했다.

"메테는 혼자서 할 수 있는 게 거의 없었어요. 리세에게서 잠시라도 떨어지면 불안해서 자지러지게 울었어요." 노인이 고개를 끄덕이며 말했다. "메테를 찾아야 합니다. 아직 살아있을지도 모르잖아요."

엔더슨은 개가 또 소란을 피울까 봐 주방문 대신 현관을 통해 마당으로 나와 두 사람을 배웅했다.

"불쑥 찾아와 오래된 상처를 건드려서 정말 죄송합니다." 루이세가 말했다.

"아닙니다." 엔더슨이 고개를 저으며 대답했다. "직접 와서 소식을 전해주니 오히려 고맙습니다. 내가 저지른 잘못을 이제라도 바로잡을 수 있다면 얼마나 좋겠습니까. 사람들 말을 듣고 딸들을 방치했던 게 늘 마음에 걸렸습니다."

엔더슨이 고개를 살짝 저었다.

"저는 애들을 마치 한 사람처럼 항상 리세메테라고 불렀어요." 그가 엷은 미소를 지으며 말을 이었다. "성격은 달랐지만 노상 붙어 다녔어요. 리세는 용감했어요. 항상 앞장서고 동생을 잘 돌봐줬어요. 메테는 좀 소심했어요. 아까도 말했지만 상태가 더 나빴어요."

엔더슨이 갑자기 빙그레 웃었다.

"하지만 두 팔을 벌리고 나한테 안길 때는 어찌나 좋아하던지…."

그러다 또 말을 멈추고 땅바닥을 응시했다.

"그런데 죽었다고 믿고 살아온 숱한 세월 동안 애들이 살아 있었단 말이죠?" 그들이 차에 이르자 엔더슨이 물었다. "도대체 어디에서 지냈던 걸까요? 무슨 일이 있었던 겁니까? 도무지 영문을 모르겠습니다."

루이세가 노인의 손을 잡았다.

"힘든 부탁인 줄 알지만, 법의학부에 가서 따님의 신원을 확인해 주셨으면 합니다. 그래야 그녀가 정말로 리세라고 단정할 수 있습니다."

"물론 그래야죠." 엔더슨이 얼른 대답했다. "그런 다음에 장례를 치를 수 있겠죠?"

"그렇게 하시는 데 별 문제는 없을 거라고 봅니다." 루이세는 웃으며 인사한 후 차에 올랐다.

13

두 사람은 고속도로를 달리는 내내 말이 없었다. 침묵을 깬 건 루이세의 휴대폰이었다.

"아니, 아무것도 사오지 마." 루이세가 헤드셋을 켠 뒤 말했다. 카밀라가 코펜하겐에 볼일이 있어서 마커스를 루이세의 집에 맡겼는데, 지금 아들을 데리러 오면서 저녁거리를 사오겠다고 제안했던 것이다. "멜빈이 리솔(동그랑땡 비슷한 요리 - 역자 주)을 준비할 거랬어. 너도 저녁 먹고 가."

루이세는 사람들과 어울릴 기분이 아니었다. 그래서 친구와 저녁을 함께 먹으려면 프레데릭스베르로 돌아가기 전에 리세메테의 아버지를 방문한 일은 잠시 묻어 둬야겠다고 생각했다.

"그나저나 멜빈이 누굽니까?" 에이크가 물었다.

루이세는 대답하지 않고서 칼비보 퀘이를 벗어난 뒤 중앙우체국을 지나쳤다.

"양아들과 둘이서만 사는 줄 알았는데…." 에이크가 중얼거리며 담배를 꺼냈다.

루이세가 주차장에 차를 세웠다. 에이크가 자신의 뒷조사를 했다는 사실에 발끈했지만 티 내지 않으려 애썼다. 그녀 입으로는 사생활에 대해서 한 마디도 한 적이 없기 때문이다.

"멜빈은 아래층에 사는 이웃이에요." 루이세가 차에서 내리며 대답했다. "일흔다섯이나 먹은 은퇴자죠. 오늘은 멜빈이 저녁을 준비할 차례거든요."

"이웃과 공동생활을 하는 겁니까?" 에이크는 감탄하며 라이터를 주머니에 넣었다.

루이세가 피식 웃으며 고개를 저었다. "그런 게 아니에요. 그냥 서로 돕고 사는 거죠. 멜빈은 요나스를 챙겨주고 집안일을 거들어줘요. 난 멜빈이 외롭지 않게 말동무를 해드리고요."

"흠, 그래서 당신 인생에 남자가 끼어들 여지가 없는 거로군요."

루이세가 걸음을 멈췄다.

"그게 도대체 무슨 말이죠?"

"무슨 말이라뇨?" 에이크가 능청스럽게 물었다.

"누가 그런 말을 했어요?" 루이세가 따져 물었다. "한느인가요?"

"아, 그러지 말아요. 별 뜻 없이 한 말이에요." 등을 홱 돌리고 가버리는 루이세에게 에이크가 소리쳤다. 루이세는 남들 입에 오르내리는 것을 극도로 싫어했다. 겨우 이틀 만에 에이크가 그녀의 사생활을 시시콜콜 아는 것 같아 짜증이 확 올라왔다.

시간이 늦어서 루이세는 사무실에 들르지 않고 출퇴근용

자전거를 세워둔 곳으로 걸어갔다. 가는 길에 법의학부에 전화해 리세 엔더슨의 아버지와 약속을 잡았는지 물었다.

"실은 벌써 이쪽으로 오시는 중입니다." 플레밍 검시관이 대답했다. 그는 수색 전담부의 동료들이 여자의 치과 기록을 찾아봤다는 소식도 아울러 전했다. "하지만 좋은 소식은 없네요. 아무것도 찾아내지 못했답니다. 사망신고를 10년이나 15년 전에만 했더라도 이야기가 달라졌을 겁니다. 그때만 해도 전산기록이 있어서 뒤져볼 정보가 있었을 텐데…"

"엔더슨 씨가 신원을 확인해줄 수 있을 거예요. 참, 신원 확인이 끝난 뒤에 나한테 연락 좀 해주세요." 루이세가 플레밍 검시관에게 부탁했다.

"내가 열람실까지 직접 안내할게요." 플레밍 검시관이 말했다. "그가 조금이라도 미심쩍어 한다면 그에 따른 조치를 바로 취할게요."

루이세는 고맙다고 말한 뒤 자전거를 타고 집으로 향했다.

멜빈은 그레테의 온실에서 가져온 당근과 콩으로 먹음직스러운 그라탕을 완성했다. 루이세는 멜빈을 향해 활짝 웃었다. 저녁 당번을 맡으면 정성껏 요리를 준비하는 멜빈이 든든하고 고마웠다.

"나도 그런 온실이 있으면 좋으련만." 멜빈이 한숨을 내쉬며 팬에 마지막 리솔을 올렸다.

"마당에 하나 설치하는 건 어떠세요?" 카밀라는 오는 길에 사온 화이트와인을 따라 멜빈에게 내밀며 제안했다. "온실을 설치해도 될 만큼 널찍하잖아요."

"하지만 그런 거랑 비교할 순 없지." 멜빈이 빵가루를 묻힌 고기를 홱 뒤집으며 중얼거렸다.

"아니면 우리 땅을 조금 내드릴까요? 그곳에 채소밭을 가꾸시면 되잖아요." 카밀라가 제안했다. "땅이 워낙 넓어서요. 물론 제가 가꿔드릴 수는 없고요."

"그게 문제야." 멜빈이 대꾸했다. "작물을 키울 땐 제때 풀도 뽑고 비료도 줘야 하거든. 낸시는 그런 일을 척척 해냈는데."

그레테를 만난 이후로 멜빈은 죽은 아내에 대한 얘기를 전보다 덜 꺼냈다. 하지만 낸시가 세상을 떠난 지 한참 됐음에도 아내를 언급할 때는 늘 사랑이 듬뿍 담긴 목소리였다. 낸시는 세상을 떠나기 몇 년 전부터 거동이 불편해 양로원에서 지냈다. 멜빈은 하루도 거르지 않고 아내를 만나러 갔었다.

"애들한테 저녁 먹으러 나오라고 해." 멜빈이 요나스의 닫힌 방문을 쳐다보며 말했다.

루이세가 요나스의 방으로 가서 문을 두드렸다. 그녀가 집에 온 뒤로도 두 녀석은 방에서 꼼짝하지 않았다. 아이들이 냉동실에 팝시클(아이스캔디 바의 상표명 - 역자 주)이 더 있는지 물어보러 나왔을 때 멜빈만 한 번 그들을 봤을 뿐이다.

루이세는 활짝 열린 창문을 보고 살짝 당황했다. "너희들 혹시 담배 피웠니?" 루이세는 창가로 건너가 창문을 닫았다.

침대에 앉아 있던 마커스가 발끈하며 고개를 세차게 흔들었다. 그런 걸 물어봤다는 것만으로도 화가 난 듯했다.

요나스는 컴퓨터 속으로 빠져 들어갈 듯 화면에 얼굴을 바싹 붙이고 있었다. 루이세가 들어온 줄도 모르는 것 같았다.

"아싸!" 요나스가 갑자기 펄쩍 뛰며 소리쳤다. "조회 수가 만 번이나 돼! 만 명이나 되는 사람들이 새로 올린 내 노래를 들었다고!"

요나스는 루이세의 어깨를 툭 치고 나서 침대에 앉아 있는 마커스와 하이파이브를 했다.

마커스가 벌떡 일어나 컴퓨터 앞으로 달려갔다. 루이세도 컴퓨터 쪽으로 다가가서 요나스가 작곡한 음악을 올린 유튜브 페이지를 쳐다봤다.

"그런데 사람들이 널 어떻게 알고 클릭하는 거니?" 루이세가 얼떨떨한 표정으로 물었다.

"요나스는 순위가 굉장히 높아요." 마커스가 기분 좋게 웃으며 말했다.

"한 번 들어본 사람들이 구독 링크를 눌러서 공유해 주면 입소문이 나거든요." 요나스가 설명했다. "사람들은 좋아하는 걸 공유하고 싶어 해요. 그래서 마음에 드는 게 있으면 순식간에 퍼뜨려요."

"말도 안 돼! 지금도 계속 올라가고 있어." 마커스가 화면을 가리키며 말했다. "그 사이에 두 명이 더 클릭했어."

"저녁 먹으러 안 나올 거냐?" 멜빈이 주방에서 소리쳤다.

"페이스북에도 곡을 올렸는데, 어제 봤더니 세계 각국에서 200개 넘는 댓글이 달렸더라고요." 요나스가 식탁에 앉은 뒤에 설명했다.

루이세는 흐뭇한 미소를 지었다. 요나스가 좋아하는 일이 생겨 얼마나 기쁜지 몰랐다. 얼마 전까지 요나스는 부모를 잃었다는 이유로 학교에서 놀림을 받는 바람에 또래 아이들과 잘 어울리지 못했다. 그런데도 루이세가 걱정할까 봐 혼자 끙끙 앓기만 했다. 급기야 학교 운동장에서 싸움을 벌이다 눈 주변이 찢어져 응급실 신세를 지기도 했다. 그 당시 루이세는 또래 아이들의 잔인성에 어떻게 대처할지 몰라 애를 먹었다.

"내 결혼식 때 네가 연주를 해주면 어떻겠니?" 카밀라가 웃으며 제안했다.

루이세는 카밀라의 너그러운 마음 씀씀이가 고마웠다. 요나스가 사람들 앞에서 연주하는 모습을 뿌듯하게 바라볼 날을 손꼽아 기다렸다.

"쟤들 혹시 담배를 피우는 건 아닐까?" 저녁식사를 마치고 애들이 다시 방으로 들어간 뒤에 루이세가 카밀라에게 물었다.

"그게 무슨 정신 나간 소리야? 걔들은 너무 어려." 카밀라가 대뜸 반박했다. "이제 겨우 십대 축에 끼었는걸."

"그게 담배 피는 거랑 무슨 상관인데?" 루이세가 웃으며 물었다.

"그때 되면 다들 그런 걸 시작하지 않니?"

"남들이 다 한다고 따라하는 건 아니라고 봐." 멜빈이 리솔 반쪽을 접시로 가져가면서 끼어들었다. "담배고 술이고 다 자기가 준비됐을 때 시작하는 거야. 난 열두 살 때 처음 담배를 피웠어."

"참 빨리도 시작하셨네요. 애들한테 좋은 본보기가 되겠어요." 루이세는 내심 멜빈이 자신의 어렸을 적 이야기를 요나스에게 너무 많이 들려주지 않았기를 바랐다.

루이세와 카밀라는 식탁을 치우고 커피를 준비했다. 멜빈은 아래층으로 내려가기 전에 네슬레의 퀄리티스트리트 초콜릿을 한 움큼 꺼내놓았다. 그리고 일요일에 드라고르에 있는 그레테의 집을 방문할 거라면서 루이세와 요나스도 함께 가자고 청했다.

"리모델링은 잘 돼가니?" 루이세가 커피를 마시며 카밀라에게 물었다.

카밀라가 어깨를 으쓱하며 초콜릿을 하나 집어 들었다.

"내가 작업자들을 해고했다니까 프레데릭이 썩 좋아하진 않더라고. 그이는 내가 너무 깐깐하게 군다고 나무라지만 난 일을 제대로 하지 않는 사람들을 좋게 봐줄 수 없어." 카밀라가 씩씩거리며 말했다. "좋은 게 좋은 거라고 넘어가면 사람을 우습게 본다니까."

"그럼 일을 대신 해줄 업자는 찾았니?"

카밀라가 고개를 저었다.

"우리가 연락해본 업자들은 죄다 최소 두 달은 기다려야 한대."

"그럼 먼저 하던 업자한테 다시 연락해야겠네." 루이세가 살짝 웃으며 말했다.

"미쳤니? 그건 죽어도 싫어! 그자들이 우리 집에 다시 발을 들여놓는 일은 절대로 없을 거야." 카밀라가 펄쩍 뛰었다. "일할 사람을 못 찾으면 뜰에 텐트라도 치지 뭐. 아니면 폴란드 출신 일꾼들을 고용하든가. 그들은 일하다 말고 신문을 뒤적이며 콜라를 마시진 않겠지."

루이세는 웃음이 나오려는 걸 억지로 참았다. "샤스-스미스 가문에서 돈이 적게 드는 외국인 노동자를 고용했다는 사실이 신문에 나오면 보기 좋겠다."

"외국인 노동자라고 꼭 돈을 적게 줄 필요는 없잖아." 카밀라가 대뜸 반박했다. 그러더니 실은 보수를 더 얹어 줄 생각이었다고 덧붙이면서 슬며시 웃었다.

카밀라가 빨간 포장지에 감싸인 초콜릿을 하나 더 집어 들었다.

"아무튼 너무 엉망이야." 카밀라가 초콜릿 포장지를 작게 접으며 말했다. "흐발소 출신의 그 도급업자가 계약금을 돌려주겠다면서 내가 해고한 날 저녁에 찾아왔었어. 그들이 하지도 않은 일까지 모두 포함된 금액이라 액수가 상당히 컸어." 카밀라가 고개를 절레절레 저으며 덧붙였다. "그 작자야 다른 일거리를 금세 찾겠지 뭐."

카밀라는 커피를 다 마신 뒤 자리에서 일어나며 자신의 물건을 주섬주섬 챙겼다. 그리고 마커스에게 집에 갈 시간이라고 소리쳤다.

"화장실에 있어요." 마커스가 큰 소리로 대답했다.

"그럼 결혼식을 연기하면 되겠네. 그래야 여유를 두고 제대로 준비할 거 아냐." 루이세가 제안했다.

"물론 연기하면 되겠지. 하지만 난 그러고 싶지 않아. 내가 결혼이라는 걸 한다면 꼭 이번 여름이어야 해. 그이한테 푹 빠졌단 말이야. 이런 기분은 처음이야. 내 남자라는 확신이 든 사람은 그이가 처음이란 말이야." 카밀라가 단호하게 선언했다. "우린 이번 여름에 성대한 결혼식을 올릴 거야. 뜰에서 맨발로 춤추고 사과나무 아래 매트리스를 깔아 놓고 밤새 샴페인을 마시며 사랑을 속삭일 거라고."

루이세는 카밀라와 프레데릭 샥스-스미스 간의 관계가 한바탕 지나가는 바람일 거라 생각했었다. 그런데 이제 보니 카밀라가 평생의 반려자를 찾은 것 같았다. 다른 별에서 온 듯한 두 사람이 합치는 과정을 바라보는 것도 참으로 흥미로웠다. 기자인 카밀라는 시내의 방 두 칸짜리 아파트에서 아들을 홀로 키우며 자신이 좋아하는 일에 매진했다. 반면에 금수저를 물고 태어난 프레데릭은 캘리포니아의 수영장 딸린 대저택 테라스에서 시나리오를 쓰며 여유로운 생활을 즐겼다. 살면서 한 번도 궁핍한 적이 없는 사람이었다. 가업인 테모럭스에서 나오는 돈 외에도 자산을 현명하게 투자해 상당한 부를 축적했다. 카밀라가 그의 인생에 들어오기 전까지는 독신을 고수했었다.

마커스가 부르는 소리를 듣고 나서야 루이세는 생각을 떨쳐냈다. 그저 카밀라가 이제라도 자신이 뭘 하고 싶은 건지 정확히 알기만을 바랄 뿐이었다.

"안 갈 거예요?" 마커스가 현관 입구에서 또다시 엄마를 불렀다.

14

"수고했네!" 다음날 아침 론하트 총경이 루이세의 사무실에 들어오며 소리쳤다. "신원확인을 무사히 마쳤으니 이젠 사건을 종결할 수 있겠어."

론하트 총경이 루이세를 기특하게 쳐다보더니 말을 계속했다. "요르겐슨의 이력서를 입수했네. 이번 주 내로 만나볼 작정이야."

루이세가 손을 들어 상관의 이야기를 끊었다.

"아직 사건을 종결할 준비가 안 됐습니다. 리세 엔더슨은 실종된 채로 31년이라는 세월을 살았습니다. 종결은커녕 이제 겨우 착수한 상태입니다."

"하지만 이번에 찾아내서 신원확인도 마쳤잖아. 과거야 아무려면 어떤가!"

론하트 총경은 루이세가 놀란 눈으로 쏘아보는데도 아랑곳하지 않고 잘 다듬은 턱수염을 어루만졌다.

"그게 무슨 말씀이세요?" 루이세가 따졌다. "특별팀이 자리 잡으려면 첫 사건부터 수사를 제대로 해야죠. 가짜 사망 진단서가 발급된 1980년 이후 그녀에게 무슨 일이 벌어졌는지 알아내는 게 당연한 수순입니다."

때마침 에이크가 사무실로 들어왔다. 제멋대로 헝클어진 머리칼에 잔뜩 찌푸린 얼굴이었다. 루이세는 그를 향해 고개를 살짝 끄덕인 뒤 총경에게 계속 따졌다.

"일반 실종 사건으로 분류하기 어려운 사건을 전담하려고 새 팀을 꾸린 거 아니었나요?"

"바로 그거야." 론하트 총경이 말했다. "자네 임무는 범죄와 연루됐다고 추정되는 실종 사건을 맡아 처리하는 거야. 그런데 이 여자는 더 이상 실종자가 아니잖아!"

"그야 그렇지만," 루이세가 반발했다. "전 리세메테에게 무슨 일이 있었는지 알고 싶어요. 지난주에 죽은 여자의 사망 진단서가 어째서 30년도 더 전에 발부됐던 거죠? 그것만으로도 너무 수상쩍어요."

"게다가 숲에서 사고가 발생했는데, 왜 아무도 그녀를 찾지 않는 걸까요?" 에이크가 끼어들었다. "리세라는 여자는 사망하기 직전에 남자와 성관계를 맺었다고 하잖아요. 누군가는 그녀를 알고 있습니다."

"사건은 종결됐어." 론하트 총경은 조금도 물러서지 않았다. "새로운 부서를 위해 구축된 시스템에 사건 기록을 정확히 입력하도록 해."

론하트 총경이 자리를 뜨려고 하자 루이세가 분노로 일그러진 얼굴로 벌떡 일어났다.

"쌍둥이 자매에게 무슨 일이 있었는지 알아내기 전까진 입력할 수 없습니다. 메테라는 동생은 어쩌고요? 그녀는 어디 있는 거죠? 그녀의 사망 진단서 역시 위조됐을지도 모르잖아요."

"그것 말고도 일이 산더미야. 얼른얼른 종결하고 다른 사건도 해결해야지."

루이세는 론하트 총경이 나가자 문을 쾅 닫았다. 그리고 창가로 걸어가 팔짱을 꼈다. 사건을 대충 종결하고 자료나 입력하려고 강력부를 떠난 거라면 일생일대의 실수를 저지른 셈이다. 치미는 화를 누르느라 한참 서 있다가 다시 자리로 가서 앉았다.

"론하트 총경은 저게 문제라니까." 에이크가 루이세의 눈치를 살피며 말했다. "미해결 사건이 쌓이면 융통성이 없어지고 윗선에 잘 보이려고 실적에만 매달린다니까요."

"그가 윗선에 잘 보이든 말든 난 상관하지 않아요." 루이세가 언짢은 목소리로 말했다. "수사가 마무리되지도 않았는데 사건을 종결하는 건 나쁜 관행이에요. 앞으로 계속 이런 식이면 이 부서를 책임지고 끌어갈 수 없어요."

"동감입니다." 에이크가 책상에 다리를 올리며 말했다. "엔더슨에게 메테를 실종 신고하라고 합시다. 그럼 사건을 계속 수사할 수 있잖아요."

루이세가 감탄하는 얼굴로 에이크를 쳐다보며 고개를 끄덕였다. 하지만 이내 낯빛이 다시 어두워졌다. "사망 진단서가 발급된 사람을 실종 신고할 수 있나요?"

에이크가 두 손을 머리 뒤에서 깍지 끼며 말했다. "당시에 사망하지 않았다는 점을 입증한다면 가능할 거라고 봅니다."

루이세가 생각에 잠기며 말했다. "장의사, 그러니까 엘리스룬드에서 장례를 치렀던 장의사 말이에요. 엔더슨에게 연락해 당장 만나보라고 할게요."

15

"남은 딸의 실종 신고를 하려고요." 점심때가 지나서 리세메테의 아버지가 전화를 걸어왔다. "엘리스룬드의 장례를 전담했던 장례식장에 다녀왔습니다. 1980년 당시에 장례를 거행했던 장의사와 그의 가업을 이어받은 아들을 만나 봤어요. 아버지는 그 해에 일을 그만뒀다더군요. 하지만 예전에 쓰던 예약 기록부를 다 보관해 두었고, 내 딸들 중 누구도 땅에 묻은 적이 없다고 맹세하더군요. 아들한테 사업을 넘겨주기 전에 마지막으로 엘리스룬드에서 치른 장례는 체중 과다로 죽은 남자뿐이었대요. 관이 맞지 않아 새로 짰는데 비용을 부담하는 문제로 실랑이가 벌어졌답니다. 아무튼 쌍둥이 여자애들을 동시에 매장한 적은 한 번도 없다고 단언했습니다."

루이세가 에이크를 향해 미소를 지었다.

"죽지도 않은 사람의 사망 진단서를 그들이 어떻게 발부할 수 있었는지 도통 모르겠다고 그에게 말했습니다." 엔더슨이 이야기를 계속했다.

"그랬더니 뭐래요?" 루이세가 호기심을 드러내며 펜을 집어 들었다.

"교구 사무실에 가서 기록부를 열람해 보라더군요. 교구(카톨릭 교회를 지역적으로 구분하는 단위- 역자 주)에서 거행된

세례식이나 장례식이 모두 기록돼 있으니까 바로 확인할 수 있을 거라고요."

"확인했더니 어떻던가요?" 루이세가 숨도 쉬지 않고 물었다.

엔더슨은 교구 사무실의 여직원이 1980년 기록부를 두 번이나 확인했다고 말했다. "내 딸들의 기록은 전혀 없었어요. 실제로 그해엔 쌍둥이 또래 아이가 한 명도 묻히지 않았답니다." 노인이 비통한 목소리로 말했다. "리세의 시신을 내 눈으로 확인했으니, 그때 사망하지 않았다는 건 의심의 여지가 없죠. 하지만 어째서 이런 일이 벌어졌는지 아무리 생각해도 모르겠어요. 내가 왜 그런 통지서를 받았던 걸까요? 정말 이해할 수 없군요. 그나저나 메테는 어떻게 됐을까요? 어딘가에 살아 있지 않을까요?"

루이세는 노인의 목소리에서 절박한 심정을 느꼈다. 오래전에 죽었다고 믿었던 딸의 시신을 눈으로 확인했으니 모든 게 비현실적으로 보일 터였다. 게다가 남은 딸의 생사는 알지도 못하는 상황이었다.

"그럼 저희가 따님에 대한 실종 신고를 정식으로 접수하고 그에 따라 수사를 진행하겠습니다." 루이세가 약속했다. "애써 주셔서 정말 감사합니다."

"감사는 내가 해야지요." 노인은 인사한 뒤 진행 사항을 계속 알려달라고 부탁했다.

루이세는 메모한 내용을 들고 론하트 총경의 사무실로

향했다.

총경의 비서는 자리에 없었다. 루이세가 문을 열자 상관은 화분에 물을 주고 있었다.

"방금 비고 엔더슨이 전화해 남은 딸의 실종 신고를 정식으로 접수했습니다."

론하트 총경이 물뿌리개를 내려놓고 짜증스럽게 말했다. "거참 쓸데없이 고집을 피우는군."

"쌍둥이 자매 중 누구도 매장되지 않았고 교구 기록부에도 사망자로 올라 있지 않다니까요." 루이세가 차근차근 설명했다. "그만하면 메테가 아직 살아 있다고 믿을 만한 근거로 충분하잖아요."

"빌어먹을! 그럼 얼른 가서 찾아봐!"

"진행하라네요." 루이세가 론하트 총경의 사무실에서 돌아와 말했다. 일단 책상에 지도부터 펼쳤다. "리세가 지난 삼십여 년 동안 머물던 곳을 알아내면 메테를 찾을 수 있을 거예요."

"맨발로 숲길을 걷는 데는 한계가 있었을 겁니다." 에이크가 지도에서 에븐소 호수를 찾으려고 몸을 기울이며 말했다. 담배 냄새와 가죽 냄새가 살짝 풍겼다. 루이세는 그가 지도를 잘 볼 수 있도록 몸을 살짝 비켜줬다.

루이세는 리세가 발견된 곳에 X표를 하면서 물었다. "이 지점에서 한 3, 4킬로미터 정도면 괜찮겠죠? 어떻게 생각해요?”

에이크가 고개를 끄덕였다. 루이세는 X표를 한 지점을 중심으로 주변에 동그랗게 범위를 표시했다.

“해당 범위 내에 집들이 좀 있나요?” 에이크가 물었다.

루이세는 에이크의 질문에 답하기 전에 잠시 기억을 더듬어 보았다. 일단 숲 안쪽에 있는 집들은 모두 의심해볼 만했다. 동그라미 안쪽엔 우선 톰슨이 거주하는 ‘삼림 관리인의 집’이라는 곳이 있고, 스키오네슬롬 방향으로 ‘도요새의 집’이라는 곳이 있었다. 아울러 레버예그 방향으로 ‘통행료 징수소’와 ‘두루미의 집’이라는 곳 사이에도 농가가 몇 채 더 있었다. 삼림관리국에서 임대를 놓고 있는 숲 속의 집들이라 명칭이 특이했다.

“꽤 있긴 한데요. 그 중에서 숲 안쪽에 있는 대여섯 채가 제일 미심쩍네요. 일단 그쪽부터 확인해 보죠. 그런 다음 보모가 살았던 동네로 가서 살펴봅시다. 거기도 몇 채 있으니까.”

루이세가 리세의 사진을 몇 장 더 복사해서 돌아왔을 때 에이크는 커피를 들고 서 있었다. 루이세에게 운전할 때 마시도록 한 잔 준비해 주겠다고 제안했다. 루이세는 됐다고 말하려다 마음을 바꿨다. 좀 더 사근사근하게 군다고 해될 건 없을 터였다.

“그래주면 나야 좋죠.” 루이세가 웃으며 말했다.

두 사람은 지난번에 갔던 도로를 따라 숲으로 들어갔다. 하지만 이번엔 에븐소 호수 쪽으로 방향을 틀지 않고 계속 직진했다. 한참 가다 보니 커다란 나무들로 가려진 낡은 목조 주택이 보였다.

"저런 데서 사람이 살아요?" 차에서 내린 에이크가 놀라며 물었다.

대문에 이르기도 전에 개 두 마리가 달려들 듯이 으르렁거렸다.

"자, 자! 진정해…." 루이세가 개들을 진정시키려 했지만 소용이 없었다. 그때 난데없이 바로 옆에서 쨍그랑거리는 소리가 들리는 바람에 루이세는 화들짝 놀랐다.

에이크가 대문 옆 울타리 기둥에 매달린 커다란 종의 줄을 잡아당겼던 것이다.

"벨을 울려야 할 것 같아서요." 에이크가 또다시 줄을 당기며 말했다.

"나갑니다!" 집 옆에 있는 헛간에서 굵은 목소리가 들렸다. 곧이어 푸른색 작업복 차림의 작은 남자가 손에 도끼를 들고 나타났다. "그만 짖어!" 남자가 개들한테 소리치더니 두 사람 쪽으로 걸어왔다.

"안녕하세요?" 놀란 눈으로 쳐다보는 남자에게 루이세가 웃으며 말했다.

"이게 누구야, 루이세 아니냐!" 남자가 반갑게 소리쳤다. "널 마지막으로 봤을 땐 갈래머리에 안장도 깔지 않고서 조랑말을 타던 말괄량이 아가씨였는데."

웃을 때 보니 베르너 포스트는 오른쪽 앞니가 두 개나 빠져 있었다. 법 없이도 살만큼 선량한 사람으로, 예전부터 줄곧 '도요새의 집'에 살았다. 루이세가 부모와 함께 살던 시절, 집에 자주 찾아와 나무 베는 일을 도와주곤 했었다. 그는 루이세를 볼 때마다 갈래머리와 조랑말 얘기를 꺼냈다. 세월이 아무리 지나도 잊히지 않는 게 있나 보다.

루이세는 베르너가 대문을 열어주자 앞장서 들어갔다. 개들은 담 옆 그늘에 드러눕더니 두 사람이 지나갈 때 고개도 들지 않았다.

"지난주에 에븐소 호숫가에서 보모 일을 하던 여자 시신 한 구가 발견됐어요." 루이세가 에이크를 소개한 뒤 이야기를 시작했다.

"그 얘긴 들었어. 같이 있던 어린 것들이 얼마나 놀랐을까!" 베르너는 아이들 중 하나가 레네의 손자라는 얘기를 덧붙였다. "의원에서 근무하던 레네 말이야. 누군지 알지?"

루이세가 고개를 끄덕였다. 의사의 비서로 일하던 레네는 기억했지만 그녀에게 손자가 있는 줄은 몰랐다.

"사실 우리가 여기 온 이유는 그 보모 때문이 아니라 다른 여자 때문이에요." 루이세가 가방에서 리세 엔더슨의 사진을 꺼냈다. 눈을 감고 있는 시신 사진을 내밀며 자세한 얘기는 생략하고 경사지에서 사고를 당한 여자라고만 설명했다.

"우린 여자가 숲 속이나 숲 인근에서 살았을 거라고 추정해요. 남루한 옷차림으로 봐선 노숙자였을지도 모르겠어요."

베르너 포스트가 작업복의 어깨끈을 만지작거리며 말했다. "가끔 노숙자들이 주변을 어슬렁거리긴 해." 날씨가 나쁘면 그는 떠돌이들을 헛간에 재워주기도 했다. "그들은 대피할 곳과 맥주 따위를 얻어 마실 곳을 기가 막히게 찾아내거든. 그렇다고 누구나 그들을 반기는 건 아니야. 흠, 그런데 이 여자는 보지 못했는걸. 이따금 찾아오는 무리 중에 여자가 하나 있었는데, 남편이 죽은 뒤로는 그나마 보이지 않더군."

베르너는 눈을 가늘게 뜨고서 애써 기억을 더듬었다.

"그녀의 남편은 손수레를 끌면서 도로를 따라 걷다가 차에 치었다나 봐."

리세가 부랑자들 틈에 끼어 떠돌아다녔을 것 같지는 않았다. 그래도 일단 알아보긴 해야겠다고 루이세는 생각했다.

"리세가 그런 사람들과 어울리진 않았을 거예요." 에이크가 끼어들더니 리세에게 심각한 지적 장애가 있었다는 사실을 환기해 주었다.

"당신 말이 맞을 거예요." 루이세가 동의했다. 일정한 거처나 직업 없이 떠도는 사람들은 흔히 술에 찌들어 살긴 해도 제 몸 하나는 건사할 수 있었다.

"이쪽 인근에서 누군가와 함께 살지 않았을까요?" 베르너 포스트가 다른 각도에서 생각할 수 있도록 에이크가 넌지시 물었다.

자그마한 체구의 베르너 포스트가 먼 곳을 바라보며 한참 생각하더니 고개를 저었다. "요즘 이쪽에 집을 얻어서 들어오는 사람들은 죄다 도회지 출신이야. 전원생활의 낭만을 그리며 찾아오는 것 같아." 그가 고개를 저으며 비꼬듯 말했다.

"혹시 빈집은 없나요?" 에이크가 물었다.

루이세는 에이크가 나서서 질문하자 마음이 놓였다. 아는 사람에게 이것저것 물어보기가 쑥스러웠다.

베르너 포스트는 얼굴을 찡그리고 턱을 문지르면서 곰곰이 생각했다. "'초원의 집'이 꽤 오랫동안 비어 있었는데…. 하지만 거긴 여기서 상당히 멀어."

그가 루이세를 쳐다봤다. "뉘 톨스트럽 쪽에 있는 집인데, 너도 알걸?"

루이세가 고개를 끄덕였다.

"실은 거기도 얼마 전에 사람이 들어왔어." 베르너 포스트가 덧붙여 말했다. "지난번에 그 앞을 지날 때 보니까 차가 한 대 서 있더라고. 자세한 건 보딜한테 물어봐. 그쪽 근처에 살잖아."

그 이름을 듣고서 루이세와 에이크가 서로 쳐다봤다. 루이세는 또다시 고개를 끄덕이며 파트너에게 신호를 보냈다.

이만하면 충분했다. 더 이상 나올 얘기도 없었다.

"저희 부모님께 안부 좀 전해주세요." 루이세가 말했다. 부모를 안 본 지도 한 달이 넘었다. "보나마나 아저씨가 저보다 먼저 만나실 거예요."

★

"'초원의 집'이라…." 에이크가 뒷좌석에 가죽 재킷을 던진 후 차에 오르며 말했다. "어떻게 가는지 알아요?"

루이세가 고개를 끄덕였다. 학교 친구가 한동안 그 집에 살았었다. "'사냥터 관리인의 집'에서 멀지 않은 곳이에요." 루이세는 위치를 설명한 뒤 보딜 아줌마에게 물어보면 좋겠다고 덧붙였다. "보딜 아줌마는 요르겐과 결혼했어요. 전에 우리에게 손을 흔들어 준 남자 말이에요. 그들은 오래전부터 숲에서 살았기 때문에 주변 상황에 빠삭해요. 보딜은 성 한스 병원이 운영하던 에븐스트럽 요양원에서 일했었죠. 지금은 폐쇄됐어요. 아무튼 요양원 근처에 튜텐이라는 매점이 있었어요. 어렸을 때 간식을 사려고 자전거로 튜텐에 가면 결핵 환자들이 섬뜩한 이야기를 들려주는 바람에 잔뜩 겁을 먹었었죠."

루이세는 문득 자신이 수사와 상관없는 이야기를 주절주절 떠든다는 걸 깨달았다.

"그곳은 원래 결핵 환자를 치료하던 병원이에요." 루이세가 얼른 화제를 돌리며 말을 맺었다.

"어렸을 땐 어땠습니까?" 에이크가 호기심 어린 목소리로 물었다. "긴 갈래머리에 스커트 차림?"

"상고머리에 찢어진 청바지 차림이요." 루이세가 말했다. 실제론 긴 머리를 두 갈래로 땋아 늘어뜨렸었다. 갈래머리와 지저분한 바지 차림이었고 온몸에 멍과 상처가 끊이지 않았으며, 틈만 나면 말을 타고 돌아다녔다. 하지만 그런 이야기까지 하고 싶진 않았다.

하얀 대문이 열려 있어서 사냥터 관리인 집의 널찍한 마당이 훤히 보였다. 루이세는 자갈이 평평하게 골라진 마당으로 쑥 들어가 현관 앞에 차를 세웠다.

루이세가 시동을 끄자마자 보딜이 현관문을 열고 나왔다. 보딜은 루이세를 알아보지 못했지만 이름을 듣자 얼른 안으로 들어오라고 청했다.

"막 점심을 들려던 참이야." 보딜이 두 사람을 안으로 들이며 말했다. "요르겐은 낮잠을 자고 있어."

"잠깐이면 돼요." 루이세가 얼른 말했다. "식사하시는데 방해하고 싶지 않아요."

"무슨 그런 소릴…. 포트에 커피를 내려놨으니까 들어와서 마시고 가." 보딜이 루이세에게 고개를 저으며 말했다.

루이세는 부모가 보딜의 일흔 살 생일을 기념하는 조찬 파티에 참석했던 걸 떠올렸다. 그때가 1년 전인지 2년 전인지는 정확히 기억나지 않았다. 두 사람은 보딜을 따라 구두를 벗고 아늑한 거실로 들어갔다.

"이쪽이야. 커피 한 잔 들고 가."

두 사람은 천장이 낮은 거실을 지나 넓은 주방으로 들어갔다.

"그인 도통 기운이 없나 봐. 아프지 말아야 할 텐데." 보딜이 포트에 든 커피를 따르며 말했다. "남자들은 조금만 아파도 아기처럼 군다니까."

보딜은 에이크를 향해 눈을 찡긋하면서 포트를 내려놓았다.

루이세가 리세의 사진을 꺼냈다. 맞은편에 앉은 보딜에게 내밀며 숲에서 돌아다니다 혹시 마주친 적이 없는지 물었다.

노부인이 사진을 들고 찬찬히 살핀 후 다시 내려놨다.

"죽었어?" 보딜이 고개를 들면서 물었다.

루이세가 고개를 끄덕였다. "지난주에 에븐소 호숫가에서 발견됐어요."

보딜이 사진을 다시 내려다보더니 고개를 저었다. "스토케보 로드에 사는 우리 이웃도 끔찍한 일을 당했다던데."

이 지역 사람들에겐 2, 3킬로미터 떨어진 곳도 모두 이웃이었다.

"어쩌다 죽었대?"

"캠핑 방갈로 뒤 경사지에서 떨어졌어요." 루이세가 대답했다.

보딜의 표정으로 볼 때 보모가 살해당한 사건이 작은 동네를 공포로 몰아넣은 게 분명했다.

보딜은 사진을 다시 집어 들고 유심히 보다가 루이세에게 건네주었다.

"이 여자는 범죄에 연루된 건 아닙니다." 에이크가 끼어들었다. "그냥 사고로 죽었습니다. 숲에서 발견됐기 때문에 이 근처에서 살았는지 알아보려는 겁니다."

"지난주에 누가 숲으로 운전하고 들어오진 않았나요?" 루이세가 물었다.

보딜이 고개를 저었다. "하지만 그런 건 요르겐이 잘 알거야. 참, 요즘 들어 흰색 밴이 주차장에 자주 나타난다고 툴툴대던 것 같아. 자주 오면서도 아는 척을 안 해서 섭섭했나 봐."

보딜이 고개를 살살 저었다.

"요르겐은 그런 일에 상처를 많이 받거든." 보딜이 에이크를 쳐다보며 덧붙였다.

"어떤 종류의 밴이랍니까?" 에이크가 호기심을 드러내며 물었다.

보딜이 다시 고개를 저었다. "낸들 아나. 난 차에 대해 잘 몰라. 그이한테 가서 물어보고 올게."

보딜이 일어나 거실 쪽으로 나갔다. 두 사람은 문이 열렸다 닫히는 소리를 들었다. 루이세는 잔을 비운 다음 싱크대에 갖다 놨다. 사진을 가방에 넣으려는데 보딜이 돌아왔다.

"토요타 하이에이스. 창문도 없고 아주 낡았대. 지난주 수요일에 본 게 마지막이래. 그이가 달력에 표시까지 해놨더라고. 뭔가 기억할 게 생기면 늘 달력에 표시하거든."

리세가 발견되기 전날이라고 루이세는 생각했다.

"그런데 지지난주 수요일은 물론이요 그 전주 수요일에도 왔었대." 보딜이 이야기를 계속했다. "누군지는 모른대. 아까도 말했지만 그들이 인사를 하지 않아서 말이야."

두 사람은 커피를 잘 마셨다고 인사한 뒤 밖으로 나왔다. 보딜도 나와서 배웅했다.

"'초원의 집'이 꽤 오랫동안 비어 있었다는데, 알고 계셨어요?" 루이세가 마당에 서서 보딜에게 물었다.

뒤쪽 방들은 모두 커튼이 쳐져 있었다. 루이세는 보딜의 남편 요르겐이 다시 잠들었기를 바랐다.

"그럼 알다마다. 한 1, 2년 정도 비어 있었을 거야." 보딜이 대답했다. "어쩌면 더 오래 비었을 수도 있어. 이런저런 문제로 갈등이 많았대. 천장이 무너지려고 하는데 수리비를 누가 낼지 합의하지 못했다나 봐. 삼림관리국에서 임대하는 곳이거든. 아무튼 문제가 해결됐는지 이젠 새로운 가족이 들어왔어."

"새로운 가족이 들어오기 전에 누가 임시로 묵지는 않았나요?"

보딜이 고개를 저었다. "내가 일주일에 두어 차례 그 앞을 지나가는데 아무도 살지 않았어."

보딜은 요르겐이 깨기 전에 샌드위치를 만들어야겠다고 말했다. 루이세와 에이크는 보딜에게 다시 한번 고맙다고 인사했다.

루이세는 잠시 서서 뜰을 둘러봤다. 대문 옆에는 오래된 밤나무가 서 있었다. 그 옆의 아름드리 포플러 나무는 방치된 제재소의 시야를 가렸다. 훗날 보딜 부부가 이곳에 살지 않게 됐을 때, 그녀가 이 집에 들어와 사는 것도 괜찮을 듯했다. 이 집도 필시 삼림관리국에서 임대를 놓고 있을 터였다.

운전하고 가는 동안 두 사람은 쉽게 입을 떼지 못했다. 리세가 머물던 곳에 대한 의문을 풀러 가는 길이라 긴장감마저 감돌았다.

"'초원의 집'은 길가에 있어요. 게다가 방들이 도로 쪽으로 나 있어서 누가 머물렀다면 금세 눈에 띄었을 거예요." 루이세가 기대치를 낮출 요량으로 말했다.

사실 도로 쪽으로 난 방은 침실 하나와 거실뿐이었다. 현관문도 길 쪽으로 나 있긴 했지만 그 집을 드나드는 사람들은 늘 뒷문을 이용했다. 뒤쪽으로도 침실이 두세 개 더 있었다. 뒤뜰은 도로에서 전혀 보이지 않았다.

갑자기 도로 폭이 확 좁아들더니 기차선로처럼 두 갈래 트랙이 나타났다.

"이런 길을 운전할 수 있겠어요?" 루이세는 자동차로 이 길을 다녔던 기억이 거의 없었다. 예전엔 주로 자전거나 오토바이를 타고 다녔다.

"꼼짝 못하게 되면 내가 나가서 밀게요." 에이크가 약속했다.

루이세는 바퀴 네 개가 풀밭으로 굴러가는 편이 더 안정적일 것 같아 속도를 늦춰 갓길로 빠졌다.

"좋아요." 루이세는 웃으며 풀이 무성한 갓길을 천천히 나아갔다.

조금 더 가자 도로 우측에 짚으로 지붕을 이은 집이 보였다. 단독 건물인 이 집은 정말로 도로와 바싹 붙어 있었다. 지나다니는 사람들이 창문으로 안을 훤히 볼 수 있을 정도였다. 오른쪽 진입로에 차가 한 대 보였다. 웬 남자가 아이들 둘을 뒷좌석에 억지로 밀어 넣고 있었다.

루이세는 울타리 옆 갓길에 차를 세웠다. 남자가 아이들에게 가방을 건네는 모습을 보면서 차에서 내렸다.

"잠깐 시간 좀 내주시겠어요?"

"뭡니까?" 남자가 성가신 목소리로 물었다.

에이크가 자신을 소개한 뒤 배지를 내밀었다. 이런 걸 내밀면 먹히는 사람들이 여전히 있었다.

"지난주에 숲에서 사고를 당한 여자에 대해 몇 가지 물어볼 게 있습니다."

에이크가 남자를 안심시킨 후 질문을 던지려는데 남자가 말을 잘랐다.

"난 거기에 대해선 아무것도 모릅니다."

"그녀가 이 근방에서 살았을지도 몰라서 하는 말인데요, 혹시 보신 적이 있습니까?" 에이크가 아랑곳하지 않고 물었다.

루이세가 가방에서 사진을 꺼냈다. 남자는 사진을 제대로 보지도 않고서 고개를 저었다. 그런데 그의 눈은 사진 대신 루이세에게 꽂혔다.

"당신 혹시 목매 자살한 남자랑 살지 않았었나?" 남자가 루이세에게 물었다.

루이세는 황급히 남자의 시선을 피했다.

"신혼집을 구해서 들어갔다가 짐도 풀지 않은 상태였다고 하던데." 남자는 시선을 거두지 않고서 계속 말했다.

루이세는 대답하지 않고 몸을 홱 돌려 얼른 차에 탔다. 문을 쾅 닫고 나서 눈을 감고 머리를 뒤로 기댔다. 이곳을 떠난 뒤로 끔찍한 그 일을 잊으려고 갖은 애를 썼다. 아예 없었던 일로 생각해야 극도의 상실감과 괴로움에서 조금이라도 벗어날 수 있을 것 같아서 과거를 싹 잊고 앞만 보고 달려왔다.

에이크가 곧바로 차문을 열고 따라 들어왔다.

"도대체 무슨 일입니까?" 에이크가 물었다. "나 혼자 남자를 상대할까요?"

"아뇨, 아뇨! 그냥 관둬요." 루이세는 백미러를 확인하지도 않고 황급히 차를 출발했다.

"아는 남잡니까?"

루이세가 고개를 세차게 흔들었다. 진짜로 모르는 남자였다. 하지만 남자는 그녀를 아는 게 분명했다. 게다가 이유도 없이 그녀를 도발하려 들었다.

16

'초원의 집'을 다녀온 뒤 루이세는 하루 종일 멍했다. 뭔가에 홀린 사람마냥 정신이 나가 있었다. 몸만 그 자리에 있을 뿐 상대와 나누는 이야기에 전혀 집중하지 못했다. 오후 내내 무슨 이야기를 나눴느냐고 누가 물어보면 아무런 대답도 못했을 것이다.

두 사람은 스토케보 로드에 있는 집들뿐만 아니라 숲 안쪽에 있는 집들도 다 찾아갔다. 하지만 죽은 보모의 집은 그냥 지나쳤다. 집 앞에 경찰차가 주차되어 있었기 때문이다. 하루 종일 애썼지만 소득은 하나도 없었다. 리세 엔더슨을 숲에서 마주치거나 조금이라도 안다는 사람이 한 사람도 없었다. 이야기는 에이크가 혼자서 거의 다 했다. 루이세는 그가 '초원의 집'에서 있었던 일을 캐묻지 않아서 내심 고마웠다.

루이세는 어떻게든 정신을 차리려고 애썼다. 요르겐이 봤다는 흰색 밴을 목격한 사람은 몇 명 더 있었다. 최근 들어 그 밴이 숲에 자주 나타났다고 주장하면서도 운전자나 소유주에 대해서는 하나같이 모른다고 했다. 두 사람은 결국 흰색 밴이 세워져 있었다는 주차장까지 찾아왔다. 하지만 그들이 숲 가장자리에 있는 주차장에 왔을 땐 텅 비어 있었다. 피크닉 테이블과 커다란 쓰레기통이 두어 개씩 있는 것으로 봐선 사람들이 실제로 오기는 하는 모양이었다.

"이런 식으론 아무것도 알아내기 어렵겠어요." 에이크가 차에서 내리며 말했다. 그는 담배에 불을 붙인 후 빈 담뱃갑을 꾸겨 쓰레기통에 던졌다. 구겨진 담뱃갑이 포물선을 크게 그리며 쓰레기통으로 쏙 들어갔다.

루이세는 차에서 내리지 않았다. 에이크와 함께 주차장을 살펴볼 기운이 나지 않았다.

"제기랄, 이건 시간 낭비일 뿐이에요." 에이크가 단호하게 말했다. "에븐소 호수까진 얼마나 걸립니까?"

루이세가 손가락을 들어 앞 유리창 너머를 가리키다 기어이 차에서 내렸다. 숲 쪽으로 이어지는 도로까지 걸어간 다음 이 길로 곧장 가야 한다고 에이크에게 설명했다. 도로는 곧장 가다가 앞쪽에서 두 갈래로 갈라졌다.

"첫 번째 갈림길에서 왼쪽으로 꺾었다가 다시 오른쪽으로 꺾어야 해요." 루이세가 설명하는데 난데없이 사이렌 소리가 들렸다.

루이세는 주차장 입구를 가리는 전나무를 지나쳐 걸어간 다음 사이렌 소리가 들리는 스토케보 로드 쪽을 바라봤다.

비상등이 번뜩이는 응급 차량이 한 대 이상 달려오는 모습을 보고 루이세는 가슴이 철렁 내려앉았다.

"이번엔 또 뭐죠?" 사이렌 소리가 점점 더 크게 들리자 에이크가 다가와 물었다.

때마침 경찰차 세 대가 모퉁이를 돌아 질주하는 모습이

보였다. 그들은 숲으로 들어서자 속도를 약간 늦췄다. 그런데도 바퀴에 부딪친 자갈이 도로 옆으로 마구 튀었다. 곧이어 경찰견 운용팀의 차량이 다섯 대나 쏜살같이 지나갔다.

루이세는 황급히 그들의 차로 돌아갔다. 에이크도 담배를 끄고 차에 뛰어올랐다. 그 사이 경찰견 운용팀의 차량이 몇 대 더 지나갔다.

"도대체 무슨 일이죠?" 루이세가 시동을 걸면서 소리쳤다. 그런데 너무 급하게 후진하는 바람에 기어를 넣고 엑셀을 밟기도 전에 바퀴가 휙 헛돌면서 차가 배수로 쪽으로 밀려나고 말았다.

간신히 다시 도로에 올라왔을 땐 마지막 경찰차가 갈림길에서 어느 방향으로 향했는지 알 수 없었다.

"얼른 경찰 무전을 켜요." 루이세가 지시했다. 순찰할 때만 켜는 무전이었다.

"당신은 운전에 집중해요." 에이크가 비상시 GPS 좌표를 읽어주는 기능의 볼륨을 낮추면서 말했다.

경찰 무전을 통해 경찰차들을 따라 잡았다. 앞서 달리던 경찰차들이 계속 왼쪽으로 진행했다. 앞 차들은 에븐소 호수에 이르렀을 때도 속도를 늦추지 않더니 야트막한 언덕에 도달해서야 속도를 늦췄다.

"저긴 호발소로 향하는 도로예요." 루이세가 엑셀에서 발을 떼며 말했다. 차들이 도로 한쪽에 일렬로 정렬해 있었다.

루이세와 에이크는 차에 그대로 머물렀다. 경찰견 운용팀은 이미 차에서 내려 대기하고 있었다. 비상등은 여전히 번뜩였지만 사이렌은 모두 꺼져 있었다.

루이세는 특종을 쫓아 경찰 무전을 도청하는 기자로 오해받겠다는 생각이 불현듯 스쳤다. 그런 생각으로 잠시 멋쩍게 앉아 있는데, 때마침 미크가 경찰견 운용팀 쪽으로 걸어가는 모습이 보였다. 그들은 마지막 차량 뒤쪽에 무리 지어 있었다.

미크는 얼굴이 창백했다. 옷을 입은 채로 잤는지 잔뜩 구겨진 셔츠가 바지 밖으로 삐져나와 있었다.

'평소 모습과는 영 다른 걸.'

루이세는 미크가 그들 쪽으로 걸어오는 걸 보고 차에서 내렸다.

"무슨 일이야?" 루이세의 목소리는 개들이 짖는 소리에 묻혀 버렸다.

미크는 몹시 지쳐 보였다. 루이세 쪽으로 걸어오면서 손가락으로 머리카락을 쓸어 넘기며 고개를 절레절레 저었다. 벌겋게 충혈된 미크의 눈을 보고 루이세는 안타까운 마음에 꼭 안아주고 싶은 충동이 일었다.

"미크, 이게 웬 난리야? 경찰이 왜 이렇게 잔뜩 출동한 거야? 보모에 대한 새로운 정보라도 찾아냈어?" 루이세가 질문을 쏟아냈다.

미크가 무겁게 고개를 끄덕이며 손을 떨어뜨렸다. "실은 보모가 데리고 나온 아이가 네 명이었어."

미크는 심각한 얼굴로 루이세를 쳐다봤다.

"오늘 새벽에 호수에서 야누스라는 애를 발견했어. 보모의 친아들이야. 이제 겨우 두 살이래. 당신이 다른 아이들을 발견했을 즈음엔 이미 익사한 상태였을 거야."

미크가 시선을 떨구고 고개를 천천히 흔들었다.

"세상에, 이를 어째." 루이세가 나직이 말했다.

"처음엔 아이 아버지가 충격에 빠져서 실종된 아이에 대한 얘기를 하지 않았어. 그는 아내를 잃은 것만으로도 충격을 많이 받았거든. 우린 아이의 실종이 명백해진 후에 이 일대를 샅샅이 수색했어."

"아이를 어떻게 찾았어?" 루이세가 미크의 팔에 한 손을 올리며 물었다.

"재해관리국에 요청해서 다이버들과 보트를 지원받았어. 호수 바닥의 경사가 심해서 처음엔 못 찾았어. 오늘 아침에 다시 들어갔는데 호수에 가라앉은 뗏목 끝에 아이의 스웨터가 걸려 있더래. 그래서 아이가 떠오르지 않았던 거야."

"그럼 이제 범인의 윤곽을 파악한 거야?" 루이세는 줄지어 늘어선 경찰차를 가리키며 물었다.

미크가 고개를 젓더니 기운을 차리려는 듯 숨을 깊이 들이마셨다. "그럼 오죽이나 좋겠어. 아직 아무런 단서도 포착하지 못했어. 하지만 오늘 중으로 DNA 결과가 나올 것 같아. 늦어도 내일까진 나올 거야."

숲 바닥에 무성하게 자란 풀이 잔뜩 몰려든 경찰들 발에 밟혀 뭉개졌다. 미크는 루이세가 바라보는 방향으로 고개를 돌렸다.

"아울러 새로운 정보가 하나 들어왔어." 미크가 말했다. "스물아홉 살 먹은 여자가 아침에 조깅하러 나갔다가 사라졌대."

루이세가 미크의 팔을 놓고 막 질문을 던지려는데 미크가 말을 이었다. "여자의 남편이 한 시간쯤 전에 신고했어. 그는 아침 7시경에 출근했고 아내도 비슷한 시간에 흐발소에 있는 집을 나섰을 거래. 그런데 퇴근해서 집에 와보니 아내가 돌아오지 않았더래."

루이세는 미크의 얘기를 들으면서 경찰이 개를 준비시키느라 분주한 모습을 지켜봤다.

"아침에 식탁을 차려놓고 나왔는데 건드리지도 않았대. 아내의 지갑과 휴대폰은 침실에 방치돼 있고 간밤에 준비해 놓은 출근 의상도 그대로 있었대. 운동화와 운동복만 보이지 않더래."

"그럼 여자는 직장에 출근하지 않았겠네?" 루이세가 추측했다.

미크가 고개를 끄덕였다.

"남편이 여자의 상사에게 전화했더니, 출근하지도 않았고 병가를 신청하지도 않았다고 하더래. 상사가 깜짝 놀라 신고하자고 했지만 남편이 좀 더 알아보자고 했나 봐."

미크는 그새 부하 두 명을 시켜 부부가 다퉜는지, 아니면 아내가 갑자기 사라질 만한 다른 이유가 있는지 조사했다.

"남편이 펄쩍 뛰면서 자기 부부에겐 아무 문제도 없다고 했대."

미크가 어깨를 으쓱하면서 입술을 깨물었다. 그러자 비뚤어진 앞니가 살짝 드러났다.

"그는 뭐라도 알아낼 요량으로 아내의 여자 친구들한테도 연락했나 봐."

"그건 그렇고 여자가 숲에서 조깅을 자주 했대?" 루이세가 미크의 말을 자르며 물었다.

"일주일에 세 번은 트롤스 오크Troll's Oak라는 나무까지 달린대." 미크가 팔에 앉은 벌레를 찰싹 때리며 대답했다. "지난번에 호수에서 일어난 사건도 있고 해서 일단 수색대를 대규모로 끌고 나왔어. 여자의 다른 동기나 배경을 알아낼 때까지 마냥 기다릴 순 없잖아."

루이세는 미크의 말에 전적으로 동의했다. 범인이 아직 잡히지 않았으니 여자를 찾는 데 만전을 기해야 했다.

루이세는 에이크가 홀베크 경찰서의 동료들과 이야기하는 모습을 지켜봤다. 에이크는 이내 경찰견 운용팀의 현장 지휘관에게 걸어갔다. 다들 수색 준비로 분주해 보였다. 수색에 합류하려고 두 팀이 더 도착했다. 루이세는 다른 팀이 더 올 거라고 짐작했다. 대대적인 수색에서는 각 팀이 일사불란하게 움직여야 했다. 현장에 데려온 경찰견은 열다섯 마리였다. 다 도착하면 경찰견을 20미터 간격으로 배치하고 수색을 벌여나갈 것이다.

루이세는 갑자기 피로가 몰려오는 걸 느꼈다. 몸도 무겁고 마음도 아프고 머리도 지끈거려 그저 눕고만 싶었다. '초원의 집'에서 만난 남자 때문에 이 정도로 흔들린다는 게 화가 났다. 도대체 그자가 그녀와 그녀의 과거에 대해 뭘 알고 있단 말인가? 오랜 세월이 지난 후에도 사람들이 여전히 그 이야기를 떠든단 말인가?

에이크가 루이세에게 다가왔다.

"난 여기 남아 수색을 도울게요." 에이크는 좀 전에 이야기를 나누던 사람들을 가리켰다. "수색대가 다 도착하면 바로 시작할 거랍니다."

루이세가 힘없이 고개를 끄덕였다. 같이 남아서 도와줄 기력이 없었다. 지금은 그저 혼자 있고 싶었다.

"오전에 사라진 여자는 첫 아이를 임신한 상태래요. 예정일이 꽤 남았지만 남편 말로는 벌써 아기 방을 새로 칠했을 정도랍니다."

"당신이 남아서 도와준다니 그나마 다행이에요." 루이세는 달리 무슨 말을 해야 할지 몰랐다. 에이크는 그녀가 왜 수색에 동참하지 않는지 설명해주길 기대하는 것 같지 않았다. 그냥 차가 세워진 곳까지 함께 걸어가 뒷좌석에서 재킷을 꺼냈다.

"내일 봅시다." 차에 오르는 루이세에게 에이크가 말했다.

17

카밀라는 팔짱을 낀 채 주방 창밖을 내다봤다. 넓은 뜰에선 마커스가 학교에서 새로 사귄 두 친구들과 놀고 있었다. 마커스는 프레데릭이 사준 ATV라는 사륜 모터사이클을 친구들과 번갈아 타면서 갖은 묘기를 부렸다. 카밀라는 애초에 사륜 모터사이클이 마커스 또래 사내아이들한테 너무 이르다고 극구 반대했다. 위험하다고 아무리 말려도 프레데릭과 마커스는 귓등으로 들었다. 오토바이보다 더 안전하다며 그녀를 안심시키려 들었고 사유지 안에서만 타면 문제될 게 전혀 없다고 우겼다. 하지만 사고는 자기 집 뜰에서도 얼마든지 일어날 수 있다.

ATV가 고속으로 움직이는 와중에 마커스가 자리에서 일어나더니 왼쪽으로 몸을 확 기울였다. ATV의 오른쪽 바퀴 두 개가 위로 들리며 녀석은 순식간에 두 바퀴로 방향을 틀었다. 천천히, 조심해서, 안전하게 몰겠다던 약속을 죄다 어겼다. 엄마가 부엌에서 내다볼 거라는 사실을 망각한 게 분명했다.

카밀라는 회벽 공사를 하다 만 방들을 둘러보러 갔다. 방 두 개는 손도 대지 못한 상태라 퀴퀴한 냄새가 났다. 바깥쪽으로 난 높다란 창문을 활짝 열었다. 카밀라는 처음으로 새로운 삶에 회의가 들었다.

조금 전에는 목사가 다녀갔다. 호의적으로 시작된 대화가 이내 언쟁으로 변했다. 목사는 카밀라에게 결혼 계획을 바꾸라고 종용했다. 결혼식은 로스킬레 성당에서 올리고 피로연만 뒤뜰에서 열라는 것이었다.

목사는 카밀라가 격식에 얽매이지 않겠다는 걸 이해하지 못했다. 카밀라는 결혼식이 떠들썩한 웃음과 즐거움으로 가득 차길 원했다. 묵직한 오르간 연주나 성가대의 합창을 들으면 그간 시댁 식구들에게 벌어졌던 나쁜 일들이 떠오를 것 같았다. 목사는 결국 샤스-스미스 가문의 결혼식이 안겨줄 언론의 관심과, 그런 관심이 자기네 성당에 안겨줄 이익을 놓칠 수 없다고 털어놨다. 그 말을 듣는 순간 카밀라는 절대로 그를 주례로 세우지 않겠다고 결심했다.

"나 왔어!" 프레데릭이 현관으로 들어서며 소리쳤다. 목사가 떠난 직후에 그녀가 전화해서 불렀다.

"응, 왔어?" 카밀라는 지친 목소리로 말하며 지저분한 벽과 판지로 덮인 바닥을 벗어났다.

프레데릭이 다가와 키스하자 카밀라는 따스한 그의 체온에 마음이 살짝 누그러지는 것 같았다.

"이젠 예식을 이끌어줄 목사도 없어." 카밀라가 탄식하며 두 손을 힘없이 떨어뜨렸다.

프레데릭이 카밀라를 멀찍이 잡으며 웃었다. "다들 당신한테 겁먹고 도망쳤나 봐."

프레데릭은 그녀를 당겨 안으며 또 키스했다. 두 손으로 카밀라의 등을 위아래로 쓸더니 카밀라의 귓불을 살며시 깨물었다. "내가 교구 사무실에 가서 목사를 만나볼게. 살살 구슬려서 다시 데려오면 돼." 프레데릭은 속삭이면서 부드러운 속살을 만지려고 카밀라의 셔츠를 위로 올렸다.

카밀라가 몸을 홱 빼고 한 걸음 뒤로 물러났다. "그랬다간 가만 두지 않을 거야!" 카밀라는 소리치면서 셔츠를 내렸다. "난 그 작자가 다시 오는 걸 원치 않아. 화난 사람은 나라고!"

"대체 왜 그래? 그는 누이의 결혼식을 주례했고, 어머니와 형의 장례도 치러줬어. 우리 가족이나 마찬가지야."

프레데릭의 목소리가 점점 짜증스럽게 변했다.

"당신이 여전히 두 달 후에 결혼식을 올리고 싶다면 우린 그 목사가 필요할 거야. 그는 우릴 위해 일정도 바꿔가며 시간을 내준 거란 말이야." 프레데릭이 목사의 호의를 상기시켰다. "그러니까 우리도 좀 맞춰줘야 한다고."

"이건 누구한테 맞춰주느냐 마느냐의 문제가 아니야. 우리의 개성을 반영하는 결혼식을 하느냐 마느냐의 문제란 말이야." 카밀라가 반박했다. "사소한 갈등이 생길 때마다 당신은 그냥 다 받아주고 넘어가려고만 해."

"꼭 그런 건 아니야." 프레데릭이 차분하게 말을 이었다. "하지만 굳이 더 어렵게 끌고 갈 이유는 없잖아."

"어렵게 끌고 간다고?" 카밀라가 버럭 소리치며 말했다. "목사 대신 시장한테 주례를 맡아달라는 것도 전혀 어렵지 않아. 그냥 전화해서 약속을 잡으면 돼. 중요한 건 우리 마음이 편해야 한다는 거야. 먼 훗날 우리가 기억하고 싶은 방식대로 결혼식을 거행해야 한다는 거라고!"

"그야 당연하지." 프레데릭이 달래듯이 말했다. "하지만 당신이 분에 못 이겨 목사를 해고했다는 이유로 시장한테 달려가 주례를 서달라고 할 순 없잖아."

카밀라는 너무 화가 나서 눈물이 핑 돌았다. 결국 프레데릭에게 등을 홱 돌리고 자리를 떠버렸다.

★

카밀라는 문을 닫고 의자에 털썩 주저앉았다. 이대로 물러설 생각은 추호도 없었다. 성당에서 올리는 결혼식은 상상하기조차 싫었다. 애초에 그런 건 안중에 없었다. 목사가 뒤뜰에서 올리는 결혼식을 반대할 생각이었다면 처음부터 그렇게 말했어야 했다. 그랬다면 다른 목사를 찾아봤을 것이다. 로스킬레에 교회가 어디 거기뿐인가! 하지만 지금 카밀라를 더 열 받게 하는 건 프레데릭이 그녀 편을 들어주지 않는다는 점이었다.

카밀라는 자세를 바로 하고 뭔가 다른 걸 생각하려고 애썼다. 프레데릭과 합친 뒤로 결혼식 외엔 거의 신경 쓰지 않았다는 생각이 불현듯 스쳤다. 전에 일했던 신문사의 편집장인 터켈 호이어가 몇 차례 전화했었지만 받지도 않았다.

턱을 괴고 창밖을 내다봤다. 왠지 모를 공허감이 밀려왔다. 눈을 감고 두 손으로 머리를 감쌌다. 루이세가 실종된 쌍둥이 자매에 대해 이야기할 때도 귀담아 듣지 않았다. 그간 자신의 문제에만 빠져들다 보니 친구가 하는 얘기를 대부분 흘려들었다.

한숨이 절로 나왔다. 카밀라는 루이세의 이야기 중에서 쌍둥이 자매 중 한 명이 문명의 이기와 떨어져 살다가 지난주에 사망했다는 점과 남은 한 명의 소재가 불분명하다고 했던 점을 떠올렸다.

거실에 있던 프레데릭이 사무실로 돌아갈 거라고 소리쳤다. 그녀가 나오길 기다리며 하는 소리라는 걸 알았지만 카밀라는 대답도 하지 않았다. 그 대신 사망한 쌍둥이 자매의 이름을 애써 떠올렸다. 노트북을 켜고 검색창에 '리세메테 엘리스룬드'라고 쳤다. 아무런 결과도 나오지 않았다.

인포미디어에 로그인해서 여러 신문사의 데이터베이스를 검색했지만 이번에도 소득이 없었다. 옛날 기사라서 전자문서로 저장되지 않은 듯했다. 결국 루이세에게 전화하는 수밖에 없었다.

카밀라는 친구의 시무룩한 목소리를 단박에 알아차렸지만 일단 용건부터 꺼냈다. 리세메테의 사진을 보고 연락했다는 여자의 이름을 물었다.

"어디 사는지도 알아?" 카밀라가 여자의 이름을 적으면서 물었다.

"골레브 근처 어디라고 했던 것 같아. 전화번호로 검색해 봐." 루이세는 친구가 이걸로 뭘 할 생각인지 묻지도 않고 알려줬다.

평소의 루이세답지 않았다. 카밀라가 사건에 관심을 보이면 루이세는 발끈해서 말도 못 꺼내게 했었다. 전화를 끊고 나서야 카밀라는 친구에게 무슨 일 있냐고 물어볼 걸 싶었다.

일단 아그네테의 주소를 검색했다. 잘만 하면 팔아먹을 기사거리를 찾을 수도 있을 것 같았다.

"엄마, 필립이 우리 집에서 저녁 먹고 가도 돼요?" 마커스가 계단에서 소리쳐 물었다.

"안 돼." 카밀라는 일어나지도 않고서 대답했다.

"왜요?"

"오늘은 밖에서 먹을 거니까!"

카밀라는 문득 마커스와 단둘이 보낸 게 언제 적인가 싶었다. 프레데릭이 돌아오기 전에 여길 얼른 벗어나고 싶었다.

"필립도 같이 가면 안 돼요?"

"안 돼." 카밀라가 소리쳤다. 사춘기에 접어든 아들에게 무조건 안 된다고만 하면 심각한 다툼으로 이어질 수도 있었다. 원만한 관계를 유지하기 위해 절충안을 제시했다. "내일 저녁엔 같이 먹어도 돼."

"알았어요." 마커스가 골난 소리로 말한 뒤 다시 밖으로 나가면서 현관문을 쾅 닫았다.

카밀라는 잠시 손으로 머리를 받치고 있다가 일어났다. 손님방 중 하나를 살펴본 뒤, 침실에서 이불과 베개를 꺼내 손님방 침대에 갖다 놨다. 그런 다음 아그네테와 약속을 잡으려고 다시 서재로 돌아왔다.

막상 뭔가를 하려고 보니 집안일 때문에 짜증이 밀려왔다. 뜻대로 되는 게 하나도 없는 것 같았다.

18

루이세는 꾹꾹 눌러왔던 기억의 덫에서 헤어나지 못하고 밤새 뒤척였다. 새벽녘에 한 시간쯤 선잠이 들었지만 이내 깨어났다. 머릿속이 뒤죽박죽이었다. 결국 사무실에 전화해 병가를 냈다. 이 상태론 에이크를 상대하기는 버거웠고 한느는 상대하기 싫었다.

학교에 가는 요나스를 배웅하고 다시 침대에 누웠다. 하얀 천장을 바라보며 온갖 기억과 아픈 생각으로 점철된 그림자를 떨쳐내려고 애썼다.

시간이 흘러 요나스가 수업을 마치고 돌아왔다. 아들이 직접 문을 따고 들어와 가방을 내려놓을 때까지도 루이세는 여전히 침대에 누워 있었다. 눈에서 벗어나면 물가에 내놓은 것처럼 불안했는데, 이렇게 무사히 집에 돌아오니 마음이 놓였다. 그렇게 아끼는 아들이지만 지금은 나가서 맞아줄 수가 없었다. 현실에서 도망쳐 가만히 누워만 있었다. 요나스의 발자국 소리가 들렸다. 청력을 잃은 디나에게 뭐라고 말하는가 싶더니 가죽 끈을 내려 디나의 목에 거는 소리가 들렸다. 곧이어 문이 쾅 닫혔다.

그제야 루이세는 일어나서 메모를 적었다. 간단히 샤워를 한 뒤 옷을 입고 집을 나섰다. 요나스에게 미안한 마음을 안고서 차에 올랐다.

한 시간 뒤 루이세는 호발소 중심가를 지나갔다. 교회를 바로 앞에 두고 목사관 쪽으로 방향을 틀었다. 차를 세우고 시동을 껐다. 눈을 감고 잠시 앉아 있다가 차에서 내렸다.

눈을 내리깔고 걷다가 차도를 건널 때가 되어서야 고개를 들었다. 고향을 떠난 뒤로는 어쩌다 부모를 찾아올 때조차 이곳을 피했다. 아는 얼굴을 마주칠까 봐 두려웠다. 21년 전 이 동네를 떠날 때부터 지금까지 그 두려움은 전혀 사그라지지 않았다.

꽃가게 문을 열고 들어가는데 벨소리가 바뀌어 있었다. 작은 가게를 가득 메운 꽃향기가 코를 찔렀다. 안쪽에서 이야기하는 소리가 들리는가 싶더니 쪽문이 열렸다.

"나가요!" 쾌활한 목소리와 함께 한 여자가 루이세의 시야에 들어왔다.

순간 두 사람은 미동도 않고 서로 쳐다봤다. 잠시 후 루이세가 몸을 숙이고 양동이에서 꽃다발 하나를 집어 들었다.

비비는 루이세의 전 남편인 클라우스와 같은 반이었다. 그간 살이 좀 붙었지만 예전 얼굴 그대로였다. 학창시절 내내 톰슨 패거리와 함께 몰려다니던 여자아이들 중 한 명이었다. 루이세는 옛날 생각을 하면서 단말기에 꽂힌 직불카드를 말없이 바라봤다.

두 사람은 말 한마디 나누지 않았다. 루이세는 연두색 포장지에 감싸인 꽃다발을 받아 들고 가게를 나왔다.

한참 걸어간 뒤에야 멈춰 서서 지갑에 직불카드를 꽂고 가방에 넣었다. 그런 다음 도로를 건너 교회 쪽으로 걸어갔다.

발밑에 밟히는 자갈에서 뽀드득뽀드득 소리가 났다. 장례식에 참석하지 않았기 때문에 루이세는 클라우스가 정확히 어디에 묻혔는지도 몰랐다. 사람들의 눈초리와 쑤군거림을 견딜 자신이 없었다. 교회 뒤쪽 어딘가에 묻혀 있다는 얘기를 남동생 미켈에게 들었다.

미켈은 그녀 대신 장례식에 참석해 클라우스에게 붉은 장미를 바쳤다. 루이세는 장례식이 어땠는지 한 번도 묻지 않았다. 사람들이 얼마나 참석했고 어떤 노래를 불렀는지 시시콜콜 알고 싶지 않았다. 클라우스의 여동생이 관 앞에서 뭐라고 얘기하다 감정을 주체하지 못하고 통곡했다는 얘기만 들었을 뿐이다. 미켈은 클라우스의 여동생이 뭐라고 했는지 알려주려고 했지만 루이세가 그만두라고 했다. 여동생은 기숙학교에서 지냈지만 장례식이 끝난 뒤에도 학교로 돌아가지 않았다고 했다. 루이세가 듣기론 그랬다.

교회에 다다랐을 때 루이세는 또다시 죄책감에 휩싸였다. 다 지난 일이라고, 이젠 벗어날 때도 됐다고 스스로 타일렀지만 그녀를 둘러싼 소문의 굴레에서 한 발짝도 벗어나지 못했다.

루이세는 오토바이만 태워주면 치마를 내린대.

이 소문은 남동생이 축구 경기장에서 처음 들었다. 그런 소문이 돈다는 얘길 남동생한테 듣고서 루이세는 처음엔 코웃음 치며 무시했다. 그때는 클라우스와 사귄 지 5년이나 흐른 시점이었다. 클라우스 역시 고개를 저으며 대수롭지 않게 여겼다. 그런데 시간이 지나도 소문이 가라앉기는커녕 쑤군대는 소리가 그녀의 귀에까지 들렸다. 루이세는 사람들의 시선과 소문이 점차 거슬렸다. 루이세가 반박하려 했을 땐 이미 기정사실로 굳어진 뒤였다. 하지만 언제 누구랑 오토바이 타는 걸 봤느냐고 따지면 아무도 대답하지 못했다. 그도 그럴 것이 루이세가 오토바이를 같이 탄 사람은 클라우스뿐이었다.

루이세는 기운을 내려고 잠시 서서 숨을 골랐다. 곧게 뻗은 길 하나를 사이로 낮은 상록수 울타리가 묘지를 두 군데로 갈라놓고 있었다. 이 길 어딘가에 클라우스가 누워 있을 것이다.

몇 걸음 나아갔지만 반발심과 서러움이 파도처럼 밀려왔다. 10미터도 안 되는 거리였지만 한 걸음도 더 나아갈 수 없었다. 아니, 나아가고 싶지 않았다.

루이세는 결국 교회의 작은 주차장으로 돌아왔다. 꽃다발을 쓰레기통에 버리고 서둘러 차로 향했다. 고개를 푹 숙이고 바닥만 응시했다. 바닥이 갈라져 끝없는 수렁 속으로 빠져드는 것 같았다. 그녀의 자존감과 사랑하는 남자는 이미 수렁 속으로 빠져 버렸다.

차까지 얼마 안 되는 거리를 가는 동안 숨이 머리끝까지 차올랐다. 고향 동네만 오면 이렇게 상충되는 감정에 휩싸였다. 그 감정이 평생 그녀를 옭아맸다. 앞으로도 도저히 떨쳐낼 수 있을 것 같지 않았다.

19

아그네테는 주방 카운터에서 텀블러를 들고 와 카밀라 앞에 내려놨다. 그리고 다시 돌아서더니 커피메이커 옆에 놓인 조그마한 쿠키 접시를 들고 왔다.

아까 전화하면서 카밀라는 신문사와 잡지사에 기사를 제공하는 프리랜서 기자라고 자신을 소개했다. 카밀라가 잠깐 들러도 괜찮은지 물어보자 노부인은 더 묻지도 않고 수락했다.

"전에 링스테드 인근의 엘리스룬드에서 간병인으로 일하셨다고 들었습니다." 카밀라가 이야기를 시작했다. "그래서 흉터가 있는 여자를 알아보셨던 건가요?"

노부인이 고개를 끄덕였다. 그녀는 잠시 옛 기억의 미로 속으로 빠져드는 것처럼 보였다.

"그래요." 노부인이 마침내 입을 열었다. "정말 귀여운 아이였는데 그런 일을 당해서 참으로 안타까웠어요."

"거기 있을 때 다친 게 맞군요?" 카밀라의 목소리가 높아졌다. "언제 그랬는지 기억하세요?"

아그네테가 다시 고개를 끄덕이더니 한 치의 망설임도 없이 대답했다.

"1970년도였어요. 그 일이 있고 나서 바로 그만뒀기 때문에 기억해요. 정확히 말하면 7월이었죠. 난 집에 돌아와서 그 주 내내 딸기 농사를 지었어요."

카밀라는 눈썹을 치켜떴다. 오랜 세월이 지난 뒤에도 세세하게 기억하는 것이 놀라웠다.

"엘리스룬드에서 보낸 마지막 해에는 D구역에서 야간 간호사로 일했어요. 그 당시 첫 남편이 앓아눕는 바람에 야간 근무를 많이 했거든요. 낮에는 주로 집에서 남편하고 지냈죠. 그이는 식사를 잘 못했어요. 떠나기 얼마 전엔 정원에서 딴 과일을 뭉근히 끓인 것만 겨우 먹었죠." 아그네테는 입꼬리를 살짝 올리는가 싶더니 설명을 계속했다. "밤에 근무할 땐 마음을 단단히 먹어야 했어요. 매시간 순찰을 돌아야 했는데, 남자들이 머물던 공동 침실은 정말 들어가기 싫었어요. 자기들끼리 한 침대에 같이 누워 별짓 다했거든요."

노부인이 잠시 회상에 잠겼다.

"하루는 이런 일도 있었어요. 순찰 중에 어떤 방에 들어갔더니 한 남자가 경련을 일으키는 것 같았어요. 침대가 어찌나 심하게 흔들리던지 벽에서 떨어질 정도였죠. 혼자 근무하던 중이라 겁이 좀 났어요. 그래도 용기를 내서 이불을 들췄더니, 아 글쎄 자위를 하고 있더라고요." 그녀가 고개를 절레절레 흔들며 말했다.

"그 당시 리세메테는 몇 살이었죠?" 카밀라가 물었다.

"여덟 살 때쯤이었다고 봐요." 노부인이 머뭇거리며 대답했다.

"쌍둥이 자매에 대해 특별히 기억나는 점이 뭔가요?"

"걔들은 판에 박은 듯 닮았어요." 이번엔 전혀 머뭇거리지 않고 대답했다.

카밀라는 격려하듯이 고개를 끄덕이며 노부인의 이야기에 귀를 기울였다.

"자매 중 하나는 상태가 더 나빴지만 둘이 같이 있을 땐 행복해 보였어요." 아그네테가 기억을 더듬었다. "둘 중 하나, 그러니까 좀 더 똑똑한 애가 입원실에 가게 됐어요. 무슨 수술을 받으러 갔던가, 아니면 어딜 다쳤던가 했어요. 정확히 기억나진 않네요. 아무튼 그래서 둘을 잠시 떼어놨더니 아주 생난리가 났어요."

"생난리요?" 카밀라가 메모지를 가까이 당기며 물었다.

"뒤에 남은 아이가 어찌나 심하게 벽에 머리를 찧어 댔던지, 간병인이 즉시 입원실로 데려가야 했어요. 진정제를 맞힌 후 병상을 더 가져와서 나란히 눕혔어요. 걔들은 절대로 떼어놓을 수 없었어요."

카밀라가 놀라며 물었다. "그래도 부득이하게 떨어져야 할 때가 있잖아요? 걔들도 가끔은 화장실에 갔을 텐데."

기억의 실타래를 풀어놓으면서 아그네테가 처음으로 웃었다.

"당시엔 화장실 칸이 굉장히 넓었어요. 이런 얘긴 처음 들어볼 거예요. 칸마다 변기를 네 개씩 나란히 설치해서 같이 앉아 볼일을 보게 했어요. 한 번에 열두 명씩 화장실에 데려갔던 걸로 기억해요."

"그럼 같은 칸에 네 명씩 들어갔다고요?" 카밀라가 버럭 소리쳤다.

"그래요. 물론 요즘엔 그러지 않겠죠." 노부인이 말했다. "하지만 그땐 다 그렇게 했어요."

아그네테는 엷은 미소를 짓더니 화장실에 얽힌 이야기를 더 들려줬다. 중간에 화장실을 개조해서 변기마다 칸막이를 설치했더니 대소동이 일어났다는 것이다.

"걔들은 화장실 문도 못 닫게 했어요. 그곳에 입소한 사람들은 변화를 좋아하지 않았어요."

카밀라는 타일이 깔린 널찍한 화장실에 일렬로 늘어선 변기를 상상해 봤다. 문득 축사에 설치된 분뇨 배수로가 연상됐다.

'요즘엔 당연히 그러지 않겠죠.' 카밀라는 속으로 생각했다.

"그때 말고는 자매가 떨어졌던 적이 딱히 떠오르지 않네요." 아그네테가 수심에 잠긴 얼굴로 말을 이었다. "아이들은 낮에 놀이방에서 지내다 저녁 때 공동 침실로 돌아왔어요. 한 방에 50명이 들어가는 커다란 방이었죠. 침대마다 약간씩 떨어져 있었는데, 자매를 위해서 침대 두 개는 붙여놨어요. 그 외엔 특별한 대접을 해주지 않았어요. 걔들도 결국 '기억에서 지워진 소녀들'이었으니까."

아그네테가 고개를 끄덕였다.

"걔들은 가족을 비롯한 외부인과 전혀 접촉하지 못했어요. 그러니까 그런 시스템이 굴러갈 수 있었죠. 결함이 있는 사람은 잡초처럼 뽑혀서 고립된 시설에 수용됐어요. 방문자는 그야말로 어쩌다 한 번 있었을 뿐이에요." 아그네테는 기억을 더듬으며 이야기를 계속했다. 어떤 엄마는 마음이 있어도 방문하지 못했다고 한다. 아이를 방문한 뒤에 너무 힘들어하니까 남편이 못 만나게 했다는 것이다.

"아이가 힘들어해서요?" 카밀라가 물었다.

"그보단 아내가 힘들어해서죠." 노부인이 얼른 대답했다. "어쩌다 한 번 방문해서 아이를 만나면 엄마는 마음이 심란해서 한동안 정신을 못 차려요. 그러니까 아예 못 만나게 하는 거죠. 그래서 아무도 찾아오지 않는 아이들이 많았어요. 그런데도 아이들은 대문 옆에 서서 누군가 찾아와 주길 하염없이 기다렸어요. 그 모습을 보면 가슴이 미어졌어요."

"정말 어이가 없네요." 카밀라가 고개를 절레절레 저으며 말했다. "하지만 리세가 사고 후 치료를 받는 동안엔 자매가 함께 있을 수 없지 않았나요?"

카밀라는 노부인의 얼굴이 살짝 떨리며 적의 어린 표정으로 바뀌는 걸 주목했다. 수십 년 전 일을 이토록 생생하게 느끼는 것이 놀라울 따름이었다.

"아뇨, 그때도 함께 있었어요." 아그네테가 한참 만에 대답했다. "하지만 그 때문에 리세는 병원에서 제대로 치료를 받지 못했어요. 병원 측에서 동생까지 받아줄 수는 없다고 했거든요. 하는 수 없이 리세는 엘리스룬드에서 치료받았어요. 의사가 자신의 전문분야도 아닌데 화상 치료를 했던 거죠."

아그네테는 한동안 입을 다물더니 입원실에 동생이 누울 침대를 추가로 배치했다고 덧붙였다. "어차피 정신박약아라 같이 있어도 상관없겠다고 결정했나 봐요."

"그나저나 어떻게 해서 사고가 일어났던 건가요?" 카밀라가 물었다.

"그건…, 그건 그냥 사고였어요." 아그네테가 한숨을 푹 내쉬더니 슬픈 눈으로 창밖을 내다봤다. "그냥 끔찍한 사고였어요. 누구의 잘못도 아닌…."

"어째서 누구의 잘못도 아니라는 거죠?" 카밀라가 물었다.

아그네테는 식탁보 위에서 손깍지를 끼기도 하고 손톱을 물어뜯기도 하면서 한참 뜸을 들인 후에야 사고에 대한 이야기를 꺼냈다.

"일주일에 하루 목욕하는 날이 있었어요. 뜨거운 물이 나오도록 전날 지하실에 있는 온수기를 틀어놔야 했어요. 그런데 사고가 일어난 날엔 온도 조절 장치가 고장 났어요. 그 때문에 벌어진 일이었어요."

그녀는 고개를 숙이고 줄무늬 식탁보를 물끄러미 쳐다봤다.

"샤워기를 틀었을 때 아이는 이미 욕조에 들어가 있었어요. 펄펄 끓는 물이 쏟아지자 아이는 건물 전체가 떠나갈 정도로 비명을 질렀어요."

아그네테가 눈을 감고 이야기를 계속했다. "샤워기 물을 틀었던 사람이 나예요." 노부인이 절망적인 목소리로 속삭였다. "아이의 비명소리가 지금도 생생해요. 밤에 자다가도 그 소리에 놀라 깨곤 해요. 미처 손쓸 새도 없이 아이의 한쪽 얼굴과 어깨 부위가 시뻘개졌어요. 아이는 몸에 손도 대지 못하게 했어요. 의사가 와서 주사를 놓을 때까지 벌겋게 달아오른 몸으로 욕조 바닥에 웅크린 채 비명만 질렀어요."

카밀라는 연필을 내려놨다. 너무나 충격적인 이야기에 아무 말도 못했다.

"홀딱 벗고 서 있던 애들을 욕실 밖으로 우르르 내보냈어요." 아그네테가 잠시 뜸을 들이다 이야기를 계속했다. "정말 아수라장이었어요."

두 사람은 말없이 앉아 있었다. 봤던 사람도, 보지 않았던 사람도 그 광경을 떠올릴 수 있었다.

"그 뒤론 여러 가지로 힘들었어요. 당시엔 그런 일이 일어나면 다들 쉬쉬하며 은폐했어요. 나도 처음엔 아이 얼굴에 생긴 끔찍한 흉터를 잊으려고 애썼어요. 하지만 어느 순간부턴가 그 이미지를 받아들였어요. 난 그달 말까지만 일하고 엘리스룬드를 떠났어요. 그 뒤론 간병인 일을 완전히 그만뒀어요."

"그럼 그 뒤로 쌍둥이 자매가 어떻게 됐는지는 모르시겠군요?" 잠시 후 카밀라가 연필을 다시 집으며 물었다.

아그네테가 고개를 끄덕였다. "전혀 몰라요. 그런데 뜬금없이 그 아이 사진이 신문에 난 걸 봤어요. 내가 얼마나 놀랐는지 상상도 못할 거예요."

카밀라가 애잔한 눈빛으로 고개를 끄덕였다.

"그들이 가녀린 아이의 몸을 욕조에서 들어 올렸을 때 본 게 마지막이었어요. 그 뒤론 리세메테를 한 번도 만나지 못했어요. 입원실로 찾아가고 싶었지만 그들이 허락하지 않았어요. 애들 주려고 초콜릿도 사갔는데…."

두 사람은 슬픔에 젖어 또다시 아무 말도 못했다. 카밀라는 평생 죄책감에 시달렸을 노부인이 가여워 이젠 그만 놔줘야겠다고 느꼈다.

뜰로 나왔을 때 아그네테가 말했다. "난 엘리스룬드를 과거지사로 묻었어요. 당시 그곳을 이끌던 노르스코프 원장이 몇 년 뒤에 은퇴했는데, 난 그의 송별회에 꽃 한 송이 보내지 않았어요. 관리인이 온수기를 제대로 정비하지 않아서 그런 사달이 났는데도 그는 나를 탓했어요."

아그네테가 잠시 생각에 잠겼다.

"문 닫을 무렵엔 파코브라는 여자가 원장으로 있었지만 만나보진 못했어요. 쌍둥이 자매에 대해 내가 확실히 말할 수 있는 건, 둘이 한시도 떨어지려 하지 않았다는 점이에요."

★

로스킬레로 향하는 차 안에서 카밀라는 노부인의 이야기를 골똘히 생각했다. 사망 진단서가 발급됐는데도 쌍둥이 자매가 살아 있었다면 필시 함께 지냈을 터였다. 그렇다면 지난주 리세가 경사지에서 떨어졌을 때 메테는 어떻게 됐을까? 아직 살아 있다면 어디에 있을까? 리세가 없는 상태에서 어떻게 견디고 있을까?

한꺼번에 너무 많은 생각이 떠올라 머릿속이 복잡했다. 차를 세우고 핸드백에서 아이폰을 꺼냈다. 집에 돌아가서 더 알아볼 사항을 잊지 않으려고 보이스 레코더를 켰다. 문득 아그네테의 식탁에 앉은 뒤로 프레데릭이나 결혼식 문제를 한 번도 떠올리지 않았다는 생각이 스쳤다.

20

그레테의 친구가 마련한 커뮤니티 가든에는 자그마한 텃밭과 화단이 촘촘히 배치되어 있었다. 가든에서 저녁을 먹다 보니 동네 사람들과 다 같이 먹는 것 같았다. 식사를 마친 루이세는 테이블을 치우려고 일어났다. 그레테의 친구는 가든에 작은 정자까지 지어 놨다. 검정색으로 칠해진 정자와 오밀조밀한 가든 덕분에 루이세는 마음이 차분해지는 것 같았다.

그렇지만 출근도 안 하고 요나스도 나 몰라라 한 것 때문에 미안한 마음이 가시진 않았다. 과거에서 벗어나기는커녕 이렇게까지 흔들린다는 사실에 내심 충격을 받았다.

루이세는 접시 더미 위에 샐러드 볼을 올리고 비좁은 주방으로 날랐다.

멜빈은 옛날 방식으로 스토브에 커피를 끓였고, 그레테와 그 친구인 노부인 두 명은 부지런히 설거지를 했다. 안이고 밖이고 너무 좁다는 느낌이 들었지만 마음만은 여유로웠다.

아까는 성당 묘지에서 도망치듯 나와 버렸다. 클라우스의 무덤에 꽃 한 송이 바치지 못하는 자신이 부끄럽고 한심했다. 집으로 돌아와 맥도 못 추고 쓰러졌는데, 여기 와서 사람들과 떠들썩하게 어울렸더니 기분이 한결 좋아졌다.

"커피에 설탕을 넣어줄까?" 그레테가 루이세를 쳐다보며 물었다.

루이세는 고개를 저으며 우유만 넣어달라고 말했다.

루이세는 호발소에 다녀왔다는 얘기를 멜빈에게 하지 않았다. 아까 멜빈이 커뮤니티 가든에 가서 저녁을 먹자고 했을 때 루이세는 전혀 내키지 않았었다. 그저 침대로 들어가 이불을 뒤집어쓰고 세상과 단절되고 싶었다. 그런데 요나스가 가고 싶다고 했다. 전에 멜빈을 따라 두어 번 가 봤는데 무척 마음에 든다고 했다. 루이세는 아들을 위해 결국 따라나섰던 것이다. 요나스는 저번에 왔을 때 사귄 친구들을 만나러 저녁을 먹자마자 자리를 떴다.

멜빈은 루이세에게 담요를 건네준 후 팔에 붙은 모기를 찰싹 때렸다. 담요를 두르면 바깥 정자에 더 앉아 있어도 괜찮을 것 같았다.

"요나스가 담배를 피운다고 생각하세요?" 정자에 자리 잡고 앉은 뒤 루이세가 물었다.

그런데 우습게도 루이세는 아들이 담배를 피운다는 답변을 들었으면 싶었다. 그래야 자신의 문제에서 벗어날 확실한 구실이 생기기 때문이었다.

멜빈이 고개를 저으며 웃었다. "요나스는 요즘 한 가지에만 꽂혀 있어. 그건 바로 음악이야. 요나스가 담배를 피운다면 저번에 마커스가 왔을 때 같이 피웠겠지. 마커스는 담배를 피우기 시작한 지 한참 됐어. 지금은 골초가 다 됐지."

루이세가 깜짝 놀라며 멜빈을 쳐다봤다. "그런 얘길 왜 안 해주셨어요?"

루이세의 아래층 이웃이 잠시 머뭇거리다 대답했다. "난 애들도 사생활을 존중받아야 한다고 생각해. 개들도 이젠 그럴 나이가 됐잖아. 부모 몰래 말썽도 피우고 비밀도 갖는 게 당연한 거야."

"하지만 아저씨, 그런 걸 알았으면 저한테 얘길 해주셨어야죠!" 루이세가 따지듯이 말했다. 처음으로 아래층 노인에게 화가 치밀었다.

때마침 요나스와 친구들이 정원 길을 따라 다가오는 소리가 들렸다. 멜빈이 목소리를 낮췄다.

"자네는 저만할 때 부모한테 숨기는 게 하나도 없었나?"

루이세는 고개를 흔들려다 멈췄다. 열네 살 때 친구들과 스포츠센터에서 열리는 파티에 다녀오면서 덤불 속에 마티니를 숨겼다. 그리고 6학년 때는 자갈 채취장 옆에서 처음으로 담배를 피웠다. 흐발소에서 보낸 학창시절의 이미지가 파노라마처럼 스쳐 지나갔다. 그 이미지를 떨쳐내려는 듯 자리에서 일어났다.

"자식을 키울 땐 숨 쉴 구멍을 줘야 해. 너무 간섭하고 보호하려 들면 애들은 오히려 부모 품에서 벗어나 엇나가려 들거든."

"아이 추워." 친구들과 헤어진 요나스가 멜빈 옆에 앉으며 말했다.

루이세는 아들에게 자신의 담요를 건넸다. 그러고 보니 벌써 날이 꽤 어두웠다. 얼른 일어나는 게 좋을 듯했다. 방금 멜빈에게 들은 얘기로 마음이 다시 심란해졌다. 당장 카밀라에게 알려야 했지만, 일단은 친구에게 결혼식을 즐겁게 마칠 기회를 주고 싶었다.

멜빈과 그레테는 그레테의 친구에게 다음날 와서 바깥 울타리에 페인트칠하는 걸 돕겠다고 약속했다. 루이세가 듣기론, 울타리 바깥쪽을 7월 1일까지 칠하지 않으면 이웃한 가든 소유주와 갈등을 겪게 될 거라고 했다. 멜빈은 커뮤니티 가든 협회에 소속된 다른 사람들과도 안면을 터서 주말에도 일손을 돕겠다고 자청했다. 커뮤니티 가든의 공동 구역을 정리할 때는 너나없이 참여해야 했기 때문이다.

멜빈은 커뮤니티 가든에서 공동으로 텃밭을 가꾸는 일에 완전히 매료된 듯 보였다. 루이세는 멜빈이 이웃한 가든의 살짝 높은 텃밭에 다가가 흙을 만지작거리는 모습을 지켜봤다.

"열이 좀 나는 것 같아요." 요나스가 이마를 짚으며 중얼거렸다.

루이세는 얼른 요나스를 살폈다. 그녀가 출근도 하지 않고 하루 종일 우울해했더니 요나스가 덩달아 마음이 불편해져서 그러나 싶었다.

"내일 학교 갔다 오면 집에 혼자 있지 말고 멜빈 아저씨네 가 있어." 루이세가 차까지 걸어가면서 말했다.

“흠흠….” 멜빈이 헛기침을 하며 말했다. “난 내일 드라고르에서 매트리스를 빌려야 할지도 모르는데.”

루이세는 슬며시 웃음이 나왔다. 멜빈은 그레테와 밤을 보낼 거라는 얘기를 에둘러 말했던 것이다.

“그러니까 우린 내일 일찌감치 커뮤니티 가든에서 페인트를 칠하기로 했거든.”

멜빈이 애써 변명하자 요나스가 얼른 끼어들었다. “저 혼자 있을 수 있어요.”

루이세는 요나스가 짧은 옷차림으로 친구들과 뛰놀며 땀을 흘렸던 터라 한기를 느끼는 거라고 생각했다. 그게 아니라면 그녀한테 신경 쓰느라 피곤했을 수도 있었다. 이유가 뭐든 자고 일어나면 멀쩡해질 것이다.

21

하지만 예상과 달리 요나스의 상태는 전혀 좋아지지 않았다. 다음날 아침 눈을 뜬 요나스는 몸이 불덩이였다. 루이세는 한느에게 전화해 아들이 아파서 늦을 거라고 말했다. 요나스를 흐발소행 기차에 태워주면 할머니, 할아버지가 역으로 나와 요나스를 맞이할 예정이었다.

"그건 다른 사람한테 부탁하셔야겠네요." 한느가 루이세의 말을 퉁명스럽게 잘랐다. "각 팀의 책임자는 월례 회의에 반드시 참석해야 하거든요. 회의는 20분 후에 시작합니다. 어제 출근했더라면 당연히 아셨을 텐데. 제가 회의 안건을 일일이 배포했거든요."

한느는 목소리를 한껏 높여서 마지막 한 방을 먹였다. "팀장님 책상에도 제가 직접 올려놨거든요."

"난 20분 안에 사무실에 도착할 수 없어." 루이세가 잽싸게 반박했다. 월례 회의니 뭐니 금시초문이라는 사실을 언급할 가치도 못 느꼈다.

"그 얘긴 경찰청장님께 직접 하셔야 할 거예요." 한느 역시 지지 않고 반박했다. "제 직무요강엔 그런 조항이 없거든요."

"그런 건 걱정 안 해도 돼." 루이세는 애써 화를 참으며 쏘아 주었다. 지금은 한느든 경찰청장이든 털끝만큼도 개의

치 않았다.

"정오에 회의가 끝나면 평소처럼 포스텐 레스토랑으로 이동해 점심 식사가 이어질 거예요. 팀장님 식사는 제가 이미 주문해 뒀어요."

"그렇다면 주문을 취소하거나 나 대신 에이크를 보내도록 해." 루이세는 날선 목소리로 지시한 뒤 전화를 끊었다. '쥐구멍'에 서둘러 가는 대신 요나스를 레버예그까지 직접 태워다 주기로 마음을 바꿨다. 그러면 아들이 흔들리는 기차에서 혼자 끙끙 앓을 일도 없을 것이다.

루이세가 부모 집에 아들을 내려주고 막 나섰을 때, 미크가 전화해서 보모에 대한 법의학부의 검사 결과를 알려줬다.

"데이터베이스에 있는 전과자들의 DNA 중에서 보모의 몸에서 검출된 정액의 DNA와 일치하는 게 없어." 미크의 목소리는 저번에 숲에서 마주쳤을 때처럼 몹시 피곤하게 들렸다. "그래서 지금 다시 수색하러 나가는 길이야."

부검을 실시한 검시관은 보모가 거칠게 반항한 증거를 포착했다고 한다.

"머리카락이 뭉텅이로 빠지고 내출혈로 생긴 혈종도 여러 군데 생겼대. 폭행당한 정도가 너무 심해서 공격자가 한 명 이상일지도 모르겠어."

"그럼 여러 명의 정액을 찾아냈대?" 루이세가 호기심 어린 목소리로 물었다.

"그건 아니야." 미크가 얼른 바로 잡았다. "한 사람의 정액만 나왔대. 폭력의 정도가 워낙 심해서 그냥 추정해본 거야."

"조깅하던 여자는 어떻게 됐어? 돌아왔대?"

루이세는 숲에서 먼저 나온 뒤로 뉴스나 신문을 전혀 보지 않았다. 문득 에이크하고도 말 한 마디 나누지 않았다는 생각이 스쳤다. 어제는 연락도 없이 결근했고 오늘은 월례 회의에 대신 참석하게 했으니 여러 가지로 미안했다.

"아니." 미크가 탄식조로 말했다. "과학 수사관들이 그녀가 평소 다니던 길을 이 잡듯이 뒤졌는데, 트롤스 오크에서 200미터쯤 떨어진 곳에서 폭행 흔적을 발견했어. 비탈길 아래쪽에서 도로가 꺾어지는 곳이야. 구렁텅이라고 부른다던데." 미크가 설명했다. "어딘지 알겠어?"

"응." 루이세는 예전에 그 도로에서 자전거를 타곤 했다. 내리막길을 신나게 내려간 다음 안장에서 일어나 가파른 오르막길에 헉헉대며 페달을 밟았다. 그곳을 구렁텅이라고 부른다는 걸 누가 미크에게 알려줬나 보다.

"거기에서 그녀의 아이팟을 찾았대. 바닥에 혈흔도 있다니까 DNA 검사를 실시하겠지. 발로 저항을 했는지 바닥이 어지럽게 파였대." 미크가 말을 맺는 듯하더니 급하게 덧붙였다. "과학 수사관들 생각으론, 여자가 어딘가로 끌려간 것 같대. 신발 뒤축으로 질질 끌려간 자국이 있지만 안타깝게도 흙 두께가 얕아서 흔적이 금세 끊어졌대. 그녀를 봤거나 무슨 소리를 들은 사람이 없어서 범죄가 일어났을 거라고 단정하긴 이른 상황이야."

"'찌르레기의 집'에 사는 사람들도 전혀 모른대?" 루이세가 물었다. "거기서 멀지 않잖아."

루이세가 어렸을 땐 한 노부인이 그 집에 살았었다. 그곳은 '사냥터 관리인의 집'에서 멀지 않았다. 실제로 베르너 포스트가 사는 '도요새의 집'과 '구렁텅이'의 딱 중간에 있었다. 어렸을 때 그녀와 남동생은 그곳을 '생강 빵집'(Gingerbread House, 동화 <헨젤과 그레텔>에서 마녀가 살던 집 - 역자 주)이라고 불렀다. 할머니는 좀체 집 밖으로 나다니지 않았다. 그래서 그들은 할머니가 숲에 놀러온 아이들을 잡아먹는 마녀라고 멋대로 상상했다.

할머니가 경화증을 앓아서 거동이 몹시 불편하다는 이야기를 나중에 아버지에게 듣고서야 오해를 풀었다. 할머니는 호발소에 있는 상점에서 식료품을 배달시켰기 때문에 특별히 나다닐 일이 없었다. 몇 년 전 할머니가 세상을 떠난 뒤로 집이 싹 바뀌었다.

에이크와 함께 숲에 있는 집들을 조사하러 다닐 때 할머니가 살던 '찌르레기의 집'에도 들렀다. 그땐 집에 사람이 없었다. 집 뒤쪽에 설치된 커다란 온수 욕조와 개방형 헛간에 세워진 오토바이로 봐선 누군가가 그 집에 새로 들어와 사는 게 틀림없었다.

"응, 모른대." 미크가 대답했다. "남편이 여덟 시경에 일하러 나간 뒤 아내는 뒤쪽 테라스에서 커피를 마시고 있었는데, 아무 소리도 듣지 못했대. 그 시간엔 사건이 이미 벌어진 뒤였는지도 모르지."

전화기 너머로 잠시 침묵이 흐르더니 이내 미크가 헛기침을 하며 이야기를 계속했다.

"결국 우린 지금 단서 하나 없는 셈이야. 혈흔에서 나온 DNA가 누구 건지 서둘러 알아보는 수밖에 없어. 방금 보도 자료를 내서 최근 들어 숲에 자주 나타난 사람을 봤다면 신고해 달라고 요청했어. 일단은 제보를 기다려 봐야지. 이런 뉴스를 접하면 사람들이 많이 놀라겠지만 선택의 여지가 없어. 범인이 여전히 활보하고 다니는 한 무슨 수를 써서라도 잡아야지. 아울러 숲에서 혼자 돌아다니지 말라고 경고하는 수밖에 없어."

수화기 너머에서 전화벨 소리가 들리자 미크가 인사도 제대로 못하고 전화를 끊었다.

루이세는 이 사실을 알리기 위해 바로 엄마에게 전화를 걸었다. 차를 돌리면 요나스를 내려준 부모님 댁에 금방 돌아갈 수 있었지만, 다시 가면 집 안으로 들어가야 할 것 같았다. 아직은 그럴 엄두가 나지 않았다.

"숲으로 나가지 마세요." 루이세는 엄마가 전화를 받자 다짜고짜 말했다. "뉴스 들으셨는지 모르겠지만 벌써 피해자가 두 명이나 나왔어요. 아직 범인에 대한 윤곽도 잡히지 않았어요."

"그렇구나. 하지만 그건 너무 지나친 반응 아니니?" 엄마가 웃음기 어린 목소리로 말했다.

"그건 나도 모르겠어요." 루이세가 대답했다. "경찰이 보도 자료를 내서 여자 혼자 숲에서 돌아다니지 말라고 했대요. 엄마한테 알려드려야 할 것 같아서 전화했을 뿐이에요." 루이세는 퉁명스럽게 전화를 끊었다. 엄마에게 왜 매번 성질 사납게 구는지 알다가도 모를 일이었다.

루이세는 잠시 눈을 감고 머리를 뒤로 기댔다. 과거로 가는 문이 활짝 열려 버렸다. 마음을 가라앉히고 얼른 빠져나가야 했다. 과거의 삶이 펼쳐졌던 공간에 너무 가까이 있어서 한 발만 내디디면 그 속으로 빨려들 것 같았다.

너무 고통스러워 기억하기도 싫은 과거를 부인하고 거부하는 데 에너지를 다 소진해 버렸다. 잊은 줄 알았던 과거 일로 이 정도로 동요하고 흔들릴 줄 미처 몰랐다. 앞으로 어떻게 할지 곰곰 생각했다. 옵션은 두 가지뿐이었다. 사건을 에이크에게 넘기고 손을 떼든가, 아니면 감정을 억누르고 수사를 계속하든가. 첫 번째 옵션은 실패로 향하는 지름길이요, 그녀의 이상에 완전히 어긋나는 행보였다. 흐발소에 도착해 평소처럼 중심가를 피하려고 로터리에서 우회전했을 때 루이세는 불현듯 깨달았다. 옵션은 한 가지뿐이었다.

약국과 낡은 경기장을 지나자 줄지어 늘어선 타운하우

스가 나타났다. 학창 시절 저 경기장에서 핸드볼 시합을 했다. 핸드볼을 가르쳐준 모리츠 코치와 경기장을 관리하고 매점을 운영하던 아비드가 떠올랐다.

이곳이 바로 루이세의 과거가 펼쳐진 무대였다. 온갖 기억이 파도처럼 밀려왔다. 하지만 까마득히 오래전에 벌어진 일이고 그동안 사력을 다해 벗어나려고 애썼다. 어쩌면 그게 실수였는지 모르겠다. 그래서 지금 이렇게 힘든지도 모르겠다. 생각해 보면 좋은 일도 굉장히 많았다. 이 동네에서 키스도 하고 술도 마시고 파티도 실컷 즐겼다.

그런데 그 모든 일을 클라우스와 함께 했었다.

고등학교에 입학한 후부터 클라우스와 사귀기 시작했다. 클라우스의 얼굴은 어제 본 듯 또렷하게 기억할 수 있었다. 적갈색 머리카락과 회색빛이 감도는 푸른 눈. 가죽 재킷과 거칠게 보이려는 몸짓에도 그에겐 늘 따스한 기운이 감돌았다.

둘은 흐발소에서 학창시절을 같이 보냈다. 클라우스가 루이세보다 한 학년 선배였다. 루이세는 중학교 1학년 때부터 클라우스에게 마음이 있었다. 그래서 그녀에게 관심을 보내는 다른 남학생들에겐 눈길도 주지 않았다. 그런데 클라우스가 고등학교 2학년을 마친 후 로스킬레에서 도축업자가 되겠다고 학교를 떠났다. 루이세는 클라우스가 그곳으로 가면 자기를 싹 잊을 거라 생각했다.

하지만 클라우스는 그녀를 잊지 않았다. 예전처럼 다정하게 챙겨주고 놀러갈 기회가 생기면 늘 같이 가겠냐고 물었다.

루이세는 클라우스에게 순결을 바쳤다. 에븐소 호숫가에서 모닥불을 피우며 한껏 분위기를 잡은 날이었다. 다음날 아침 루이세는 눈을 감은 채 한동안 그대로 누워 있었다. 뭔가 달라진 기분이 드는지 곰곰이 생각했다. 좀 더 성숙해졌는지, 아니면 클라우스를 향한 사랑이 더 깊어졌는지 따져봤다. 둘 다인 것 같았다.

클라우스는 톨로세에서 견습일을 시작하고 얼마 지나지 않아 톰슨 무리와 어울렸다. 루이세는 클라우스의 새 친구들이 마음에 들지 않았다. 톰슨과 그의 추종자들은 늘 상스러운 말을 하고 우르르 몰려다니며 나쁜 짓을 일삼았다. 클라우스는 그들과 어울리긴 했어도 그들의 행태를 따라하진 않았다. 그랬더라면 둘의 관계는 끝났을 터였다.

루이세는 톰슨 패거리가 그녀를 어떻게 생각하는지 궁금했다. 한자리에 있을 때도 그들과 어울리지 않았다. 파티에 가면 주로 클라우스 옆에만 머물렀고, 경기장에서 게임할 때를 제외하곤 대개 그녀의 방이나 그의 방에서 지냈다. 두 사람은 루이세의 열여덟 번째 생일날 약혼했다. 클라우스는 중심가에 있는 보석 가게에서 은으로 된 실반지 두 개를 몰래 사왔다. 부모와 함께 저녁 식사를 한 뒤, 침실에 들어왔을 때 은반지를 내밀어 루이세를 깜짝 놀라게 했다.

클라우스는 도제 기간이 끝난 후에도 톨로세에 있는 정육점에서 일을 계속할 수 있었다. 어느 날 저녁, 에븐소 호숫가에 앉아 있다가 함께 살자는 얘기가 나왔다. 그로부터 한 달쯤 뒤, 클라우스가 낮에 불쑥 찾아와서 키세럽에 괜찮은 농가가 있다고 말했다. 월세가 1,625크로네밖에 되지 않았다.

그들이 집을 보러 갔을 땐 사람이 살지 않는 상태였다. 어떤 노인이 몇 년 살다가 얼마 전에 요양원으로 들어갔다고 했다. 청소도 하고 페인트도 새로 칠해야 했지만 루이세는 집이 무척 마음에 들었다. 그들은 바로 임대 계약을 했다. 그날 오후 두 사람은 커다란 사과나무 아래 앉아 그곳에서 살아갈 미래를 꿈꾸고 계획했다. 클라우스가 거실 뒤편에 있는 작은 침실 두 개를 아기 방으로 꾸미면 좋겠다고 말했다.

루이세는 장밋빛 미래를 꿈꾸면서도 한 가지 마음에 걸리는 게 있었다. 톰슨 패거리가 그 집을 아지트 삼아 수시로 찾아올까 봐 내심 불안했던 것이다. 부모와 같이 사는 친구 집에 찾아가면 부모 눈치를 살펴야 하지만 친구가 독립해 살면 거리낄 게 없을 터였다. 잔디에 앉아 이런저런 이야기를 나누면서 루이세는 그가 그들을 계속 만나는 건 상관없지만 그들과 같이 살고 싶진 않다고 분명히 말했다.

루이세는 엉겁결에 키세럽 방향으로 차를 돌렸다. 자갈

채취장을 지나는데 가슴이 점점 조여드는 것 같았다. 그해 여름 이후론 이쪽에 발길을 뚝 끊었다. 주변에 새로 들어선 집들이 눈에 띄었다. 속도를 조금 늦췄다. 촘촘히 늘어선 가로수가 시야를 가려 조그마한 도로 표지판이 보이지 않았다.

그 집은 도로 끝에 있었다. 운전대를 잡은 손에서 식은땀이 배어났다. 루이세는 차를 세워놓고 걸어가기로 마음먹었다. 좁은 길을 따라서 집들이 드문드문 서 있었다. 그녀가 살던 집은 한참 더 들어가야 나왔다. 가로수에 가려 여전히 보이지 않았다. 게다가 경사진 진입로에서 살짝 꺾여 있기 때문에 도로에서는 잘 보이지 않았다.

도로와 들판 사이로 난 가로수 길을 따라 한참 걸어가자 떠들썩한 소리가 들렸다. 아이들이 물장난을 치면서 즐겁게 웃고 떠드는 소리 같았다.

소나무 뒤에 숨어 시야를 가리는 나뭇가지를 치웠다. 갑자기 한기가 드는 듯 으스스 떨렸다.

붉은 목재 골조로 지어진 집은 이엉을 새로 얹은 것 같았다. 뒤쪽에 널찍한 테라스도 새로 설치되었다. 뜰에는 장난감이 흩어져 있었다. 아버지가 호스로 물을 뿌리자 두 아이가 꽥꽥 비명을 지르며 뛰어다녔다.

루이세는 그 자리에 털썩 주저앉고 말았다. 나무 밑동에 기대어 행복에 겨운 가족을 훔쳐봤다. 테이블엔 아침 식사를 마친 흔적이 남아 있었다. 한 여자가 그늘에 앉아 아기를 다독다독 두드리며 재웠다. 새 식구가 생겨 육아 휴직을 받은 아버지까지, 온 가족이 행복한 시간을 보내는 듯했다.

그녀가 사과나무를 심으려고 했던 자리엔 키 작은 관목이 자라고 있었다. 그때 사과나무를 심었더라면 지금쯤 아름드리나무로 자랐을 것이다.

마음이 찢어질 듯 아팠지만 눈물이 나오진 않았다. 그녀의 설움은 너무 깊은 곳에 묻혀서 더 이상 눈물을 짜낼 수 없었다. 눈물 대신 그녀의 삶을, 혹은 그녀가 꿈꿨던 삶을 야금야금 갉아먹었다.

루이세와 클라우스는 몇 주에 걸쳐 집을 새로 칠하고 청소한 뒤 금요일에 짐을 들여왔다. 루이세의 엄마가 집을 단장하는 걸 도와주었다. 클라우스는 짐을 옮기려고 근무하던 정육점에서 밴을 빌렸다. 그들은 첫 날 밤을 거실에서 보냈다. 클라우스가 그녀의 블라우스 단추를 푸는 바람에 이삿짐엔 손도 대지 못했다. 밤중에 클라우스가 침대 매트리스를 끌고 와 그 위에서 밤새 뒹굴며 사랑을 나누었다.

토요일 밤에 히머레드의 한 고등학교에서 록밴드 공연이 있을 예정이었다. 클라우스가 그런 공연은 질색이라고 선언했기 때문에 루이세는 카밀라와 함께 가기로 약속했다. 공연이 끝나면 로스킬레에 있는 카밀라의 원룸에서 잘 계획이었다. 그래서 이삿짐 정리를 클라우스에게 맡기고 일요일 점심때까진 돌아오겠다고 약속한 뒤 집을 나섰다.

여자가 일어섰다. 아기가 잠이 들었나 보다.

루이세는 여자가 아기를 요람에 눕혀 집 안으로 들고 가는 모습을 가만히 지켜봤다. 잠시 후 여자는 수건을 두 장 가지고 나와 두 아이에게 던져 주었다. 남자는 호스를 둘둘 말아 한쪽에 치웠다. 평범한 가족의 행복한 일상을 보고 있자니 루이세의 생각은 다시 그런 삶을 꿈꾸던 시절로 돌아갔다.

일요일 아침 루이세는 기차역에서 자전거를 타고 집으로 향했다. 클라우스가 늦잠을 자고 있을지도 몰라서 일부러 전화하지 않았다. 가는 길에 중심가 빵집에서 갓 구운 롤케이크와 페이스트리를 구입했다.

집 앞에는 클라우스의 오토바이가 세워져 있고 거실 창문은 열려 있었다. 루이세는 그가 일찌감치 일어나 짐을 정리한다고 생각했다.

문이 잠겨 있지 않았지만 이상하다고 생각하지 않았다. 클라우스를 볼 생각에 너무 좋아서 잽싸게 뛰어 들어갔다.

그런데 클라우스가 매달려 있었다. 계단 위쪽에 로프를 걸고 덜렁덜렁 매달려 있었다.

루이세는 그날 그 이미지가 또렷이 각인되지 않도록 눈을 질끈 감았다. 두 팔을 앞으로 내밀고 소나무 둥치를 더듬으며 도로 쪽으로 비틀거리며 집을 나왔다.

루이세는 미동도 하지 않은 채 옛일을 회상했다. 21년 만에 처음으로 집 안에 발을 들여놓던 순간까지 거슬러 올라갔다. 평소엔 거기까지 미치기 전에 생각의 방향을 돌리곤 했었다. 하지만 오늘은 물에 빠질 걸 각오하고 살얼음판 위를 끝까지 걸었다. 몸을 일으키고 차가 있는 곳까지 천천히 걸어가면서 가슴이 더 찢어지는지, 아니면 새로운 미래를 꿈꿀 수 있을지 생각했다.

22

12시가 지나서 부서 건물에 도착했지만 루이세는 사무실로 가지 않고 론하트 총경의 사무실 프런트로 직행했다. 한느를 만나볼 작정이었다.

이런 식으로 한느와 냉전을 지속한다면 조만간 교전이 벌어질 터였다. 그렇게 되면 분노에 휩싸여 경솔한 발언을 쏟아낼 게 뻔했다. 지금으로선 사전에 충분한 예고도 없이 쫓겨날지도 모르는 처지인지라 몸을 사리는 게 좋았다.

론하트 총경의 달콤한 꾐에 넘어간 것은 일생일대의 실수였다. 총경이 새로 발족하는 특별팀을 맡아달라고 여러 사람에게 제안했다는 얘길 에이크에게 들었을 때만 해도 반신반의했었다. 침몰하는 배에 승선할 이유가 없다고 다들 거절한 걸 그녀가 덥석 물었던 것이다. 에이크의 말이 사실이라는 걸 이젠 확실히 깨달았다. 금세 해체될지도 모르는 데다 사건을 대충 종결해서 기록 보관소에 넘기는 업무를 맡으려고 안정된 부서를 떠날 바보는 아무도 없었다. 게다가 시험 운영 기간이 지난 뒤 만에 하나 특별팀이 해체될 경우, 기존 부서로 돌아갈 권리를 계약 조건에 명시하지도 않았다. 그녀의 상관을 교체한 미카엘에게 너무 열 받은 나머지 별 생각 없이 론하트의 제안을 수락해 버렸던 것이다.

"들어오세요!" 루이세가 노크하자 한느가 쾌활한 목소리로 소리쳤다. 하지만 막상 그녀를 보자 미소가 싹 사라졌다. "어쩐-"

한느가 말을 마치기도 전에 루이세가 제지하며 의자를 한느의 책상에 바싹 붙여 앉았다.

"한느, 도대체 뭐가 문제니?" 루이세가 다짜고짜 따졌다. "나한테 왜 그러는 거야, 응?"

한느는 뭔 소린지 모르겠다는 표정으로 루이세를 빤히 쳐다보더니 벌레를 쫓듯이 가볍게 손사래를 쳤다. 어쩌면 루이세를 쫓으려는 손짓이었는지도 몰랐다. 그러다 말없이 손을 뻗어 서류더미 맨 위에서 파일을 집어 루이세에게 건넸다.

루이세는 한느에게 눈도 떼지 않고서 파일을 책상에 던지듯 내려놓았다.

"이건 됐고!" 루이세가 버럭 소리쳤다. "지금은 우리 문제에 대해 얘기하자니까. 내가 이 부서에 있는 것이 네 마음에 들지 않는다고 관두진 않아. 그건 우리 둘 다 알잖아." 루이세는 한느의 눈에 떠오르는 표정에 내심 당황하면서 말을 마쳤다.

"그게 무슨 말씀이세요?" 한느가 당최 이해하지 못하겠다는 표정으로 물었다. 루이세의 공격이 너무나 뜻밖이라는 듯 새빨간 머리카락을 뒤로 획 넘겼다. "왜 그만두시는데요?"

"그야 네가 너무 무례하게 구니까 그렇지. 내가 여길 떠났으면 싶은 눈치를 팍팍 줬잖아. 하지만 어쩌니, 난 떠나지 않을 거거든." 루이세는 목소리에 잔뜩 힘을 주었다. "그러니 함께 일할 방도를 찾는 수밖에. 중요한 회의에 대한 정보를 미리 알려주지 않거나 부서의 돌아가는 사정을 숨긴다면 앞으론 네가 곤란한 상황에 빠질 거야."

두 사람 사이에 잠시 침묵이 흘렀다. 하지만 곧 한느가 책상에 놓인 서류철을 가리켰다.

"전화번호를 메모해 뒀어요. 숲에서 발견한 리세라는 여자의 몸에 있던 정액에서 DNA 결과가 나왔대요. 출근하시면 그쪽으로 전화해 달라던데요."

한느는 아무 일도 없던 것처럼 사무적으로 말했다.

루이세는 잠시 한느를 쏘아보다 한숨을 내쉬며 법의학부에서 보낸 서류를 집어 들었다. 문득 자신의 누추한 사무실에 아직도 문패를 걸지 않았다는 사실이 떠올랐다.

"알았어." 루이세는 간신히 말한 후 일어섰다.

사무실로 걸음을 옮기면서 루이세는 한느를 어떻게 다뤄야 할지 고민했다. 계속 이런 식이면 결국 론하트 총경에게 말해야 할 것이다.

"아이쿠, 이게 누구신가!" 뒤에서 누가 알은체를 했다.

루이세가 몸을 돌렸다. 생쥐 그림을 그려준 요한슨이었다. 아직 고맙다는 인사도 못했는데 잘됐구나 싶었다.

고참 요한슨은 호리호리한 키에 정수리가 벗겨지기 시작했다. 족히 오십은 됐을 거라고 추정했는데, 눈웃음을 띤

갈색 눈동자를 가까이서 보니 나이를 정확히 가늠하기 어려웠다.

"그림은 맘에 들었나?" 부모에게 그림을 그려주고 칭찬을 기다리는 아이처럼 요한슨이 기대에 찬 얼굴로 물었다.

루이세의 표정 때문인지 아니면 대답을 너무 미적거려선지, 요한슨은 그녀가 만화 그림을 좋아한지 않는다는 사실을 간파했다.

"다른 걸 그려줘야겠네." 요한슨이 재빨리 제안했다. "자네가 우리랑 같이 일한다기에 뭐든 그려주고 싶었거든."

"아, 아니에요." 루이세가 얼른 만류했다. 자신의 언짢은 기분 때문에 공연히 그를 성가시게 한 것 같아 당황했다. "멋진 그림을 그려줘서 정말 고마워요. 그런 재주가 있으신 줄 몰랐어요."

"흠, 난 다른 재주도 많아." 요한슨이 능글맞게 웃으며 바싹 다가섰다.

루이세는 그의 노골적인 추파에 어떻게 대응할지 몰라 멋쩍게 웃으며 뒤로 살짝 물러났다.

"요한슨!"

에이크가 세탁실에서 나오면서 소리쳤다. 그는 손에 든 담뱃갑을 주머니에 찔러 넣었다.

"그녀는 내 차지예요!"

몸을 돌린 루이세는 자신의 구세주가 포스텐 레스토랑에 따라가지 않은 걸 알고 마음을 놓았다. 루이세는 멀대 같은 만화가에게 고개를 까딱한 뒤 '쥐구멍'을 향해 잽싸게 걸어갔다.

"월례 회의엔 참석했어요?" 루이세가 사무실로 들어가며 물었다. 그런데 안으로 들어서자마자 이상한 냄새가 코를 찔렀다. 쥐떼가 다시 몰려들었나 싶었다.

에이크는 사무실 책상을 벽에 바짝 붙여 중앙에 널찍한 공간을 만들어 놨다.

"아, 그게 내가 좀 바빴거든요." 에이크가 그녀를 돌아보지도 않고 말했다. 그의 책상에는 서류가 어지럽게 널려 있었다. 열린 창문으로 들어오는 바람에 서류가 들썩거렸다. "등록된 토요타 하이에이스 차종을 몽땅 뒤져서 창문이 없고 흰색인 모델만 찾아 출력했습니다. 그 중에서 다시 신형 모델을 하나씩 삭제하고 있었는데, 법의학부에서 리세 엔더슨의 옷을 가져가도 된다고 연락이 왔어요."

루이세는 책상 쪽으로 걸어가 가방을 내려놓으면서 퀴퀴한 냄새의 출처가 옷이라는 걸 알았다.

에이크는 리세의 옷을 바닥에 펼치고 있었다. 헐렁한 원피스 스타일의 작업복을 이미 주름 하나 없이 쫙 펼쳐 놓았고 감청색 양말은 어디에 놓을까 궁리했다.

"완전히 너덜너덜하네요." 에이크가 양말 한 짝을 들어 보였다. "맨발로 걷는 거나 다름없었을 겁니다."

루이세가 고개를 끄덕였다.

"리세의 옷에서 단서가 될 만한 게 있나 살펴보던 참이었어요. 상표도 없고 너무 오래돼서 건질 게 없네요. 이쪽으로 와서 보세요. 원단이 너무 닳아서 반들거릴 정도예요."

루이세는 옷을 쳐다보지 않았다. 옷 대신 작은 상자에서 속옷을 집어 드는 에이크를 쳐다봤다. 모든 면에서 지나친 감이 있긴 했지만 그가 열정도 넘치고 새로운 각도에서 문제를 파악하는 데 선수라던 총경의 말을 인정하지 않을 수 없었다.

"DNA 결과가 나왔대요." 루이세가 DNA 담당부서에 전화를 걸면서 말했다.

에이크는 옷을 모두 반듯하게 펼친 뒤 책상에서 카메라를 가져와 사진을 찍기 시작했다.

"옷을 추적하긴 어려울 것 같군요." 전화가 연결되길 기다리는 루이세에게 에이크가 말했다.

그는 루이세가 왜 늦었는지, 어제는 왜 연락도 않고 결근했는지 묻지 않았다. 어쩌면 그녀의 존재 따윈 잊고 있었는지도 모르겠다고 루이세는 생각했다. 때마침 상대편이 전화를 받았다. 해당 사건을 알려주고 전화한 이유를 댔다.

"나한테 전화해달라고 했다면서요?"

루이세는 에이크를 향해 'DNA가 일치하는 사람이 있대요'라고 입모양으로만 말했다. 리세가 떨어져 죽기 전에 성관계를 맺은 남자는 이미 경찰의 DNA 데이터베이스에 등록되어 있었다.

루이세가 남자의 주민번호를 물어보려는데 수화기 너머

에서 남자의 이름이나 주민번호는 나와 있지 않다고 먼저 알려주었다. 다른 사건의 용의자로 DNA만 등록되었을 뿐 신원은 밝혀지지 않았다는 것이다.

"그럼 그 사건의 조회번호라도 알려주세요."

루이세는 상대가 불러주는 번호를 급히 받아 적고 전화를 끊었다. 조회번호를 컴퓨터에 입력했다. 검색 결과를 읽는 순간, 자판에 놓인 손가락이 얼음처럼 굳었다.

"그놈이에요!" 루이세가 화면에서 눈을 떼지도 않고 소리쳤다.

"그놈이라뇨?" 사진 찍느라 바닥에 앉아 있던 에이크가 물었다.

"보모를 죽인 남자 말이에요. 그 남자가 리세하고도 성관계를 했어요. 미크와 통화할 때 듣기론, 범인은 조깅하다 실종된 여자하고도 연관이 있을 거라던데요."

에이크는 카메라를 바닥에 두고 일어나 루이세 쪽으로 걸어왔다.

"같은 남자라면 왜 리세는 폭행하지 않았을까요?" 에이크가 의자 뒤에 서서 물었다. "리세에겐 폭행당한 흔적이 전혀 없었잖아요. 옷도 찢어지지 않았고 하반신에 열상이나 혈종도 전혀 없었고."

루이세는 딱히 대답할 말이 떠오르지 않았다.

"리세가 반항하지 않았던 건 아닐까요?" 한참 만에 그럴싸한 답변을 내놓은 뒤, 옷 쪽으로 걸어가는 에이크를 따라 시선을 옷으로 옮겼다.

"그 자가 이 기다란 작업복의 후크를 일일이 풀면서 여유를 부렸을 거라고 생각해요? 속옷은 또 어떻고요? 전혀 찢어지지 않았어요. 이쪽은 성폭행과 무관하다고 봅니다." 에이크가 단정적으로 말했다.

"그럼 당신은 뭐라고 생각해요?" 루이세의 질문에 에이크는 어깨를 으쓱하고 카메라를 집어 들었다.

"내 생각엔 두 사람은 아는 사입니다." 에이크가 루이세를 올려다보며 말했다. "그렇다면 그는 필시 메테에게도 접근할 수 있었을 겁니다."

23

"우리가 같은 남자를 찾는 거라면 당신이 봐야 할 게 있어."

사건 추이를 알려주려고 루이세가 전화했을 때 미크가 말했다. 미크는 로스킬레에 있는 국립 기록보관소에서 막 돌아오는 길인데, 오래전 발생한 사건들의 파일을 가져왔다고 했다.

루이세는 수화기 너머로 들리는 다소 숨찬 듯한 말소리에 그가 바삐 걸으면서 통화한다고 짐작했다. 보모 사건과 리세 엔더슨 사건의 DNA가 일치한다는 소식을 전해도 별로 놀라는 것 같지 않았다.

"20년 전에 그 숲에서 폭행 사건이 여러 번 발생했어. 그 중 두 명은 성폭행 당한 뒤에 살해됐대. 여자 혼자 숲에서 돌아다니지 말라고 오늘 아침에 보도 자료를 냈었잖아. 그랬더니 흐발소에서 한 퇴직 교사가 바로 제보를 했더라고. 자신의 졸업생 한 명이 범인의 첫 번째 피해자였다는 거야."

루이세의 눈이 휘둥그레졌다. 동일범이 시간을 한참 거슬러 올라가 자신이 살던 그 지역에 살았다는 게 믿기지 않았다. 게다가 그런 성폭행 사건에 대해 들어본 기억도 없었다. 하긴 그땐 자신에게 닥친 참사의 충격에서 허우적대던 시절이라 주변에서 뭔 일이 벌어지는지 돌아볼 여유가 없었다.

"범인은 결국 못 잡았대." 미크가 덧붙였다.

"하지만 그 사이엔?" 루이세가 이의를 제기했다. "그 범인이 최근 발생한 공격의 배후라면, 지금까지 휴식을 취하다가 다시 옛날 습관이 도져서 범행을 저지른다는 거야?"

도무지 말도 안 된다고 생각하는데 수화기 너머에서 문 열리는 소리가 들렸다. 사무실에 도착했나 보다.

"그 사이에 다른 범죄를 저질렀는지는 수사해 봐야지. 만약 그가 다른 범죄도 저질렀다면, 오래전 발생했던 폭행 사건들과 종류가 다를 거야."

"당연히 다르겠지." 루이세가 중얼거렸다. 같은 사건을 저질렀다면 경찰이 진작 관련성을 포착했을 터였다.

"당시에 범인의 DNA를 확보하긴 했는데 누구 것인지는 확인하지 못했나봐." 미크가 계속 설명했다. "더구나 그땐 DNA를 증거로 인정하지 않던 시절이야. 신원이 밝혀졌더라도 다른 증거가 없었다면 그에게 유죄 판결을 내릴 수 없었을 거야."

"게다가 그때는 범인의 프로필이 데이터베이스에 자동으로 등록되지도 않던 시절이야." 루이세가 여전히 기억을 더듬으며 말했다. 당시 발생한 일련의 성폭행 사건에 대해서 듣긴 들었을 것이다. 하지만 이렇게 기억에 없는 걸 보면 다른 일들과 함께 죄다 기억 속에서 지워버렸나 보다.

"지금 과학수사관과 DNA전문가들이 과거 사건들과 보모 사건 간의 연관성을 조사하고 있어. 오늘 늦게 결과가 나올 거야."

"당시 사건 파일을 나도 좀 볼 수 있을까?" 루이세가 물었다. 과거 사건이 보모 사건과 연관된다면, 필시 리세메테 하고도 연관될 터였다.

"얼마든지." 미크가 대답했다. "하지만 이쪽으로 와서 보도록 해. 우리도 필요할 거라 그쪽으로 보내줄 순 없거든."

"물론 그래야지." 루이세가 미크의 말을 잘랐다. "간단히 요기만 하고 바로 출발할게."

루이세는 갑자기 시장기를 느꼈다. 전날 밤 커뮤니티 가든에서 저녁을 먹은 뒤로는 아무것도 먹지 않았다. 시장기와 함께 아드레날린이 솟구치며 온몸이 근질근질했다.

"가는 길에 샌드위치나 좀 살까요?" 에이크가 복도를 걸어가면서 제안했다. "참, 오늘은 내가 운전할 겁니다."

루이세는 별말 없이 낡아 빠진 지프 체로키에 올랐다. 에이크가 늘 입는 재킷처럼 차도 검정색이었다. 찌든 담배 냄새가 풍기고 바닥엔 빈 병이 굴러다녔다. 에이크가 창문을 내리고 담배에 불을 붙이는 사이, 루이세는 가방에서 휴대폰을 꺼냈다. 요나스가 잘 있나 확인하려고 부모님 댁에 전화했다.

"레버예그에 계속 있을래? 아니면 멜빈 아저씨가 밤늦게

라도 집에 오는지 물어볼까?" 루이세가 요나스에게 물었다. 홀베크에 갔다가 오는 길에 들를 수 있을 거라고 요나스에게 말했다.

루이세는 돌아오는 길에 부모님 댁에 들를 수 있는지 확인하려고 에이크를 쳐다봤다. 에이크가 고개를 살짝 끄덕였다. 아울러 카스테레오에서 나오는 닉 케이브의 음악에 맞춰 손가락으로 핸들을 두드리며 알아듣기 힘든 소리를 웅얼거렸다.

"그냥 여기 있을래요." 요나스가 코를 훌쩍이며 대답했다.

"그래, 그럼 이따 밤에 전화할게." 루이세가 약속했다. "푹 쉬어라."

★

루이세는 치킨과 베이컨이 든 샌드위치와 슈웹스의 진저에일 음료수를 미크의 책상에 내려놨다.

"아직도 기억하고 있네!" 미크는 웃으며 음료를 들이킨 뒤 사건 파일이 보관된 사무실로 안내했다.

첫 번째 사건은 5월에 발생했다. 사건 기록에 따르면, 다이애나 소렌센은 학교가 파한 뒤 기말고사 공부를 위해 서둘러 집으로 돌아오다 숲에서 공격을 당했다. 언덕을 걸어 올라가려고 자전거에서 내리는데 뒤에서 남자가 와락 붙잡았다.

"어떤 남자가 나무 뒤편에서 불쑥 나왔는데, 전부터 나를 기다리고 있었던 것 같아요." 당시 증언이다.

숲을 지나다니는 사람은 많지 않았다. 루이세의 생각으로는 남자가 여학생이 지나가길 내내 기다렸을 것 같지는 않았다. 오히려 여학생 뒤를 몰래 쫓았을 가능성이 컸다. 여학생은 넘어지면서 오른쪽 쇄골이 부러지고 어깨가 탈구되었다. 아마도 자전거에서 내릴 때 남자가 뒷덜미를 잡아서 확 밀어뜨렸나 보다.

다이애나는 자신을 공격한 남자의 인상착의를 설명하지 못했다. 경찰 보고서에는 사건이 벌어지는 동안 피해자가 의식을 잃었다고 적혀 있었다. 공격받던 당시 피해자가 성경험이 전혀 없었다는 점도 괄호 안에 명시되어 있었다.

성폭행을 저지르는 동안 남자는 괴상한 소리만 냈을 뿐 말을 하지 않았다. 어린 여학생은 남자를 직접 보진 못했지만 거대한 그림자가 덮치는 것 같았다고 진술했다.

"해가 사라진 것 같았어요. 갑자기 눈앞이 어두워졌거든요."

다이애나는 공격자가 자신을 밀어뜨린 뒤 꽉 끼는 바지를 찢어 벗겼다고 진술했다.

"그는 정말 이상하게 숨을 쉬었어요."

여학생의 말에 경찰이 어떤 점에서 이상했는지 구체적으로 진술해 달라고 부탁했다.

"짐승의 거친 숨소리 같았어요." 다이애나는 그의 숨소리가 처음부터 끝까지 일정했다고 말하며 다음과 같은 비유를 들었다.

"환풍기 돌아가는 소리처럼 일정하게 쌕쌕거렸어요."

"피해 여학생이 범인을 괴물이라고 묘사했네요. 인간과 짐승 사이에 태어난 변종 말이에요." 루이세가 에이크를 쳐다보며 말했다. 에이크는 파일을 읽으면서 성냥을 잘근잘근 씹었다. "하지만 어떻게 생겼는지는 전혀 설명하지 못했네요."

에이크는 루이세의 말을 듣는 것 같지 않았다. 미간을 찡그린 채 다른 보고서를 읽느라 여념이 없었다. 루이세는 짜증스럽게 고개를 저은 뒤 다른 보고서를 집어 들었다.

다이애나 소렌센 사건이 있은 지 2주일 후, 스물두 살 난 여자가 같은 지점에서 성폭행 당한 후 살해되었다. 격렬하게 저항한 흔적이 여자의 몸에 그대로 남아 있었다. 손톱 밑에서 범인의 DNA가 나왔다. 과학수사관은 젊은 여자가 자신을 지키려고 손으로 할퀴고 발로 차는 등 격렬하게 저항했다고 보고했다. 범인은 결국 여자의 목을 부러뜨린 후에야 관계를 치를 수 있었다.

"이것 좀 들어봐요." 에이크가 불쑥 입을 열더니 씹던 성냥을 쓰레기통에 툭 뱉었다. "당시 범인이 우리가 찾는 남자와 동일인이라면, 그에게 파괴 본능이 있었나 봅니다."

루이세는 성폭행범의 첫 번째 사망자에 관한 보고서를 읽던 도중, 에이크의 부름에 마지못해 눈을 뗐다.

"기테 예센은 개를 데리고 숲을 산책하다 중간에 개의

목줄을 잠시 풀어줬다. 그런데 어느 순간 개가 미친 듯이 짖으면서 나무들 사이로 뛰어갔다. 개를 부르면서 뒤쫓으려고 하는데 갑자기 이상한 소리가 들리더니 나뭇가지가 우두둑 부러졌다. 그때쯤엔 개도 조용해졌다. 사람들이 얘기하던 강간범인가 싶어 죽어라 달려 집으로 도망쳤다."

에이크가 보고서를 큰 소리로 읽다 말고 잠시 입을 다물었다.

"개는 어떻게 됐어요?" 루이세가 물었다.

"개를 찾긴 했네요. 아니, 개를 찾은 게 아니라 개의 흔적을 찾았다는 게 맞겠네요." 에이크가 보고서를 다시 읽어 내려갔다. "개는 뒷다리를 붙들려 멀리 내동댕이쳐진 것으로 보인다."

에이크가 얼굴을 찡그리더니 성냥을 새로 입에 물었다.

"직접 읽어봐요." 에이크가 보고서를 루이세 쪽으로 밀었다.

루이세는 보고서를 끌어당기며 그를 힐끔 쳐다봤다. 초췌한 얼굴에 역겨운 표정이 역력했다.

개의 두개골은 뭉개지고 척추 뼈는 몽땅 부러졌다. 주변 나무에 털이 듬성듬성 박혔고 대뇌 물질과 혈액이 사방으로 튀었다. 루이세는 보고서에 적힌 정보를 종합해 개가 엄청난 힘으로 내던져졌다고 판단했다.

"덩치가 어린애만한 녀석을 어떻게 장난감 던지듯 내던질 수 있죠?" 에이크가 마음을 조금 가라앉힌 후 물었다.

루이세가 어깨를 으쓱했다. 그 개는 수컷으로 40킬로그램이 넘었다. "힘이 세면 그럴 수도 있죠."

"어쩌면 녀석이 물려고 덤볐겠죠." 루이세가 옛날 일을 떠올리며 덧붙였다. 어렸을 때 닭장에 침입한 커다란 여우를 아버지가 잡은 적이 있었다. 아버지는 여우에게 물리지 않으려고 꼬리를 잡아 멀리 내던졌다.

두 사람 사이엔 한동안 침묵이 흘렀다. 마침내 루이세가 보고서를 다시 테이블 반대편으로 밀어주며 말했다.

"녀석이 공격했나 보죠?"

에이크가 고개를 끄덕였다. "그래서 아예 박살을 냈군요."

루이세는 먹은 게 얹힌 것 같았다. 쌍둥이 자매가 혹시라도 범인과 접촉했다면 어떤 곤욕을 치렀을지 상상하고 싶지도 않았다.

"범인은 결국 잡히지 않았어요." 루이세는 중얼거리며 사건 파일들을 책상에 죽 펼쳐 놨다. 다이애나는 공격당한 후 가까스로 집에 돌아왔다. 의사들은 그녀가 숲에서 의식을 잃고 한참 쓰러져 있었을 거라고 추정했다. 강간범은 그녀가 죽었다고 오해하고 자리를 떴을 것이다. 여학생이 공격당한 장소를 동그랗게 표시한 지도가 파일 뒤쪽에 첨부되어 있었다.

루이세는 에븐소를 발견하고 지도를 보기 편하게 돌렸다.

"성폭행이 트롤스 오크 주변에서 이뤄졌네요." 루이세가 에이크를 쳐다보며 말했다. "그곳은 구렁텅이에서 수백 미터밖에 떨어져 있지 않아요. 미크 말로는 조깅하던 여자도 구렁텅이에서 공격당했을 거라던데요."

루이세는 다른 사건 파일에 첨부된 지도를 꺼냈다. 그해 여름이 끝나갈 무렵 또 한 명의 여자가 거기서 멀지 않은 곳에서 성폭행 당한 뒤 살해됐다.

"예전 사건은 모두 같은 지역에서 발생했군요." 에이크가 말하면서 개가 발견된 지점을 가리켰다.

"하지만 그 주위엔 아무도 살지 않아요." 루이세가 답답한 목소리로 말했다.

"범인은 숲을 잘 아는 사람일 거예요." 에이크가 마주 쳐다보며 말했다. "먹잇감을 포착한 뒤 지름길로 앞질러 갈만큼 숲길에 빠삭한 사람. 숲을 그렇게 잘 아는 사람이 누굴까요?"

에이크는 담배에 불을 붙여 창문 쪽으로 걸어갔다. 루이세는 뭐라고 항의하려다 어깨를 으쓱하며 체념했다.

"숲길에 빠삭한 사람이야 많죠. 자전거 타는 사람, 오리엔티어링(지도와 나침반만 가지고 정해진 길을 걸어서 찾아가는 스포츠 - 역자 주) 참가자, 삼림 노동자, 스카우드 대원…." 루이세가 대답했다. 실은 그녀도 숲길을 훤히 꿰고 있었다. 자전거로 다녀보지 않은 길이 없어서 어느 길로 가야 빠른지 정확히 알았다.

에이크가 담배를 다 피우고 창문을 닫았다. 두 사람은 사건 파일을 날짜별로 펼쳐 놨다.

"첫 번째 사건은 5월에 발생했고, 마지막 사건은 8월에 발생했어요." 에이크가 정리했다. "발생 시간은 전부 토요일 이른 시간과 일요일 아침이네요."

루이세가 고개를 끄덕였다. "특정한 패턴 같은 게 있을까요? 아니면 일정한 규칙이라도? 흠, 어디 한번 찾아봅시다." 루이세는 종이에 사건 날짜를 적어 내려갔다.

"첫 번째와 두 번째는 한 달 간격이에요." 에이크가 몸을 앞으로 기울이며 다음 사건들을 살폈다. "그런데 다른 두 사건은 겨우 일주일 상간이에요."

"그나저나 그해 실종된 두 여자는 어찌 됐을까요?" 루이세는 리세 엔더슨의 신원을 파악하려다 실종자 목록에서 우연히 읽었던 사건을 떠올리며 물었다. "두 사건 모두 그해 여름에 발생했거든요."

두 사건은 루이세가 동네를 떠난 다음 해에 발생했다.

"로테 스벤센이 그 중 한 명인데, 성령강림절 축제 직후에 실종됐어요."

루이세는 컴퓨터 쪽으로 걸어가 그해 성령강림절 날짜를 검색했다. "여기 있네요. 5월 18일이에요. 다이애나 소렌센이 성폭행당하기 일주일 전이에요. 그렇다면 다이애나가 첫 번째 피해자가 아닐 수도 있겠네요."

"다른 실종자는요?" 에이크가 물었다. "그녀는 언제 실종됐나요?"

"날짜는 기억나지 않지만 실종자 목록에 등록돼 있으니

까 우리 부서로 돌아가면 찾아보도록 하죠."

때마침 밖에서 문 두드리는 소리가 나더니 미크가 들어왔다.

"법의학부에서 희소식을 보내왔어요." 미크는 두 사람에게 일단 사건 파일을 놔두고 자기 사무실로 따라오라고 말했다. "옛날 DNA가 우리 사건과 일치해요. 동일범의 소행이에요."

24

"왜 이제야 받아?" 카밀라는 루이세가 휴대폰을 받자마자 따지듯 물었다. 진동 모드로 돌려놨을 거라 짐작하면서도 한 시간째 10분 간격으로 전화를 돌리던 참이었다. 카밀라의 몸은 분노로 여전히 떨렸다. 빽빽 소리쳤더니 목도 따가웠다. 뭐라고 소리쳤는지 다 기억나지도 않았다. 이런 기분으론 결혼식을 올릴 수 없었다. 이제라도 취소할 수 있을까?

"너희 집에서 며칠만 신세 지면 안 될까?"

카밀라는 아까 커다란 여행 가방에 옷가지를 쑤셔 넣고 집을 나왔다. 나오면서 문이 부서져라 쾅! 닫았다.

마커스가 학교를 마치고 왔을 때 카밀라는 프레데릭과 한창 설전을 벌이고 있었다. 결국 프레데릭에게 등을 보이고 위층에 올라가 짐을 꾸렸다. 그리고 아들의 방문을 열고 주말까지 필요한 교과서와 옷을 챙기라고 일렀다.

하지만 마커스는 아무 데도 가지 않겠다고 했다. 엄마가 돌아올 때까지 프레데릭과 함께 있고 싶다는 것이었다. 카밀라는 아들을 상대로 또다시 설전을 벌일 기운이 없었다.

결국 두 남자를 두고 혼자서 집을 나왔다. 인생의 새 장을 열어야 하는 시점에 마침표를 찍어 버린 기분이었다.

"당분간만 참아줘. 다른 거처를 금방 알아볼게." 카밀라는 전대(轉貸)한 아파트에 사는 커플에게 전대 해지 통지를 하고 30일이 지나면 자기가 다시 들어갈 수 있다는 말도 덧붙였다.

"물론 괜찮지." 루이세가 말했다.

카밀라는 또다시 새로 시작해야 한다는 생각에 갑자기 눈앞이 캄캄했다. 그녀의 삶은 새로운 시작의 연속이었다. 토비아스를 만나 임신까지 했을 땐 그 생활이 영원히 지속될 거라 믿었다. 하지만 얼마 지나지 않아 그녀 옆에는 십팔 개월 된 사내아이뿐이었다. 그 뒤로 남자를 사귀는 족족 얼마 못 가고 헤어졌다.

"방금 홀베크를 출발해서 사무실로 돌아가는 길이야. 집에 가면 꽤 늦을 거야."

카밀라는 루이세의 이야기를 들으며 코를 팽 풀었다.

"서두를 필요 없어. 나한테 열쇠가 있잖아." 카밀라는 루이세를 안심시킨 후 저녁을 책임지겠다고 약속했다.

루이세가 휴대폰을 가방에 넣으려는데 벨이 또 울렸다. 카밀라일 거라고 생각하며 전화를 받으니 뜻밖에 리세메테의 아버지였다.

"오늘 리세의 장례를 치렀습니다. 분위기도 엄숙하고 날씨도 더 없이 좋았습니다."

"애쓰셨어요." 루이세가 따뜻한 목소리로 말했다. 그녀는 노인이 마음의 평안을 찾기를 간절히 바랐다. 날씨라도 좋았다니 그나마 다행이었다.

5월의 따사로운 햇살에 거리에는 반바지와 티셔츠 차림으로 돌아다니는 사람이 하나둘 눈에 띄었다. 기나긴 겨울이 지났으니 묵직한 외투를 훌훌 벗어 던지고 싶었을 것이다.

"엄마 품에 한 번도 안기지 못했지만 이젠 엄마 곁에서 편히 쉬겠죠. 목사님 설교도 좋았어요. 지금의 아내와 자식들은 그 애를 알지 못하지만…."

"장례를 무사히 치르셨다니 다행입니다." 루이세가 얼른 말했다.

"아내하고 방금 메테에 대한 이야기를 나눴습니다. 메테는 혼자 있으면 몹시 불안해했어요. 혹시 혼자 남아서 두려움에 떨고 있는 건 아닌지 걱정스럽습니다. 무슨 새로운 소식이라도 있나 싶어서 전화했습니다."

루이세는 머리 받침대에 고개를 기대며 뭐라고 대답할지 궁리했다.

"아직은 없습니다." 루이세가 솔직하게 대답했다. "현재로선 따님들이 그간 어디에 머물렀는지 알아보는 데 수사력을 집중하고 있습니다."

"당시 상황을 기억하는 사람을 찾아보는 건 어떨까요? 관리자의 이름이라도 떠올려 보려고 애썼지만 남자였다는 점 외엔 도통 기억나지 않는군요."

"작은 단서라도 찾게 되면 제일 먼저 알려드리겠습니다."

"메테는 살아 있을까요?" 노인이 희망 섞인 목소리로 물었다.

루이세는 몸을 뒤로 더 기댔다. 오래전 발생한 살인 사건들과 내동댕이쳐진 개가 떠올랐다. 그들이 숲에서 찾고 있는 짐승 같은 범인에 대해 한마디도 꺼낼 수 없었다.

"메테가 살아 있다면 저희가 꼭 찾아내겠습니다." 루이세는 불안한 속내를 들키지 않으려고 다부지게 말했다.

노인이 거듭 고맙다고 인사하자 루이세는 무안하기도 하고 노인에게 과도한 희망을 안겨줬나 싶기도 해서 얼굴이 빨개졌다.

호무스(으깬 병아리콩과 오일, 마늘을 섞은 중동 지방 음식 - 역자 주), 햄, 소시지, 치즈 따위가 테이블 가득 차려진 걸 보고 루이세는 친구가 반찬 가게를 싹 쓸어왔나 싶었다.

"빵은 오븐에 있어." 카밀라는 주방 의자에 털썩 주저앉아 와인을 한 모금 크게 들이켰다.

루이세는 디나에게 먹이를 챙겨준 뒤 친구의 맞은편에 앉았다. 머리가 계속 지끈거렸다. 사무실에서 출발하기 전에 타이레놀을 먹었지만 아직 약효가 나타나지 않았다. 클라우스에 대한 생각과 숲에서 여전히 활보하고 다니는 야수에 대한 생각을 떨쳐내는 데는 두통약보다 카밀라가 내민 와인이 더 효과적일 것 같았다.

"아무래도 끝난 것 같아." 카밀라가 잔을 내려놓으며 말했다. "면전에서 문을 쾅 닫고 나와 버렸어. 프레데릭이 그런 행동을 용납할지 모르겠어."

"정말 그러고 나왔니?" 루이세는 반문한 뒤 오븐 타이머가 꺼지는 소리에 몸을 일으켰다.

"너무 화가 나서 뵈는 게 없었거든. 주방에서 샌드위치를 만들면서 이런저런 생각을 하고 있는데 갑자기 그이가 현관에 들어온 거야. 그이 표정을 너도 봤어야 하는데."

카밀라는 얼굴을 찡그리며 다시 잔을 기울였다. 하지만 또다시 분한 표정으로 루이세를 쳐다보며 말을 이었다. "그이가 나한테 뭐랬는지 아니?"

루이세는 억지로 고개를 저었다.

"아, 글쎄 나더러 로스킬레의 모범 시민들과 어울리려면 매너를 갖춰야 한다는 사실을 받아들이라는 거야."

루이세는 접시에 음식을 담다 말고 포크를 내려놓으며 웃음을 터뜨렸다.

"프레데릭은 내가 지켜야 할 특정한 규칙이 있다고 생각하는 것 같아. 그걸 지켜야 영지에서 계속 살 수 있다나 뭐라나…."

카밀라는 루이세의 와인까지 싹 비운 다음 빵을 집어 들었다.

"내가 뭐 그따위 예의범절을 몰라서 이러니?" 카밀라가 상처 받은 목소리로 말했다. "일꾼들을 해고했다고 그렇게 화낼 것까진 없잖아. 그리고 내가 괜히 해고한 게 아니잖아. 약속을 지키지 않은 건 그 작자들이야! 그리고 그 목사도 문제야. 애초에 약속했던 방식대로 결혼식을 치러줘야 하는 거 아니니?"

카밀라가 빵을 입에 넣고 아작아작 씹기 시작했다.

"내가 그동안 골치 아픈 일을 얼마나 참아줬는데. 한번은 자선 경매 행사에 갔다가 지겨워 죽을 뻔했잖아. 끝날 때까지 구석에 앉아 있었더니 나중엔 일어서지도 못하겠더라. 아무도 알은체를 안 하더라고."

"프레데릭이 아무렴 그런 의도로 말했을까?" 루이세가 친구를 달랬다. "더 이상 문제가 없었으면 싶었겠지."

"문제?" 카밀라가 어이없다는 투로 말했다. "그인 여태까지 아무런 문제도 겪지 않았어. 내가 죄다 처리했으니까!"

"그도 선택의 여지가 있다면, 너랑 마커스를 데리고 산타바바라로 옮기는 걸 선호하지 않겠어?" 루이세가 물었다.

카밀라가 어깨를 으쓱했다.

"마음에 없던 가족 회사를 경영하느라 진 빼는 대신 예전처럼 글이나 쓰면서 여유롭게 살고 싶지 않겠어?" 루이세가 지긋이 바라보며 다시 묻자 카밀라는 잠시 입을 다물었다.

"그이 얘긴 그만하자." 카밀라는 엘리스룬드에서 일했던 간병인을 방문한 이야기를 꺼냈다. "리세는 샤워기에서 쏟아진 펄펄 끓는 물 때문에 얼굴이 못쓰게 됐던 거야. 샤워기를 튼 사람이 바로 아그네테였어."

그 말을 들은 루이세는 숨을 깊이 들이마셨다가 무겁게

내뱉었다.

"당시 관리자는 자매의 아버지에게 메테가 펄펄 끓는 주전자를 부주의하게 만지는 바람에 리세가 데었다고 말했대. 그건 순전히 시설의 명성을 지키려는 의도였지, 그녀의 실수를 덮어주려던 게 아니었다고 하더라."

"그래서 신문에 난 사진을 보고 바로 연락했구나." 루이세가 말했다.

카밀라가 고개를 끄덕이더니 쌍둥이는 절대로 떼어놓을 수 없다던 아그네테의 말을 덧붙였다. "그런 말을 들었더니 메테가 지금 어디 있을지, 또 어떻게 됐을지 생각하면 마음이 더 아파."

"어떻게 해서 이런 일이 벌어졌는지 아그네테가 뭐 좀 아는 것 같아?"

"거길 그만둔 뒤로는 연락을 끊고 살았나 봐. 원장이 은퇴한 뒤로 다른 사람이 그곳을 이끌었대. 그녀 말로는 사고 이후로 엘리스룬드에 완전히 등을 돌렸다더라고."

거실에서 전화가 울려 루이세가 일어났다. 요즘 집 전화로 연락하는 사람은 부모와 멜빈뿐이었다.

"이쪽 가든으로 와서 커피를 즐기는 게 어떤가?" 카밀라가 왔다는 얘길 듣고 멜빈이 두 사람을 초대했다.

"우리 둘 다 운전할 상황이 아니에요." 루이세는 아담한 가든에 앉아 커피를 마시며 온갖 상념을 떨쳐내고 싶은 마음이 굴뚝같았지만 지금은 그럴 형편이 아니었다.

"거참 안됐구먼. 자네한테 보여주고 싶은 것도 있는데." 멜빈은 그레테의 친구네서 몇 집 건너편 가든이 곧 매물로 나올 것 같다고 말했다. "조만간 시장에 내놓을 거라더군."

"그럼 아저씨가 사셔야죠!" 루이세가 소리쳤다.

루이세는 순간 상상의 나래를 펼쳤다. 멜빈이 허브 가든을 가꾸고 토마토를 재배하는 모습, 요나스가 새로운 친구들과 자연 속에서 뛰노는 모습, 자신이 해먹에 누워 그 광경을 바라보는 모습이 순식간에 스쳐 지나갔다.

"저랑 같이 사요! 저도 낄게요."

루이세가 다소 경솔하게 말하자 멜빈은 오히려 매물이 시장에 나오기 전에 내부 정보로 들었으니 직접 와서 확인한 후 판단해도 늦지 않을 거라며 만류했다.

"골치 아픈 일과 짜증스러운 동료한테서 벗어나 커뮤니티 가든의 작은 집에서 여유롭게 살면 멋지지 않겠니?"

루이세가 전화를 끊고 주방으로 돌아오며 말했다. 카밀라는 테이블을 치운 뒤 늦은 시간인데도 와인을 새로 한 병 더 따고 있었다.

"괜히 나중에 크게 실망할걸." 카밀라가 대뜸 반대하고 나섰다. "겨울엔 물이 끊겨서 딴 데 살아야 하지 않을까?"

"그런 건 몰라."

루이세는 그런 건 생각해보지 않았다. 그저 멜빈이 다 알아서 처리해 주겠지 싶었다.

"내 생각에 넌 그냥 새로 옮긴 부서가 썩 마음에 들지 않은 것 같아. 예전 부서로 돌아가고 싶은 거 아냐?" 카밀라가 치즈에 곁들일 크래커의 봉지를 뜯으며 물었다.

루이세는 순간 멍하니 앞을 바라봤다. 정말 예전 부서로 돌아가고 싶은 걸까? 그런 마음이 전혀 없다고는 할 수 없었다. 론하트 총경이 수사 진행보다는 사건 종결에만 급급한 것에 여전히 화가 난 상태였다.

"총경이 끝까지 리세메테 사건을 종결하라고 압박했다면 그만둘 각오로 반발했을 거야. 해결 건수를 높이려고 사건을 대충 종결해서 기록 보관소에 넘기는 일이나 하면서 앉아 있을 순 없잖아."

"같이 일하는 남자는 어때?" 카밀라가 호기심 어린 눈으로 물었다.

루이세가 희미하게 웃었다. "에이크. 같이 근무하게 된 첫날 그를 데리러 시다브넨에 있는 허름한 술집에 출동했다니까. 골초에다 닉 케이브의 음악을 듣고 노상 검정색 옷만 입어."

"요르겐슨을 데려오는 게 좋지 않겠어?"

두 사람은 이미 마지막 잔까지 다 마셨다. 루이세는 카밀라에게 뒷정리를 맡기고 자리에서 일어났다.

"아니." 루이세는 자기가 말하고도 내심 놀랐다. "그의 솔직한 면이 마음에 들어. 허튼소릴 별로 하지 않아. 저번에 론하트가 우릴 엿 먹이려고 할 땐 내 편을 들어주던 걸. 날 성가시게 하는 사람은 한느야. 에이크는 같이 일할 만해."

25

"지금 뭐하는 짓이에요?"

다음날 아침 무거운 머리를 안고 사무실에 들어간 루이세가 버럭 소리쳤다. 에이크 책상에 미크가 로스킬레의 기록 보관소에서 가져온 사건 파일이 놓여 있었던 것이다.

"홀베크에서 다 보지 못한 파일을 읽고 있죠." 에이크가 천연덕스럽게 대답했다.

"사건 파일을 함부로 들고 오면 어떡해요? 그건 미크의 사건이라고요! 미크한테 뭐라고 설명할 거죠?"

"진정해요." 에이크가 몸을 똑바로 세우고 맨 위 파일을 펼치면서 투덜거렸다. "다 읽고 나서 바로 보내주면 될 거 아니에요."

"보내준다고 일이 끝나는 건 아니죠." 루이세가 전화기를 가리키며 말했다. "당장 미크에게 전화해서 파일이 당신 책상에 있다고 털어놓도록 해요."

때마침 루이세의 휴대폰이 울렸다. 루이세는 휴대폰을 그냥 책상 서랍에 던져 넣으려다 멜빈의 이름을 보고 멈칫했다. 근무 시간에 전화한 적이 없어서 순간 불길한 예감이 들었던 것이다.

"네." 루이세는 에이크에게 등을 돌리고 전화를 받았다. 의자를 빼서 앉는 사이, 아래층 이웃이 커뮤니티 가든의 매수대기자로 이름을 올렸다는 사실을 전했다.

“집은 그리 넓지 않아.” 멜빈은 뒤쪽의 작은 방을 자기가 쓰고, 그녀와 요나스가 큰 방과 거실을 쓰라고 선심 쓰듯이 제안했다. “앞쪽은 주방 칸막이로 분리돼 있고 널찍해서 침대를 하나 더 놔도 될 거야.”

35제곱미터, 그러니까 10평도 안 되는 공간에서 셋이 복작거릴 걸 생각하니 루이세는 벌써 후회가 밀려왔다. 간밤에 와인을 너무 많이 마셔서 정신이 나갔었나 보다. 얼른 발을 빼야 했지만 당장은 그럴 수가 없었다. 멜빈의 목소리가 너무나 행복하게 들렸기 때문이다.

“퇴근하고 가면 다시 얘기해요.” 루이세는 퇴근하는 대로 아래층에 들르겠다고 약속하며 전화를 끊었다.

“그해 여름에 실종된 두 사건의 파일도 찾아놨습니다. 일단 로테 스벤센의 여자 친구들 중 한 명이 진술한 내용을 들어봐요.”

에이크는 루이세가 전화를 끊자 바로 진술서를 읽어 내려갔다.

“‘우린 하루 종일 몰려다녔어요. 성령강림절 축제가 한창일 때라 다들 일찌감치 만나 중심가에서 아침을 해결했어요.’”

“이리 줘요. 내가 직접 읽을 테니까.” 루이세가 짜증스럽게 말하며 손을 뻗었다.

“‘우리 중 몇 명은 밤에 열리는 파티를 위해 잠시 눈을 붙이러 집에 갔어요. 나머지는 자전거를 타고 에븐소 호수로 가서 계속 놀았어요. 로테가 호수에서 수영을 했는지는 기억나지 않지만, 우리보다 먼저 자리를 뜨려고 했어요. 로테는 톰슨이 헬레라는 여자애한테 집적대는 걸 보고 화가 나서 자전거를 가지러 갔던 거죠.'" 루이세가 계속 큰 소리로 읽었다.

다른 사람들의 진술서도 대충 훑어본 뒤, 루이세는 로테의 친구가 진술한 내용이 가장 흥미롭다고 생각했다. 다른 사람들은 로테가 먼저 일어나서 집으로 돌아간 것도 눈치채지 못했지만, 그 친구만 그 사실을 알아챘다.

로테가 숲에서 먼저 떠난 후로는 아무도 그녀를 보지 못했다. 며칠 뒤 삼림 관리인이 몇 백 미터 떨어진 곳에서 로테의 자전거를 발견했다. 나무들 사이에 자연스럽게 세워져 있던 걸로 봐서 경찰은 로테가 그 자리에 자발적으로 세워놨을 거라고 판단했다.

로테가 그렇게 가까운 곳에서 공격을 받았다면 도움을 청하는 소리를 아무도 듣지 못했을 것 같지 않았다. 조사받은 사람들은 대부분 로테가 톰슨과 깊은 사이라는 걸 알고 있었다. 학교를 떠난 뒤로 계속 만났으니 족히 몇 년은 사귀었을 거라고 했다. 하지만 둘의 관계는 로테의 뜻대로 흘러가지 못했다. 그래서 처음엔 로테의 실종이 그 문제와 관련되지 않았을까 짐작하기도 했다.

톰슨도 조사를 받았다. 하지만 그의 진술서에 따르면 그날 저녁에 로테가 호수에 있는 줄도 몰랐다고 했다.

'나쁜 자식!'

루이세의 기억대로 과연 그는 차갑고 오만한 인간이었다.

"당시 숲에서 어울려 놀던 사람들을 만나보는 건 어떨까요?" 에이크가 루이세를 쳐다보며 제안했다.

"그 전에 사망 진단서가 허위로 발급된 이유부터 알아보죠. 당시 엘리스룬드에서 일했던 사람들과 의사를 찾는 일에 집중하는 게 좋겠어요." 루이세는 카밀라가 아그네테를 만난 이야기를 들려줬다. "강간범이 메테에게 접근했을지도 모른다는 사실은 생각하고 싶지도 않아요."

루이세가 에이크의 책상에 놓인 전화기를 턱으로 가리키며 말했다. "당신은 직원들 정보를 찾아봐요. 난 당신이 훔쳐온 사건 파일을 돌려주러 홀베크에 다녀올 테니까."

"직접 갈 게 뭐 있어요. 그냥 우편으로 보내면 되는데." 에이크가 반대했다. "그들은 파일 두 개가 없어진 줄도 모를 겁니다."

"우편으로 보냈다가 없어지면 누가 책임지죠? 내가 직접 가서 전해줄게요." 루이세가 단호하게 말했다.

루이세는 '쥐구멍'에서, 또 에이크에게서 벗어날 수 있어서 내심 기뻤다. 에이크는 전화기를 무릎에 내려놓고 엘리스룬드의 번호를 누르면서, 의자를 뒤로 바짝 꺾고 발을 휘돌려 책상에 올렸다.

"1980년 2월입니다." 에이크가 같은 말을 반복하더니, 상대방 얘기에 귀를 기울이며 고개를 끄덕였다.

루이세는 가방을 어깨에 걸치고 사건 파일을 집어 들면서 피식 웃었다. 눈치로 보니, 에이크가 그 빌어먹을 릴리안과 통화하는 것 같았기 때문이다.

"그 당시 엘리스룬드에서 근무했던 분을 알고 싶습니다." 에이크가 굵은 목소리로 참을성 있게 말했다. 남은 손으로는 담뱃갑을 흔들어 하나 빼어 물고 불을 붙였다. 루이세가 여전히 문간에 서 있는 건 안중에도 없었다.

홀베크에 도착한 루이세는 형사과 접수처에 파일을 맡기며 당장 미크의 사무실로 올려 보내라고 부탁했다. 그런 다음 아는 사람을 볼세라 서둘러 빠져나왔다. 차로 돌아가는데 엔더슨한테서 전화가 왔다. 그는 사망 진단서에 서명한 의사를 찾아볼 생각이라고 전했다.

"정신박약자 보육부에 연락할 겁니다." 그의 목소리에서 결연한 의지가 엿보였다. 딸들이 어렸을 때 주지 못한 관심을 이제라도 쏟으려는 것 같았다.

"저희가 이미 당시 관련자들을 찾고 있습니다. 어떤 정보라도 얻으면 바로 연락드리겠습니다." 루이세가 만류했다. 뭐라도 하고 싶은 노인의 마음은 이해했지만 경찰이 먼저 관련자를 만나는 게 순서였다. 루이세는 노인에게 딸들이 어렸을 때 엘리스룬드에서 근무했던 아그네테를 만나보라고 제안했다. "혹시 흐발소 지역에 아는 분이 있으세요? 두 따님이 어렸을 때 엘리스룬드에서 지냈다는 걸 아는 사람 말이에요."

노인은 딸들을 알 만한 사람을 떠올리느라 한참 동안 말이 없었다. 하지만 결국 아무도 없다는 결론에 도달했다.

"애들 돌보랴 일하랴 정신이 없어서 사람들과 어울릴 짬이 없었어요. 쌍둥이는 그들만의 작은 세계에 갇혀 있었고 집을 떠날 땐 겨우 세 살이었어요."

"네, 그냥 여쭤본 거예요." 루이세가 황급히 말했다. "엘리스룬드에서 근무했던 직원들을 만나본 뒤에 연락드릴게요."

루이세는 호발소로 가는 고속도로 진입로에 도착했다. 요나스가 집에 돌아오고 싶은지 확인하려고 부모님 댁에 잠시 들르기로 마음먹었다. 지하도를 지나 평소 습관대로 마을 뒷길로 돌아가려다 이번엔 그냥 중심가로 직진했다. 교회 옆을 지나다 조그마한 주차장 쪽으로 방향을 틀었다. 주차장은 텅 비어 있었다. 루이세는 차에서 내려 교회 쪽으로 이어지는 문을 통과했다. 교회 건물을 지나 모퉁이에서 꺾은 뒤 묘지 쪽으로 계속 걸어갔다. 한 노인이 여관 쪽으로 면한 무덤에 물을 뿌리고 있을 뿐, 전체적으로 휑했다.

아무 표식이 없는 무덤들 주변에서 갓 베어낸 풀 냄새가 올라왔다. 루이세는 묘석에 새겨진 이름을 읽으며 안쪽으로 천천히 걸어갔다. 가슴에 치미는 울컥한 감정은 꾹꾹 눌렀다. 최근에 조성된 듯한 무덤은 하나도 없었다.

자그마치 21년이 지났다. 클라우스는 1990년 9월 7일 금요일에 묻혔다. 같이 살기로 한 집에 들어가고 딱 일주일 뒤라 정확히 기억했다. 잠시 멈춰서 마음을 다잡은 뒤 벽 쪽에 조성된 제일 안쪽 무덤까지 계속 걸어갔다.

클라우스의 무덤은 안쪽에서 세 번째였다. 검정 묘석에 새겨진 이름이 보였다. 이름 밑에 조그마한 하트 무늬가 새겨져 있었다.

'저 하트는 내가 새겼어야 해.' 루이세는 묘석 옆에 쪼그려 앉으며 생각했다.

묘석 양옆에 놓인 작은 화병에는 싱싱한 꽃이 꽂혀 있었다. 잡초도 없고 전체적으로 깔끔하게 단장돼 있었다. 땅속에 묻힌 사람은 이런 데 신경 쓰지도 않을 터였다. 무리 지어 피어난 야생화와 무성하게 자란 상록수 관목이 좁은 터에 생기를 불어넣었다.

'무덤 주변이 이렇게 깔끔한 걸 보면 누가 자주 와서 관리하나 보네.'

루이세는 꽃병에 꽂힌 싱싱한 꽃과 이파리를 쓰다듬으며 생각했다. 꽃대를 만지작거리며 과거로 이어지는 생각의 실타래가 풀리려는데 갑자기 휴대폰이 울렸다. 루이세는 화들짝 놀라며 전화를 받았다.

"성폭행 사건이 또 발생했어." 미크가 다짜고짜 말했다. "여자의 남편이 집에 돌아왔다가 발견하고 바로 구급차를 호출했어. 방금 로스킬레에 있는 병원으로 이송했어."

루이세는 멍한 상태로 일어섰다.

"여자는 살아 있어?"

"응. 이번엔 보모가 살해되던 때처럼 폭행이 없었나봐." 미크는 아직 피해자를 만나보지 못했다는 말을 덧붙였다.

"그런데도 가해자는 같은 사람이라 이거지?"

"응, 틀림없어." 미크가 대답했다.

"지금까지 밝혀진 건 뭐야?"

"여자가 욕실에 있는 동안 강간범이 뒤쪽 테라스의 열린 유리문으로 집에 침입했어."

"여자가 사는 곳은 어디야?" 루이세는 갑자기 으스스한 기운을 느끼며 물었다.

"우편 번호 상으론 호발소 지역이지만 여자의 남편 말로는 숲으로 한참 들어가야 나온대." 미크가 설명했다. "집 이름이 뭐라더라…. 어디 적어놨는데. 아, 여기 있다. '찌르레기의 집'이야."

"뭐, '찌르레기의 집'?" 루이세는 숲길에서 봤던 커다란 테라스를 떠올렸다.

"그래, 맞아.

"피해자는 뭐래?" 루이세가 물었다.

"아직 진술을 받지 못했어. 부하들이 대부분 현장에 출동한 상태라 여자 형사를 호출해서 로스킬레에 같이 가려고 해." 미크가 대답했다. 이런 사건에서는 여수사관이 더 적합하다는 사실을 둘 다 익히 알았다.

"내가 가서 만나볼 수 있는데." 루이세는 엉겁결에 말했다가 얼른 입을 다물었다. 혹시라도 강간 피해자와 아는 사이라면 조사하는 게 껄끄러울 거라는 생각이 퍼뜩 스쳤던 것이다.

"시간 낼 수 있어?" 미크가 그녀의 제안을 덥석 물었다. "당장은 그녀가 강간범의 인상착의를 설명할 수 있는지만 알면 돼."

"그래, 내가 만나서 얘기해볼게." 루이세는 메테를 떠올리며 선뜻 결정했다. 아무리 사소한 단서라도 메테를 찾는 데 도움이 될지도 몰랐다. "지금 흐발소에 있으니까 당신 부하들보다 먼저 병원에 도착할 수 있을 거야."

"고마워. 그럼 난 과학 수사관들과 그 집으로 출발할게. 병원 쪽엔 당신이 갈 거라고 연락해 둘게."

루이세는 서둘러 차에 오른 뒤 묘지 쪽을 한 번 더 돌아봤다. 상상했던 것만큼 힘들지 않았던 것 같았다.

오래 전에 했어야 할 일이었다.

26

병원에 도착한 루이세는 여자가 누워 있는 검사실 옆방으로 안내받았다. 일단 가방을 바닥에 내려놓고 재킷을 벗었다.

"피해자는 어떤가요?" 방을 나서려는 간호사에게 루이세가 물었다. "많이 안 좋은가요?"

붉은 머리칼의 간호사가 몸을 돌리더니 어깨를 으쓱했다. "부상은 별거 아니지만 정신적 충격이 커요. 난폭하게 성폭행을 당했잖아요." 남편이 집에 왔을 때 여자는 욕실 문을 꽁꽁 잠그고 있었다고 간호사가 덧붙였다.

"말을 거의 하지 않아요. 그러니까 살살 다루도록 하세요."

"지금 누구랑 같이 있나요?" 루이세가 고개를 끄덕이며 물었다.

"남편이 옆에 있다가 조금 전에 딸을 데리러 갔어요. 할머니 집에 데려다 주고 다시 온댔어요. 안으로 들어가 보세요." 간호사는 말을 마치고 루이세가 검사실로 들어가는 모습을 지켜봤다.

여자는 창가 의자에 앉아 있었다. 병원에서 쓰는 흰색 이불로 몸을 칭칭 감은 상태였다. 루이세를 올려다보는 모습이 마치 거대한 깃털에 감싸인 아기 새처럼 보였다.

루이세는 처음 보는 여자라는 사실에 적잖이 안심하면서 다가가 악수를 청했다.

“내 이름은 루이세예요.” 이름을 대면 ‘초원의 집’에서 만났던 남자와 같은 반응을 보일까 싶어 여자를 유심히 살폈다.

“비튼이에요.” 여자가 힘없이 대답했다. 때마침 창문으로 들어온 바람에 이불을 더 바싹 당겼을 뿐 다른 반응은 없었다.

루이세는 창문을 닫은 후 비튼에게 필요한 것이 있는지 물었다. 혹시 커피나 음료를 원할지도 모른다고 생각했다.

“아니, 됐어요.” 비튼은 흐릿한 눈으로 루이세를 바라봤다. 머리는 귀를 간신히 덮을 만큼 짧았고 눈썹은 아주 가늘게 다듬어져 있었다. 오른쪽 뺨과 눈 주변에 손자국이 선명하게 찍혀 있었다.

서른 살쯤 먹었겠다고 루이세는 추측했다. 피해자에 대한 정보를 미크에게 물어보지 않았다.

“엄청난 충격을 받은 상태라 아까 상황에 대해 이야기하는 게 몹시 불편할 거예요. 하지만 성폭행을 당한 거라고 남편 분이 신고했기 때문에 몇 가지 물어보지 않을 수 없네요. 대답할 수 있겠어요?”

비튼이 고개를 끄덕였다. 루이세는 의자를 끌어와서 비튼과 마주 앉았다.

"시간을 좀 거슬러 올라가 볼게요. 오전 내내 집에 있었나요?"

이번에도 비튼이 고개를 끄덕였다. 그녀는 애써 마음을 추스르더니 헛기침을 하고 이야기를 시작했다.

"오늘과 내일은 회사에 나가지 않아도 돼요. 난 경리부에서 일하는데 이틀간 포상 휴가를 받았거든요." 비튼은 쉬는 이유를 해명하려는 듯 마지막 말을 덧붙였다.

"오늘 아침엔 뭘 했나요?" 대답하기 힘든 질문은 차차 하기로 작정하고 일단 쉬운 질문부터 던졌다.

"그냥 빈둥거렸어요. 11시쯤 밖으로 나가서 커피를 마셨어요. 그런 다음 온수 욕조에 몸을 담갔어요." 여자는 이 정도 대답이면 됐느냐는 눈으로 루이세를 쳐다봤다. 잠시 눈치를 살피더니 몇 마디 덧붙였다. "뒤뜰에 온수 욕조가 있거든요. 그 다음엔 샤워하려고 집 안으로 들어갔어요."

루이세가 고개를 끄덕였다. 여자의 집에 들른 적이 있어서 온수 욕조를 안다고 말하려다 그만두었다.

비튼은 숨을 깊이 들이마시며 눈을 감았다. 다시 떴을 땐 짙은 눈동자에 두려움이 가득 담겨 있었다.

"그자를 보지도 못했어요." 비튼이 들릴 듯 말 듯한 목소리로 속삭였다. "집에 들어오는 줄도 몰랐어요."

루이세를 쳐다보는 비튼의 얼굴에 불현듯 불안한 기색이 스쳤다.

"그자가 들어오는 소리를 못 듣다니, 도무지 이해가 안가요." 비튼의 목소리가 사뭇 떨렸다. "그나저나 몰리는 왜 짖지 않았을까요?"

비튼은 그제야 개가 떠오른 듯했다. 갑자기 무슨 생각이 떠올랐는지 주먹을 쥐고 입을 틀어막았다.

"온수 욕조에 대해 더 얘기해 봅시다." 루이세는 숲에서 죽은 개에 대한 생각을 떨쳐내며 말했다. "욕조에 몸을 담그고 있는 동안 뭘 보거나 들은 게 있는지 떠올려 봐요."

비튼이 고개를 저었다. "그땐 집 근처에 아무도 없었어요. 몰리는 평소처럼 내 옆에 누워 있었고요. 물방울이 튀는 걸 굉장히 좋아하거든요."

"당신 모르게 누가 지켜볼 수도 있지 않아요?"

비튼이 어깨를 으쓱하더니 다시 고개를 저었다. "야외에서 목욕할 땐 주변에 신경을 많이 쓰거든요. 더구나 혼자 있을 땐 수영복도 걸치지 않아서 인기척이 있는지 꼭 확인해요. 정말 아무도 없었어요."

비튼이 입을 다물었다. 테라스에서 집까지 걸어 들어가는 장면을 상기하는가 싶더니 또다시 고개를 저었다.

"그땐 그자가 거기 없었어요." 비튼이 단호하게 말했다. "확실해요."

비튼의 몸이 아래로 살짝 처졌다. 진정하려고 애쓰는데도 손이 덜덜 떨렸다. 고개를 돌리고 창밖을 내다봤다. 뭔가 감추는 기색이 역력했다.

비튼이 숨을 깊이 들이마시더니 몸을 똑바로 펴고 떨리

는 손을 꽉 쥐었다. "정신이 딴 데 팔려 있어서 아무것도 눈치채지 못했어요. 준비하느라 바빴거든요." 비튼이 체념한 목소리로 말했다.

루이세가 알아들었는지 확인하려는 듯 비튼의 짙은 눈동자가 루이세를 뚫어져라 쳐다봤다.

"누굴 기다리고 있었나요?" 루이세가 넌지시 물었다.

비튼이 고개를 끄덕였다.

"샤워하러 욕실로 들어갈 때 테라스 문을 열어뒀어요. 어쩌면 그때 거실에서 무슨 소리가 났는지도 모르겠어요. 하지만 기억나진 않아요."

비튼의 눈에 눈물이 그렁그렁 맺혔다.

"가운을 걸치려고 침실로 들어가는 길이었어요. 침실 문을 막 여는데 그자가 뒤에서 내 입을 틀어막았어요."

"옷을 다 벗은 상태였나요?" 루이세가 물었다.

비튼이 고개를 끄덕였다. 실오라기 하나 걸치지 않고서 자기 집 욕실을 나온 게 부끄러운 듯 바닥만 쳐다봤다. 그러다 가볍게 몸서리를 치더니 눈을 질끈 감았다.

"그 사람인 줄 알고 몸을 돌려 키스하려고 했어요." 비튼이 절망적인 목소리로 말했다. "그런데 그자가 나를 거칠게 붙잡더니 무릎을 이용해 내 다리를 벌렸어요. 힘이 너무 세서 도저히 움직일 수 없었어요. 도저히…."

"반항할 수 없었다고요?" 루이세가 비튼의 말을 이었다.

비튼이 고개를 끄덕이며 흐느꼈다.

"상체를 앞으로 수그리게 하더니 뒤에서 찔러 넣었어요." 비튼이 코를 훌쩍이며 힘겹게 이야기를 계속했다. "그자의 얼굴은 보지도 못했어요. 그냥 온몸으로 그자를 느꼈어요. 너무 순식간에 벌어졌어요."

비튼이 몸서리를 치더니 자신의 목을 만졌다.

"그자의 바지만 봤어요. 그자는 바지를 입은 채 지퍼만 내렸어요." 비튼은 목소리가 잠기는지 헛기침을 했다. 벽을 뚫어져라 쳐다보면서 이야기를 계속했다. "내 살갗에 닿는 바지의 감촉이 느껴졌어요. 그자는 말처럼 콧김을 뿜어댔어요."

"바지가 어떻게 생겼던가요?" 루이세가 물었다. "밝았나요, 아니면 어두웠나요?"

"어두웠어요."

"청바지였나요?"

비튼이 고개를 저었다. "원단이 부드러웠어요. 윤이 났던 것 같아요."

"그자의 신발은 봤나요?"

"못 본 것 같아요."

"운동화였는지, 아니면 평범한 구두였는지 잘 생각해 봐요."

"어두운 색이었던 것 같아요. 아니, 잘 모르겠어요. 제대로 보지 못했어요."

비튼이 몸을 똑바로 세워 앉았다.

"그자가 내 가슴을 움켜쥐었어요." 비튼이 갑자기 생각난 듯 말했다. "날 앞으로 숙이게 한 뒤 한 손으론 나를 누르고 다른 손으론 내 가슴을 마구 주물렀어요."

비튼은 움찔하면서 의자 위로 다리를 들어올려 몸을 동그랗게 말았다.

"그럴 때 남자의 팔을 봤나요?" 루이세가 물었다.

비튼이 고개를 저었다.

"다 까먹었어요. 그런데 지금 그자의 손길이 다시 느껴지는 것 같아요. 어찌나 거칠게 주무르던지…. 그건 성적인 행위가 아니라 그냥 폭행이었어요."

비튼이 눈을 감자 루이세는 가만히 기다렸다.

"단추 달린 셔츠를 입었던 것 같아요." 비튼은 눈을 감은 채 중얼거렸다. "옷감이 얼굴에 스쳤어요."

비튼이 잠시 뜸을 들이다 말을 이었다.

"너무 거칠고 난폭했어요. 그자는 날 원했던 게 아니라 그냥…, 그냥 분출하고 싶었던 거였어요." 비튼이 귀엣말하듯이 속삭이더니 다시 흐느끼기 시작했다.

루이세는 비튼이 진정할 때까지 기다리면서 머릿속으로 당시 상황을 그려봤다. 비튼이 느긋하게 바람피울 연인을 맞이할 준비를 하는데 느닷없이 강간범이 들이닥쳐 그녀를 덮쳤다. 강간범이 뒤에서 덮쳤다는 데 생각이 미치자 퍼뜩 질문이 떠올랐다.

"키가 컸나요?"

비튼이 고개를 끄덕였다. "남편보다 컸어요." 비튼은 남편이 178센티미터라는 말을 덧붙였다.

"그럼 남편이 외출했을 때 당신이 만나려던 남자는요? 그 남자는 얼마나 크죠?"

비튼이 다시 시선을 떨어뜨리더니 들리지도 않게 중얼거렸다.

"미안하지만 다시 말해줄래요?" 루이세가 말했다.

"그이는 190센티미터쯤 돼요."

"그럼 아까 그자는요? 비슷한가요?"

비튼이 손으로 얼굴을 가렸다. "그런 것 같아요." 간신히 대답하더니 그자가 좀 더 억세고 근육질이었다는 말을 덧붙였다. "손가락이 살 속으로 파고들 정도였어요."

"그자에 대해 더 할 말이 있나요? 특별히 기억나는 게 있어요?"

"너무 순식간에 벌어졌어요. 그자는 일이 끝나자 나를 침실 안으로 거칠게 떠밀었어요. 고개를 돌리기도 전에 그자가 문을 닫았어요. 바닥에 엎어진 채로 그자가 거실을 나가는 소리를 들었어요. 그자는 뛰쳐나가지도 않았어요. 서두르는 기색 없이 그냥 걸어 나갔어요. 뚜벅뚜벅하는 발소리가 크게 들렸어요."

비튼이 잠시 생각하더니 얼른 말을 이었다.

"나막신 같았어요. 나막신을 신고서 걷는 소리였어요."

"이번에도 뒤편 테라스 문으로 나갔나요?" 루이세가 물었다.

비튼이 고개를 끄덕였다.

"그자가 대문 밖으로 나가는 모습을 봤나요?" 루이세는 그 점이 궁금했다. "그자가 길가에 서 있는 모습을 봤나요?"

"내다보지 않았어요." 비튼은 몸을 감싼 이불을 다시 바싹 당기며 나직한 목소리로 대답했다. "그가 확실히 떠난 걸 확인하고는 곧장 욕실로 뛰어 들어가 문을 잠갔어요."

고개를 숙인 비튼의 얼굴에서 하염없이 눈물이 흘렀다.

"그자가 내 안으로 들어왔어요. 그게 내 허벅지를 마구 더듬었어요. 물을 틀어놓고 온몸을 박박 문질렀어요. 그자의 흔적을 모조리 없애고 싶었어요."

"당신이 기다리던 사람은 어떻게 됐나요? 집에 왔나요?"

비튼은 알아차리기 힘들만큼 약하게 어깨를 으쓱하더니 고개를 저었다.

"모르겠어요. 욕실에 숨어서 물을 계속 틀어놨기 때문에 아무 소리도 듣지 못했어요. 남편이 와서 문을 두드릴 때까지 바깥 사정은 전혀 몰랐어요. 그인 휴대폰을 두고 가서 가지러 왔다고 했어요."

비튼이 또다시 창밖을 응시했다.

"어차피 오늘은 일진이 안 좋은 날이었어. 오히려 이렇게 끝나서 다행인지도 몰라." 비튼이 혼잣말하듯이 중얼거렸다. 루이세는 의아한 눈으로 그녀를 쳐다봤다.

밖에서 문 두드리는 소리가 나더니 간호사가 얼굴을 쑥 들이밀고 말했다. "환자분 남편이 돌아왔어요."

"밖에서 잠깐만 기다리라고 전해줘요." 루이세가 재빨리 말했다. "얘기가 끝나면 바로 알려줄게요." 루이세는 비튼에게 몸을 돌리고 물었다. "'이렇게 끝나서 다행인지도 몰라'라니, 그게 무슨 말이죠?"

비튼이 고개를 살짝 저었다. "내가 다른 남자를 만나는 장면을 남편이 봤더라면 상황이 훨씬 더 나빴을 거라는 말이에요. 그랬다면 날 절대로 용서하지 않을 테니까."

"뺨에 난 자국은 어떻게 된 거죠?" 루이세가 비튼의 눈 밑에 난 손자국을 가리키며 물었다.

비튼이 두려운 시선으로 문 쪽을 바라보더니 누가 그랬는지 털어놨다.

"르네는 내 말을 믿지 않았어요." 비튼은 루이세를 쳐다보지 못하고 속삭였다. "자기가 없을 때 누굴 만났냐고 따져 물었어요."

"남편 분이 알고 있었나요?"

비튼은 처음엔 고개를 내젓더니 이내 마음을 다잡고 말했다. "의심은 하고 있었나 봐요. 누가 숨어 있는 줄 알고 집 안을 샅샅이 뒤지더라고요. 내 말은 들으려 하지도 않았어요."

손가락을 깨물며 불안해하는 비튼을 보고 루이세는 안타까운 마음이 들었다.

"그 사람이 누군지 대라며 나를 때렸어요. 자기가 아는 사람인지 말하라고 윽박질렀어요."

"실제로 그런가요?" 루이세가 물었다.

비튼이 고개를 끄덕이더니 푹 수그렸다. "남자가 테라스 문으로 들어왔다고 하니까 그제야 르네는 그쪽으로 걸어가 발자국을 눈여겨보더군요."

비튼은 루이세를 쳐다보며 설명을 이어갔다. "내가 온수 욕조에서 나와 안으로 들어올 때 물이 떨어지는 바람에 거실 바닥이 젖었거든요. 평소엔 물기를 닦고 나오는데 오늘은 그럴 짬이 없었어요. 아무튼 그런 이유로 바닥이 지저분해졌어요. 남자의 신발에서 떨어진 흙먼지가 바닥과 소파 앞 깔개에 고스란히 찍혔어요."

비튼이 잠시 뜸을 들인 후 이야기를 계속했다. "왔다간 흔적을 남기지 않을 의도라면 그렇게 하지 않잖아요."

"그렇다면 범인 발자국이 거실에 찍혀 있다는 거네요?" 루이세가 얼른 물었다. 과학 수사대가 도착하기 전에 비튼의 남편이 그곳을 치우지 않았길 바랐다.

비튼이 고개를 끄덕였다. "르네가 그걸 보더니 내 말을 믿기 시작했어요."

"남편이 집에 없을 때 당신이 만나려던 남자는 누구죠?"

비튼은 어금니를 꽉 깨물고 고개를 돌려 창밖을 바라봤다.

"그의 이름을 알아야 합니다." 루이세가 말했다.

대답이 없었다. 비튼은 입술을 더 앙다물고 고개를 숙였다.

두 사람은 한동안 말없이 앉아 있었다. 루이세는 기다려도 대답이 없자 일어나서 문 쪽으로 걸어갔다.

"남편 분을 지금 데려올까요? 아니면 잠시 혼자 있게 해줄까요?"

"가서 그이를 데려오세요." 비튼이 중얼거리며 몸을 똑바로 펴더니 병원 이불로 맨다리를 감쌌다.

루이세는 비튼에게 고백할 기회를 한 번 더 줬다가 반응이 없자 결국 문을 열었다.

비튼의 남편은 문 바로 앞에서 주머니에 손을 찔러 넣고 험악한 얼굴로 서 있었다. 미간에 성난 주름이 깊게 잡혔다.

루이세는 순간 얼음처럼 굳었다. 르네 감스트를 마지막으로 본 건 까마득한 옛날이었다. 그는 클라우스와 같은 반이었고, 패거리의 일원이었다. 당시 몰려다니던 패거리 중에서 최악은 아니었다. 적어도 루이세가 기억하기론 그랬다. 그가 톰슨의 그림자에 가려져 있다는 생각에 가끔 안됐다고 여기기도 했다. 늘 같이 몰려다녔지만 존재감이 없는 사람이었다.

르네가 한 발 앞으로 내밀고 들어오려다 루이세 앞에서 우뚝 멈춰 섰다. 루이세는 불안스레 한 발 뒤로 물러섰다.

르네는 아무 말도 하지 않고 섬뜩한 눈으로 루이세를 쏘아봤다. 루이세도 똑바로 서서 그를 노려봤다.

"그 자식을 내가 먼저 찾아내면 목을 비틀어 버릴 거요."

르네는 말을 마치고 아내가 있는 방으로 성큼 들어왔다. 의자 앞에 무릎을 꿇고 앉더니 비튼을 가까이 당겨 좌우로 살살 흔들었다.

짧지만 강렬한 조우에 충격을 받은 데다가 자신을 알아봤는지 확신이 들지 않아, 루이세는 서둘러 복도로 나왔다. 간호사에게 면담이 끝났으며 비튼의 남편이 피해자와 함께 있다고 알렸다.

27

카밀라는 요나스 방에서 잤다. 간밤에 마신 와인 탓에 머리가 지끈거렸다. 아침에 루이세가 나가는 줄도 몰랐다. 10시가 지나서 억지로 일어나 디나를 산책시켰다. 그런 다음 루이세의 주방에 앉아 벽만 뚫어져라 바라봤다.

카밀라는 자기 방식대로 한다고 고집부리다 분란만 일으키고 끝내 집까지 나온 것이 후회됐다. 일꾼들한테 화내고 그들을 쫓아버린 것도 후회됐다. 마음에 안 든다고 목사를 퇴짜 놓은 것도 후회됐다.

결국 자신이 먼저 사과해야겠다는 결론에 이르렀다. 목사한테? 천만에! 일꾼들한테? 어림없는 소리!

사과를 한다면, 그 대상은 당연히 프레데릭이었다.

그렇게 결정하고 나니 마음이 급해진 카밀라는 루이세의 집에서 서둘러 나왔다. 온갖 생각으로 머릿속이 어지러웠지만 차에 올라 곧바로 출발했다. 1시간 뒤 로스킬레로 접어들 즈음엔 분노가 싹 가라앉았다. 오히려 모든 걸 엎어버리겠다고 생각한 자신을 질책했다.

보세럽에 이르자 멀리서 반짝거리는 영지의 기와지붕이 보였다. 카밀라는 속도를 늦췄다. 갑자기 두려움이 밀려왔다. 집으로 돌아가는 길이라고 프레데릭에게 미리 연락하지 않았다. 막상 가서 뭐라고 말할지 막막했다. 의견이 갈린 적은 있어도 다툰 적은 한 번도 없었다. 면전에서 문을 쾅 닫고 나올 정도로 싸운 적은 더더구나 없었다.

카밀라는 고목이 늘어선 진입로를 내려다보다 차를 한쪽에 세우고 시동을 껐다. 차마 들어갈 수 없었다. 핸들을 쥔 손이 꼼짝하지 않았다.

오스테드를 지나 고속도로를 한참 달린 후에야 카밀라는 엘리스룬드에 연락도 없이 가면 얻을 게 없겠다는 생각이 들었다. 그렇더라도 내친 걸음이니 가보기로 마음먹었다. 라디오에서 비욘세의 노래가 흘러나왔다. 볼륨을 높이고 노래를 따라 부르자 얹혔던 속이 풀리는 것 같았다.

엘리스룬드를 향해 계속 달리는 사이 홈그라운드에 돌아온 듯 자신감이 피어났다. 다른 건 몰라도 일단 얼굴을 들이미는 건 자신 있었다. 상류층의 매너엔 캄캄할지 모르지만 기자로서 기사거리를 포착하고 사람들의 입을 여는 데엔 달인이었다.

"엘리스룬드가 문 닫기 전에 저희 어머니가 여기 원장으로 일하셨다고 들었어요."

20분 뒤, 카밀라는 사무실에 앉아 머리가 희끗한 보육교사에게 거짓말을 늘어놨다. 어렸을 때 부모가 이혼했다는 말을 서둘러 덧붙였다. "전 영국 버밍햄에서 아버지랑 살았어요. 그런데 아버지가 작년에 돌아가셔서 남편과 아들을 데리고 덴마크로 돌아왔어요."

카밀라는 조금 전에 커다란 흰색 건물로 둘러싸인 안뜰에 차를 세웠다. 장애인을 수송하는 밴이 현관 앞에 주차돼 있었다. 보육 여교사 두 명이 덩치 큰 사내아이를 들어 밴에 태우는 사이 운전사가 휠체어를 접어 트렁크에 실었다.

카밀라는 밴이 떠날 때까지 차에서 기다렸다. 밴에는 다른 사람들이 이미 타고 있었고 사내아이가 마지막 탑승자였다. 두 보육교사는 떠나는 밴을 향해 손을 흔들었다. 그 중 한 명이 카밀라의 차로 다가오더니 소피를 데리러 왔느냐고 물었다.

"아니에요." 카밀라가 당황해서 대답했다. 하지만 이내 마음을 가라앉히고 문 닫을 시간이냐고 물었다.

"곧 닫을 거예요." 보육교사가 말했다. "나머지 아이들도 30분 내로 돌아갈 거거든요. 그 다음엔 청소와 뒷정리만 하면 돼요. 혹시 입학 상담을 받으러 왔다면 이쪽이 아니에요."

"아, 아니에요." 카밀라는 얼른 대답한 뒤 도박을 감행했다. "실은 개인적인 용무로 찾아왔어요. 며칠 전 아그네테라는 분과 이야기를 나눴거든요. 예전에 여기서 일했던 분이에요. 그분이 저더러 이곳에 가면 저희 어머니를 찾는 데 도움을 받을 거라더군요. 그런데 제가 바쁜 시간에 찾아왔나 봐요. 어쩌죠?"

"그렇게 바쁘진 않아요." 보육교사는 카밀라에게 선뜻 따라오라고 했다.

다른 보육교사가 출입구 쪽에서 몸을 돌리더니 뚱한 목소리로 물었다. "업무를 마감할까요, 말까요?"

"그냥 둬, 릴리안." 연배가 지긋한 보육교사가 명령조로 말했다. "오늘은 내가 마감할게. 넌 가서 퇴근 준비나 해."

보육교사는 환영하는 뜻으로 카밀라의 어깨에 손을 얹고 널찍한 홀로 이끌었다.

"뭐가 그리 급한지…." 보육교사는 중얼거리며 카밀라를 사무실로 안내한 뒤 카밀라가 들어가도록 문을 잡아주었다. "아그네테랑 아는 사이라고요?"

카밀라가 웃으면서 고개를 살짝 끄덕였다.

"세상 참 좁네요. 아그네테는 오래 전에 여기서 일했어요. 내가 오기도 전이었죠. 우린 작업 치료를 같이 공부하고 학위도 같이 땄어요. 그녀에겐 두 번째 학위였어요. 나이는 나보다 열 살, 어쩌면 열다섯 살쯤 더 먹었지만 친구처럼 지냈어요."

카밀라는 계속 웃기만 했다.

"그녀의 남편은 아직 살아 있나요?" 보육교사가 물었다. 카밀라는 고개를 저으며, 아그네테에 대해 자신이 아는 것 이상으로 물어보지 않기를 속으로 빌었다.

"아, 미안해요." 보육교사가 갑자기 화제를 바꿨다. "내 소개도 안 했네요. 로네 프리스예요. 실은 치료 센터가 문을 열 때 나더러 지원해 보라고 권한 사람이 아그네테였어요. 예전에 간병인으로 일하던 시절과는 딴판인데도 아그네테는 돌아올 마음이 전혀 없더군요. 여길 왜 그렇게 싫어하는지 통 모르겠어요."

로네 프리스가 슬며시 웃었다.

"난 그 뒤로 줄곧 여기서 일했어요. 이곳을 소개해준 옛 친구가 고마울 수밖에요." 프리스는 자신의 책상 맞은편 의자에 앉으라고 손짓했다. "TV에 나오는 '사람 찾기' 프로그램을 직접 경험하는 것 같겠어요." 프리스가 자리에 앉으며 말했다. "흠, 내가 다 흥분되네. 뭐든 도와줄게요. 어머니 이름이 뭐죠?"

프리스로서는 당연히 물어볼 질문이었지만 카밀라는 미처 예상하지 못했다. 순간 머릿속이 하얘졌다. 아그네테가 여기 원장에 대해 들려줬던 내용을 기억하려고 머릿속을 헤집었다.

"엄마는 아버지랑 이혼한 뒤에 처녀적 이름으로 돌아갔어요." 카밀라는 시간을 끌면서 어떻게든 이름을 기억하려고 머리를 쥐어짰다. 전직 간병인이 이름을 언급하지 않았던 건지 아니면 그녀가 귀담아 듣지 않았던 건지 당최 떠오르지 않았다.

프리스는 웃는 얼굴로 참을성 있게 기다렸다. 하지만 침묵이 길어지자 분위기가 어색해지려고 했다.

"엄마 이름은 '파코브'예요." 카밀라가 불쑥 내뱉었다. 뇌가 다시 작동하는 것 같아 겨우 안심했지만 딸이 엄마의 성씨만 안다는 게 이상해 보일까 봐 한마디 덧붙였다. "적어도 예전엔 그렇게 불렀어요."

"'보딜' 파코브가 당신 어머니예요?" 나이 지긋한 보육교사가 놀라며 되물었다. 카밀라가 대답을 못하고 미적거린 걸 이상하게 여기는 것 같진 않았다. 다만 고개를 옆으로 기울이고 닮은 구석이 있는지 카밀라를 유심히 살폈다. 그러더니 몸을 다시 똑바로 세우고 말했다. "흠, 개인적으론 알지 못하지만 여기선 꽤 유명인사죠. 엘리스룬드의 첫 번째 여성 원장이었거든요."

"그럼 엘리스룬드가 폐쇄될 때까지 저희 엄마가 여기서 일하셨나요?" 카밀라가 물었다.

프리스가 잠시 머뭇거리다 대답했다. "그런 셈이지만 폐쇄될 땐 여기 없었어요."

카밀라는 보육교사의 말투에서 미심쩍은 점을 감지했다. 어차피 폐쇄될 시설인데 나머지 직원들보다 먼저 내쫓긴 이유가 있을 것 같았다.

"실은 몇 주 전에 그녀에 대한 이야기가 우연찮게 나왔어요. 그녀가 여길 떠난 뒤 어떻게 지내나 다들 궁금해했어요. 그간 교류가 전혀 없었거든요."

"어째서 제 엄마에 대한 얘기가 나왔어요?" 카밀라가 호기심 어린 목소리로 물었다. 루이세가 리세메테의 가족을 찾기 시작한 건 좀 더 최근이니, 그 일과 결부됐을 것 같지는 않았다.

"엔더스벵 치료 센터에서 새 원장을 물색하고 있나 봐요. 누가 당신 어머니를 후보로 추천하면 어떻겠냐고 했어요. 하지만 내 생각엔, 은퇴한 지 한참 돼서 어려울 것 같아요."

밖에서 문 두드리는 소리가 나더니 릴리안이 바람막이 점퍼 차림에 자전거 헬멧을 들고 나타났다.

"뒤쪽 문은 다 잠갔어요. 내일 배달될 과일은 취소했고요."

카밀라는 릴리안의 시선을 피해 앞만 바라봤다.

"잘했어. 나머지는 내가 처리할게." 프리스가 대답했다. "그건 그렇고 잠깐 안으로 들어와 봐."

뚱한 동료에게 프리스가 들어오라고 손짓했다.

"이쪽은 보딜 파코브의 딸이야. 보딜이 엘리스룬드에서 원장으로 있던 시절이 궁금해서 찾아왔대."

카밀라는 의자 팔걸이를 꽉 쥐면서 억지로 웃으며 프리스의 동료를 쳐다봤다.

릴리안은 고개를 뒤로 살짝 젖히고 카밀라를 뚫어져라 쳐다봤다.

"당신이 보딜의 딸이라고요?"

"아, 그렇다니까." 프리스는 동료가 낯선 사람에게 보이는 노골적 반감을 나무라듯 말했다. "넌 그때도 여기서 일했잖아. 그걸 까맣게 잊고 있었네."

카밀라는 자신의 날조된 이야기가 탄로 나는 순간을 가

슴 졸이며 지켜봤다.

마침 프리스가 남은 아이들을 배웅하려고 자리에서 일어났다. "카밀라에게 보딜에 대한 이야기 좀 들려줘. 어쩌다 보니 서로 연락이 끊겼대." 프리스는 릴리안과 카밀라를 두고 자리를 떴다.

"파코브는 자식이 없었어요." 릴리안이 여전히 문가에 서서 쏘아붙였다. "그러니까 여기서 죽치고 살면서 우리한테도 똑같이 하라고 강요했죠." 릴리안은 카밀라를 한참 노려봤다. "당신이 누군지, 또 뭘 캐러 다니는지 모르지만 누가 물어보든 한 가지는 확실히 대답할 수 있어요. 보딜 파코브가 엘리스룬드에 발을 들여놓지 않았더라면 멀쩡하게 살았을 사람이 많았을 겁니다."

밖에서 차가 빵빵거리자 홀에서 아이들이 우르르 나가는 소리가 들렸다. 릴리안이 몸을 홱 돌리고 사무실을 나갔다. 카밀라는 축축한 손을 얇은 치마에 쓱쓱 문질렀다. 아무래도 헛소리를 너무 늘어놓은 것 같았다.

카밀라는 벌떡 일어나서 가방을 움켜쥐었다. 사무실을 뛰쳐나가려는데 릴리안이 돌아와 카밀라 앞을 떡하니 막아섰다.

"당장 여길 떠나세요. 우린 멋대로 기웃거리는 사람한테 관심 없으니까."

"리세랑 메테를 알고 있죠?" 카밀라는 릴리안의 표정을 살폈다. 엄마 찾기에 대한 거짓말이 릴리안에게 먹히지 않을 터라 솔직하게 나가기로 마음먹었다. "전부터 여기서 일했잖아요. 쌍둥이 자매가 죽던 날 무슨 일이 있었죠?"

릴리안은 다시 등을 돌리고 밖으로 성큼성큼 걸어 나갔다. 안뜰에선 아이들 셋이 가방을 차 트렁크에 던져 넣고 있었다.

"사망 진단서에 누가 서명했죠?" 카밀라가 릴리안을 뒤쫓으며 물었다.

"난 그런 거 몰라요." 릴리안이 경멸적으로 대답하면서 자전거에 올라 서둘러 출발하려는데 아이들을 태운 차가 쌩하고 지나갔다. 그 바람에 릴리안은 잠시 멈춰야 했다.

카밀라가 뒤쫓아 와 릴리안의 팔을 잡았다.

"그때 무슨 일이 있었는지 말해줘요. 아는 걸 다 털어놓으라고요."

"보딜 파코브한테 직접 물어보지 그래요? 뭔 일이 있었는지는 그 여자가 제일 잘 알 테니까."

릴리안은 카밀라의 팔을 뿌리치고 자전거 페달을 힘껏 밟았다.

"릴리안은 신경 쓰지 말아요." 프리스가 뜰을 가로질러 오면서 말했다. "외부 사람을 원래 싫어해요. 지난주엔 내가 경찰에게 기록 보관실을 공개했다고 말 한 마디 붙이지 않더라고요. 개인적으로 민감한 정보와 공개해도 되는 정보를 구분하지 못하나 봐요."

몸의 모든 세포가 얼른 달아나라고 재촉했지만 카밀라는

가만히 서서 애써 미소를 지었다. 프리스는 그녀가 릴리안과 벌이는 실랑이를 못 본 듯했다. 아이들을 배웅하느라 정신이 팔렸었나 보다고 생각하며 카밀라는 차를 향해 걸음을 옮겼다. 차 앞에 이르러서야 프리스에게 고맙다고 인사하고 문을 열었다.

"글쎄요, 내가 별로 도움이 된 것 같지 않네요." 프리스가 바람에 머리를 날리며 아쉽게 말했다. "당신 할아버지가 장사를 크게 하셨다죠? 굉장히 부자였다던데. 저번에 얘기할 때 사람들이 그러더라고요. 집안이 부유한데도 당신 어머니는 학교도 못 마치고 어린 나이에 일을 시작했다고." 프리스는 사람들이 쑤군대는 소리를 전한 뒤 곧바로 사과했다. "하지만 그런 건 남 얘기 좋아하는 사람들이 하는 소릴 거예요. 아무튼 〈덴마크의 명사 인명록〉에 그런 얘기가 나오나 봐요." 프리스는 〈덴마크의 명사 인명록〉이라는 것을 언급하며 그것을 찾아보라고 했다. "전에 우리가 엔더스벵 치료 센터의 원장 자리를 놓고 얘기할 때, 누군가가 그녀의 나이를 알아보려고 〈덴마크의 명사 인명록〉을 찾아봤나 봐요."

"명사 인명록에 나와 있다고요?" 카밀라는 운전석에 앉아 창문을 내린 뒤에 말했다.

프리스가 고개를 끄덕였다. "아, 그런데 릴리안 말이 맞네!" 그녀는 무슨 생각이 퍼뜩 떠오른 듯 소리쳤다. "토네센 부인이 파코브에겐 자식이 없다는 말도 했어요."

프리스가 한 발 앞으로 다가서며 어리둥절한 표정으로 쳐다보자 카밀라는 얼른 시동을 걸었다.

카밀라는 어색하게 웃은 뒤 창문을 올리는 버튼을 눌렀다.

"아까 이름이 뭐라고 그랬죠?"

프리스가 큰 소리로 묻는데도 카밀라는 차를 뒤로 획 뺐다.

심장이 터질 듯 두근거렸다. 흙먼지를 일으키며 안뜰을 냅다 빠져나왔다. 회갈색 안개에 잠긴 엘리스룬드가 뒤로 점점 멀어졌다.

28

카밀라는 백미러로 구불구불한 비포장도로를 돌아보며 속도를 살짝 줄였다. 아드레날린이 분출하고 심장이 마구 뛰었다. 떨리는 손으로 핸들을 움켜잡고 숨을 헉헉거렸다. 그만하면 나쁘지 않았다고 중얼거리며 마음을 가라앉히고 운전에 집중하려고 애썼다.

그들은 그녀의 거짓말을 간파했다. 하긴 준비도 없이 찾아가서 뭘 기대했던가?

한숨 돌린 후에야 운전대를 너무 꽉 쥐어 손가락이 아픈 걸 알았다. 손의 힘을 조금 푸는데 가방에 넣어둔 휴대폰이 울리기 시작했다. 그와 동시에 한참 앞쪽에서 언덕을 올라가는 릴리안이 눈에 들어왔다. 릴리안은 누군가와 전화 통화를 하면서 자전거로 비탈길을 오르고 있었다. 카밀라는 휴대폰 신호음이 저절로 멈추도록 놔두었다.

릴리안이 뒤를 힐끔 돌아보더니 카밀라의 차를 발견하고 자갈길을 더 힘껏 오르기 시작했다. 그 모습을 지켜보는데 공연히 카밀라의 등에서 식은땀이 흘렀다. 왜 이런 상황을 자초했는지 알다가도 모를 일이었다. 신문사에 보낼 기사거리를 찾던 것도 아니었다. 설사 특종에 목맸더라도 얼토당토않은 거짓말을 늘어놓을 이유로는 부족했다. 엘리스룬드에 간 이유를 굳이 찾자면, 호기심을 채우고 집에서 일으킨 온갖 분란을 잊고 싶었기 때문이다. 전방에서 릴리안이 갑자기 도로 한가운데에 딱 멈추고 길을 막아섰다. 카밀라도 엉겁결에 차를 세웠다.

뇌에서 명령을 내리기도 전에 발이 알아서 가속페달을 밟았다. 처음엔 천천히 나아갔지만 이내 속도를 높이고 경적을 빵빵 울려대면서 질주하기 시작했다. 자갈이 사방으로 튀었다. 릴리안은 카밀라가 멈출 의도가 없다는 걸 깨닫고 황급히 도로 옆으로 피했다. 그리고 카밀라의 주의를 끌려고 팔을 세차게 흔들었다. 하지만 카밀라는 릴리안을 본체만체했다. 밝은 색의 바람막이 재킷만 그녀의 시선 끝에 걸렸을 뿐이다. 때마침 휴대폰이 다시 울리기 시작했다. 이번에도 받지 않자 곧이어 문자 메시지가 들어왔다는 신호음이 울렸다.

조금 더 가니 비포장도로가 끝났다. 카밀라는 백미러로 뒤를 한 번 더 돌아본 뒤 고속도로에 진입하려고 깜빡이를 켰다. 릴리안은 더 이상 보이지 않았다. 언덕길을 아직 올라오지 못했나 보다. 가슴이 두근거렸다. 식은땀이 흘러 앞머리가 관자놀이에 들러붙었다. 카밀라는 고속도로에 진입할 기회를 연이어 놓치며 릴리안의 헬멧이 시야에 들어오는지 보려고 백미러를 연신 힐끔거렸다.

바닥에 놔둔 가방에서 휴대폰이 다시 울리기 시작했다. 프리스가 마음만 먹으면 그녀의 번호를 알아내는 건 식은 죽 먹기였을 거라 생각하며 간신히 고속도로에 진입했다.

퇴근 시간인지 줄지어 늘어선 차들이 굼벵이처럼 느릿느릿 움직였다. 프리스는 필시 아그네테 에게 연락해서 그녀의 번호를 알아내고 모든 이야기가 날조됐음을 알아차렸을 것이다.

카밀라는 애당초 솔직하게 털어놓지 않은 자신을 질책하면서 숨을 깊이 들이마셨다. 문자 메시지가 왔다는 신호음이 또다시 울렸다. 희끗한 머리의 보육교사가 참으로 집요하다는 생각이 들었다. 도로와 자전거 길을 구분하는 좁고 긴 풀밭으로 차를 휙 돌렸다. 뒤에서 놀란 운전자가 경적을 빵빵 울려댔다. 카밀라는 시동을 끄고 가방에서 휴대폰을 꺼냈다.

부재자 전화 네 통과 문자 메시지 두 건. 죄다 프레데릭에게서 온 것이었다.

'프린드센 호텔로 당장 와.'

'도착 즉시 프런트에 알려.'

카밀라는 휴대폰을 뚫어져라 쳐다보며 메시지를 읽고 또 읽었다. 그러다 눈을 질끈 감았다.

프레데릭의 문자 메시지를 하나라도 받느니, 우르르 쫓아오는 엘리스룬드 사람들을 전부 다 상대하는 게 나을 성싶었다.

집도 아니고 호텔이라니! 아드레날린이 죄다 빠져나갔는지 힘이 탁 풀렸다.

"도착 즉시 프런트에 알리라고!"

카밀라는 코웃음을 치면서 깜빡이를 다시 켰다. 업무 회의에 참석하라고 호출하는 문자 같았다. 그런데 다시 생각해 보니 진짜 그런 의도로 보냈는지도 몰랐다. 프레데릭은 그녀가 집을 나간 뒤로 연락 한 번 없다가 중립 지역에서 만나자고 호출한 것이다.

가슴이 철렁 내려앉았다. 자신의 욱하는 성질이 한없이 원망스러웠다. 눈물이 핑 돌면서 눈앞이 흐릿해졌다. 휴대폰이 다시 울렸다. 발신자를 확인하지도 않고 덥석 받았다.

"응." 카밀라는 목이 잠겨 헛기침을 했다.

"여보세요? 로네 프리스예요. 좀 전에 엘리스룬드를 다녀갔죠?"

"네, 맞습니다. 그런데 아까 파코브가 제 엄마라고 한 건 사실이 아닙니다. 엘리스룬드가 폐쇄될 때 원장이 누구였는지 알아내려고 거짓으로 꾸며댄 것입니다." 카밀라는 숨도 쉬지 않고 이야기를 쏟아냈다. "누군지 알아내서 당시에 죽지도 않은 사람의 사망 진단서가 어째서 발부될 수 있었는지 물어보고 싶었습니다. 또 어째서…."

카밀라는 뒷말을 잇지 못했다. 오스테드 초입에 자리 잡은 승마학교 방향 표시판이 눈에 들어왔다. 예전에 여자 친구 하나가 거기서 말을 타곤 했었다.

"난 그냥 당신이 스웨터를 두고 갔다는 얘길 하려고 전화했어요."

카밀라는 상대방 이야기가 거의 들리지 않았다. 이제라

도 솔직하게 털어놓자 속이 후련했다. 거짓말은 전혀 도움이 되지 않았고, 프리스가 화를 터뜨린다 해도 할 말이 없었다.

이번엔 수화기 너머에서 헛기침 소리가 나면서 프리스의 이야기가 쏟아졌다.

"당신 어머니, 아니 그냥 보딜 파코브라고 해야겠네요." 프리스가 표현을 바로잡았다. "방금 사무실로 들어와서 기록을 찾아봤어요. 파코브는 엘리스룬드가 폐쇄되던 해 2월 말에 여길 떠났어요. 그 뒤로는 부원장이 시설을 관리했어요."

카밀라는 정신을 차리고 프리스의 이야기에 귀를 기울였다. 그와 동시에 차를 댈 만한 곳을 찾았다. 조금만 더 가면 버스 정류장이 있었다. 이번엔 미리 깜빡이를 켜고 조심스럽게 차선을 바꿨다.

"예전에 쓰던 등록부를 찾아봤어요. 요즘엔 사용하지 않아서 예전 관리자 사무실에 보관돼 있더군요. 당신이 그렇게 도망치듯 떠나서 호기심이 생겼어요. 릴리안이 당신에게 하는 말을 다 들었거든요. 게다가 얼마 전에 경찰이 찾아와 쌍둥이 자매에 대해 물어보고 갔잖아요."

"뭐라고 적혀 있던가요?" 카밀라는 계기판을 보는 둥 마는 둥 하면서 재촉했다.

"등록부에는 자매가 폐렴으로 사망했다고 적혀 있어요. 사망하기 사흘 전에 입원했고, 며칠 동안 치료해준 의사가 나중에 사망 진단서에 서명했어요."

"의사 이름이 뭐죠?"

"흠…." 프리스가 기록을 뒤적이는 소리가 들렸다. "에른스트 홀스테드라는 의사예요."

"자매가 그 지경이 되도록 왜 아무도 미리 손을 쓰지 않았을까요?" 카밀라가 물었다.

"의사가 자기 책임을 다 하지 않았던 것 같아요. 여기 적힌 걸 보면, 의사는 자매가 그렇게 치명적인 상태가 되도록 제대로 돌보지 않았다고 했네요."

"하지만 자매는 죽지 않았어요." 카밀라는 바로 반박하며 속으로 생각했다. '적어도 한 명은.' "그런데 어떻게 사망 진단서가 발부됐던 거죠?"

"거참 이상하네요." 프리스가 바로 수긍했다. "아마 의료사고에 대한 비난과 그에 따른 소송을 막으려고 입단속을 철저히 하지 않았을까요? 그 의사한테 가서 물어보는 수밖에 없겠네요."

'그자가 뭐라고 지껄이는지 반드시 들어봐야지.'

카밀라는 속으로 다짐하면서 프리스에게 자신의 휴대폰 번호를 어떻게 알아냈는지 물었다.

"스웨터 주머니에 명함이 몇 장 들어 있어서 어렵지 않게 찾았어요."

프리스는 정보 출처가 옛날 등록부라는 사실을 언급하지 말아달라고 카밀라에게 당부했다.

"네, 물론이에요." 카밀라가 약속했다. 그리고 스웨터를 우편으로 보내주겠다는 프리스에게 거듭 고맙다고 인사했다.

휴대폰을 내려놓으려는데 또다시 벨소리가 울렸다. 이번엔 마커스였다.

"안녕, 아들!"

"엄마, 나 지금 어거스트네 집인데 당장 데리러 와줄 수 있어요? 너무 힘들어서 우리 집까지 걸어갈 수가 없어요. 아빠는 전화를 받지 않아요."

"너 지금 아빠랑 같이 있는 거 아니었어?"

"아뇨. 학교 끝나고 집에 가기 싫어서 어거스트네로 왔어요."

마커스는 며칠 만에 엄마와 통화하면서 인사도 안 하고 어떻게 지냈냐는 안부도 묻지 않았다. 자기 필요할 때만 연락해서 요구 사항만 늘어놨다. 카밀라는 아들의 무신경에 화가 치밀었다.

"안 돼! 나이가 몇 살인데 만날 엄마한테 태워다 달라는 거야! 3킬로미터밖에 안 되니까 그냥 걸어가." 카밀라는 아들에게 쏘아붙인 뒤 전화를 꺼버렸다.

카밀라는 마커스에게 책임감을 심어주기 위해 웬만한 일은 직접 하게 했었다. 그런데 영지로 들어간 뒤로는 마커스가 자꾸만 제 할 일을 미루거나 까먹었다. 오스테드 지역을 통과하면서 어쩌면 그녀도 다르지 않다는 생각이 들었다.

그런 이유로 취재 감각도 떨어지고 집중력도 흐트러졌는지 몰랐다.

요즘 들어 그녀는 나사가 빠진 것처럼 정신이 없었다. 어찌할 바를 모르고 공연히 부산만 떨었다. 조용한 시골 동네를 스쳐 지나면서 카밀라는 자신을 되찾아야 한다는 걸 깨달았다. 다시 열정을 불태우고 감각을 되살려야 했다. 안 그러면 재능이고 뭐고 다 사라질 것 같았다.

생각이 거기에 미치자 자신이 왜 엘리스룬드에서 정도를 벗어났는지 이해됐다. 감각을 되찾기 위해 몰두할 기사거리가 필요했던 것이다.

로스킬레까지 10킬로미터를 앞두고서 터켈 호이어 편집장에게 전화를 걸었다. 그동안 그가 몇 차례 전화했는데 그냥 무시해버렸다. 그는 두 번째 신호음에서 전화를 받았다. 휴대폰에 여전히 그녀의 번호를 저장해 두고 있는 게 분명했다.

"헤이, 카밀라 린드!"

"저번에 저한테 전화하셨죠?"

"음, 그랬지. 프런트에 출입증을 반납하라는 얘길 하려고 전화했는데 통 받질 않더라고."

"다시 일하러 나가야겠어요." 카밀라가 말했다. "제가 할 만한 일 있으면 연락주세요. 다시 글을 쓰고 싶어요. 프리랜서도 괜찮아요."

"돈이 필요하진 않을 텐데."

은근히 비꼬는 듯한 말투였다. 그녀에게 이런 식으로 말한 적이 없었는데, 아무래도 괜히 걸었나 싶었다. 프레데릭과 헤어지고 불안정한 프리랜서 벌이로 아들과 살아가게 된다면 어느 때보다 돈이 필요할 터였다. 하지만 그런 얘기를 구구절절 할 수는 없었다.

"일거리가 있으면 전화 주세요." 카밀라가 한 발 물러서며 말했다. "괜찮은 기사거리가 있으면 저도 연락할게요."

"좋아, 그럼 그렇게 하는 걸로 하지." 호이어가 느긋한 목소리로 말했다. 하지만 아무것도 약속하진 않았다. 카밀라는 그의 거절을 알아차렸다. 기사거리를 팔겠다고 연락하는 수많은 프리랜서에게 그가 늘 했던 말을 카밀라는 잊지 않았다. 그럼 그렇게 하는 걸로 하지. 하지만 그 뒤로 연락하는 꼴을 보지 못했다.

카밀라는 괜히 걸었다고 후회하며 전화를 끊었다. 바로 그때 사이드미러에 비친 경광등 불빛이 눈에 들어왔다. 통화하는 데 정신이 팔려 경찰차가 따라온다는 사실을 몰랐다. 경찰차가 가까이 다가오더니 차를 세우라는 신호를 보냈다.

"염병할!" 카밀라는 욕설을 내뱉으며 휴대폰을 조수석에 던졌다.

"아주 비싼 통화가 됐군요." 카밀라가 창문을 내리자 경찰이 한마디 툭 내뱉었다.

"그러게요." 카밀라가 면허증을 내밀며 말했다.

"핸즈프리 장치도 설치하셨네요." 경찰이 몸을 숙여 차 안을 들여다보며 말했다. "저걸 사용했더라면 딱지를 끊지 않아도 됐을 텐데."

카밀라는 몸을 돌려 경찰을 쳐다봤다. "일진이 무지하게 사나운 날이니까 군소리 말고 딱지나 한 장 끊어 주세요. 아니, 두 장을 끊어 준대도 상관없어요." 카밀라가 땍땍거렸다.

"이참에 제대로 반성하면 좋을 텐데." 경찰이 혼잣말하듯이 중얼거렸다. "운전 중에 휴대폰을 사용하는 건 위험합니다. 다 알면서 그러시네."

카밀라는 욱하는 성질이 발동하지 않도록 이를 악물었다. 억지웃음처럼 보이지 않도록 젖 먹던 힘까지 끌어 모아 간신히 미소를 지었다.

"물론이죠. 당연히 심각하게 생각하고 반성해야죠."

카밀라는 일단 성질 죽이는 것부터 배워야 한다고 생각하며 경찰이 내미는 딱지를 공손히 받아들었다.

"안녕히 가세요." 자기 차로 돌아가려는 경찰에게 카밀라가 말했다.

"당신도!" 경찰이 가려다 말고 어색하게 웃으며 덧붙였다. "일진이 벌써 좋아진 것처럼 들리네요."

카밀라는 경찰차가 떠날 때까지 가만히 기다렸다.

안타깝게도 경찰의 말은 사실이 아니었다. 그녀의 일진은 더 나빠질 수 있었다. 호텔로 가서 프레데릭을 만날 일이 남았던 것이다.

29

루이세는 병원 매점에서 샌드위치와 스프라이트를 구입한 뒤 벤치에 앉아서 먹었다. 병실로 돌아가 비튼에게 애인 이름을 다시 물어볼까 싶었지만 남편이 있는 자리에서 실토할 리 없었다. 비튼이 집으로 돌아간 뒤에 기회를 엿보는 게 나을 성싶었다.

넓은 주차장을 막 빠져나오는데 에이크에게 전화가 왔다. 그는 엘리스룬드에서 근무했던 직원들을 일일이 조사했고, 당시 근무했던 의사의 미망인과는 만날 약속까지 잡았다고 전했다.

"사망 진단서에 서명한 사람은 그녀의 남편이었대요. 저녁 7시에 솔로드에서 만나기로 했어요. 당신도 그쪽으로 올 수 있어요?" 에이크가 물었다.

앞으로 1시간 뒤였다. 루이세는 시계를 확인하며 로스킬레에서 할 일은 모두 끝났다고 말했다.

"의사의 미망인인 비르테 홀스테드를 같이 만나든 나 혼자 만나든 상관없습니다." 에이크가 말했다.

"같이 만나요." 루이세가 황급히 말했다. 아까 비튼을 면담하러 호발소를 떠나면서 에이크에게 전화했을 때, 그는 과거에 엘리스룬드에서 근무한 사람들을 찾느라 몹시 지쳐 있었다. 그런데도 여태 사무실에 있었다니 새삼 놀라웠다.

루이세는 멜빈을 만날 시간을 뒤로 미룰 그럴싸한 핑계가 생겼다. 커뮤니티 가든 프로젝트에서 빠지겠다는 말을 꺼내기가 쉽지 않던 차였다.

루이세가 솔로드 기차역 뒤 주택가로 접어들자 노란 단독주택 앞에 에이크가 서 있었다. 에이크는 담배를 발로 비벼 끄고 루이세의 차가 있는 쪽으로 걸어왔다. 단독주택 진입로에 노부인이 목발을 짚고 달갑잖은 표정으로 그들을 기다리고 있었다.

"안으로 들어가죠." 미망인이 말했다. 그녀는 최근에 엉덩이 수술을 받아 목발을 짚어야 한다고 설명했다.

미망인은 두 사람을 거실로 안내했다. 활짝 열린 테라스 문으로 스며든 저녁 햇살이 거실 바닥을 환하게 비췄다. 루이세는 내심 커피 한 잔쯤 대접해 주길 기대했지만 전직 의사의 미망인은 그럴 생각이 전혀 없어 보였다.

게다가 앉으라고 권할 때도 안락한 소파 쪽은 거들떠보지도 않았다. 그 대신 등받이가 높은 식탁 의자를 빼내며 말했다. "여기 앉아요." 그런 다음 절뚝거리며 맞은편 자리로 걸어갔다. "그런데 이렇게 뜬금없이 에른스트에 대해 얘기하러 온 이유를 모르겠군요. 그이를 묻은 지가 언젠데…. 그 사이 우리 애들도 손자를 봤어요."

"네, 무척 놀라셨을 거라 생각합니다." 에이크가 가죽 재킷을 벗고 딱딱한 의자에 앉으며 말했다. "아까 전화로 말씀드렸다시피 저희는 돌아가신 남편 분보다는 엘리스룬드에 대해 이야기하고 싶어서 이렇게 찾아왔습니다."

루이세는 이야기를 시작하는 에이크를 넌지시 쳐다봤다. 중저음의 목소리가 상냥하면서도 믿음직하게 들렸다. 깍지 낀 두 손은 테이블에 내려놓았고 미망인을 바라보는 눈빛은 꽁꽁 언 얼음도 녹일 것 같았다.

"저희는 오래된 실종 사건을 조사하고 있습니다. 그와 관련해서 엘리스룬드가 폐쇄되기 전에 근무했던 사람들을 찾아다니고 있습니다. 남편 분도 당시에 거기서 근무하셨다고 들었습니다."

"남편은 거기서 일하다 자살했어요." 미망인이 에이크의 말을 바로잡았다.

"그게 무슨 말씀이세요?" 루이세가 끼어들었다.

비르테 홀스테드가 루이세 쪽으로 천천히 몸을 돌렸다.

"스스로 목숨을 끊었다고요." 미망인이 말했다. "그인 우리 가족의 삶을 망가뜨렸어요." 꾹 다문 입술과 달리 허공을 바라보는 미망인의 시선은 속절없이 흔들렸다.

"그게 언제였죠?" 루이세가 몸을 앞으로 내밀며 물었다.

미망인은 의자 뒤쪽으로 미끄러지려는 목발을 붙잡으며 말했다.

"그들이 목을 맨 그 사람을 끌어내린 건 1980년 3월 18일이었어요." 미망인은 목발을 바닥에 내려놓더니 담담한 목소리로 말을 이었다. "거기서 무슨 일이 벌어진다는 낌새는 그 전부터 느꼈어요. 남편은 우리에게서 점점 더 멀어졌어요. 갈수록 압박에 시달리고 고립됐어요. 그이가 죽고 나서야 그 사건에 대해 들었어요."

"그 사건이라뇨?" 루이세가 물었다.

"남편은 징계 위원회에 회부되었어요. 의료법상 심각한 불법 행위를 저질렀다는 의심을 받았대요. 하지만 그들은 진상을 제대로 규명하지 못했어요."

미망인은 말을 마치고 어깨를 쭉 펴며 그들을 바라봤다.

"남편은 마음이 약해서 뭐든 거절하지 못하는 사람이었어요."

"좀 더 구체적으로 말씀해주시겠어요?" 에이크가 참을성 있게 부탁했다.

"그곳 원장이 남편의 실수를 포착했나 봐요. 남편은 그 뒤로 원장의 손아귀에서 놀아났어요. 그러다 압박이 너무 심해졌던가 봐요. 당시엔 굉장히 힘들었지만 이제 와서 생각하면 그게 최선이었어요."

"남편 분의 죽음이?"

루이세의 질문에 미망인이 고개를 끄덕였다.

"아니, 어째서요?"

"어떤 환자가 폐렴으로 죽었는데 남편이 제때 치료해주지 않았기 때문이라고 하더군요."

"죽은 사람이 어린 여자아이였나요?" 루이세가 식탁 위로 올라갈 듯이 몸을 내밀며 물었다.

미망인이 루이세를 쳐다보며 고개를 저었다.

"덜떨어진 사내아이였어요." 미망인이 대수롭지 않게 대답했다. "그이가 죽고 나서야 다른 혐의도 받았다는 걸 알았어요. 앞서 사건보다 훨씬 더 심각한 징계 사유였어요. 단순히 해고로 끝날 일이 아니었어요. 자살하지 않았다면 옥살이를 면하기 어려웠을 거예요."

"무슨 일이었습니까?" 에이크가 재빨리 물었다.

미망인이 한숨을 푹 내쉬었다. "그 당시 엘리스룬드에서 무슨 일이 있었는지 알고 싶으면 보딜 파코브한테 가서 물어보세요. 그 여자가 원장이었으니까. 무슨 일이 있었는지는 그 여자가 제일 잘 알겠죠."

루이세를 바라보는 미망인의 시선엔 숱한 세월 동안 겪어온 고통이 담겨 있었다.

"혹시 남편 분이 돌아가시기 전에 열일곱 살 난 쌍둥이 자매에게 사망 진단서를 발부했다는 얘길 들어보셨나요?"

확신할 순 없었지만 미망인이 고개를 흔들기 전에 움찔하는 것 같았다고 루이세는 생각했다.

"쌍둥이 중 한 명이 얼마 전에야 사망했거든요." 루이세가 말했다. "그렇다면 그 당시에 죽지 않았다는 뜻이죠. 우린 남은 한 명이 아직 살아 있는지, 그리고 자매가 엘리스룬드에서 어떻게 사라졌는지 알아야 합니다."

"그건 말할 수 없어요." 비르테가 몸을 축 늘어뜨리며 대답했다. "쌍둥이 자매에 대해선 아무 얘기도 못 들었으니까."

미망인은 부쩍 지쳐 보였다. 위조된 사망 진단서에 대한 질문에서 그녀가 보였던 반응과 비교하면 리세메테에 대해 아는 게 없다는 말은 사실인 것 같았다.

"남편 분과 같이 엘리스룬드에서 근무했던 사람들 중에 혹시 기억나는 이름이 있습니까?" 루이세가 이미 자리에서 일어났는데도 에이크는 끈질기게 물었다.

"그들에 대해선 아무것도 몰라요." 미망인이 나직이 대답했다. "남편은 집에 돌아온 뒤에 환자나 직원에 대해선 한 마디도 하지 않았어요. 그 점은 참으로 고맙게 생각하고 있어요."

미망인은 두 사람을 배웅하려고 몸을 숙이고 바닥에서 목발을 집어 들었다.

"아, 나오지 마세요. 알아서 가겠습니다." 루이세가 황급히 말했다. 에이크도 자리에서 일어나며 시간을 내줘서 고맙다고 인사했다.

"이만하면 한잔 걸치고 싶지 않나요?" 단독주택 앞 도로로 나왔을 때 에이크가 한숨을 내쉬며 말했다. "사는 게 뭔지! 저 안에서 지난 30년 동안 얼마나 통탄하며 살았을까요?"

루이세는 어깨를 으쓱하며 차 쪽으로 걸음을 옮겼다. "어쨌든 이상적인 부부 관계를 유지했던 것 같지는 않네요." 루이세가 수긍하며 에이크에게 차를 어디에 세웠느냐고 물었다.

"기차가 더 빨라서 두고 왔습니다."

그는 시다브넨 근처까지 태워다 주겠다는 루이세의 제안에 냉큼 차에 올랐다.

루이세가 울라스 앞에 차를 세우자 에이크가 또다시 한 잔 하고 가자고 권했다.

"딱 한 잔만 하고 갑시다. 내가 살게요."

"그가 업무에 태만했기 때문에 환자들이 죽었어요."

울라가 테이블에 맥주 두 잔을 내려놓고 간 뒤에 루이세가 말했다. 술집엔 연기가 자욱했다. 두 사람이 앉은 테이블 뒤에서 남자 넷이 당구를 치고 있었다. 루이세는 주크박스에서 나오는 시끄러운 노래에 말소리가 묻힐까 봐 몸을 앞으로 내밀었다.

"하지만 어떤 사람이 사망 진단서가 발부된 뒤에도 살아 있다면, 단순히 업무 태만으로 치부할 수 없죠." 루이세가 고개를 저으며 말했다. "그가 리세메테에게 사망 진단서를 써주는 대가로 뭘 얻었을까요? 그리고 그가 원장의 손아귀에서 놀아났다는 미망인의 말은 무슨 뜻일까요?"

에이크는 고개를 꺾고 한 잔 쭉 들이켠 뒤 울라에게 잔을 높이 들어보였다. 한 잔으로 끝낼 위인이 아니었다.

"그가 스스로 목숨을 끊은 것도 심상치 않아요." 에이크가 테이블에 담배를 꺼내 놓으며 말했다. "담배 한 대 피워도 될까요?"

루이세가 웃으며 고개를 끄덕인 뒤 주변을 둘러봤다. "새삼스럽게! 당신이 안 피운대도 이미 연기 소굴인데요."

"그는 자신의 실수로 초래된 결과에 책임지겠다는 뜻을 모두에게 보여주려고 자살을 택했던 겁니다." 에이크가 본론으로 돌아와 말했다.

"그런데 왜 그렇게 극단적인 방법을 택했을까요?" 루이세가 물었다. 그 순간 불룩한 배에 가죽 조끼를 걸친 남자가 불쑥 다가와 루이세에게 춤을 청했다.

"요네, 썩 꺼져!" 에이크가 손사래를 치면서 말했다.

울라스에 손님이라곤 여덟이나 아홉 명뿐이었다. 당구 게임을 하는 무리를 제외하면 다들 카운터 주변에 몰려 있었다. 우람한 팔뚝을 자랑하는 울라가 이따금 에이크와 루이세의 테이블로 시선을 던지며 그들을 즐겁게 해주고 있었다.

"상황이 종료됐기 때문이죠." 에이크가 루이세의 질문에 대답했다. "그가 이미 종료된 사태의 책임을 떠안았던 거예요."

"리세메테와 관련된 일이었을까요?" 루이세가 추측했다.

에이크가 마지막으로 한 잔만 더 시켜 나눠 마시자고 하자 그녀도 동의했다.

30

전화벨 소리에 잠이 깬 루이세는 온몸이 쿡쿡 쑤셨다. 밤 11시경, 택시를 타고 프레데릭스베르에서 내렸다. 집에 들어와선 소파에 누워 죽은 듯이 잤다. 마지막 잔이라고 했던 것은 결국 또 다른 잔의 시작이었다.

술로 진실 게임을 하면서 에이크에 대해 몇 가지 사실을 알아냈다. 그는 복장에 신경 쓰지 않아서 옷장이 검정색 일색이라고 했다. 한꺼번에 여러 벌 살 수도 있고 뭘 입을지 고민할 필요도 없으니 세상 편하다는 이유였다. 그 정보를 얻는 대가로 루이세는 맥주를 한 잔 사야 했다. 에이크는 시다브넨 부두에서 날씨에 상관없이 아침마다 수영한다는 사실을 털어놓으면서 손님들 모두에게 한 잔씩 돌렸다.

하지만 사생활에 대한 질문엔 입을 꾹 다물었다. 물론 루이세도 전에 사귀던 남자친구와 톰슨에 대한 질문엔 별반 다르지 않았다.

휴대폰이 끈질기게 울렸다. 디나가 축축한 코를 얼굴에 문지르자 루이세는 자신이 죽진 않았나 보다고 생각하며 휴대폰을 집어 들었다.

"나 결혼해!" 루이세가 전화를 받자 카밀라가 대뜸 소리쳤다.

"흠," 루이세가 디나를 밀쳐내며 대답했다. "결국 목사의 요구를 들어주기로 한 거니?"

"천만에!" 카밀라가 웃었다. "난 오늘 결혼할 거야. 시청에서 11시에. 프레데릭이 알아서 다 준비했대."

루이세는 벌떡 일어나 앉았다.

"시간 맞춰 못 갈 것 같은데." 꽃다발과 샴페인을 들고 나타나길 기대할까 봐 루이세가 걱정스레 말했다.

"부르지도 않을 거야. 우린 결혼식을 마치고 하루 종일 샴페인을 마시며 침대에서 뒹굴 거야."

카밀라가 다시 웃었다.

"너 취했니?" 루이세가 어리둥절한 목소리로 물었다. "지금 어디야?"

"프린드센 호텔이야. 프레데릭이 스위트룸을 잡아놨어. 내가 도착하기 전에 빨간 장미꽃잎을 쫙 깔아놨더라고."

"오늘 아침에?" 루이세는 물어보면서 휴대폰으로 시간을 확인했다. 늦잠을 잤을까 봐 지레 겁을 먹었는데 겨우 7시 4분이었다.

"아니, 어제부터 여기 있었어."

"그래, 둘이 화해했다니 다행이다." 루이세가 하품을 하면서 말했다. "마커스는 뭐래? 같이 있니?"

"아니, 마커스는 아무것도 몰라. 어제 오후에 엘리스룬드에서 돌아오는 길에 잠깐 통화했어." 카밀라가 코웃음을 쳤다. "친구네서 집까지 걸어가기 싫다고 전화했더라고. 알아서 걸어가라고 했더니 그냥 친구네서 잤나봐. 시청에 다녀온 뒤에 데리러 갈 거야."

루이세가 몸을 똑바로 세우고 앉았다. "어제 엘리스룬드에 갔다고?" 깜짝 놀라 묻는데 수화가 너머에서 프레데릭의 목소리와 문 닫히는 소리가 들렸다. "거기 가서 뭐 했는데?"

"사망 진단서가 발급되던 당시 그곳 원장은 파코브라는 여자였대."

"그건 이미 알고 있어." 루이세가 짜증스럽게 대꾸했다.

"엘리스룬드를 나온 뒤에 그녀는 에브스트럽 요양원에서 일했대. 하긴 거기도 폐쇄됐다더라. 하지만 내가 알기론 지금도 숲에서 살고 있대." 카밀라가 계속 설명했다. "직접 찾아가서 만나보려고 했는데, 알다시피 더 중요한 일이 생기는 바람에…." 카밀라가 잠시 웃더니, 결혼한 후 자기가 다시 일을 시작하는 것에 프레데릭도 동의했다고 덧붙였다. "난 바쁘게 뛰어다닐 기사거리가 없으면 통제 불능이잖아."

"자, 잠깐 입 좀 다물어 줄래?" 루이세가 친구의 말을 중단시켰다. 그러자 호텔 방에서 접시와 은식기가 달그락거리는 소리가 더 크게 들렸다. "그녀가 에브스트럽 요양원에서 일했던 건 어떻게 알았어?"

"〈덴마크 명사 인명록〉도 뒤지고 인터넷도 검색해서 알아냈지. 그녀는 부케스코브 로드에 살아."

"그럼 보딜 파코브가 '사냥터 관리인의 집'에 사는 그 보딜을 말하는 거야?"

"거길 뭐라고 부르는지 내가 어떻게 알아?"

루이세는 생각을 정리하려고 애썼다.

"아무튼 그녀는 쌍둥이 자매가 죽을 때 엘리스룬드에 있었어." 카밀라가 덧붙였다. "그런데 얼마 있다가 그만뒀어. 릴리안도 그 당시 거기 있었고."

"어떻게 그런 일이!" 루이세는 벌떡 일어났다. 보딜이 리세메테의 현재 사진은 못 알아볼지언정, 적어도 당시 엘리스룬드에 있었던 쌍둥이 자매가 어떻게 그곳을 떠났는지는 말해줄 수 있을 것이다.

"당장 보딜을 만나러 갈 거예요." 루이세가 사무실로 뛰어들며 소리쳤다.

루이세는 출근 전 아침에 프레데릭스베르 공원에서 디나를 산책시키다 시간을 지체했다. 산책을 빨리 마치려고 목줄을 풀어주는 바람에 오히려 늦어졌다. 루이세가 불러도 디나는 돌아오지 않았다. 15분쯤 헤매다 갈색 래브라도 레트리버와 잔디에서 구르는 디나를 간신히 찾아냈다.

루이세는 머리에 얹은 선글라스를 뺐다. 자전거를 쌩쌩 타고 왔더니 젖은 머리가 저절로 말랐다. 에이크의 얼굴에서 신경 좀 쓰고 오지 그랬냐는 듯한 표정을 읽을 수 있었다.

"그 다음엔 릴리안과도 얘길 나눠봐야 해요. 그녀는 그때도 엘리스룬드에서 근무했대요." 루이세는 카밀라가 전날 치료 센터에 다녀온 얘기를 간단히 들려줬다.

"그나저나 간밤엔 즐거웠습니다." 에이크가 쉰 목소리로 말했다.

그제야 루이세는 그를 제대로 쳐다봤다.

"맙소사! 무슨 일 있었어요?"

에이크의 눈 밑이 퉁퉁 부어서 눈이 더 작아 보였다. 왼쪽 관자놀이엔 심하게 긁힌 자국도 있었다.

"당신을 집에 돌려보내는 게 생각보다 쉽지 않더군요." 에이크가 상처 부위를 문지르며 말했다. "그리고 오늘 아침에 물속으로 뛰어들 때 부두까지 거리를 잘못 계산했어요."

"꼴이 말이 아니네요. 차는요? 그 상태로 운전했어요?"

"네. 내 차로 가면 돼요. 저쪽에 잘 세워 뒀으니까." 에이크는 잠시 매점에 들러 먹을 걸 사고 싶다고 덧붙였다. "아침은 먹고 나왔어요?"

루이세는 아침에 식사는커녕 차 한 잔 마실 여유도 없었다. 자리에서 일어서는 에이크를 향해 고개를 저었다. 옆으로 지나가는 에이크에게서 술 냄새가 진동하지는 않았다.

에이크가 먹을 걸 사는 동안 루이세는 호발소에 다녀오겠다고 보고하러 론하트 총경에게 향했다.

"멋지시네요!" 사방으로 뻗친 루이세의 머리를 가리키며 한느가 말했다. 어리둥절한 루이세가 입구에서 잠시 머뭇거리자 한느가 들어가도 좋다는 뜻으로 고개를 끄덕이며 말했다.

“총경님은 바쁘지 않으세요.”

“이것 좀 봐.” 루이세가 들어가자 론하트 총경이 창 쪽으로 오라고 손짓하며 말했다. 노란색과 갈색이 어우러진 커다란 꽃이 보였다.

“흐발소에 다녀올게요.” 루이세는 그렇게 말한 뒤 바로 돌아 나오려고 했다.

“개불알난lady's slipper이야.” 총경이 애정 어린 목소리로 말했다. “유럽 전역에서 자라는 난 중에 가장 크고 귀한 품종이지. 딱 2주 동안만 꽃을 피워. 어때, 예쁘지 않아?”

난초에는 문외한이었지만 루이세 눈에도 커다란 꽃이 예뻐 보이긴 해서 고개를 끄덕였다.

“참, 홀베크 경찰서에서 전화가 왔는데 자네와의 공조수사에 아주 흡족한 눈치야.”

“그래요?” 루이세가 문고리를 잡으며 말했다. “다행이네요. 그쪽도 할 일이 아주 많은가 봐요. 숲에서 발생한 살인 사건에 조깅하러 나갔다가 여태 돌아오지 않은 여자까지…”

“특별수색팀이 자리 잡지 못해도 자네가 돌아갈 자리는 확실히 있겠군.” 총경이 난초에서 손을 떼며 말했다.

“그런 자린 필요 없을 거예요.” 루이세가 톡 쏘아붙였다. “특별팀이 제대로 자리 잡을 테고 제가 홀베크로 갈 일은 전혀 없을 거니까요.”

루이세는 복도를 걸으면서 생각했다. 론하트가 조만간 특별수색팀에 대해 비관적으로 떠벌릴 게 뻔했다. 때마침 에이크가 저지방 우유와 샌드위치 롤을 종이 접시 두 개에 받쳐 들고 멀쩡하게 걸어오는 모습이 보였다. 자주 취한 상태로 지내면 숙취에 덜 시달리나 보다.

"가면서 먹을 거죠?" 에이크가 음식을 가리키며 물었다.

"그래야죠." 루이세는 마음을 가라앉히고 에이크 쪽으로 걸어갔다. "얼른 출발합시다!"

31

루이세와 에이크가 하얀 대문 앞에 차를 세우는데도, 보딜의 남편 요르겐은 등을 구부린 채 안뜰의 자갈을 고르느라 여념이 없었다. 그러다 인기척을 느꼈는지 동작을 멈추고 고개를 돌렸다. 그는 챙 달린 모자를 귀밑까지 푹 내려 쓰고 있었다. 푸른색 작업복에 손을 쓱쓱 문지른 뒤 몸을 곧추 세웠다. 그리고 팔짱 낀 두 팔을 삽 손잡이에 걸쳐 놓고 그들이 차에서 내리는 모습을 유심히 쳐다봤다.

요르겐은 그들을 위해 문을 열어주러 나오지 않았다. 루이세가 대문까지 걸어가 손잡이를 누르는데도 여전히 움직이지 않았다.

"요르겐, 안녕하세요? 보딜은 집에 있어요?" 루이세가 대문을 밀어 열면서 물었다.

"보딜." 요르겐이 집 쪽을 가리키며 말했다.

그는 삽을 자갈 바닥에 내려놓고 현관을 향해 어기적어기적 걸어갔다. 루이세는 마당 안으로 들어와 기다렸다. 에이크는 이쪽 동정을 살피며 차 옆에 머물렀다.

요르겐이 활짝 웃으며 보딜과 함께 돌아왔다.

보딜의 손을 꼭 잡고 선 요르겐은 가장 아끼는 인형을 가져온 듯 즐거워 보였다.

"전에 말한 밴 때문에 왔어?" 보딜이 인사한 뒤에 물었다.

"요르겐이 어제도 봤다던데. 이번엔 숲에서 나오더래." 보딜은 고갯짓으로 에븐소 호수 쪽과 '찌르레기의 집'으로 이어지는 도로를 가리켰다.

"흰색 토요타 말이죠?" 에이크가 다가오며 물었다. 요르겐은 어느새 검정색 지프 체로키를 살피러 밖으로 나갔다.

"그래. 실은 전화로 알려줄까 싶었는데." 보딜이 말했다.

"언제 보셨어요?" 루이세가 전날 아침 벌어진 성폭행 사건을 떠올리며 물었다.

"대여섯 시쯤이었나? 저녁을 먹으려던 참이었어. 요르겐이 배고프다고 해서 평소보다 일찍 먹었거든."

보딜의 남편은 차를 한 바퀴 휘 둘러본 뒤 커다란 범퍼를 감탄스럽게 바라봤다.

"저이는 자동차라면 사족을 못 쓴다니까." 보딜이 웃으며 말했다.

밤나무 가지가 바람에 살랑거릴 뿐 안뜰은 참으로 평온했다. 루이세는 평화로운 정경에 취해 정작 찾아온 용건을 꺼내 놓기가 주저됐다.

"설마 키를 안에 두고 내린 건 아니지, 그렇지?" 보딜이 불안스레 물었다. "저이가 운전할 줄 알아서가 아니라 가끔 자신의 한계를 잊어버릴 때가 있어서 말이야."

"갖고 나왔습니다." 에이크가 키를 흔들어 보여준 뒤 검정 바지 주머니에 다시 찔러 넣었다.

"보딜, 실은 드릴 말씀이 있어서 왔어요." 루이세가 결국 이야기를 시작했다. "잠깐 안으로 들어가도 될까요?"

루이세는 리세의 사진을 가방에 챙겨 왔다. 숲의 나무 꼭대기 위로 구름이 모여들고 바람도 점점 거세졌다. 금방이라도 비가 쏟아질 것 같았다. 루이세는 시계를 힐끔 확인했다. 카밀라가 로스킬레 시청에서 1시간 반 뒤에 결혼식을 올릴 예정이었다. 보딜은 집 쪽을 가리키며 안으로 들어가라고 말한 뒤 외양간 창문을 닫았다.

루이세가 지나가도록 에이크가 현관문을 잡아주었다. 그는 혈색이 좀 돌아오긴 했지만 여전히 피곤해 보였다. 루이세는 왠지 그게 자기 탓인 것 같다는 생각이 들었다.

커피 테이블에는 손으로 그린 도자기 접시가 잔뜩 쌓여 있었다. 섬세한 꽃무늬에 감탄이 절로 나왔다. 에이크는 들어오다 말고 현관 옆 벽에 걸린 수렵용 나팔들을 구경했다. 번쩍번쩍 빛나는 청동 나팔이 천장 높이까지 잔뜩 진열되어 있었다. 루이세는 에이크의 뒷모습을 잠시 바라봤다. 검정 티셔츠에 가려진 다부진 어깨, 바지가 헐렁해 보일 정도로 쫙 올라붙은 엉덩이가 유난히 눈에 들어왔다.

"요르겐이 수집하는 거야." 보딜이 거실로 들어오며 루이세에게 말했다. "요르겐이 마음에 드는 꽃을 찾아오면 내가 접시에 그려줘. 꽃무늬가 겹치지 않도록 어젯밤에 접시를 일일이 확인했다니까."

보딜이 웃으면서 커피를 마시겠냐고 물었다.

"아뇨, 됐습니다." 에이크가 현관 쪽에서 황급히 대답했다. 루이세는 그가 이 방문을 서둘러 마치고 싶은가 보다고 생각했다.

"전 한 잔 주세요." 루이세가 에이크의 눈치를 살피며 말했다.

에이크는 루이세를 제지하더니 보딜에게 사냥 나팔들이 어디서 났느냐고 물었다.

"아버지가 사냥을 즐겨 했어." 보딜이 웃으며 말했다. "예어스프리스에 커다란 수렵 별장까지 두고서 사냥철이 시작되면 집에 들어오지도 않았다니까. 하긴 워낙 바쁜 분이라 평소에도 잘 들어오지 않았지. 어쨌든 총을 들고 집을 나설 때면 그렇게 즐거워 보일 수가 없었어." 보딜의 미소가 문득 서글픈 표정으로 바뀌었다. 그러더니 두 사람에게 주방으로 들어오라고 청하고 잔 두 개를 내왔다.

"커피 대신 차를 줄까?" 보딜이 티백을 가리키며 에이크에게 물었다.

에이크가 손을 들어 공손히 사양했다.

"그나저나 할 얘기가 뭐지?" 보딜이 물으면서 주전자를 불에 올리고 인스턴트커피와 티스푼을 내왔다.

루이세는 가방에서 리세의 사진을 꺼냈다. "저번에 여기 왔을 때 이 여자를 아느냐고 여쭤봤죠?"

보딜은 루이세가 건넨 사진을 들고 창가로 걸어갔다. 한참 바라보더니 다시 테이블로 돌아와 사진을 내려놓았다.

"본 기억이 없는데." 보딜은 돌아서서 주전자를 가지러 갔다. “우유도 넣어줄까?”

루이세가 고개를 저었다. “엘리스룬드가 폐쇄되기 직전까지 원장으로 계셨다는 얘길 들었어요.” 루이세는 보딜이 흠칫 놀라더니 고개를 끄덕이는 모습을 유심히 지켜봤다.

“그래. 거기서 1973년부터 1980년까지 근무했어.”

“리세 엔더슨과 동생인 메테 엔더슨은 엘리스룬드에서 자랐습니다. 원장으로 근무하신 기간에 자매도 그곳에서 살았습니다.” 에이크가 말했다. 그는 보딜이 테이블로 다가오자 의자를 하나 빼주었다.

“그 쌍둥이.” 보딜이 사진을 집어 들고 다시 찬찬히 살폈다.

그녀는 리세의 사진을 바라보면서 한동안 생각에 잠기는 듯했다. 그러더니 고개를 들고 잠시 머뭇거리다 이야기를 시작했다.

“쌍둥이 자매는 물론 기억해. 그 당시 입소자는 모두 번호가 붙었어. 자매는 51번과 52번이었지. 하지만 둘 다 죽었어.”

“자매가 죽던 날 근무하셨나요?” 루이세가 물었다.

보딜은 허공을 바라보다 고개를 천천히 흔들었다. “내가 엘리스룬드를 떠나던 날이었는데, 하도 오래 전 일이라 잘 기억나진 않네. 자매는 내가 떠나기 며칠 전에 입원실로 보내졌어. 한 이틀 고열에 시달린 데다 아파서 일어나지도 못했거든.”

"자매가 죽던 날 무슨 일이 있었죠?" 루이세가 물었다. 그런데 때마침 요르겐이 현관에서 부르는 바람에 보딜이 고개를 돌렸다.

"잠깐만." 보딜은 일어나서 요르겐에게 걸어갔다. 곧 다시 돌아와 노란 장미 두 송이를 루이세에게 내밀었다. "요르겐이 당신을 위해 꺾어왔대."

루이세는 고맙다고 말한 뒤 꽃을 테이블에 내려놓았다. 그리고 리세메테가 입원실에서 사라진 날 무슨 일이 있었는지 재차 물었다.

"난 짐을 꾸리고 있었어." 보딜이 아주 오래된 기억을 끄집어내듯 천천히 이야기를 시작했다. 그녀는 본관에 있는 원장 숙소에서 지냈다고 했다. 다음날 아침에 짐꾼이 오기로 해서 전날 미리 짐을 정리했다. "다음날 떠날 때 보니 조기가 걸렸더군. 쌍둥이가 죽은 게 전날 밤인지 새벽인지 정확히 기억나진 않아."

"그 당시 근무했던 의사 말인데요." 루이세가 계속했다. "사망 진단서에 서명한 사람이 그 의사였어요. 그 사람에 대해 얘기해 주세요."

"그 사람도 죽었어."

"그건 우리도 알고 있어요." 루이세가 보딜의 말을 잘랐다. "자매가 1분 간격으로 죽었다는 게 너무 이상해요. 그때 거기 있었으니 내막을 아실 거 아니에요. 그런 일이 어떻게 가능하죠?"

보딜이 손깍지를 끼고서 테이블을 내려다보다 한참 만에 고개를 들었다.

“그 의사 때문에 안 좋은 일이 몇 차례 있었어.” 보딜이 헛기침을 한 뒤에 이야기를 계속했다. “아마도 둘 중 하나가 먼저 죽었겠지. 하지만 서류 작업을 게을리했다가 나중에 같은 시간을 기입했나 봐. 정확히는 나도 몰라.”

보딜이 잠시 입을 다물었다. 어디까지 얘기할까 고민하는 듯했다.

“당시엔 오류가 많았어. 요즘엔 그걸 의료 과실로 부르며 환자 인권 위원회에 바로 보고하지만….” 보딜이 한숨을 길게 내쉬었다. “그땐 사람들이 정신박약자 시설에 관심을 별로 기울이지 않았거든. 그래서 사망 진단서로 그런 의료상 과실을 쉽게 숨길 수 있었어.”

“하지만 리세는 죽지 않았어요.” 루이세가 말했다.

“그 의사는 목매 죽었어. 필시 그럴 만한 사정이 있었을 거야.” 보딜이 말했다. 하지만 루이세의 질문엔 제대로 답해줄 게 없다며 사과했다.

크게 상심한 루이세는 인스턴트커피를 다 마신 뒤 한숨을 크게 내쉬었다. 자리에서 일어나려는데 에이크가 보딜에게 예전부터 줄곧 요르겐을 돌봤느냐고 물었다.

보딜이 고개를 살짝 끄덕였다. “다행히 그럴 수 있었어.”

루이세가 일어나자 에이크도 눈치껏 일어났다. 보딜은 두 사람을 배웅하러 마당까지 따라 나왔다. 다 같이 차 쪽으로 걸어가는데 요르겐이 운전석에 앉아 운전대를 붙잡고 있는 모습이 보였다.

"1980년 2월 27일에 엘리스룬드 입원실에서 무슨 일이 있었는지 정확히 알아야 해요." 루이세는 보딜과 나란히 걸으며 말했다. "아울러 자매 중 나머지 한 명도 찾아야 해요. 당시 거기서 일했던 직원 중에 기억나는 사람이 있으세요?"

"30년이라는 세월이 흘렀어." 보딜은 시간이 많이 흘렀다는 점을 강조했다. "게다가 난 사람 이름을 잘 기억하지 못해."

"릴리안은요? 그녀는 기억하세요?"

"릴리안이라…." 보딜이 기억을 더듬으며 이름을 따라 불렀다. "간호 실습생이 두어 명 있었는데, 하나가 그 이름이었던 것 같군."

보딜이 몸서리를 살짝 치고 나서 겸연쩍게 웃으며 말했다. "엘리스룬드를 그만둘 무렵 썩 좋은 상황이 아니었어." 보딜이 솔직하게 말했다. "그래서 동료들과 따로 연락하고 지내지 않았어. 그들은 내가 너무 엄격하게 군다고 생각했어. 그들은 스스로 식사를 못하는 입소자들을 묶어놓고 먹이는 관행에 반발했어. 우리는 샌드위치를 한 입 크기로 잘라 그릇에 담고 거기에 차를 부은 다음 스푼으로 으깨서 죽처럼 떠먹였어. 그들이 몸부림을 치면 제대로 먹일 수가 없었기 때문이지."

보딜이 머리를 살짝 흔들었다.

"우리가 입소자들보다 좋은 음식을 먹는다는 사실에 반발하는 직원도 꽤 있었어. 하지만 난 그 의견에도 동의하지 않았어. 차와 함께 섞어 준 샌드위치에는 청어뿐만 아니라 간 파테(pate: 고기나 간을 갈아 양념하여 차갑게 한 뒤 빵에 발라 먹음 - 역자 주)와 살라미 소시지까지 들어 있었거든."

"설마 그 세 가지가 동시에 들어가진 않았겠죠?" 루이세가 말했다.

보딜이 의아한 눈으로 루이세를 쳐다보더니 말했다. "물론 다 들어갔지. 그들은 생선과 육류를 골고루 섭취해야 했으니까. 실제로 그렇게 섭취했고. 아무튼 그만둘 무렵엔 직원들과 갈등이 점점 더 심해졌어. 결국 내가 사직서를 내고 나왔어."

요르겐이 차에서 내리자 보딜이 손을 잡아줬다.

루이세는 운전하고 가면서 사이드미러로 노부부가 손잡고 집으로 걸어가는 모습을 쳐다봤다.

다정한 노부부의 모습이 보기 좋았지만 그들의 관계가 늘 그렇게 순탄했을 것 같지는 않았다.

32

에이크가 창문을 내리고 담배에 불을 붙이려는데, 미크에게서 전화가 걸려 왔다. 루이세는 전화를 받기 위해 오래된 제재소 입구에 차를 세웠다.

“부탁 하나만 할게.” 미크가 다짜고짜 말했다. “비튼이 외도 상대의 이름을 도무지 털어놓지 않아. 외도 상대가 그녀를 방문했을 때, 그 자가 집 주변에서 강간범을 목격했을 가능성이 있어서 필히 조사해야 하는데 말이야.”

“그러니까 나더러 비튼을 한 번 더 만나보라는 거야?” 루이세가 물었다.

“아울러 비튼의 남편에게 흰색 밴을 운전하는 사람을 아는지도 물어봐줘.” 미크는 그날 아침에 르네가 장전된 총을 들고 숲에서 돌아다니는 걸 부하들이 목격했다며 우려를 표했다. “물론 그는 강간범을 찾으러 다닌 게 아니라고 잡아뗐어. 어떤 이유로든 난 그가 총을 들고 어슬렁거리지 않았으면 좋겠어. 그리고 내 직감으론, 그 부부는 숲에 자주 찾아오는 사람을 알면서도 숨기는 것 같아.”

“과학 수사관들이 현장에서 찾아낸 건 없어?”

“문 옆에 발자국이 또렷이 찍혀 있었어. 지금은 그 집에 자주 드나드는 사람들의 지문을 확보하는 중이야. 일단 그들은 용의선상에서 배제하려고.”

"자주 드나든다는 이유로 용의선상에서 배제한다고?"

"물론 다 그렇게 하겠다는 건 아니야." 미크는 비튼과 르네가 사람들과 잘 어울리지 않았다고 말했다. "비튼의 어머니와 부부 두 쌍 정도로 제한적이야. 지난 몇 달간 그 집에 다녀간 사람은 그들이 전부야."

"비튼의 외도 상대도 있잖아." 루이세가 덧붙이며, 일단 그 부부를 다시 만나보겠다고 약속했다.

"짜잔! 이젠 샥스-스미스 부인이라고 불러." 수화기 너머에서 카밀라가 기쁨에 겨워 소리쳤다.

"축하해!" 루이세가 수화기를 귀에서 멀찍이 떼어내며 말했다. "정말 반가운 소식이네. 자세한 이야길 듣고 싶지만 지금 중요한 임무를 수행하는 중이야. 끝나면 바로 전화할게. 즐거운 시간 보내. 네가 그렇게 좋아하니까 나도 정말 기쁘다."

"집에 가는 길에 들러서 같이 축배라도 들어줍시다." 에이크가 진지한 얼굴로 제안했다.

루이세가 고개를 저었다. "가도 딱히 반기지 않을걸요. 둘이서만 놀아도 아쉬울 게 없는 사람들이에요." 루이세가 에이크의 제안을 물리쳤다. "실은 비튼과 르네를 만난 후에 우리 부모님 댁에 들러도 되겠냐고 물어보려던 참이었어요. 요나스를 데려와야 하거든요."

루이세는 병원에서 르네와 마주쳤던 순간을 곱씹어 생각

했다. 문 앞에서 잠깐 봤을 땐 그가 아내 문제에 신경 쓰느라 그녀를 알아보지 못했을 수도 있었다. 하지만 이젠 시간이 꽤 지났으니 그녀에 대한 기억이 떠올랐을지도 몰랐다. 어쩌면 그때 바로 알아보고도 모르는 척했을 수도 있다. 뭐가 뭔지 몰라 심란했지만 어떤 상황이 닥치든 일단 부딪쳐 보기로 했다. 그렇게 결심하니 불안한 마음이 조금 가라앉았다. 하지만 막상 '찌르레기의 집'이 가까워 오자 다시 가슴이 조여들기 시작했다.

루이세는 좁은 진입로로 들어가 에이크의 육중한 차를 세우고 사이드 브레이크를 당겼다.

"이거 제대로 작동해요?" 차가 앞쪽으로 출렁 움직이다 멈추자 루이세가 걱정스레 물었다.

"썩 예민하진 않지만 작동하긴 합니다." 에이크는 차에서 내리면서, 길게 자란 풀밭에 껌을 퉤 뱉었다.

이엉을 얹은 농가는 문과 창문이 모두 닫혀 있었다. 적막할 정도로 고요하고 인기척도 없었다. 도로가에 주차된 차만 아니었다면 집 안에 누가 있다는 조짐이 전혀 보이지 않았다.

두 사람은 울퉁불퉁한 돌길을 지나 안쪽 문까지 걸어갔다. 낡은 농가 주택의 벽면을 따라 작은 유리창이 연이어 나 있었다. 하얀 석회를 바른 목제 기둥을 타고 접시꽃 줄기가 처마까지 올라갔다. 줄기 끝에 피어난 접시꽃들이 이엉을 얹은 지붕 바로 밑에서 백조마냥 고개를 수그렸다.

루이세는 문으로 걸어가 똑똑 두드렸다. 문 높이가 워낙 낮아서 들어갈 때 몸을 숙이지 않으면 머리를 찧을 것 같았다. 반대편으로 돌아가면 온수 욕조가 설치된 테라스가 있었다. 뒤뜰 담장 옆에 서 있는 너도밤나무가 무성한 가지를 늘어뜨려, 밖에서 얼핏 봐서는 온수 욕조가 보이지 않았다. 증거 수집이 끝났는지 과학 수사관의 모습은 어디에도 없었다. 통행하지 못하도록 테라스 문 주변에 짤막한 차단 띠만 설치되어 있었다.

기척도 없이 문이 열리더니 비튼이 불쑥 나타났다. 루이세는 엉겁결에 뒤로 한 걸음 물러났다. 가냘픈 비튼의 한쪽 눈자위가 시퍼런 멍과 함께 퉁퉁 부어 있었다. 흰색 가운 차림에 머리 한쪽이 헝클어지고 눌린 것으로 봐서 머리가 젖은 상태로 드러누운 듯했다.

"혼자 있어요?" 루이세가 물었다. 에이크는 멀찍이 뒤에서 있었다.

비튼이 고개를 살짝 저으며 말했다. "들어오세요."

"기분이 좀 나아졌나요?" 루이세가 에이크를 위해 문을 열어둔 채 거실로 들어가며 물었다. 거실 바닥은 배 바닥에 썼던 널빤지를 재활용했는지, 안 그래도 낡은 집이 더 볼품없어 보였다. 전체적으로 바다 느낌을 주려고 가구와 그림이 모두 파랑과 초록 색조로 통일돼 있었다. 거실 한쪽 벽을 다 차지할 정도로 커다란 수족관도 있었다. 스타일의 일관성은 유지했지만 숲 한가운데 자리 잡은 집에 수족관이라니, 너무나 생뚱맞아 보였다. 집 근처에 바다나 항구도 없고 물이라곤 에븐소 호수뿐이었다.

"이젠 괜찮아요." 비튼이 말했다. 어린 여자아이의 입에서 나오는 소리처럼 가냘팠다. 루이세는 그간의 경험상 비튼의 목소리에서 자존감이 결여됐음을 간파했다.

"남편은 어디 갔나요?"

루이세는 비튼의 시선을 따라 뒤뜰을 쳐다봤다.

"그이는 강아지 무덤에 십자가를 세우고 있어요." 비튼이 널찍한 소파에 맥없이 앉으며 말했다. 눈에는 눈물이 그렁그렁했다. "우리 딸이 자꾸 그러자고 해서요."

뒤뜰의 공구 창고 옆에서 발견된 개는 목이 부러지고 상반신이 뭉개진 상태였다. 미크는 눈뜨고 보기 어려울 지경이었다고 전했다.

"딸이랑 나는 차마 보지도 못했어요. 그래서 작별 인사할 기회도 없었어요." 비튼이 훌쩍이며 말했다. "르네가 오늘 아침에 묻었어요. 지금은 그 위에 십자가를 세우고 있어요."

"남편이 때렸나요?" 루이세가 얼굴을 들이대며 물었다.

루이세는 비튼의 부어오른 눈을 유심히 살폈다. 붓는 데 시간이 좀 걸리긴 할 테지만 비튼의 얼굴이 저리 된 건 전날의 손찌검 탓은 아닌 것 같았다.

비튼이 입술을 깨물며 고개를 저었다.

"그럼 누구 짓이죠?" 루이세가 다시 물었다. "어제 나랑 헤어진 뒤로 무슨 일이 있었던 거죠?"

비튼은 대답을 못하고 고개를 돌렸다.

"빌어먹을, 비튼!" 루이세는 전략을 바꿨다. "무슨 일인지 말해요. 바람피운 상대가 누구죠? 당신이 말하지 않아도 우린 어떻게든 알아낼 거예요. 그러니까 지금 솔직하게 털어놓는 게 피차 쓸데없이 힘 빼지 않을 수 있어요."

비튼은 눈물을 쏟으며 가녀린 손으로 입을 틀어막았다.

"당신 남편한테는 말하지 않을게요." 루이세는 이런 조건을 내세우는 게 찜찜했지만 어떻게든 비튼의 입을 열어야 했다.

"그인 이미 알고 있어요." 비튼이 곁눈질로 루이세를 힐끔 살핀 뒤 고개를 숙이며 웅얼거렸다. "병원에서 돌아왔을 때 올레 톰슨이 집 앞에서 기다리고 있었어요. 경찰차가 잔뜩 몰려온 걸 보고 오전에 무슨 일이 있었는지, 또 내가 자기에 대해 말했는지 알고 싶어 했어요."

비튼이 흐르는 눈물을 닦았다.

"올레 톰슨?" 거실엔 두 사람뿐이었지만 루이세가 작은 목소리로 되물었다. "당신이 기다리던 사람이 올레 톰슨이라고요?"

비튼이 움찔하더니 보일 듯 말 듯 고개를 끄덕였다.

"그 사실을 르네가 이미 안다고요?"

"이번에 알게 됐어요. 내가 그날 쉬는 걸 톰슨이 어떻게 알았냐고 그이가 따져 물었어요. 뭐라 둘러댈 말이 없더라고요. 그래서 남편과 톰슨이 서 있는 자리에서 솔직히 털어놨어요."

비튼은 침을 꿀꺽 삼키더니 턱이 가슴에 닿을 정도로 고개를 푹 숙였다.

"남편이 뭐라던가요?" 루이세가 물었다.

비튼이 몸을 똑바로 세우면서 작게 코웃음을 쳤다.

"뭐랬을 것 같아요?"

비튼은 루이세를 쳐다보며 빈정거리는 말투로 물었다. 루이세가 아무 말도 못하자 비튼은 고개를 절레절레 저었다. 귀 뒤로 넘긴 짧은 머리카락이 앞으로 흘러내렸다.

"그인 아무 말 안 했어요. 아니, 아무 말도 못했어요. 애초에 그럴 줄 알았어요. 빅 톰슨한테 누가 감히 뭐라 하겠어요. 그랬다간 일자리를 잃거나 사업체를 빼앗길 텐데. 자동차가 없어지거나 집이 홀라당 타버릴 텐데. 그에 대한 책임은 물론 다른 사람이 뒤집어쓰겠죠. 그러니까 톰슨이 원하는 걸 갖지 못하게 방해하는 사람이 있다면 그야말로 어리석은 사람이죠."

"그가 당신을 원했군요." 루이세가 안타까운 목소리로 말했다.

비튼이 고개를 끄덕였다. "르네가 그 사람 밑에서 일하게 된 뒤로 나도 어쩔 수 없었어요."

"숲에서 일해요?" 루이세가 물었다.

"아뇨. 그인 운전기사예요. 숲에는 그냥 소일거리 삼아 나가는 거예요. 부업으로 트럭을 세 대 운용해요. 그걸로 돈을 벌죠. 두 대로는 자갈 채취장에서 나온 자갈을 운반해요. 르네가 하는 일이 그거예요. 나머지 한 대로 화물을 운반하죠. 그건 톰슨의 사촌, 그러니까 '초원의 집'에 새로 입주한 사람이 운전해요."

루이세가 숨을 깊이 들이마셨다. 그제야 저번에 만난 남자의 행동이 이해가 갔다.

"그럼 남편이랑 단둘이 남았을 때 무슨 일이 있었죠?"

"처음엔 화를 냈어요. 친구라고 생각했던 사람이 자기 마누라를 건드렸으니 오죽 화가 났겠어요. 자기를 얼마나 무시하면 그럴까 싶었는지 상처를 많이 받은 것 같아요. 그러더니 이젠 강간범을 찾는다고 숲을 헤매고 다녀요. 톰슨은 그렇다 쳐도 다른 남자까지 집적거리는 건 참을 수 없나 봐요."

이야기를 다 듣고 나자 루이세는 크게 놀라지도 않았다. 친구 마누라를 몰래 만나러 오는 톰슨의 모습이 떠올랐다. 벌목꾼 차림으로 숲에 들어와 낡은 랜드 크루저를 나무 사이에 숨겨 놓고 뒤뜰을 지나 비튼의 다리 사이로 파고들었을 것이다.

어쩌면 차를 굳이 숨기려 하지도 않고 진입로에 떡하니 세워놨을지도 몰랐다.

르네가 흥분해서 날뛸 만했다. 때마침 그가 문가에 나타났다.

옆에서 에이크가 그의 딸에게 뭐라고 물어보는 듯했다.

"그 자식을 찾았습니까?" 르네가 물었다.

르네가 아내 옆에 앉을 수 있도록 루이세는 팔걸이 의자로 자리를 옮겼다. 그를 가까이서 다시 보니 머리가 너무 길다는 생각이 들었다. 그는 보란 듯이 아내의 어깨에 팔을 두르고 가까이 당겼다.

"내 집에 들어와 내 아내를 겁탈한 자식을 당신들이 꼭 찾아줬으면 합니다."

감정이 상할 대로 상한 그를 보고 있자니, 루이세는 문득 안됐다는 생각이 들었다. 아내를 친구와 공유한 것도 모자라, 낯선 남자까지 처들어와 건드렸으니 남자로서 자존심이 얼마나 상했겠는가!

"우리가 꼭 찾아내겠습니다." 루이세가 진심으로 말했다.

"자신도 없으면서 말만 앞세우는 거 아닙니까?" 르네가 말했다.

루이세가 몸을 앞으로 살짝 내밀었다. "아닙니다. 그자를 꼭 찾아내겠습니다."

"당신들이 못하면 내가 할 거요."

"르네, 제발 그만해요." 비튼이 애원했다.

르네가 더 이상 반발하진 않았지만 루이세는 그가 속으로 얼마나 좌절하고 괴로워할지 알 만했다. 입을 꾹 다물고 분노를 삭이려 애썼지만 얼굴은 벌겋게 달아올랐고 눈은 초점 없이 흔들렸다.

루이세가 다시 의자에 기대며 물었다.

"혹시 숲에서나 스토케보 로드 주차장에서 흰색 밴을 본 적이 있나요?"

비튼이 황급히 고개를 저으며 르네를 쳐다봤지만 그는 아내의 시선을 피했다.

"봤군요!" 루이세가 단정적으로 말했다. "운전자가 누구죠?"

르네의 얼굴이 씰룩거렸다. 그는 코를 한 번 훌쩍거리며 팔짱을 꼈지만 입을 열진 않았다.

루이세는 곁눈질로 비튼이 몸을 곧추 세우고 숨을 참는 모습도 놓치지 않았다. 내친김에 리세 엔더슨의 사진을 꺼내 테이블에 내려놨다.

"이 여자에 대해 아는 것이 있나요?"

부부가 사진을 보더니 동시에 고개를 저었다. 때마침 에이크가 집 안으로 들어와 루이세 옆에 앉았다.

"흰색 밴을 누가 운전하는지 얼른 말하세요." 루이세가 재촉했다.

이번엔 르네가 아무런 반응도 보이지 않았다. 비튼도 숨을 참진 않았지만 자물쇠를 채운 듯 침묵으로 일관했다.

루이세는 너무 화가 나 벌떡 일어났다. 르네의 어깨를 붙잡고 거칠게 흔들었다.

"당신은 입도 뻥긋 안 하는데 우리가 왜 당신 집에 숨어든 놈을 찾으려고 동분서주해야 하죠?"

깜짝 놀란 비튼이 소파 끝 쪽으로 몸을 피했다.

루이세가 르네를 다시 흔들었다. "여러 명의 여자들이 실종됐어요. 한 명은 살해됐고 당신 마누라는 성폭행을 당했어요. 자, 이젠 누가 그 밴을 운전하는지 얼른 말해요!" 루이세가 고압적으로 말했다.

루이세는 압박을 풀고 르네가 소파에 축 늘어지도록 놔두었다. 루이세는 에이크의 시선을 피하면서 다시 자리로 돌아왔다.

"그 밴의 운전자가 일련의 사건과 무관하다고 밝혀지면 바로 수사망에서 배제할 겁니다. 시간 낭비할 필요 없잖아요." 루이세가 좀 더 차분한 목소리로 말했다.

"운전자는 올레 톰슨이에요." 르네가 드디어 입을 열었다.

"올레 톰슨?" 루이세가 놀라 소리쳤다. "그는 낡은 랜드크루저를 몬다고 생각했는데."

"고기를 팔 땐 아닙니다."

"입 닥쳐요, 르네!" 비튼이 소리치며 남편을 발로 툭 찼다.

루이세는 비튼을 무시하고 르네를 뚫어져라 쳐다봤다.

"고기를 판다고요?"

르네가 고개를 숙이고 테이블을 바라봤다.

"그 밴에 대해 아는 걸 소상히 말해 봐요." 루이세가 요구했다. "숲에서 여러 차례 목격됐는데, 최근 발생한 성폭행 사건과 연루됐을지도 몰라요. 그 밴이 숲에서 빠져나가는 걸 어제도 봤다는 사람이 있거든요."

"그건 내가 병원에서 비튼을 데려왔을 때 그가 여길 왔다 갔기 때문이에요." 르네가 설명했다. "톰슨은 숲에 경찰이 쫙 깔린 걸 보고 무슨 일인지 알아보려고 여기로 왔던 겁니다."

"어쩌려고 이래요?" 비튼이 남편을 쳐다보지 않은 채 속삭였다.

"계속 해요." 루이세가 명령했다. "고기 얘긴 뭐죠?"

"그는 일주일에 두 번씩 주차장에 차를 세워놓고 고기를 팝니다."

루이세는 도통 알아들을 수 없어서 고개를 저었다.

"제기랄! 암거래 몰라요?" 르네가 흥분해서 버럭 소리쳤다. "정육점 주인이 가게에서 팔지 않은 건 죄다 뒷문으로 흘러나오죠."

"그런 다음 장부 없이 암거래된다는 거군요." 에이크가 끼어들었다. 그 말에 르네가 고개를 끄덕였다.

"라스 프랜드센의 가게겠네요." 루이세가 추측했다.

그는 예전부터 톰슨 패거리의 일원으로, 아버지의 정육점을 물려받았다.

"르네, 제발 그만해요!" 비튼이 애원했다. "그런 얘길 해서 어쩌려고요? 무슨 일이 일어날지 몰라요? 게다가 우리 눈으로 본 적도 없잖아요?"

마지막 말은 거짓말일 거라고 루이세는 생각했다. 싼 가격에 고기를 살 기회를 비튼이 마다할 리 없었다.

르네의 눈이 흔들렸다. "내가 헛소리를 했군요. 비튼의 말이 맞아요. 난 아무것도 모릅니다."

"하지만 톰슨이 그 밴을 운전하는 건 알고 있죠?"

르네가 식은땀을 흘리기 시작했다. 루이세와 에이크를 쳐다보는 두 눈엔 두려움이 가득했다.

"내가 이런 얘길 했다고 그에게 알리지 말아주세요." 르네가 애걸했다. "그냥 다 헛소리였어요."

비튼은 남편 뒤에서 몸을 잔뜩 웅크리고 고개를 절레절레 흔들었다.

루이세는 등골이 서늘했다. 다 큰 어른이 학창 시절 형성된 서열 때문에 여태 시달리는 걸 보니 안쓰럽기까지 했다. 청소년기의 패거리 문화가 어른이 돼서도 지속될 거라곤 생각지도 못했다. 단순히 우정으로만 결속된 게 아닐 거라고 짐작하며 루이세는 자리에서 일어났다.

르네와 비튼은 꼼짝도 않고서 두 사람이 나가는 모습을 지켜봤다.

"화끈하던데요!" 에이크가 차로 걸어가면서 탄성을 질렀다. "불같이 화내니까 딴 사람 같았어요. 완전 맘에 들어요!"

"그만해요!" 루이세가 차에 오르며 톡 쏘아붙였다. 감스트 부부는 톰슨과 프랜드센이 암거래한다는 사실을 실토한 후 잔뜩 움츠러들었다. 진짜로 겁먹은 것 같았다.

루이세는 레버예그로 향하는 숲길을 운전하면서 미크에게 톰슨을 조사하라고 말해야겠다고 마음먹었다.

"그래서 다들 그 밴을 모른다고 했던 거였어요." 루이세가 에이크에게 말했다. "톰슨은 여기 사람들을 죄다 통제하고 있어요. 어떻게 했기에 다들 그 앞에서 설설 기는지 이해할 수 없어요. 사람들이 그에게 복종하도록 뭔가를 쥐고 있나 봐요."

루이세는 고개를 저으며 가방에서 휴대폰을 꺼냈다.

"톰슨이 혹시 우리가 찾던 사람 아닐까요?" 레버예그로 향하는 마지막 교차로를 지나면서 에이크가 물었다. "그도 1991년에 이 동네 살았잖아요."

"그럼 비튼을 성폭행한 사람이 톰슨이라는 거잖아요. 어차피 자기를 기다리던 여자를 뭐 하러 성폭행했겠어요." 루이세가 반박하더니 다시 고개를 끄덕이며 수긍했다. "하긴 그럴 가능성도 있겠네요. 워낙 짐승만도 못한 인간이니까."

루이세는 경찰서 교환원을 거쳐 미크에게 연락을 시도하면서, 그의 휴대폰에 바로 전화걸지 않은 걸 후회했다. 휴대폰에 저장된 그의 단축 번호를 지우지 않았던 것이다.

"미크 라스무센입니다." 미크가 다급한 목소리로 대답했다.

"흰색 밴의 운전자는 올레 톰슨이야." 루이세가 서둘러 용건을 말했다. "비튼의 외도 상대도 그 사람이고. 밴은 정육점 주인인 라스 프랜드센의 이름으로 등록돼 있을 거야."
루이세는 암거래에 대해서도 설명했다.

"우린 이미 그 정육점 주인하고 이야기해 봤어. 자기 차는 맞지만 숲에 왔었다는 건 딱 잡아떼더라고. 그냥 회사 차라는 거야."

루이세가 한숨을 내쉬었다.

'예나 지금이나 교활한 건 여전하군.'

"운전은 톰슨이 했어. 그러니까 그 문제에 대해선 톰슨을 조사해야 해. 아울러 고기 암거래 건으로 프랜드센과 톰슨을 체포해야 할 거야."

루이세는 차에서 내리겠다는 에이크에게 그러라고 고개를 끄덕했다. 두 사람은 이미 루이세의 부모님 댁에 도착했다.

"진작부터 그를 주시하고 있었어." 미크가 말했다. "그는 질랜드 중부의 여자들 중 절반은 건드리고 다니나 봐. 문제가 되는 시간대의 알리바이를 여자들이 전부 확인해 줬어. 하지만 그들 말을 곧이곧대로 믿진 않아. 수상쩍은 게 한두 가지가 아니야."

33

루이세는 주방문으로 나오는 요나스에게 손을 흔들었다. 데리러 오겠다고 미리 연락할 짬도 없었는데 얼굴을 보니 무척이나 반가웠다.

"요나스!" 루이세가 아들을 부르며 환하게 웃었다. 요나스가 반갑게 걸어 나와 손님인 에이크에게 먼저 인사했다. 참으로 기특한 아들이었다. 루이세는 아들에게 다가가 꼭 안아 주었다.

"집에 돌아가고 싶지 않니?" 루이세는 아들에게 말한 뒤 때마침 뒤뜰 모퉁이에서 얼굴을 내민 아버지에게 눈인사를 했다.

"이 녀석이 여기 머물면서 뭘 했는지 들어 보게 안으로 잠깐 들어오너라." 루이세의 아버지가 손짓하며 말했다. "요즘 애들은 컴퓨터로 못 하는 게 없구나."

"나중에 시간 내서 들어 볼게요, 아버지." 루이세가 아버지의 말을 자르며 미안한 표정을 지었다. "지금 바로 가야 해요."

아버지는 몸을 돌려 엄한 표정으로 딸을 쳐다봤다. "얼마나 걸린다고! 요나스가 뭘 할 수 있는지 들어볼 짬도 없다는 게냐?" 아버지는 그들이 당연히 따라 들어올 거라 여기며 덧붙였다. "재능을 타고 났더구나."

요나스가 멋쩍은 표정으로 어깨를 으쓱했다.

"별거 아니에요. 할아버지는 내가 무슨 천재 뮤지션쯤 된다고 생각하시나 봐요."

"할아버지는 원래 그렇단다." 에이크가 루이세의 아버지를 선뜻 따라 들어가며 말했다. 에이크는 거실에서 루이세의 어머니에게 인사한 뒤 커피 한 잔 들고 가라는 권유에 흔쾌히 응했다.

루이세는 여전히 문가에서 쭈뼛거렸다. 오래된 목조 주택의 실내는 예전과 확연히 달랐다. 벽은 희끄무레한 원목으로 마감되고 바닥엔 타일이 깔려 있다. 거실과 주방이 바로 통하도록 연결되었고, 가스레인지가 새로 설치됐는데도 낡은 장작 화로가 그대로 있었다. 필시 어머니의 입김이 작용했을 터였다.

어머니는 손수 빚어 구운 머그잔을 찬장에서 내오더니, 어느 틈엔가 에이크를 데리고 주방 뒤쪽으로 사라졌다. 도예 공방으로 쓰는 곳을 보여주는 듯했다. 닫힌 문 너머로 에이크가 어머니의 작품에 대해 이것저것 묻는 소리가 들렸다.

"갈 준비 다 했어요." 요나스가 소지품을 챙겨 손님방에서 나왔다.

"아냐." 루이세가 얼른 말했다. "네가 만든 곡을 들어보고 갈 거야."

그동안 요나스의 닫힌 방문에서 흘러들던 음악과 다르지

않을 거라 짐작했지만 어쨌든 아들의 취미에 관심을 보여주고 싶었다.

요나스는 컴퓨터를 식탁에 내려놓더니 루이세에게 준비됐냐고 물었다.

루이세는 고개를 끄덕이고 요나스가 들려주는 음악에 귀를 기울였다. 때마침 어머니와 에이크가 주방문을 열고 거실로 들어왔다. 에이크의 손에는 어머니가 선물했음직한 초록색 화병이 들려 있었다.

에이크는 화병을 내려놓고 잠시 음악을 듣더니 좋다는 듯 고개를 끄덕였다.

"아주 좋네요." 에이크는 음악을 제대로 감상하려는 듯 눈을 감았다. "닉 케이브의 음악과 유사한 듯하면서도 좀 더 현대적인데요. 누가 만들었죠?"

"누군 누구야!" 루이세의 아버지가 자랑스레 말했다. "저 녀석 작품이지."

에이크가 숱 많은 눈썹을 추켜세우며 의아한 표정을 지었다.

"요나스는 음악을 작곡해요." 루이세가 끼어들었다. "유튜브에 올린 곡도 꽤 있어요. 사람들이 즐겨 듣는다고 하네요."

요나스가 수줍게 고개를 끄덕였다.

"네 이름을 뭐라고 지었다고?" 루이세의 아버지가 물었다.

"조 에이치Joe H예요." 요나스가 작은 목소리로 대답했다. "그리고 제목은 '다시 일상으로Back to Normal'예요."

"요나스 홀름Jonas Holm의 줄임말이로구나." 아버지가 활짝 웃으며 말했다.

"이거 정말 놀라운데!" 에이크가 탄성을 터뜨렸다. 진짜로 감동한 듯했다.

"유튜브에서 가장 인기 있는 노래 목록에 오른 곡도 있어." 아버지의 자랑이 이어졌다.

"정말이니?" 루이세가 화들짝 놀라며 물었다.

"대단한 녀석이라고 내가 말하지 않더냐." 아버지가 말했다.

"저번에 로스킬레 페스티벌에서 연주하고 싶다고 했을 때 농담하는 줄 아셨어요?" 요나스가 루이세에게 물었다.

"실은 그랬단다." 루이세는 솔직히 인정하며 음악을 다시 들려달라고 부탁했다.

"크자르를 만나서 얘길 해보자니까." 루이세의 아버지가 툴툴거렸다. 크자르는 집안의 고문 변호사였다. "저작권에 대해서는 전문가랑 상의해 봐야 하는 거야."

"알았어요, 할아버지." 요나스가 웃으며 말했다. "그런 부분도 잘 챙기도록 할게요."

얼마 전까지만 해도 요나스는 루이세의 부모에게 할아버지, 할머니라고 부르지 않았다. 그 점에 대해서는 미리 의논한 적도 없었다. 그런데 지금 보니, 요나스가 할아버지라고 부르는 게 전혀 어색하지 않았다. 루이세는 마음이 흐뭇했다.

"흠, 그만 일어나시죠, 천재 뮤지션. 집에 갈 시간이 지났어요." 루이세가 요나스를 툭 치며 말했다.

34

"너 지금 어디니?"

수화기에서 카밀라의 목소리가 쩌렁쩌렁 울렸다. 루이세는 요나스와 함께 조수석에 앉아 전화를 받았다. 에이크가 운전대를 잡아도 될 만큼 혈중 알코올 농도가 떨어졌다고 우겼기 때문이다.

"호발소에서 집으로 가는 길이야. 너는 어떻게 됐니?"

"이리 와서 우리랑 같이 저녁 먹을래?" 카밀라가 물었다. "마커스가 자기만 빼놓고 결혼식을 치렀다고 실망이 이만저만이 아니야. 너희를 초대해서 저녁이라도 근사한 데 가서 먹자고 난리야."

요나스가 자신의 휴대폰 화면을 루이세의 얼굴 앞에 쑥 내밀었다.

"마커스가 방금 문자했어요." 요나스가 입모양으로만 말하며 화면을 가리켰다. "올 수 있냐고 물어보는데요."

"몇 시쯤 시작할 건데?" 루이세는 시끌벅적한 식사 자리가 전혀 내키지 않았다.

"지금 당장!" 카밀라가 흥분해서 소리쳤다. "샴페인과 멋진 만찬이 기다리고 있을 거야. 프레데릭이 호두스켈드렌 레스토랑에 바닷가재 요리를 주문해 놨거든."

루이세는 한숨을 살짝 내쉬었다. 친구의 결혼식을 축하

하는 자리에 빠질 수도 없는 노릇이었다.

"내 차가 아니라서…. 요나스랑 같이 에이크 차를 얻어 타고 가는 길이거든."

"그 사람도 데리고 와." 카밀라가 반색하며 말했다. "그럼 짝도 맞고 더 좋지."

"에이크는 다른 계획이 있지 않을까?" 보아하니 요나스가 이미 에이크를 포섭한 눈치였다.

"게다가 집에 들러 옷도 갈아입어야 해."

요나스와 에이크가 즉흥적인 결혼 피로연에 참석할 용의가 있다고 밝혔는데도 루이세는 여전히 머뭇거렸다.

"바보 같긴, 그냥 와. 격식 따윈 애초에 따지지 않는다고 했잖아. 레스토랑 뒤뜰에 우리를 위한 테이블이 마련돼 있어. 스텐더토브 스퀘어 쪽으로 곧장 와."

시청 건물 지하에 있는 레스토랑을 잘 알았지만 지금은 시끌벅적한 파티에 참석할 기분이 아니었다. 엘리스룬드에 있는 릴리안에게 연락도 해야 했다. 하긴 이미 퇴근했을 시간이라 어차피 내일 아침까지 기다려야 할 터였다.

루이세는 마음을 진정하려고 잠시 눈을 감았다. 그녀를 괴롭히던 악령이 자꾸만 되살아났다. 슬픔이나 죄책감은 아니었다. 그런 감정은 이미 내려놓았다. 적어도 당분간은. 지금 그녀를 괴롭히는 건 톰슨이었다. 갑자기 학창시절로 돌아간 듯한 기분이 들었다. 지금까지 용케 피해왔는데, 이젠 어디를 가든 그가 나타났다. 너무 불안했다.

루이세는 아까 르네의 눈에서 똑같은 불안감을 감지했다. 하지만 비튼의 마음은 읽을 수 없었다. 비튼의 게슴츠레한 눈에선 공허감만 보일 뿐 다른 감정은 읽히지 않았다. 르네가 흰색 밴과 관련해서 이러쿵저러쿵 떠벌릴 때 비튼이 진심으로 화를 냈다는 건 의심의 여지가 없었다. 하지만 그 분노가 무엇 때문인지, 가령 남편이 톰슨을 까발렸기 때문인지 아니면 보복이 두려웠기 때문인지는 알 길이 없었다.

"그나저나 뭘 들고 가죠?" 로스킬레로 접어들자 에이크가 물었다.

루이세가 어깨를 으쓱했다. 간밤에 카밀라가 장미 꽃잎에 파묻혔을 거라 꽃은 필요 없을 테고 샴페인도 레스토랑에서 준비해줄 것이다.

루이세는 딱히 떠오르는 게 없어서 고개를 저었다. 너무 피곤해서 오한이 들 지경이었다.

"아, 그거!"

약속장소인 스텐더토브 스퀘어를 향해 가다 괜찮은 생각이 퍼뜩 떠올랐다. 루이세는 요나스를 돌아보며 말했다. "일단 인터넷이 연결되는 곳으로 가자. 카페에서는 웬만하면 와이파이가 잡히겠지? 네 컴퓨터에 노래를 다운받아야 하거든."

루이세는 앞쪽을 가리키며 에이크에게 스텐더토브 스퀘어에 주차하라고 말했다.

"카밀라가 자기 결혼식에선 반드시 '빅 팻 스네이크(Big

Fat Snake, 1990년 덴마크에서 결성된 록그룹 - 역자 주)'의 노래가 흘러나와야 한댔어. 노래 제목은 '봉주르 마담Bonsoir Madame' 이야. 찾을 수 있겠니?"

"그럼요." 요나스가 대답했다. "그런데 내 컴퓨터엔 그 노래가 없어서 일단 와이파이가 터지는 카페로 가야겠어요."

루이세는 에이크의 입꼬리가 슬쩍 올라가는 걸 놓치지 않았다. 음악 면에서는 그녀보단 자신이 요나스의 취향과 훨씬 더 맞는다고 생각하는 듯했다.

바닥엔 작은 횃불이 늘어서 있고 뒤뜰로 이어지는 아치형 입구엔 꽃장식이 화려하게 꾸며져 있었다.

루이세는 걸음을 멈추고 흰 백합에서 나는 향기를 들이마셨다.

"손님을 몇 명이나 초대했을까요?" 에이크가 티셔츠를 아래로 살짝 당기며 물었다. 그렇다고 화려한 결혼식 피로연에 어울리지 않는 복장을 입고 왔다는 사실에 신경 쓰는 것 같지는 않았다. 아까 음악을 내려 받는 동안에도 모퉁이 가게에서 담배만 하나 샀을 뿐이다.

"우리뿐일걸요." 루이세가 기운 없이 말했다. 오늘따라 옷차림이 형편없다는 사실이 못내 속상했다.

루이세는 긴 머리카락을 손가락으로 쓸어 넘겼다.

"들어갈까요?" 에이크가 그녀에게 팔을 내밀었다. 루이세는 잠시 머뭇거리다 그의 팔에 손을 얹었다. 요나스가 앞장서서 붉은 벽돌담 사이로 난 문으로 들어갔다.

루이세는 자갈이 매끄럽게 포장된 길을 따라 몇 걸음 옮기다가 깜짝 놀라 걸음을 멈췄다. 뒤뜰 오른쪽에 테이블 두 개를 붙여 마련된 예약석 위로 그늘막이 걸려 있었다. 테이블 주변에 널찍하게 세워진 횃불들이 다른 테이블과 차단된 느낌을 주었다. 테이블엔 흰색 테이블보가 깔려 있고 중앙엔 나뭇가지 모양의 커다란 촛대가 놓여 있었다. 아직 손님은 한 명도 없었지만 일부 테이블엔 예약 카드가 놓여 있었다.

"우리 말고는 초대한 사람이 없나 봐요." 요나스가 그렇게 말하며 뒤뜰 구석에 설치된 스피커를 쳐다봤다. "안쪽에 가서 음악을 틀어줄 수 있는지 알아볼게요."

"세상에 마상에!" 루이세가 중얼거렸다. 즉흥적으로 꾸민 피로연 무대치고는 썩 훌륭했다. 하지만 그 자리에 에이크와 단둘이 서 있으니 영 뻘쭘했다. 둘 다 주인공 커플이 나타날 때까지 뭘 해야 할지 몰랐다.

그때 갑자기 자갈길을 따라 또각또각 말발굽 소리가 들리더니 모퉁이에서 마차가 들어왔다. 요나스가 돌아오더니 차질 없이 준비됐다는 듯 고개를 까딱했다. 루이세는 등에서 느껴지는 에이크의 손길을 의식하며 마차가 들어오는 모습을 지켜봤다. 카밀라가 머리에 화관을 쓰고 손에 커다란 부케를 든 채 활짝 웃으며 등장했다.

마커스가 먼저 민첩하게 움직였다. 마부석 옆에 앉아 있다가 마차가 멈추자 훌쩍 뛰어 내리더니 마차를 빙 둘러 어머니와 프레데릭을 위해 문을 열어주었다.

"축하합니다!" 그들이 한 목소리로 외쳤다.

루이세는 아까 요르겐이 꺾어준 노랑 장미 두 송이를 신랑, 신부에게 건넸다. 요나스는 장식된 꽃들 중 백합 한 송이를 슬쩍 뽑아서 카밀라에게 내밀었다. 카밀라는 답례로 요나스에게 키스한 뒤 얼른 들어가자고 손짓했다.

Well, I've heard that you're married now. And I've heard that you don't fool around... (흠, 너 결혼한다는 소식 들었어. 이번엔 그냥 연애 상대로 만난 게 아니라더군.)

프레데릭과 카밀라가 뒤뜰로 걸음을 옮기려는데 스피커에서 "빅 팻 스네이크"의 보컬인 아너스 블리쉬펠트의 목소리가 흘러나왔다. 웨이터들이 지하 레스토랑에서 샴페인과 잔을 들고 올라왔다.

...Bonsoir Madame. I know who you are, Madame. You used to be a Mademoiselle, I know you too well... (봉주르, 마담. 난 널 알아. 이젠 더 이상 아가씨가 아니네. 난 널 속속들이 알아…)

루이세는 친구가 하이힐을 벗어던지고 두 손을 치켜든 채 흥겹게 노래를 따라 부르는 모습을 보자 웃음이 절로 나왔다. 게다가 에이크가 그녀를 빙글빙글 돌리는 바람에 비튼과 톰슨에 대한 걱정이 순식간에 사라졌다.

"저, 같이 어울려도 될까요?" 신나게 춤추는 네 사람에게 젊은 커플이 쭈뼛거리며 다가왔다.

"그래요, 함께 춰요." 카밀라가 소리치자 프레데릭이 웨이터에게 잔을 더 내오라고 했다.

노래가 끝나자 그들은 그늘막이 드리워진 테이블로 향했다. 아까는 꺼져 있던 촛불이 환하게 타올랐다.

"아름다운 아내를 위해 건배하고 싶습니다." 다들 자리에 앉자 프레데릭이 입을 열었다. 그는 요나스와 마커스를 쳐다본 뒤 루이세와 에이크의 방향으로 잔을 높이 들었다. "오늘 밤 우리를 축하하기 위해 만사 제쳐두고 달려와 주셔서 감사합니다. 카밀라가 내 인생에 들어온 뒤로는 행동이 민첩해야 한다는 걸 깨달았습니다." 프레데릭은 사랑이 가득한 눈으로 카밀라를 바라봤다. "그래서 오늘은 번갯불에 콩 볶듯이 잽싸게 움직였습니다."

"오늘은 정말 끝내주는 하루였어." 카밀라는 피로연 테이블과 멀찍이 떨어져 앉은 젊은 커플에게도 건배를 청한 뒤 말했다. "수업이 끝난 마커스를 데리고 만(灣)에 가서 보트를 탔어."

"두 분은 오늘 완전히 정신 나간 사람들 같았어요." 마커스가 끼어들었다. "엄마가 저 차림으로 화관까지 쓴 채 학교에 나타나는 바람에 내가 얼마나 당황했는데요. 친구들이 뭐라고 하겠어요?"

카밀라가 어깨를 으쓱하더니 행복한 엄마를 둬서 좋겠다고 하지 않겠냐는 의견을 내놨다.

"그나저나 두 사람은 하루 종일 뭐하느라 그리 바빴어요?" 카밀라가 궁금한 눈으로 루이세와 에이크를 쳐다봤다.

"보딜 파코브와 그녀의 남편을 보러 갔습니다." 에이크가 그렇게 말한 뒤 샴페인 대신 생맥주를 청했다.

루이세가 에이크의 발을 꾹 누르는 바람에 에이크가 놀라 쳐다봤다. 그는 카밀라에 대해 아는 바가 없었다. 루이세는 카밀라 앞에서 무슨 말을 삼가야 하는지 그에게 알려줄 짬이 없었다. 루이세는 카밀라와 사적으로 만날 때 해도 될 말과 안 될 말을 철저히 구분했다. 물론 그런 경계선을 긋는 데 몇 년이 걸렸다.

"응." 루이세가 서둘러 에이크의 말을 가로챘다. "바쁜 하루였지만 다행히 오는 길에 요나스를 데려올 수 있었어."

루이세가 요나스의 노래에 대해 말하려는데 카밀라가 갑자기 그녀를 중단시켰다. "그녀의 남편?" 카밀라의 목소리가 높아졌다. "보딜 파코브는 결혼하지 않았어!"

루이세가 의아한 표정으로 카밀라를 쳐다봤다.

"어, 아냐. 결혼했어." 루이세가 언짢은 목소리로 대답했다. "내가 기억하는 한 예전부터 요르겐과 결혼한 사이야."

카밀라가 식기를 내려놓고 몸을 쑥 내밀었다. "1980년 3월까지 엘리스룬드에서 원장으로 지냈던 보딜 파코브는 결혼한 적이 없어. 결혼했다면 그 자리를 맡지도 못했을 걸. 미혼에 기숙 가능한 사람이 근무 조건이었으니까."

"결혼 사실을 비밀에 부쳤나 보죠." 에이크가 끼어들었다. 때마침 웨이터가 빈 잔을 바꿔주러 와서 그는 루이세 쪽으로 몸을 기울이며 덧붙였다. "하긴 같이 사는 남자를 보니 그렇게 처리할 만도 했겠네요."

"그만 해요!" 루이세가 에이크를 향해 짜증스럽게 쏘아붙였다.

"보딜 파코브는 독신녀예요." 카밀라가 말했다. "엘리스룬드 사람들이 그러는데, 그녀는 정신적으로 장애가 있는 사람들을 돕는 데 헌신했대요. 가족 중에 그런 사람이 있던 터라 더 열심이었대요."

"맞아." 루이세가 말했다. "그녀의 남편은 일하다 다쳐서 뇌손상을 입었거든."

"〈덴마크 명사 인명록〉에 따르면 보딜은 미혼이야." 카밀라가 극구 우겼다. 그 와중에도 커다란 접시에 바닷가재를 들고 오는 웨이터들을 보더니, 갑자기 손뼉을 치며 프레데릭과 진하게 키스했다. "아무튼 엘리스룬드에 관한 기사를 '로스킬레 티엔데Roskilde Tidende에 팔았어." 바닷가재 요리가 테이블에 놓인 뒤에 카밀라가 덧붙였다. "나랑 프리랜스 계약을 하고 싶은 눈치였어."

"그럼 기자 일을 다시 시작할 거야?" 루이세가 물었다. 그런 다음 레몬 슬라이스가 담긴 작은 유리볼을 웨이터가 내려놓기 좋도록 에이크 쪽으로 살짝 기댔다.

"그들은 범죄 섹션에서 일할 사람을 찾고 있대." 카밀라가 자신의 접시에 놓인 바닷가재의 집게발을 뜯으며 말했다. "비용 절감을 위해 편집국 인원을 싹 내보내고 프리랜서로 대체할 거래."

루이세는 카밀라의 이야기가 귀에 들어오지 않았다. 그녀의 등을 간질이던 에이크의 손길이 점점 아래로 내려가는 게 느껴졌다. 문득 자신의 발이 그의 부츠를 밟고 있다는 걸 깨달았다. 그 발로 그의 발목을 휘감고 그에게 몸을 더 기댔다. 웨이터는 진작 가고 없었다.

"에이크…." 다음날 아침, 잠에서 깬 루이세는 에이크의 가슴에 입술을 대고 중얼거렸다. "흔한 이름은 아니네요. 누구 이름을 따서 지은 건가요?"

에이크가 루이세를 감싸 안더니 손가락으로 그녀의 긴 머리카락을 쓰다듬었다. 결혼 피로연이 끝난 뒤 파티는 프레데릭과 카밀라의 집으로 옮겨졌다. 루이세는 샴페인에 취한 나머지 병이 다 나은 요나스에게 학교를 하루 더 쉬어도 좋다고 승낙했다. 그래서 다들 집에 돌아가지 않고 그곳에서 묵었다.

요나스는 마커스와 같이 자고, 에이크는 루이세가 손님방으로 들어가는 걸 놓치지 않고 따라 들어왔던 것이다.

"에이크 스켈로라는 이름의 뮤지션이 있었어요. 누군지

기억해요?" 에이크가 침대 커버를 아래로 살짝 당기며 물었다. 루이세가 중간에 창문을 열었는데도 방 안이 여전히 훈훈했다. "내가 누군가에게 뭐라도 받은 게 있다면, 그건 필시 그의 영혼이 남긴 흔적일 겁니다."

"그 사람, 무대에서 갑자기 사라지지 않았나요?" 루이세는 팔꿈치를 받치고 몸을 일으킨 다음 에이크의 찌푸린 얼굴을 내려다봤다. "스테뷸루네라는 밴드의 리드 싱어였잖아요. 나이가 아주 젊었던 걸로 기억해요."

에이크가 눈을 뜨고 루이세를 바라봤다. "스물다섯 살에 스스로 목숨을 끊었어요. 인도와 파키스탄 어딘가에서."

"그럼 그에게서 음악적 영감을 받았다는 뜻이에요?" 루이세가 물으며 손으로 그의 가슴을 쓸었다.

"흠…." 에이크가 혼잣말하듯이 중얼거렸다. "전에는 그게 내려놓고 싶은 욕구라고 생각했어요. 내려놔야 마음이 평안해질 테니까. 그런데 난 용기가 없었어요. 아무래도 다 내려놓고 싶진 않나 봅니다."

에이크가 루이세를 자기 옆으로 바싹 당겼다.

"무엇을 내려놓고 싶은데요?"

루이세가 그에게서 시선을 떼지 않았지만 에이크는 얼굴을 돌리고 어슴푸레하게 밝아오는 하늘을 바라봤다. 에이크가 툴툴거리자 루이세가 그의 얼굴을 자기 쪽으로 당겼다.

"무엇을 내려놓고 싶으냐고요?" 루이세가 다시 물으며 손으로 그의 얼굴을 감쌌다.

결국 에이크가 고개를 돌려 루이세를 바라봤다. 억지로 웃고 있었지만 눈에는 고통이 가득했다.

"나 자신." 에이크가 잠시 뜸을 들이다 말했다. "그냥 사소한 거예요. 외로움, 고통, 시간이 가도 치유되지 않는 것들…."

에이크가 말하면서 다시 눈을 감았다.

"여자 친구가 지중해에서 보트를 타다 사라졌어요. 표류하던 보트는 작은 항구 근처에서 발견됐어요. 같이 보트를 타고 나갔던 두 사람은 다음날 해변으로 떠밀려왔는데 그녀는 끝내 나타나지 않았어요."

"그럼 익사한 건가요?"

처음엔 아무 대답도 없었다. 그저 숨만 깊이 들이마시더니 에이크가 한참 만에 입을 열었다.

"모르겠어요. 보트에서 다른 두 사람의 소지품은 다 나왔는데 그녀의 물건은 싹 사라졌어요."

"그럼 그녀가 달아났다고 생각하는 거예요?" 루이세가 속삭였다.

에이크가 어깨를 으쓱했다. "그야 모르죠. 앞으로도 영영 알 길이 없을 테고."

두 사람 사이에 무거운 침묵이 흘렀다.

"처음엔 다 같이 보트를 타고 로마로 갔어요. 그러다 여자 친구와 대판 싸우고 나 혼자 바람 쐬러 나왔죠. 잔뜩 취해서 돌아갔더니 자기들끼리 바다로 나갔더라고요. 혼자 며칠간 이탈리아에서 머물다 히치하이크를 하면서 집으로 돌아왔어요. 덴마크에 돌아오고 나서야 사고 소식을 들었어요."

에이크가 담배를 집으려고 손을 뻗었다. 담배는 주머니에서 꺼낸 동전과 열쇠 뭉치와 함께 스탠드 옆에 있었다.

연기가 나선형으로 돌면서 창밖으로 빠져나갔다.

루이세는 눈을 감았다. 에이크가 가여웠다. 비통한 그 마음을 알고도 남았다. 에이크 역시 가슴 찢어지는 아픔을 품고 살았다고 생각하니 안타까우면서도 한편으론 그와 더 가까워진 것 같았다. 손을 뻗어 그의 얼굴을 어루만졌다. 잠시 후 일어나려는데 에이크가 담배를 물 잔에 넣어 끄더니 그녀를 확 당겼다.

35

"어머나!" 두 사람이 부서에 도착하자 한느가 탄성을 터뜨렸다. "두 분한테서 붉은 기운이 뿜어져 나오네요!"

론하트 총경의 비서 한느는 복도 창가에 놓인 화분에 물을 주고 있었다.

"붉은색은 에로틱한 영기(靈氣)를 나타내거든요." 한느가 계속 말했다.

한느가 고개를 뒤로 살짝 젖히고 두 사람을 유심히 살폈다. 둘이 간밤에 뭘 했는지 알려주는 대형 말풍선을 만화에서처럼 머리 옆에 떠올리고 있는 듯했다.

"욕정과 에로티시즘."

아까 요나스를 로스킬레에 두고 나온 뒤, 에이크는 루이세를 프레데릭스베르에 있는 집까지 태워다 주고 시다브넨의 자기 집으로 갔다. 한 시간 뒤, 젖은 머리카락과 깨끗한 옷차림으로 루이세에게 다시 와 부서로 함께 출근했던 것이다.

루이세는 한느가 뭘 감지했는지 몰랐다. 아마도 키스로 두 사람 얼굴이 달아올랐기 때문인가 싶었다. 얼굴을 들지 못하는 루이세에 비해 에이크는 천연덕스럽게 웃어넘겼다.

"넌 그놈의 수정 구슬과 미신에 사로잡힌 게 문제야, 한느." 에이크가 말했다.

“이건 미신이랑 전혀 상관없어요.” 한느가 반발했다. “영기(靈氣)와 에너지에 관한 거라고요. 두 분은 지금 붉은 기운을 뿜어내고 있어요. 난 그게 무슨 뜻인지 알거든요.”

사무실로 들어온 루이세는 컴퓨터를 켜면서 피식피식 웃기 시작했다. 에이크에 대해 새로 알게 된 사실이 자꾸만 떠올랐기 때문이다. 가령 그녀의 새 파트너는 평소에도 속옷을 입지 않았다. 몇 년 동안 아시아와 인도를 여행하면서 붙은 습관이라고 했다. 그리고 문자 메시지를 보내지 않는다는 점도 특이했다.

한편으론 둘이 하루 종일 붙어 있어야 한다는 사실에 난감하기도 했다. 이런 기분은 참 힘들었다. 예전에 미크와 사귈 때도 내내 어색한 기분에 시달렸었다.

하지만 밖에서 따로 남자를 만나지 않으니 동료하고라도 하지 않으면 섹스할 기회가 거의 없었다.

“카페에서 뭐 좀 사다줄까요?” 에이크가 문 앞에서 물었다.

루이세는 검색한 자료를 거듭해서 읽느라 눈도 떼지 않고 건성으로 고개를 저었다.

에이크가 돌아와 그녀의 맞은편에 털썩 앉았다. 루이세는 여전히 주민등록 시스템에 접속한 상태였다. 호발소 부케스코브 로드에 거주하는 보딜 파코브를 찾는 일은 식은 죽 먹기였다. 지금은 보딜의 부모 이름을 입력한 뒤 신상 내역을 더 자세히 살피는 중이었다.

"카밀라 말이 맞네요. 보딜은 결혼하지 않았어요." 루이세가 말했다.

에이크가 테이블에 올려놓은 다리를 내리고 루이세의 의자 뒤로 걸어왔다. 그의 손가락이 루이세의 등을 타고 내려가는 바람에 루이세는 어깨를 움찔했다.

"요르겐은 보딜의 동생이에요." 루이세가 그렇게 말하며 에이크를 올려다봤다.

"그럼 보딜이 왜 그를 자기 남편이라고 떠들고 다녔는지 설명해 봐요." 에이크가 커피를 후루룩 마신 후 물었다. "혹시 근친상간?"

에이크는 대답을 기다리며 루이세를 바라봤다.

루이세는 어깨를 으쓱하며 잠시 생각에 잠겼다. 지금까지 자신이 그들을 부부라고 오해했던 게 아닌지 따져봤다. 하지만 아무리 생각해도 그건 아니었다. 보딜은 늘 요르겐을 남편이라고 지칭했다.

"하지만 도무지 이해가 가지 않아요." 루이세가 창밖을 내다보며 신음하듯 말했다. "남들한테 부부라고 말해서 얻는 게 도대체 뭘까요?"

딱히 떠오르는 게 없었다. "차라리 반대로 둘러댔다면 모를까. 복지 혜택을 더 받으려면 남동생과 같이 산다고 하는 게 더 유리하잖아요."

에이크가 별 반응을 보이지 않자 루이세가 다시 입을 열었다. "실제로 그렇게 꾸며서 보조금을 더 타내는 사람들이 있거든요." 루이세는 손으로 턱을 괴었다. 샴페인을 너무 많이 마신 데다 밤에 잠을 못 자서 머리가 무거웠다. "그들은 집을 빌려 살지만 아마 보조금은 한 푼도 못 받을 걸요."

"흠, 누굴 속이려는 의도가 다분히 있어요." 에이크가 단정적으로 말했다. "그렇지 않으면 왜 그런 거짓말을 하겠어요?"

루이세가 고개를 끄덕였다. "그야 그렇죠. 도대체 그 이유가 뭘까요?"

"그들에 대해 우리가 정확히 아는 게 뭐죠?" 에이크가 흰색 보온병에서 커피를 따르며 물었다.

"글쎄요." 루이세가 뭐라고 답할지 고민하다 말했다. "옛날부터 그 집에서 살았다는 사실 말고 특별한 건 없어요. 그들은 사람들과 잘 어울리지 않았어요. 그냥 붙박이처럼 그 지역의 일부가 됐다고나 할까."

루이세는 양파 튀김 냄새에 속이 울렁거렸다. 아래층 구내식당의 주방에서 나는 음식 냄새가 틈새와 구멍으로 죄다 스며드는 것 같았다. 이마에 땀까지 맺히자 루이세는 일어나 창문을 열었다. 하지만 창문 바로 아래에 레인지 후드의 배출구가 있다는 사실을 떠올리며 재빨리 닫았다.

"잠깐만요." 루이세는 양해를 구하고 화장실로 향했다. 찬물로 세수라도 해야 구역질이 멈출 것 같았다. 화장실 문을 닫으려는데 에이크가 잽싸게 따라 들어왔다.

에이크가 그녀를 벽에 세우고 키스를 퍼붓는 통에 루이세는 숨을 헐떡거렸다. 점점 더 밀착하는 에이크의 탄탄한 몸이 고스란히 느껴졌다. 에이크가 루이세의 바지 단추를 찾으려고 더듬었다. 바지가 엉덩이 아래로 벗겨지자 루이세도 결국 항복했다. 그런데 바로 그때 잠긴 화장실 문의 손잡이가 달그락거리는 소리가 들렸다.

루이세는 에이크에게 먼저 나가라고 우겼다. 그가 나가자 세면대에 기댄 채 액체 비누를 짜내 잽싸게 얼굴을 씻었다. 긴 머리카락을 손가락으로 빗어 넘긴 후 느슨하게 땋으려다 고무 밴드가 없어서 포기했다. 흔적을 모두 제거했다는 확신이 들자 문을 열고 잽싸게 나갔다. 그리고 화장실을 사용하려고 끈질기게 기다린 고참 요한슨과 정면으로 부딪히고 말았다.

순간 두 사람은 아무 말도 못하고 얼굴만 쳐다봤다. 루이세는 눈을 동그랗게 뜨고 둘러댈 말을 미친 듯이 찾았다. 요한슨의 표정으로 봐선 에이크가 나갈 때도 그 자리에 있었던 듯했다. 루이세는 꼬리를 내리고 얼른 도망치고픈 충동이 일었지만 꾹 눌렀다. 그 대신 고개를 들고 살짝 웃어 준 뒤 대쪽같이 꼿꼿하게 '쥐구멍'을 향해 걸어갔다.

"남동생의 주민번호 좀 불러줄래요?" 루이세가 돌아오자 에이크가 부탁했다.

그는 아무렇지도 않은 듯 보였다. 사무실에서 재빨리 해

치우는 섹스에 익숙하든가, 아니면 욕정을 배출하는 게 속옷을 안 입는 것처럼 자연스러운 일인 듯했다.

"중앙수사국 범죄기록부에서 그를 조회해 보려고요."

루이세는 보딜이 오래 전에 쌍둥이 자매의 삶과 연결됐었다는 이유로 요르겐과 보딜의 뒷조사를 하는 게 영 꺼림칙했다. 어쩌면 엔더슨에게 연락해야 할지도 몰랐다. 하지만 막상 연락하더라도 아직은 딱히 할 말이 없었다.

"요르겐 파코브." 루이세가 큰 소리로 번호를 불러주자 에이크가 숫자를 입력했다.

루이세는 검색 자료를 읽어 내려가는 에이크를 훔쳐봤다. 돌출된 광대뼈와 각진 턱선을 지긋이 바라보다가 얼굴이 빨개져서 얼른 눈길을 거두었다.

"별거 없는데요." 에이크가 고개를 저으며 말했다. "그에 관한 조서가 하나 있긴 한데, 너무 오래된 거라 국립 기록보관소에 가서 직접 찾아봐야 합니다."

"그럼 내가 갔다 올게요." 루이세가 말했다.

"하지만 특별한 게 있겠어요?" 에이크가 반대했다. 그는 타이레놀 두 알을 블랙커피와 함께 꿀꺽 넘긴 뒤 일어났다. 포장지를 휴지통에 버리러 가다 멈추더니 루이세의 목덜미를 어루만졌다. "그냥 그 까칠한 릴리안을 만나보는 게 더 낫지 않을까요?"

루이세는 호흡을 가다듬고 보딜 파코브의 주민번호를 중앙수사국 범죄기록부에 입력했다. 뭘 찾는지도 몰랐지만 뭐라도 해야 할 것 같았다. 그 사이 에이크의 손끝에서 나오는 찌릿찌릿한 전기가 몸속으로 침투하며 그녀를 점점 더 마비시켰다.

"당신은 보딜 파코브가 쌍둥이 자매에게 일어났던 일을 안다고 짐작하는 거군요." 에이크가 화면을 쳐다보며 넌지시 말했다. 화면엔 아무런 결과도 나오지 않았다.

루이세가 어깨를 으쓱하며 솔직히 대답했다. "내 생각이 정확히 뭔지 나도 모르겠어요."

노크 소리가 들리자 에이크는 재빨리 손길을 거두었다. 하지만 한느가 두 사람의 친밀한 접촉을 놓칠 리 없었다. 한느는 루이세의 보관함에 명패를 붙여 놨으며 다음번 월례회의 안건을 넣어뒀다는 얘기를 전했다.

"고마워, 한느."

그렇게 말했지만 루이세는 허둥거리며 자리에서 일어났다. 갑자기 숨이 막혔기 때문이다. 사무실 벽이 점점 좁혀들며 숨통을 조이는 것 같았다.

"릴리안한테 연락해 만날 약속을 잡아놔요. 한 시간 뒤에 돌아올게요." 루이세가 재킷을 집어 들며 에이크에게 말했다.

루이세는 후끈 달아오른 이 분위기에서 얼른 벗어나야 했다. 생각해 볼수록 에이크와의 섹스가 그런 식으로 불쑥 일어났다는 게 민망했다. 얼떨떨한 눈으로 바라보는 에이크의 시선을 피해 도망치듯 사무실을 나왔다.

국립 기록보관소에서 담당자가 오길 기다리는 사이 루이세는 벽에 기대 깜빡 졸았다. 담당자가 그녀의 어깨를 톡톡 건드리는 바람에 화들짝 놀라 눈을 떴다. 시간이 2분이 흘렀는지 20분이 흘렀는지도 몰랐다.

"운이 나쁜 것 같네요." 담당자가 사과조로 말했다. "오래된 경찰 조서 외에는 요르겐 파코브나 보딜 파코브에 대한 자료가 하나도 없습니다. 그나마도 신고했던 이웃이 바로 철회했나 봅니다."

"조서라도 잠깐 볼 수 있을까요?" 루이세가 정신을 차리면서 물었다.

"별거 없어요. 1958년에 신고가 접수됐지만 금세 취하됐어요."

"신고자 이름이라도 적혀 있지 않나요?" 루이세가 파일을 받으며 물었다.

루이세는 빛바랜 갈색 서류철에서 종이를 한 장 꺼냈다. 오래된 조서를 판독하려 애쓰면서, 이제 돋보기를 쓸 때가 됐는지 검사라도 받아봐야겠다고 생각했다.

창가로 가져가 살펴봤지만 담당자 말이 맞았다. 사건은 접수된 지 닷새 만에 처음 신고자였던 로젠이라는 이웃에 의해 철회되었다. 그 뒤로 사건이 종결되고 파일은 기록보관소로 이관되었다.

루이세는 가방에서 메모장을 뒤졌지만 찾지 못했다. 사무실에서 서둘러 나오느라 챙기지 못했나 보다.

사무실이 떠오르자 문득 에이크의 손길이 느껴졌다. 그를 생각할 때마다 온몸이 후끈 달아올랐다. 밤의 어둠과 그의 따스한 숨결이 못내 그리웠다.

"복사해도 되죠?" 루이세가 접수대로 돌아오며 물었다. 담당자는 사과와 주스로 요기하고 있었다.

담당자가 옆방 쪽을 고갯짓하며 말했다. "복사기는 저쪽에 있습니다." 그가 '식사 중'일 때는 셀프서비스인 것 같았다.

루이세가 복사한 종이를 가방에 넣고 있는데 때마침 에이크에게서 전화가 걸려왔다.

"요르겐 파코브의 오래된 의료 기록을 찾아냈어요. 그걸 입수하려면 법원 명령이 필요하지만 일단 구두로 내용은 확인했어요. 사무실로 얼른 돌아와요."

"성 충동 이상." 루이세가 사무실로 들어가자 에이크가 메모 내용을 읽어 내려갔다. "전두엽 부상 때문에 요르겐 파코브는 생리적 욕구를 억제할 수 없답니다."

에이크의 표정은 사뭇 진지했다. 그의 눈에서 에로티시즘의 기운은 찾아볼 수 없었다.

"배고픔, 욕망," 에이크가 하나씩 읊어 나갔다. "인간으로서 느끼는 일체의 욕구."

루이세는 의자를 빼고 앉으면서 너무 놀라 할 말을 잃었다.

"그 파일에는 그가 정신병원에 수용된 4년 동안의 기록도 들어 있답니다." 에이크가 계속 말했다.

"당시에 그는 몇 살이었죠?" 루이세가 에이크의 말을 끊고 물었다.

에이크가 진지한 눈으로 그녀를 쳐다봤다.

"의료 시설에 수용됐을 때 열네 살이었어요."

"그렇다면 일하다 다쳤다는 건 뭐죠? 터무니없는 거짓말이라는 건가요?" 루이세가 황당하다는 듯한 얼굴로 물었다.

"그런 일은 애초에 없었나 봅니다." 에이크가 말했다. "정신병원에 있는 동안에도 남자아이들을 성폭행했어요. 담당 의사가 알려준 바에 따르면, 요르겐의 어머니인 게르다 파코브는 아들의 심각한 상태를 받아들이려 하지 않았대요. 요르겐은 남자들만 수용된 정신병원에 갇혀 충동을 억제하도록 약물을 투여 받으며 의사의 통제를 받았어요. 치료 과정에서 자연스럽게 거세 얘기가 나왔답니다."

"그런데 이뤄지지 않았군요?" 루이세가 물었다.

"네, 그의 어머니가 아들을 강제로 거세하는 걸 반대하는 바람에 중단됐대요."

"그럼 약물 치료는요?"

에이크가 어깨를 으쓱했다.

"그 모든 일이 언제 일어났죠?"

"요르겐은 십대 때인 1958년에 정신병원으로 보내졌어요. 그리고 1962년에 퇴소됐고요."

"그렇다면 그 뒤로는 어떻게 됐을까요?" 1958년이라면 이웃 사람이 신고를 접수한 해라는 사실을 떠올리며 루이세가 물었다.

두 사람은 충격이 가시길 기다리며 잠시 말없이 앉아 있었다. 루이세는 한참 만에 컴퓨터 쪽으로 몸을 돌렸다. 파코브의 예전 이웃에 대한 기록을 찾아봐야 했다.

로젠이라는 이웃은 질랜드 북쪽의 호네비라는 동네에 살았다. 루이세의 검색 결과, 로젠은 그 옛날 렁스테드 지역에서 거대 무역상인 파코브네 옆에 살던 일가족 중 유일하게 현재까지 살아 있는 사람이었다. 로젠 가족은 1962년, 그러니까 요르겐이 정신병원에서 돌아온 해에 그 주소지에서 떠났다고 기록되어 있었다.

로젠의 부모는 오래전에 세상을 떠났다. 슬하에 로젠 말고 다른 자식은 없었다. 루이세는 로젠이 올해로 예순일곱 살이 됐겠다고 계산했다.

"예전 이웃을 만나보러 질랜드 북쪽에 다녀올게요." 루이세가 에이크에게 말했다. "그 사이 당신은 괴팍한 릴리안을 어떻게든 유혹해서 면담 약속을 잡도록 해요."

에이크가 웃으며 말했다.

"내 유혹에 안 넘어오는 여잔 없습니다."

도로에서 바라본 여름 별장은 작은 창문이 여러 개 달린 시가 박스 같았다. 드넓은 대지를 바라보고 서 있는 주택 앞쪽으로 말들이 어슬렁거리며 꼬리를 흔들어 파리를 쫓았다.

루이세가 대문을 밀고 들어서자 널찍한 안뜰 뒤쪽에서 푸른색 옷을 입은 사람이 보였다.

"실례합니다." 뜰에 난 좁은 길을 따라 걸어가며 루이세가 소리쳤다. 두어 번 더 소리친 후에야 노부인이 몸을 돌리더니 손에 바구니를 들고서 루이세 쪽으로 다가왔다.

루이세는 오는 길에 맥도날드 드라이브 스루에서 콜라와 치즈버거 두 개를 사서 식사를 대신했다. 배가 든든하니 기운이 좀 났다.

"저는 루이세입니다." 루이세는 손을 내밀며 신분을 밝혔다. 아울러 갑자기 찾아와 일을 방해해서 미안하다고 사과했다.

백발에 가까운 머리를 하나로 묶어 뒤로 늘어뜨린 노부인은 의아한 표정을 지었다.

"누가 찾아올 거라고 전혀 예상하지 못했어요." 노부인은 사과조로 말한 뒤, 흙 묻은 낡은 원피스를 손으로 연신 털었다.

"괜찮습니다. 제가 연락도 없이 찾아왔는데요." 루이세가 서둘러 말했다. 미리 연락하고 찾아오면 사람들이 답변을 준비하기 때문에 자연스러운 대화를 나누기 어려웠다. "어렸을 때 링스테드에서 부모님과 함께 사셨죠?"

로젠은 머뭇거리며 고개를 끄덕였다. 경찰이 그런 얘기를 왜 꺼내는지 종잡을 수 없다는 표정이었다. "그래요, 거긴 내가 태어난 곳이기도 해요."

"옆집 살던 파코브네 가족을 기억하세요?"

"기억해요." 노부인이 순순히 인정했다.

"그 집 아들 요르겐과 안 좋은 일이 있었던 걸로 압니다. 그 때문에 아버지가 경찰에 신고까지 하셨잖아요." 루이세는 로젠의 얼굴이 하얗게 변하는 걸 보고 입을 다물었다.

"안으로 들어가죠." 노부인이 말했다. "좀 앉아야겠어요."

루이세는 노부인을 부축하며 집 쪽으로 걸어갔다. 문을 열고 꽃무늬 벽지가 인상적인 작은 주방으로 들어갔다. 고양이 한 마리가 두 사람 곁으로 쓱 지나갔다. 싱크대에는 씻지 않은 접시가 그대로 있었다.

자리에 앉자 루이세가 단도직입적으로 질문을 던졌다. "그가 겁탈했나요?"

노부인의 눈에 눈물이 비쳤다. 그녀는 고개를 한 번 끄덕이더니 루이세가 그 일에 대해 자세히 말해달라고 부탁하자 얼굴을 돌렸다.

"그건 안 좋은 일 정도가 아니었어요." 노부인이 힘겹게 입을 열며 루이세를 바라보았다.

"그건 저도 압니다. 그런데 신고가 철회됐다고 나와서…."

"그 일로 내 인생의 악몽이 시작됐어요." 노부인의 목소리가 갈라지고 어깨가 떨리기 시작했다.

어린 아이처럼 흐느끼는가 싶더니 감정을 주체하지 못하고 눈물을 쏟아냈다. 서럽게 흐느끼는 소리에 루이세는 오싹 소름이 돋았다. 의자를 가까이 붙이고 노부인의 손을 잡았다. 한동안 그렇게 앉아 있다가 로젠이 마침내 헛기침을 하면서 고개를 들었다.

"무슨 일이 있었는지 말씀해 주시겠어요?" 루이세가 부탁했다. "꼭 알아야 하거든요."

로젠은 말하려고 하다가 또다시 눈물을 쏟으며 더 구슬프게 흐느꼈다. 그 소리가 비수처럼 루이세의 가슴을 후벼팠다. 50년도 더 지난 일에 이토록 격렬하게 반응하다니, 그 아픔이 얼마나 컸을지 짐작하기도 힘들었다. 노부인이 진정할 때까지 기다리는 수밖에 없었다. 아버지는 신고를 철회했지만 당사자는 평생 그 사건에서 벗어나지 못했나 보다.

루이세는 일어나서 물을 한 잔 따라 왔다.

"물 좀 드세요." 루이세가 권했다.

노부인이 숨을 제대로 쉬지 못하자 루이세는 그녀가 숨이 멎거나 심장마비를 일으킬까 봐 불안했다. 하지만 잠시 후 로젠은 테이블 모서리를 꽉 잡으며 자세를 바로 잡았다. 소매로 눈물을 닦고 나서 물을 조금 마셨다.

"언젠가는 그 일에 대해 말할 날이 올 줄 알았어요." 노부인이 절망적인 눈으로 루이세를 바라보며 속삭였다. "뇌리에서 평생 떠나지 않던 일인데…."

"무슨 일이 있었죠?" 루이세가 물었지만 로젠에게는 들리지 않는 듯했다.

"보딜은 어떻게 됐을지 궁금하네." 로젠이 혼잣말하듯이 중얼거렸다.

"보딜과 요르겐은 질랜드 중부에 있는 숲에서 함께 살고 있어요."

"그럴 리가!" 로젠이 분개한 목소리로 소리쳤다.

루이세는 노부인의 갑작스런 반응에 깜짝 놀랐지만 그녀의 눈빛이 살아난 걸 보고 얼굴 표정을 읽어내려고 애썼다.

"왜 그럴 리가 없다는 거죠?"

"보딜은 절대로 그러지 않을 거야." 로젠이 단호하게 대답했다. "절대로."

두 사람은 잠시 말없이 쳐다봤다.

"그렇다면 요르겐 파코브가 여전히 살아 있다는 거로군." 로젠이 추정했다.

그러더니 서글픈 표정으로 팔짱을 꼈다.

"불쌍한 보딜, 그녀의 인생도 결국 엉망이 됐군."

안개처럼 흐릿했던 과거가 되살아난 듯 노부인의 목소리가 높아졌다 떨어졌다. 루이세는 또다시 소름이 돋았다.

"그들이 정말로 함께 산다고?"

루이세가 고개를 끄덕였다.

"진짜로 불행한 게 뭔지 알아?" 로젠이 루이세의 머리 위쪽을 멍하니 바라보며 속삭였다. "운명의 장난으로 관계가 어긋났는데도 죽을 때까지 함께 살아야 한다는 거야."

"무슨 말씀인지 제가 알아듣길 바라신다면, 그때 있었던 일을 구체적으로 말씀해 주셔야 합니다." 루이세가 덤덤한 어조로 말했다.

"그러니까 그가 여전히 살아 있다는 거지?" 로젠이 루이세를 똑바로 쳐다보며 다시 물었다.

루이세는 참을성 있게 고개를 끄덕인 후 보딜도 살아 있다고 덧붙였다.

"아니," 로젠이 단호하게 루이세의 말을 잘랐다. "내가 아는 보딜은 이미 죽었어."

"제발 무슨 일이 있었는지 말씀해 주세요." 루이세는 이제 노부인의 정신이 온전한지 의심스럽기까지 했다.

로젠은 마음을 진정하려고 애썼다. 하지만 덜덜 떨리는 손은 어찌하지 못했다.

"보딜이 아홉 살 때 남동생은 다섯 살이었어." 마침내 입을 연 노부인은 정신을 집중하려고 앞만 똑바로 쳐다봤다. "보딜은 학교가 끝나고 집으로 가는 길에 동생을 데리러 유치원에 들렀어."

목소리는 조금 차분해졌지만 팔은 여전히 떨렸다.

"난 그와 같은 유치원에 다녔어. 어느 날부턴가 엄마가 미용실에 가거나 볼일이 생기면 나도 보딜을 따라 집에 왔어. 집까지 멀지 않은 거리였지만 도중에 횡단보도를 두 번이나 건너야 했지. 하루는 요르겐이 보딜을 앞질러 갔어. 요르겐은 차만 보면 정신을 못 차렸거든. 당시엔 차가 많지 않았는데, 멀리 사라지려는 차를 뛰어가서 보려고 했던 거야."

로젠이 잠시 입을 다물고 생각에 잠기자 루이세는 가만히 기다렸다.

"보딜이 말리기도 전에 요르겐이 차도로 뛰어들었어. 그런데 때마침 모퉁이를 돌아 나오던 차가 그를 치었어."

"그럼 그게 교통사고 때문이었단 말인가요?" 루이세가 놀라 소리쳤다. 그녀는 로젠의 표정에서 그녀가 자신의 질문을 못 알아들었음을 읽었다.

"너무 무서웠어." 로젠이 속삭였다. "그때 우린 너무 어렸어. 우리가 잘 알던 소년이 구급차에 실려 가서 완전히 딴 사람이 되어 돌아올 줄은 미처 몰랐어."

로젠이 고개를 저었다.

"겉보기엔 다친 것 같지도 않았어. 피 한 방울 흘리지 않았거든. 그냥 차에 부딪혀 넘어졌을 뿐이었어. 차가 그를 치고 넘어간 것도 아니었고."

"운이 아주 나빴나 봅니다." 루이세가 말했다. 전두엽을 손상시키는 데는 엄청난 충격이 필요하지 않았던 것이다.

로젠이 자리에서 일어나 찬장으로 가더니 특이한 마개가 달린 병을 꺼내왔다. 이젠 어느 정도 마음의 평정을 찾은 듯했다. 루이세는 노부인이 권하는 엘더플라워 주스

(elderflower juice, 엘더베리 꽃으로 만든 주스 - 역자 주)를 고맙게 받아 들었다.

"악몽이 정확히 언제부터 시작됐는지는 나도 몰라." 자리에 앉고 나서 로젠이 다시 이야기를 시작했다. "때는 요르겐이 열네 살 때였으니까 보딜은 열여덟 살이었겠네. 어느 날 갑자기 보딜이 사라졌어. 전 과목 A를 받던 우등생이었는데 학교도 그만뒀고. 사람들은 보딜의 어머니가 이유를 알 거라고 쑤군댔어. 그녀는 차에 치인 사람이 네가 아닌 걸 감사해야 한다며 보딜을 들들 볶았다더군. 내가 알기론 보딜의 담임선생님이 비에케로드 에버로가드에 있는 어느 의사 집에 가정교사 비슷한 자리를 보딜에게 알선해 줬대. 그땐 이미 요르겐이 나를 수시로 찾아와 괴롭히던 터라, 난 그 선생님이 보딜을 떠나보낸 이유를 알고 있었어."

로젠이 입을 꾹 다물었다. 눈물을 삼키려고 입술을 깨물었지만 성공하지 못했다.

"아무한테도 말할 수 없었어. 하지만 결국 부모님이 알아차리고 보딜과 요르겐의 아버지인 무역상을 만나러 찾아갔어. 아버지는 경찰에도 찾아가서, 요르겐의 부모도 요르겐을 통제할 수 없으니 그를 멀리 보내야 한다고 요구했어."

"하지만 나중에 신고를 철회하셨죠?" 루이세가 물었다.

로젠이 고개를 끄덕였다. "그건 아버지가 그 무역상과 맺은 거래의 일부였어. 그들이 요르겐을 멀리 보내면 신고를 철회하기로 하셨대."

"그럼 보딜은 어떻게 됐죠? 집으로 돌아왔나요?"

"난 보딜을 다시는 보지 못했어. 보딜이 자기 아버지를 다시 볼 기회가 있었는지도 모르겠어. 무역상이 4년 뒤 세상을 떠나자 그의 아내가 요르겐만 다시 집으로 데려왔거든."

노부인의 턱이 부르르 떨렸다.

"그가 돌아온 바로 다음 날부터 그 일이 다시 시작됐어." 로젠은 말을 더듬었지만 고개를 똑바로 들고 있으려 애썼다.

루이세는 숨이 턱 막혔다. 잠시 마음을 가다듬고 숨을 고른 뒤 물었다. "그래서 그곳을 떠나신 거로군요?"

로젠이 고개를 끄덕였다. "그래서 우린 그곳을 떠났어."

그때 가방에 넣어둔 루이세의 휴대폰이 울렸다. 그제야 루이세는 로젠의 주방에서 두 시간이나 앉아 있었음을 깨달았다. 황급히 에이크의 전화를 받았다.

"릴리안이 와 있어요. 엘리스룬드에서 무슨 일이 있었는지 알려주겠대요. 릴리안이 근무 중일 때 쌍둥이 자매가 사라졌답니다."

"릴리안을 왜 사무실로 데려왔어요?" 루이세가 나직이 물었다. 에이크가 복도로 나가는 소리가 수화기 너머로 들렸다.

"수사에 중요한 단서가 될 정보를 털어놓지 않으면 체포해서 기소할 거라고 위협해야 했거든요."

"맙소사, 에이크!" 루이세가 소리쳤다. "그러다 소송을 당하면 어쩌려고!"

루이세는 로젠에게 사과조로 웃어 보인 뒤 한숨을 내쉬며 에이크에게 말했다.

"이쪽 일을 얼른 마무리 짓고 사무실로 바로 돌아갈게요."

36

호르솜 고속도로에 들어선 루이세는 퇴근 시간 정체에 막혀 꼼짝도 못했다. 마음이 급해서 그런지 호네비에서 돌아가는 길이 한없이 멀게 느껴졌다. 게다가 로젠에게 미안한 마음까지 겹쳐 속이 영 불편했다. 힘든 이야기를 들려줘서 고맙다고 인사도 하고, 괴로운 과거를 들춰서 미안하다고 사과도 했다. 하지만 결코 치유될 것 같지 않은 상처를 들쑤셔 놓고 서둘러 나오고 말았다.

루이세는 보딜이 자의로 남동생과 같이 살겠다고 하진 않았을 거라는 로젠의 이야기에 동감했다. 하지만 유치원에서 집까지 걸어가는 동안 동생을 제대로 돌보지 못했다는 보딜의 죄책감이 남매를 묶어 놓는 끈인 것 같았다.

루이세가 꽃무늬 주방에 앉아 있는 동안 멜빈도 그녀에게 두어 차례 연락했다. 차가 멈춘 사이 그동안 미뤄뒀던 대화를 나누는 것도 나쁘지 않을 것 같았다.

"매매계약이 성사됐어." 아래층 이웃의 신나는 목소리에 루이세는 빠지고 싶다는 말을 차마 꺼낼 수 없었다.

"아저씨가 결국 구입하셨어요?" 루이세가 물었다.

"아니, '우리가' 커뮤니티 가든 부지를 구입한 거지." 멜빈이 루이세의 말을 정정하면서 그녀 역시 계약서에 서명해야 한다는 사실을 상기시켰다. "계약서는 내가 잘 가지고 있어. 오늘 밤에 요나스를 데리고 '맨션'에 다녀오기로 약속했어. 요나스가 방금 로스킬레에서 돌아왔거든."

루이세는 숨을 깊이 들이마셨다. 가든을 직접 보지도 못했는데 난감했다. 이게 다 짬을 내지 못한 그녀 탓이었다.

"배선이랑 욕실은 새로 손봐야 해." 멜빈은 주방과 거실도 새로 칠해야 할 거라면서도 루이세에게 여지를 남겼다. "하지만 그건 자네가 결정해."

노인의 열정에 루이세는 웃음이 나왔다.

"가든은 정말 끝내줘." 멜빈의 감탄은 끝이 없었다. "딸기류도 있고 감자, 허브…."

"잔디밭도 조금 있으면 좋겠네요." 루이세가 끼어들었다. 일광욕을 즐기기 위한 선베드 놓을 자리가 없으면 곤란했다.

"잔디밭도 널찍해." 멜빈이 루이세를 안심시켰다. "위치도 워낙 좋아서 하루 종일 해가 잘 들어."

"얼른 가서 보고 싶네요." 루이세가 들뜬 목소리로 말했다. 그녀라고 커뮤니티 가든을 갖지 못할 이유가 있겠는가! 차가 다시 움직이기 시작하자 루이세는 잽싸게 추월 차선으로 끼어들면서 집에 가자마자 서명하겠다고 말했다.

"요나스 데리고 얼른 다녀오세요. 전 오늘도 좀 늦을 것 같아요."

★

루이세가 '쥐구멍'으로 돌아왔더니 릴리안이 벽에 등을 대고 앉아 있었다. 보아하니 한 마디도 하고 싶지 않은 눈치였다. 에이크는 두 손을 마주 잡은 채 책상에 앉아 있었다.

두 사람은 여태 그녀를 기다리고 있던 게 분명했다. 루이세는 재빨리 스웨터를 벗어 놓고 릴리안에게 인사했다. 엘리스룬드에 처음 전화했을 때부터 무뚝뚝했던 릴리안은 여전히 본체만체했다.

"릴리안은 쌍둥이 자매가 머물던 마지막 해에도 거기서 근무했대요. 자매가 폐렴으로 입원실에 들어온 2월엔 직접 돌봐주기도 했답니다."

뚱한 얼굴로 앉아 있는 릴리안 쪽으로 에이크가 고개를 돌렸다.

"마지막 날 밤에 무슨 일이 있었는지 말해 봐요."

창문에 블라인드가 쳐져서 햇빛이 조금밖에 들지 않았다. 릴리안 앞에 놓인 커피와 물은 손도 대지 않은 상태였다.

육중한 몸집에 팔짱을 끼고 미동도 않는 릴리안은 쉽게 입을 열 것 같지 않았다.

"당신도 어쩔 수 없는 상황이었을 겁니다." 에이크가 거들고 나섰다. "그땐 학생 신분이었을 테니까."

릴리안은 여전히 입을 열지 않았다. 그저 가만히 앉아 앞만 주시했다.

그들은 릴리안이 입을 열 때까지 한동안 기다렸다. 그러다 결국 에이크의 인내심이 바닥났다.

"당신이 도착하기 전에 릴리안이 나한테 들려준 바로는, 자매가 지하에 있는 입원실로 들어온 게 이상했답니다. 둘 다 폐렴에 걸린 것 같지 않았답니다. 증상도 없고 열도 없었으니까. 보딜 파코브 원장에게 이 점을 지적했더니, 보복 차원에서 자신을 지하 입원실 담당 대신 남자 화장실 청소 담당으로 배치하더랍니다. 게다가 릴리안이 화장실 담당을 맡은 이후로 그 화장실은 최악의 중증 환자들만 드나들었답니다."

루이세는 빈 컵을 찾아 커피를 따른 뒤 릴리안에게도 권했다. "커피 마실래요?"

릴리안은 고개를 저으며 시선을 떨어뜨렸다.

"자매가 사망한 날 밤, 지하 입원실 문이 굳게 닫혔답니다. 파코브와 담당 의사 외엔 아무도 접근하지 못했대요. 그러니까 그 두 사람이 야간 근무를 섰다는 겁니다. 다음날 아침 조기가 걸렸고 그 뒤로 쌍둥이 자매를 본 사람이 없답니다. 거길 떠나는 모습을 본 사람도 전혀 없고요."

"에이크," 루이세가 말을 잘랐다. "지금부턴 릴리안에게 직접 듣도록 합시다."

에이크가 입을 다물더니 언짢은 표정으로 루이세를 쳐다봤다. 그러다 릴리안에게 고개를 까딱하며 이야기를 시작하라는 신호를 보냈다. 하지만 릴리안이 입을 열지 않자 그들은 또다시 기다렸다. 에이크가 침묵을 깨려고 몇 차례 들썩거렸지만 그때마다 루이세가 굳은 표정으로 만류했다.

그들은 10분 가까이 침묵 속에 앉아 있었다. 루이세는 이따금 릴리안에게 힐끔 시선을 던지면서 손톱 뿌리를 덮고 있는 각피를 물어뜯었다. 그러다 릴리안의 통통한 뺨에서 흘러내리는 눈물을 포착했다. 루이세가 에이크를 잽싸게 쳐다봤다. 그는 엉덩이를 쑥 빼고 의자에 깊숙이 기대고 있었다. 깍지 낀 두 손을 머리에 받치고 있는 걸로 봐선 깜빡 잠이 든 것 같았다.

"그들이 입원실 문을 잠갔을 때 처음엔 무슨 일이 벌어지는지 몰랐어요." 릴리안이 단조로운 목소리로 이야기를 시작했다. "하지만 다른 사람들은 진작부터 알고 있었던 것 같아요. 다들 지하실 문이 잠기면 가까이 가지 않았거든요."

루이세가 몸을 앞으로 내밀자 에이크는 메모장을 꺼냈다. 잠든 게 아니었나 보다.

"한번은 다음날 아침에 코펜하겐 대학 병원으로 이송할 환자의 파일을 찾으러 지하실에 내려갔어요."

"쌍둥이 자매가 입원했을 때였나요?" 루이세가 머뭇거리며 물었다.

"아니요." 릴리안이 손가락을 비틀며 말했다. "그보다 한참 전이었어요."

순간 릴리안은 다시 입을 다무는 듯했지만 갑자기 고개

를 들고서 분노를 토해내듯 이야기를 쏟아냈다.

"보딜과 담당 의사가 그를 데리고 복도로 걸어갔어요. 둘은 그를 가운데 끼고서 화장실에서 나왔어요. 그는 벌거벗은 상태였어요. 그들은 그를 제일 구석진 입원실로 데려갔어요. 그곳은 전염병에 걸린 사람들을 위한 입원실이었어요."

릴리안은 불안해 보였다. 이야기를 계속하기 위해 마음을 다잡으려는 듯 고개를 돌렸다.

"내가 거기 있는 동안 그 병실이 사용된 적은 한 번도 없었어요. 비상 상황에 대비해 늘 비워 뒀었어요. 난 너무 놀랐어요. 남자 병동에서 계속 주간 근무를 했지만 그 남자는 한 번도 못 봤거든요."

"그 남자가 누구였죠?" 에이크가 성냥을 입에 물고서 물었다.

"그땐 누군지 몰랐어요. 나중에야 그가 보딜 파코브 원장의 남동생 요르겐 파코브라는 얘길 들었어요. 원장은 그를 지하실에 머물게 하고서 담당 의사에게 치료를 맡겼던 거예요. 처음엔 다들 쉬쉬 하면서 왜 그만 특별대우를 하는지 아무 말도 못했어요. 시간이 지나서는 그러려니 하고 넘어갔죠. 우리는 그와 부딪힐 일도 없었어요. 그는 식사도 거기서 했고 다른 입소자들과 어울리지도 않았거든요. 우린 '그 소리'만 들었어요."

릴리안이 눈을 감고 얼굴을 찡그렸다. 옛날 일이 눈앞에 되살아나는 듯 괴로워하며 몸서리를 쳤다.

"그들은 아픈 소녀들을 그에게 들여보냈어요. 입원실에 들어온 애들을요." 릴리안이 숨을 깊이 들이쉬었다. "병동에서 야간 근무를 하면 간혹 그 소리를 들을 수 있었어요. 하지만 우린 아무 말도 하지 않았어요. 감히 꺼낼 수도 없었어요. 고참 직원들조차도. 그냥 다들 모르는 척했어요."

릴리안이 몸을 쭉 폈다.

"실은 꺼내서도 안 될 일이었죠."

"어째서?" 에이크가 소리쳤다. 이마에 잡힌 성난 주름으로 봐서 그 말에 동의하지 않는 게 분명했다.

릴리안이 에이크 쪽으로 몸을 돌렸다. "우리 모두 공범이었으니까요. 보딜 파코브가 워낙 강한 원장이긴 했지만, 우린 무슨 일이 벌어지는지 알았고 그걸 막았어야 했어요. 하지만 파코브의 기세에 눌려 눈과 귀를 닫아 버렸어요. 거기서 벌어지는 범죄의 공범이 되고 말았어요. 누구 한 사람을 탓하는 것으로 끝낼 수 없게 됐어요."

"다들 한통속이었군." 에이크가 분개하며 성냥을 탁 뱉었다. "정신적으로 장애가 있는 소녀들이 아무 말도 못할 거라는 걸 알았기 때문인가, 아니면 그들에겐 고소하겠다고 덤빌 친척이 없었기 때문인가?"

"그만 해요." 루이세는 에이크의 말을 자르며, 그를 아예 사무실 밖으로 내보낼까 생각했다.

"30년도 더 지난 일이에요." 릴리안이 항변했다. "그땐 지금과 달랐어요. 요르겐 파코브에게 제기된 혐의에 대해 담당 의사가 불복했어요. 성폭행이 있었다는 점도 부인했고요. 그러다 끝에 가선 보딜의 남동생이 거길 나갔죠."

"그게 언제였죠?" 루이세가 물었다.

"쌍둥이 자매에게 일이 생기기 직전이었어요. 아마 한두 주 전이었을 거예요."

"그러니까 보딜 파코브의 남동생은 보딜이 그만두고 나갈 때까지 내내 엘리스룬드에 머물렀다는 거죠?"

릴리안이 고개를 끄덕였다.

"그리고 보딜이 그만두던 날 쌍둥이 자매도 사라졌다는 거죠?" 에이크가 일어선 채로 루이세의 질문을 이어받았다.

릴리안은 미동도 없이 앉아서 에이크가 가죽 재킷을 걸치고 자동차 열쇠를 집어 드는 모습을 눈으로 쫓았다. "어쩌면 의사가 자살한 후에 우리가 그 일을 끝까지 파헤쳤어야 했는지도 몰라요. 하지만 입원실은 그 의사 책임이었어요. 결국 그 사건은 그 의사의 자살과 함께 묻히고 말았어요."

"그럼 리세와 메테가 어떻게 됐는지 누구 하나 알아볼 생각도 안 했단 말이군요?" 루이세가 단정적으로 물었다.

루이세는 에이크를 따라 나서려고 스웨터를 집어 들었다.

"그들은 애초에 '기억에서 지워진 소녀들'이었어요. 부모도 내버린 애들을 우리가 뭘 어쩌겠어요?"

루이세가 문가에서 몸을 홱 돌리고 릴리안에게 버럭 소

리를 질렀다.

"그게 바로 당신의 잘못이야." 루이세가 노기 어린 목소리로 말했다. "두 소녀는 애초부터 잊힌 게 아니었어. 당신들이 그들의 아버지에게 잊으라고 강요했던 거야. 찾아오지도 못하게 했잖아. 다른 대다수 아이들과 어른들도 모두 그런 이유로 가족과 단절됐던 거야. 그들은 남들과 다르다는 이유로 부모 품에서 떨어져 그저 편하게 일할 방법만 찾는 사람들 손에 내맡겨졌던 거야. 억울한 일을 당해도 항거할 수 없었고 나서서 도와줄 사람도 없었어. 그러니 당신들이라도 그들에게 관심을 기울이고 도와줬어야지."

루이세는 치미는 분노를 간신히 억누르고 몸을 돌려 사무실을 나갔다.

37

에이크가 자갈을 마구 튕기며 부케스코브 로드를 질주하는 바람에 루이세는 오래된 제재소와 다른 집들을 살펴볼 여유가 없었다. 순식간에 '사냥터 관리인의 집' 주변에 늘어선 밤나무가 눈에 들어왔다.

루이세는 도중에 미크에게 전화를 해서 릴리안과의 면담 내용을 알려주었다. 그리고 요르겐 파코브와 그 가족을 뒷조사한 내용도 간단히 설명했다.

"그는 최초 성폭행 사건이 벌어지던 시절에도 이곳에 살았어." 루이세가 이 점을 애써 강조했다.

"그렇다면 20년 동안의 공백은 뭐지? 그렇게 오랫동안 중단했다가 다시 시작했던 장소로 돌아왔다는 건 이상하지 않아?"

미크의 질문에 루이세는 뭐라 대답해야 할지 몰랐다. 그러는 사이 '사냥터 관리인의 집' 앞에 도착했다. 울타리에 세워진 대문과 안쪽의 현관문이 활짝 열려 있었다.

"뭔가 이상하네요." 요르겐의 삽이 앞뜰 한가운데 떨어져 있는 걸 보고 루이세가 말했다.

루이세는 헤드셋을 벗어 던지고 집 쪽으로 서둘러 가면서, 보딜을 불렀다. 집 주변은 섬뜩할 정도로 고요했다. 이엉을 얹은 지붕에서 푸드덕 날아오르는 새 소리만 들렸다. 권총을 꺼내 현관으로 천천히 들어가는데 심장 박동이 점점 더 빨라졌다. 거실엔 아무도 없었다. 집 안 어디서도 인기척이 없었다. 루이세는 에이크에게 거실 쪽을 살피라고 손짓하고 자신은 주방으로 향했다.

주방에도 사람은 없었다. 테이블에는 사용한 접시 두 개와 빈 우유 잔 하나, 먹다 둔 버터만 놓여 있었다.

루이세는 주방 뒤쪽에 있는 방을 향해 천천히 나아갔다. 손잡이를 눌러 살그머니 문을 열었다.

방은 뜰에 서 있는 커다란 나무에 가려 어둡고 서늘했다. 보딜의 방으로 한 걸음 내딛는 순간 희미한 향수 냄새가 코를 자극했다.

보딜은 정원 쪽으로 난 두 창문 사이에 앉아 있었다. 귀에 커다란 헤드폰을 쓰고 흔들의자를 앞뒤로 흔들며 뜨개질에 열중하고 있었다.

루이세는 자신의 가쁜 호흡을 의식하며, 일단 권총을 쥔 손의 힘을 살짝 풀었다. 그리고 뜨개질에 열중한 보딜을 잠시 지켜보다 이름을 두어 차례 불렀다. 부르는 소리를 듣지 못하는 것 같아 흔들의자 앞으로 걸어갔다.

보딜은 움찔 놀라더니 고개를 들고 헤드폰을 벗었다. 헤드폰에서 클래식 음악이 희미하게 흘러나왔다. 보딜은 아무 말도 하지 않았다. 그저 서글픈 눈으로 루이세를 쳐다보기만 했다. 분주하게 움직이던 손은 힘없이 무릎에 놓여 있었다.

루이세는 보딜 앞에 쪼그리고 앉았다.

"요르겐은 어디 있죠?" 루이세가 물었다.

보딜은 입을 꾹 다물고 고개만 가만히 흔들었다.

"보딜," 루이세가 이번엔 좀 더 날카롭게 말했다. "요르겐을 만나야겠어요. 물론 당신도 그 자리에 있어야 하고요."

보딜의 턱이 흔들리고 입술이 떨렸다.

"그는 집에 없어." 보딜이 들릴 듯 말 듯하게 말했다.

루이세가 흔들의자 팔걸이에 손을 올려 움직임을 멈추었다.

"어디 있죠?"

"숲에 있어. 그 여자를 데려오라고 내가 말했거든."

"그 여자라뇨?" 루이세가 벌떡 일어서며 물었다.

"그가 전에 데려온 여자."

"그게 누군데요?"

"사람들이 숲에서 찾던 여자." 보딜은 루이세와 눈을 마주치지 않고서 대답했다.

"조깅하던 여자요?" 루이세가 물었다. "요르겐이 여태 데리고 있었던 건가요?"

"응. 그의 방에서."

루이세는 보딜의 방에서 뛰쳐나가, 주방을 거쳐서 거실로 갔다. 보딜이 자신을 쫓아오는 걸 의식하며, 좁은 현관을 지나 집 뒤쪽으로 뛰어갔다. 본채와 떨어진 요르겐의 거처에는 견고한 참나무 문이 달려 있었다. 루이세는 문에 달린 묵직한 빗장을 바라봤다. 지금은 빗장이 풀려 문이 열려 있었다.

앞쪽 방은 요르겐의 침실이었다. 보딜의 방보다 널찍했다. 한쪽 벽면에 설치된 선반에는 조그마한 차가 칸칸이 진열되어 있었다. 성냥갑 크기의 모형차가 아니라 수집가들이 소장용으로 모으는 멋진 차였다.

루이세는 뒤쪽의 작은 방으로 서둘러 걸음을 옮기다 멈칫했다. 악취가 코를 찔렀다. 창문이 모두 열려 있었지만 구역질이 나올 만큼 지독했다. 어두운 방에서 눈에 띄는 물건은 침대뿐이었다. 침대 위에는 배설물에 찌든 시트가 구겨져 있었다. 루이세는 순간 손발이 얼어붙은 듯 꼼짝할 수 없었다. 방 안 풍경에 익숙해진 후에야 침대 쪽으로 걸어갔다. 바닥에 떨어진 로프를 집어 들었다. 로프는 침대 머리판과 이어져 있었다.

"그녀를 침대에 묶어 두고 있었던 건가요?" 루이세가 뒤도 돌아보지 않은 채 물었다.

"요르겐은 매듭을 잘 묶어." 보딜은 그렇게 대답한 뒤 침대 쪽으로 와서 시트를 접기 시작했다. "이 냄새는 잘 빠지지 않겠어. 그렇지?"

루이세는 몸을 숙여 침대 밑을 살폈다. 둘둘 말린 로프와 잘린 로프 토막뿐 다른 건 없었다.

"맙소사." 루이세가 몸을 일으키며 중얼거렸다. 열린 창문으로, 에이크가 자갈 깔린 안뜰을 지나 뛰어오는 소리가 들렸다. 그는 곧 요르겐의 문 앞에 당도했다.

"당장 이쪽으로 와요. 당신이 봐야 할 게 있어요." 에이크가 암울한 목소리로 말했다.

38

루이세는 에이크를 따라 외양간으로 달려갔다. 본채와 비스듬히 연결된 외양간은 이중문이 활짝 열려 있었다. 뜰에서도 말 우리 앞에 쳐진 빗장이 보였다.

에이크가 루이세를 붙잡고 손가락을 입술에 갖다 댔다. 그리고 루이세의 팔을 붙잡고서 외양간 안으로 들어섰다. 실내는 어둡고 서늘했다. 안뜰로 면한 초승달 모양의 창문 두 개가 빛이 들어오는 유일한 통로였다.

"그녀가 저 안에 있어요." 에이크가 속삭였다.

두 사람은 나란히 붙어 있는 우리 쪽으로 걸어갔다. 말 우리의 문 앞에는 리세메테라고 손 글씨로 적힌 팻말이 각각 붙어 있었다.

루이세는 에이크가 가리키는 우리로 들어가다 헉 하고 숨을 멈췄다.

말 우리는 반 평 남짓해 보였다. 여자가 누워 있는 침대는 옆 우리와 분리된 칸막이벽에 바짝 붙어 있었다.

두 사람은 가만히 서서 여자를 지켜봤다. 여자는 눈을 감은 채 미동도 하지 않았다. 베개 옆에는 금발 인형이 놓여 있었다. 얼굴은 심하게 구타당했는지 잔뜩 부어 있고 핏자국도 보였다. 소박한 침대 옆에는 조그마한 탁자가 있었다. 탁자 위 기다란 물 잔에는 장미꽃 한 송이가 꽂혀 있었다.

칸막이 맞은편 벽돌 벽에는 낡은 괘종시계가 걸려 있고, 낮은 테이블에는 자수를 놓은 식탁보가 깔려 있었다. 금박을 두른 묵직한 그림 액자와 꽃무늬가 새겨진 작은 액자도 두 개 보였다. 장식품은 필시 링스테드에 있던 무역상의 집에서 가져왔음직했다.

루이세는 우리 문에 달린 걸쇠를 잡고 조심스럽게 밀었다. 문이 열리는 소리에 주의하면서 여자가 반응을 보이는지 살폈다. 전혀 움직이지 않았다.

침대 쪽으로 살금살금 걸어가 여자의 얼굴을 유심히 내려다 봤다. 이마에 커다란 흉터가 있었다. 에이크는 외양간 통로에서 기다렸다.

"깨우지 마." 보딜이 뒤에서 말했다. 그녀는 두 손을 허리에 받친 채 문 옆에 서 있었다.

"여기서 무슨 일이 있었던 겁니까?" 에이크가 보딜을 쳐다보며 물었다.

"요르겐의 소녀들이 여기 살고 있어."

'아무것도 숨기려 하지 않는군.' 루이세가 속으로 생각했다. 보딜은 게임이 끝났다는 걸 알아차리고 이젠 일이 어떻게 흘러가는지 지켜보자는 심산인 것 같았다.

"메테가 자꾸 자해를 해서, 진정시키려고 요르겐의 약을 조금씩 먹였어."

"자매가 1980년부터 줄곧 여기서 지냈나요?" 루이세가 우리에서 물러나며 물었다.

"응." 보딜이 짧게 대답했다.

루이세는 엔더슨에게 이런 모습을 보여줘야 할지 고민했다. 딸들과 관련된 일이라면 뭐든 알려주겠다고 약속했지만 이렇게 처참한 모습을 보여주자니 마음이 아팠다. 엔더슨은 그동안 많은 일을 겪었고 이젠 진실만을 원했다. 그의 뜻을 존중해 주는 게 도리일 것 같았다. 루이세는 휴대폰을 손에 쥐고 뜰로 나갔다. 미크에게 연락하는 건 에이크에게 맡기고, 자신은 엔더슨에게 전화했다.

"따님을 찾았습니다." 루이세는 다음 말을 황급히 덧붙였다. "살아 있습니다. 그 점은 확실히 말씀드릴 수 있습니다. 하지만 지금으로선 그것밖에 말씀드릴 수 없습니다. 이쪽으로 오시겠습니까?"

엔더슨이 당장 오겠다고 해서, 루이세는 주소를 불러주며 숲 바로 옆에 있는 집이라고 설명했다.

"부케스코브 로드예요." 루이세는 주소를 반복해 불러주며 끽해야 15분에서 20분 거리라고 추정했다. 그들이 오랜 세월 동안 이렇게 가까이 살았다고 생각하니 기분이 묘했다.

"당신 동생이 엘리스룬드에서 더 이상 욕구를 충족할 수 없으니까 여기서 마음껏 충족하라고 자매를 빼돌린 겁니까?" 에이크가 외양간 문 옆에서 보딜에게 물었다. 그의 목소리는 분노로 덜덜 떨렸다. "그 덕에 당신은 그의 폭행에서 벗어났습니까?"

보딜이 곤혹스러운 표정으로 에이크를 쳐다봤다.

"그래. 하지만 우린 늘 그들을 잘 돌봐줬어. 엘리스룬드에 있을 때보다 여기서 지내는 게 그들에게도 더 좋았어." 보딜은 에이크가 분노하는 이유를 도통 모르겠다는 투로 말했다.

"숲에서 보모를 강간하고 죽인 사람이 당신 동생입니까?" 에이크가 담배 필터를 잘라내고 불을 붙이며 물었다.

그제야 보딜은 움찔하면서, 떨리는 눈빛을 감추고 자리를 피하려고 했다. 하지만 에이크가 보딜을 단단히 붙잡았다.

"조깅하던 여자는 왜 데려왔죠?" 이번엔 루이세가 두 사람 쪽으로 다가가며 물었다. "메테는 여전히 여기 있었잖아요."

"요르겐은 메테에겐 손도 대지 않았어. 어린아이에 불과했으니까. 늘 큰애만 상대했어." 보딜은 그러는 게 당연하다는 듯이 대답했다. 보딜은 오래전 리세가 생리 과다로 출혈이 심했을 때도 그랬다고 덧붙여 설명했다. "그해 여름 나는 성 한스 정신질환자 요양소에서 주중에 야간 근무를 했었어. 그 덕에 리세에게 필요한 항생제를 가져올 수 있었지."

"1991년 여름 말인가요?" 루이세가 물었다.

보딜이 고개를 끄덕였다. "내가 아침에 돌아오기 전에 요르겐이 몰래 숲으로 나가곤 했어. 그러지 말라는데도 소용이 없었어."

“그러다 마주친 여자들을 강간했던 거군요.” 루이세가 말했다.

보딜의 눈이 다시 흔들렸다.

“그렇다면 메테의 상태가 왜 저 모양이죠?” 에이크가 우리 쪽을 가리키며 물었다. “메테에게 무슨 짓을 저지른 겁니까?”

“리세가 사라진 뒤로 메테는 몹시 힘들어 했어.” 보딜이 다시 두 사람을 쳐다보며 대답했다. “누가 옆에 있지 않으면 자꾸 벽에 머리를 찧고 아무것도 먹지도, 마시지도 않았어. 하긴 걔들은 누군가를 그리워하면 원래 그래.”

“리세는 여길 어떻게 빠져나갔죠?”

“요르겐이 문 잠그는 걸 잊어버렸나 봐. 항상 잠가두라고 단단히 일렀건만. 요르겐은 안뜰의 자갈을 고를 땐 가끔 문을 열어두거든.”

루이세는 주인이 떠나간 말 우리를 쳐다봤다. 좁은 침대에 하얀 이불이 깔끔하게 덮여 있었다. 이불 위에는 노란 장미 두 송이가 놓여 있었다. 지난번에 방문했을 때 요르겐이 그녀에게 줬던 것과 같은 장미였다.

리세의 우리 역시 메테의 우리처럼 보딜과 요르겐의 옛날 집에서 가져온 골동품으로 장식되어 있었다. 고급스러운 가구와 장식품은 외양간의 거친 벽돌 벽이나 들뜬 패널과 극명한 대조를 이루었다. 통로 끝 선반에는 낡은 안장이 놓여 있고 안장 옆 벽에는 굴레가 걸려 있었다. 저런 물건은 보딜과 요르겐이 이 집에 들어오기 전부터 있었을 터였다.

루이세는 다시 메테를 보러 갔다. 꼼짝 않고 누워 있는 메테 옆에 쪼그리고 앉았다. 생김새는 물론, 길고 검은 머리카락까지 리세와 똑같았다. 나이를 먹은 흔적이 전혀 보이지 않았다. 피 묻고 퉁퉁 부은 얼굴 밑으로 곱고 여린 피부가 드러났다.

루이세는 메테의 맥박을 확인했다. 약했다. 루이세가 몸을 일으키려는데 메테가 돌연 머리를 흔들기 시작했다. 보이지 않는 힘이 사방에서 잡아당기는 것 같았다. 눈은 여전히 감았지만 온몸에서 경련이 일어났다.

때마침 안뜰로 차 들어오는 소리가 들렸다. 아까 에이크가 구급차를 부르고 홀베크 경찰에 전화하는 소리를 듣긴 했지만 루이세는 리세메테의 아버지가 먼저 도착했을 거라고 짐작했다. 그를 맞으러 밖으로 나갔다.

엔더슨은 얼마나 급하게 나왔는지 슬리퍼 차림이었다.

"따님이 이 안에 있습니다." 루이세가 외양간으로 안내하며 말했다. "자해를 해서 얼굴이 많이 상했으니까 놀라지 마세요."

엔더슨은 입을 꾹 다물고 루이세를 뒤따랐다.

"자고 있지만 금세 깰 것 같아요."

바로 그때 침대가 살짝 들썩거렸다. 메테가 고개를 옆으로 돌리더니 나무판자로 된 칸막이벽에 머리를 세게 부딪쳤다. 이불 속에서 두 팔이 뒤틀리고 입에서는 구슬픈 신음

소리가 흘러나왔다. 긴 머리카락이 얼굴을 덮었다.

"구급차를 불렀습니다. 지금 오는 중일 겁니다." 루이세가 나직이 말했다. 엔더슨이 들어가도 되겠냐고 물어서 루이세가 옆으로 살짝 비켜줬다.

아버지는 딸 옆에 무릎을 꿇고 앉았다. 한없이 다정한 눈길로 딸을 바라보며 한 팔로 딸의 어깨를 가만히 잡았다. 그리고 나직한 목소리로 노래를 부르기 시작했다.

"반짝 반짝 작은 별 아름답게 비치네."

그는 메테가 입고 있는 노르스름한 셔츠 위로 엄지손가락을 살살 돌렸다. 메테가 머리를 다시 벽에 찧으려고 숨을 격하게 들이키자, 그녀의 가슴이 크게 들썩였다.

"동쪽 하늘에서도 서쪽 하늘에서도,"

루이세가 서 있는 곳에서 보니 메테의 호흡이 약간 차분해지는 것 같았다. 딸을 달래주려는 아버지의 시도에 방해될까 봐 루이세는 숨도 제대로 쉬지 못했다.

"반짝 반짝 작은 별 아름답게 비치네."

메테는 다시 잠에 빠져든 것 같았다. 경직됐던 몸이 매트리스에 깊숙이 가라앉고 뺨도 베개에 편히 놓였다.

엔더슨은 딸들이 어렸을 때 잠자리에서 늘 불러주던 노래라고 말하며 가만히 미소를 지었다. 그 미소에 루이세는 가슴이 미어지는 듯했다.

"결국 찾아냈군요." 엔더슨이 딸을 바라보며 말했다. 그의 손은 여전히 딸의 어깨를 잡고 있었다. 눈에서 뜨거운 눈물이 흐르기 시작했다. 그는 흐릿하게 눈을 뜨고 괘종시계와 작은 테이블을 둘러봤다. "우리 애들을 누가 돌봐주고 있었군요."

루이세는 치미는 분노를 꿀꺽 삼켰다. 지금은 두 딸이 지난 31년 동안 어떻게 살았는지 알려줄 때가 아니었다. 물론 죽었다는 소식보다는 '사냥터 관리인의 집'의 말 우리에서라도 살아 있다는 게 그에게는 다행일 것이다. 엔더슨은 바로 옆 우리에 똑같은 거처가 있다는 사실을 미처 알지 못했다. 루이세는 아무 얘기도 하지 않기로 마음먹었다. 그녀가 얘기하지 않더라도 어린 두 딸이 세상에서 사라진 뒤 어떤 삶을 살았는지 조만간 알게 될 것이다.

"구급차가 도착했습니다." 에이크가 출입문 쪽에서 말했다.

자갈길을 오가는 발소리와 구급차 뒷문이 열리는 소리가 들렸다. 곧 구급대원 한 명이 외양간으로 들어왔다.

"이쪽이에요." 루이세가 우리 안쪽을 가리키며 말했다. 젊은 의료원의 눈이 휘둥그레지고 입이 떡 벌어졌다. 루이세는 재빨리 고개를 흔들며 엔더슨 앞에서 조용히 하라는 차원에서 손가락을 입술에 갖다 댔다.

안뜰에 차가 속속 도착했다. 루이세는 의료진이 들것을 옮길 수 있도록 옆으로 비켜서며 엔더슨에게도 그렇게 하라고 말했다.

"당신이 여기 있는 동안 여자 분의 의식이 있었습니까?"

젊은 의료원이 루이세에게 물었다.

“그녀는 지금 진정제를 맞은 상태예요.” 루이세가 설명했다. “하지만 눈을 뜨면 굉장히 불안해하고….”

“내 딸은 심한 장애가 있어요.” 엔더슨이 말을 이었다. “어렸을 때부터 낯선 환경이나 불안한 상황에선 격렬하게 반응했어요. 가능하다면 나도 딸애와 함께 가고 싶군요.”

젊은 의료원이 모포를 펴자, 나이가 더 들어 보이는 그의 동료가 고개를 끄덕이며 말했다. “물론입니다. 뒷좌석에 함께 타고 가십시오.”

두 의료진이 들것을 침대 옆으로 밀고 가서 메테를 조심스럽게 들어 올렸다. 이불 밖으로 나온 메테의 다리는 마른 가지처럼 앙상했다. 근육이라곤 하나도 없고 오랫동안 병상 생활을 한 환자처럼 쇠약해 보였다.

의료진이 들것을 우리 밖으로 옮기려 하자 메테가 다시 요란하게 몸을 뒤틀었다. 목구멍에선 성난 짐승이 내지르는 듯한 소리가 났다. 젊은 의료원이 놀라 아버지를 쳐다봤다. 엔더슨이 앞으로 나가 딸의 팔을 잡았다. 메테가 눈을 번쩍 뜨더니 비명을 내질렀다. 그리고 방을 휘둘러보면서 잽싸게 두 손을 가슴에 모았다.

아버지가 뭐라고 달랬지만 메테는 그의 손을 뿌리치고 비명을 지르며 고개를 마구 흔들었다.

“얼른 태우세.” 나이 든 의료원이 단호하게 말했다. 그는 엔더슨에게 뒤로 물러나라고 말하며 들것을 구급차 안으로 밀어 넣었다.

“제가 몸을 고정시킬게요.” 젊은 의료원이 구급차 안으로 훌쩍 뛰어올랐다.

메테는 팔다리를 마구 움직이고 비명을 지르며 거부했다. 기다란 안전벨트 두 개가 들것에 실린 메테의 몸을 단단히 고정시켰다.

“어떤 약을 얼마큼 투여했는지 아십니까?” 나이 든 의료원이 루이세에게 물었다.

“모르는데요.”

루이세는 두리번거리며 에이크를 찾았으나 미크가 먼저 눈에 들어왔다.

“미크,” 루이세가 그를 불렀다. “메테가 어떤 약을 언제, 얼마큼 투여 받았는지 알아야 한 대.”

의료진이 메테를 구급차에 실은 후, 루이세는 미크가 기사에게 약물에 대해 알려주는 소리를 들었다. 엔더슨은 들것 옆에 있는 낮은 의자에 앉았다. 딸의 격렬한 몸짓에도 개의치 않고 얼굴을 지긋이 바라보며 다시 노래를 들려주기 시작했다.

루이세는 외양간 기둥에 몸을 기대고 31년간의 감금 생활이 종결되는 모습을 지켜봤다. 엔더슨의 뒤쪽으로 정맥주사제가 보였다. 젊은 의료원이 메테의 입과 코에 산소마스크를 씌우려고 애쓰는 모습도 보였다. 그들은 곧 뒷문을 닫고 안뜰에서 사라졌다.

★

울타리 옆에서는 미크가 대원들에게 황급히 지시를 내렸다. 에이크는 루이세와 눈을 마주친 후 요르겐 파코브에 대해 아는 바를 설명해 주려고 미크가 있는 쪽으로 걸어갔다.

"그가 조깅하던 여자를 숲에서 데려온 뒤 몇 시간 전까지 이곳에 감금했었다는 사실을 확인했습니다. 그녀는 '사냥터 관리인의 집'에서 겨우 탈출하여 지금 숲에 있는 것으로 예상되지만, 상당히 안 좋은 상태일 겁니다."

"숲에 거주하는 사람들에게 요르겐 파코브를 조심하라고 경고했고, 젊은 여자를 보면 바로 신고하라고 부탁해 두었습니다." 미크가 에이크의 말을 받아서 설명한 뒤 대원들에게 지시를 계속했다. "아울러 르네 감스트가 장전된 총을 들고 돌아다닌다는 점을 명심해야 한다. 누구를 만나면 신분을 분명히 밝히도록! 알았나?"

39

루이세는 그들이 숲으로 뛰어가는 모습을 지켜봤다. 그런 다음 돌아서서 본채를 향해 걸음을 옮겼다. 조금 전에 한 여경이 보딜을 본채로 데리고 들어갔다. 경찰 경력에서 가장 힘든 심문이 그녀를 기다리고 있었다.

루이세는 계단 앞에 잠시 멈춰 서서 눈을 감았다. 이 집에 몇 번이나 드나들었는지 헤아릴 수도 없었다. 널찍한 안뜰에 앉아 레모네이드를 마신 적도 있었다. 그때마다 리세와 메테가 외양간에 있었던 것이다. 루이세는 세차게 고개를 저었다. 너무나 비현실적이고 너무나 충격적이라 도저히 믿기지 않았다.

마음을 다잡고 안으로 들어갔다. 두 사람은 거실에 있었다. 경찰은 흔들의자에, 보딜은 소파에 앉아 있었다.

루이세는 커피 테이블에서 의자를 끌어다 두 사람 옆에 앉았다. 무슨 말부터 꺼내야 할지 막막했다. 홀베크 경찰서에서 온 여경이 구술 녹음기를 꺼내 테이블에 내려놨다. 그리고 보딜의 권리를 읽어주며 먼저 이야기를 시작했다.

"당신이 심문하겠어요?" 여경이 루이세 쪽으로 몸을 돌리며 물었다.

"그럴게요." 루이세는 자세를 바로 잡고 보딜을 쳐다봤다. 보딜은 얼른 시작하라는 표정으로 루이세를 마주 바라봤다.

“제가 오늘 여기서 본 것을 이해할 수 있으려면 시간을 한참 거슬러 올라가야겠죠?” 루이세가 어렵사리 이야기를 시작했다. “당신 이웃이던 로젠이라는 분을 만났어요. 요르겐이 어렸을 때 어떤 사고를 당했는지 그분이 다 알려줬어요.”

“나 때문에 당한 사고였지.” 보딜은 전혀 움츠러들지 않고서 루이세의 말을 바로잡았다. “어머니 말씀이 맞았어. 내가 더 잘 보살폈어야 했어.”

루이세는 그 말에 반박하고 싶었지만 애써 참았다. 보딜에 대한 그들의 짐작이 옳았다. 루이세는 보딜의 눈을 똑바로 쳐다보면서 이야기를 계속했다. “로젠은 1958년에 있었던 일도 들려줬어요. 동생이 당신에게 한 짓을 부모도 알고 있었나요?”

보딜이 고개를 끄덕였다. 눈빛이 어두워지더니 한참 만에 입을 열었다.

“처음 그 일을 당했을 땐 펑펑 울다가 엉겁결에 어머니 방으로 뛰어갔어. 아버지는 집에 안 계셨어. 너무 두려워서 어떻게든 그를 멈추게 하려고 했어. 하지만 그럴 수 없었어. 어머닌 요르겐이 저렇게 된 것이 순전히 내 잘못이라면서 아버지에게 입도 뻥긋 못하게 했어.”

“하지만 어머니가 요르겐을 자제시킬 수 없다고 해서 당신이 계속 희생당해야 한다는 뜻은 아니었을 거예요.” 루이세가 반박했다.

"어머니와 그런 얘기를 나누진 않았어. 난 개가 어쩔 수 없다는 걸 알았어. 머리를 다쳤기 때문에 그렇게 됐던 거야. 날 아프게 하려는 의도는 없었어."

"당신 아버지는 어땠나요? 그런 사실을 전혀 몰랐단 말인가요?"

"결국엔 알게 됐지. 하지만 한참 지나서야 알았어."

"당신 어머니가 아무 말도 안 했단 말이에요?"

보딜이 고개를 끄덕였다. "아버지는 그 사고가 내 탓이라고 비난하지 않았어. 무슨 일이 벌어지는지 알고는 선생님과 의논해서 나를 에버로가드의 어느 의사 집에 가정교사 비슷한 걸로 보내줬어. 그 뒤로 어쩌다 한 번씩 아버지를 만났어. 하지만 우리 이웃이었던 로젠이 고소를 하는 바람에 요르겐이 멀리 떠난 뒤에도 난 집으로 돌아올 수 없었어. 어머니는 요르겐을 떠나보낸 걸 용납하지 못했거든."

보딜은 잠시 이야기를 중단하고 거실 벽을 한참이나 쳐다봤다.

"그러다 아버지가 세상을 떠났어. 어머니는 기다렸다는 듯이 요르겐을 다시 집으로 데려왔어. 그 뒤로 어머니의 삶이 순탄치 않았을 거라는 생각이 이따금 들었어."

세 사람 사이에 잠시 침묵이 흘렀다. 벽에 걸린 시계 소리만 거실 공기를 흔들었다.

"그런데 어머니가 병에 걸렸어. 임종을 앞두고 나한테 편지를 보냈어. 돌아오라고." 보딜이 나직한 목소리로 이야기를 계속했다. "당신이 떠난 후 내가 요르겐을 보살피겠다고, 정신병원에 절대로 보내지 않겠다고 약속하라더군. 약속하지 않으면 나랑 인연을 끊겠다고 했어. 사실 그런 위협 따윈 필요 없었어. 언젠가는 그 애를 내가 돌봐야 할 거라고 생각했으니까. 그래서 늘 마음의 준비를 하고 있었어. 그때 나는 엘리스룬드에서 근무하고 있었어. 때가 되면 요르겐을 지하실로 데려오기로 담당 의사와 이미 합의해둔 상태였어."

"그 얘긴 릴리안한테 이미 들었어요. 당신이 담당 의사를 통해서 엘리스룬드의 소녀들을 어떻게 활용했는지도 다 들었어요. 하지만 릴리안도 당신이 쌍둥이 자매를 거기서 어떻게 빼냈는지는 설명하지 못했어요."

보딜이 무슨 뜬금없는 소리냐는 표정으로 루이세를 쳐다봤다.

"그야 당연히 우리 차로 데리고 나왔지." 보딜이 손사래를 치면서 말했다. "담당 의사였던 에른스트한테 차가 있었거든. 잠시 바람 쐬러 나가고 싶으면 우린 늘 그 차를 이용했어."

"우리라고요?" 루이세가 놀라 소리쳤다. "그럼 둘이 불륜 관계였단 말인가요?"

보딜이 다시 팔짱을 꼈다. "남들 눈엔 그렇게 비칠 수도 있겠군. 우린 서로 편의를 주고받는 사이였어. 그는 내가 동생을 돌보도록 도왔고, 나는 그가 외로움을 달랠 수 있게 해줬고. 하지만 요르겐의 소녀들을 여기로 옮긴 뒤로는 내가 관계를 끊어버렸어. 그는 무척 화를 내면서 내가 자기를 버렸다고 비난하더군."

"담당 의사는 당신과 헤어진 것 때문에 자살했나요?"

"그렇진 않을 거야." 보딜이 경멸적인 목소리로 말했다. "그는 매사에 유약했어. 혼자서는 아무것도 못하는 사람이었지. 엘리스룬드가 폐쇄될 무렵엔 문서 검열 때문에 스트레스를 많이 받았어."

보딜이 담당 의사를 헌신짝처럼 내팽개쳤다는 사실에 루이세는 할 말을 잃었다.

"그가 당신의 비밀을 폭로할 거라는 걱정은 안 했나요?"

"그런 걱정을 왜 해? 사망 진단서에 서명한 건 그 사람인데. 게다가 그들이 여기서 더 잘 지낼 거라는 점을 그도 잘 알았는걸. 엘리스룬드가 폐쇄된 뒤, 수용자들은 여러 기관으로 뿔뿔이 흩어졌어. 그러니 리세와 메테가 어떻게 될지 누가 알겠어? 둘이 서로 다른 시설로 보내졌을 수도 있잖아."

보딜은 잠시 한숨을 돌리고 나서 계속 담담한 목소리로 이야기를 계속했다.

"우린 그들이 늘 안심하고 지낼 수 있게 해줬어. 그들은 안정된 환경에 있을 때 제일 잘 작동하거든. 그리고 요르겐은 심리적, 육체적 욕구만 채우면 그야말로 온순한 사람이야. 지금껏 그렇게 알고 있었잖아."

루이세가 무슨 말을 하려고 했지만 보딜은 틈을 주지 않았다.

"메테는 어린 소녀에서 벗어나지 못했어. 요르겐은 늘 메테를 잘 돌봐줬어. 큰애랑 일을 치른 뒤엔 늘 작은애한테 가서 놀아주고 긴 머리를 빗겨줬어. 작은애는 절대로 건드리지 않았어. 그렇게 셋이서 사이좋게 잘 지냈어."

"그가 메테는 건드리지 않았다고요?" 루이세가 물었다.

보딜이 고개를 끄덕였다.

"메테는 성숙한 여자가 아니었어. 요르겐의 충동을 자극하지 못했어."

"리세가 사라진 후에도?"

"요르겐은 메테를 그런 식으로 보지 않았어. 어린아이를 건드린 적은 한 번도 없어."

"그렇다면 당신을 건드렸을 수도 있겠네요?" 루이세는 구술 녹음기가 여전히 작동하는지 눈으로 확인했다. 여경은 창밖을 응시하고 있었다. 그녀가 심문 내용을 귀담아 듣는지 알 수 없었다.

보딜은 아무 대답도 못하고 고개를 숙였다. 루이세가 이야기를 계속했다.

"그래서 요르겐이 조깅하는 여자를 집에 데려왔을 때 말리지 않았군요?" 루이세의 목소리가 커졌다. "그래야 당신을 건드리지 않을 테니까?"

보딜은 대답하지 못했다. 한참 만에 고개만 살짝 끄덕였을 뿐이다. 루이세는 그들의 행동에 넌더리가 났지만 한편으론 보딜이 안됐다는 생각이 들었다. 자동차 사고는 요르겐의 인생만 망가뜨린 게 아니었다. 보딜의 인생도 완전히 망가뜨렸다. 어린 나이에 동생을 책임져야 했고, 어머니라는 사람은 딸의 죄책감을 끊임없이 상기시켰다. 정상적인 감정으로 정상적인 삶을 살아갈 여지가 전혀 없었다.

"요르겐이 당신 어머니랑 살던 때는 어땠나요?" 루이세는 더 파고들지 않고 화제를 돌렸다.

"어머니는 요르겐의 욕구를 전부 채워줬어." 보딜이 간단히 대답했다. "집 밖에서 욕구를 충족할 빌미를 전혀 주지 않았어. 어머닌 동생의 온순한 면을 끌어내는 데 능했어. 저 꽃들을 봐. 어머니와 동생은 저런 걸 공유했어. 정원에서 꽃을 꺾어 화병에 꽂아 놓고 감상했어. 요르겐의 관심을 다른 데로 돌렸던 거야. 우리가 접시에 그림을 그리는 것도 다 그런 이유야."

루이세는 요르겐이 꺾어다 준 노랑 장미 두 송이를 떠올렸다. 그 장미는 카밀라의 결혼식 피로연 테이블에까지 올라갔다. 그냥 내버렸어야 하는 건데 후회막심이었다.

"리세와 메테가 여기서 도망치려고 한 적은 없었나요?"

보딜이 놀란 눈으로 루이세를 쳐다봤다.

"없었어. 그들이 왜?"

"말 우리에서 살고 싶은 사람은 아무도 없으니까요."

"하지만 그들을 본채에 머물게 할 수는 없었어." 보딜이 항변했다. "저녁 식사를 마친 후 때로는 요르겐의 거처를 잠가야 했어. 동생은 밤에 제일 불안정해지거든. 떨어져 지내는 게 오히려 더 좋아."

루이세는 전두엽 부상이 폭력성을 초래할 수 있다는 점은 알았지만 그 정도가 얼마나 심각한지는 미처 몰랐다.

"낮에는 함께 시간을 보냈어." 보딜이 이야기를 계속했다. "그들이 여기 사는 걸 좋아하지 않는다고 생각한 적은 한 번도 없어. 겨울엔 너무 춥지 않도록 난방기를 갖다 줬어. 요르겐도 그쪽에 갔을 때 너무 추운 건 좋아하지 않았거든."

"요르겐은 충동이 일 때마다 말 우리로 갔군요?" 루이세는 보딜이 그들의 일상을 묘사하는 방식에 화가 치밀었다.

"그게 제일 간편했어. 충동이 일어날 때마다 바로 처리하는 게 제일 나았어."

보딜은 머뭇거리다 덧붙였다. "하지만 집 안에서 그러는 건 내가 싫었어."

"하지만 조깅하는 여자는 그의 방에 가뒀잖아요." 루이세가 반박했다.

"여자를 외양간에 가두라고 했지만 요르겐이 화내면서 듣지 않았어. 거긴 그들만의 장소였으니까. 숲에서 데려온 여자는 얘기가 달랐어."

보딜은 진심으로 슬퍼하는 것 같았다.

"큰애가 사라진 뒤로 요르겐은 몹시 힘들어 했어. 숲으로 가서 큰애를 찾아다녔어. 경찰이 죽은 여자를 발견했다는 소식을 듣고 큰애일 거라 짐작했지. 요르겐한테는 아무 말도 못했어. 요즘도 큰애가 언제 오냐고 자꾸 물어. 동생이 전처럼 차분해질 수 있을까? 요새 무슨 일이 벌어졌는지 봐!"

루이세는 대꾸할 말이 떠오르지 않았다. 보딜이 쌍둥이 자매를 물건 취급하는 것에 화가 치밀었다. 자매에게 좋은 환경을 제공했다고 확신하는 것에도 어이가 없었다. 결국 화제를 바꿨다.

"그건 그렇고 왜 요르겐을 남편이라고 했던 거죠?"

보딜이 몸을 똑바로 펴면서 피식 웃었다. "우리 나이에 남매가 같이 산다면 사람들이 뭐라고 하겠어? 뒤에서 쑤군대거나 이것저것 물어보지 않겠어? 그래서 일하다 다쳤다는 얘길 꾸몄던 거야. 누구한테나 벌어질 수 있는 일이라 동정을 살 수도 있잖아."

루이세는 더 이상 아무 말도 들을 수 없었다. 심문은 나중에도 얼마든지 더 할 수 있었다. 지금은 이것으로 충분했다.

"달리 더 할 말이 있나요?" 루이세가 물었다.

보딜이 고개를 내젓다 갑자기 멈췄다. "참, 그 둘은 뒤뜰에 있어. 그들도 데려가는 게 좋겠어."

"그게 무슨 뜻이죠?"

"그들을 어디에 묻어야 할지 몰랐거든. 내가 그때 경찰에 신고를 했더라면, 요르겐이 여기서 계속 살 수 없을 것 같았어."

"지금 누구 얘길 하는 거죠?" 여경이 당황해서 물었다.

"요르겐이 그들을 너무 거칠게 다뤘나봐." 보딜은 질문에 답하지 않고 엉뚱한 얘기를 계속했다. "하지만 동생은 절대로 잔인한 사람이 아니라는 걸 알아야 해. 힘이 워낙 세서 그런 거야. 동생이 충동에 사로잡힌 순간엔 반항하지 않는 게 상책이야."

순간 보딜의 눈에 눈물이 살짝 비치는가 싶더니 입이 꾹 닫혔다.

"흐발소 출신의 실종자였던 로테 스벤센과 에스퍼가드 출신의 젊은 여성일 거예요." 루이세가 추측했다. "그들은 숲에서 첫 번째 성폭행 사건이 발생했던 여름에 실종됐어요. 경찰은 끝내 그들의 시신을 찾지 못했어요."

두 사람은 보딜을 따라 테라스 문을 통해 뒤뜰로 나갔다.

"이젠 정확히 어디인지도 기억나지 않는군." 보딜이 널따란 잔디밭을 휘 둘러보며 말했다. "저 앞쪽 약초밭 근처일 거야."

보딜은 숲과 경계를 이루는 밭으로 그들을 이끌었다.

"그들을 여기다 묻었다고요?" 여경이 물었다.

"그래. 요르겐이 땅을 팠어. 그런 일엔 선수거든."

“경찰이 돌아오면 개를 풀어서 찾아보도록 하죠.” 루이세가 말하며 다시 집으로 돌아가자고 손짓했다. “사건 파일에 보딜과 요르겐의 인적 사항은 적었나요?” 루이세가 홀베크 출신의 여경에게 물었다. 사건을 곧 그쪽으로 이관해야 할 것이다.

여경이 고개를 저으며 말했다. “안에 들어가서 바로 적을게요.”

루이세는 안으로 들어갈 마음이 없었다. 방금 들은 이야기에서 가능한 한 멀찍이 떨어져 있고 싶었다. 그래서 사람들이 오길 기다릴 겸 혼자 안뜰로 걸어갔다. ‘사냥터 관리인의 집’에 자기 문패를 걸고 싶었던 마음은 진작 사라졌다.

임신한 상태에서 조깅하러 나왔다가 요르겐에게 붙잡혀 온 여자를 떠올렸다. 여자가 뒷방 침대에 묶여 있는 동안 루이세는 주방에서 커피를 마셨다. 여자가 임신한 상태라고 요르겐이 살살 다뤘을 리 만무했다. 여자는 몸에 난 상처가 아문 뒤에도 평생 악몽에 시달리며 살아야 할 것이다. 로젠처럼.

아기는 어떻게 됐을까, 생각하면서 루이세는 외양간을 한 번 더 살펴보러 들어갔다.

서늘한 우리엔 정적이 감돌았다. 커다란 괘종시계 바늘이 일정한 속도로 째깍거리는 소리만 들렸다. 침대를 바라보다 안쪽의 조그마한 서랍장 쪽으로 걸어갔다. 서랍을 열자 리세가 입었던 것과 같은 원피스 스타일의 작업복이 보였다. 깔끔하게 접힌 작업복이 두 개, 그 옆으로 양말과 속옷이 몇 개 있었다. 그게 전부였다.

루이세가 서랍을 막 닫는데 자갈 밟히는 소리가 들렸다. 말 우리의 문을 닫고 몸을 돌리자 그가 외양간 입구에 서 있었다.

40

땀이 줄줄 흘렀다. 성긴 머리카락이 이마에 들러붙고 럼버잭 셔츠는 바지 밖으로 삐져나왔다. 그는 텅 빈 우리를 가만히 응시하더니 시선을 루이세 쪽으로 돌렸다. 순간 눈에서 불꽃이 일었다.

"요르겐!" 루이세가 우리 벽에 등을 붙이며 말했다.

루이세가 한걸음 옆으로 비켜섰지만 요르겐의 손이 곧바로 얼굴에 닿았다. 그의 손가락이 루이세의 뺨을 타고 내려갔다.

루이세는 재빨리 어깨에 멘 권총집을 더듬었다. 하지만 요르겐이 그녀의 몸을 확 잡아당기는 바람에 총을 꺼내지 못했다.

"요르겐, 놔줘요." 루이세가 소리치며 몸을 비틀자 요르겐이 더 세게 붙잡았다. 숨도 쉬기 어려웠지만 루이세는 벗어나려고 한 번 더 시도했다. 요르겐의 압박이 더 거세지면서 왼쪽 늑골 두어 개가 우두둑 부러졌다. 극심한 통증이 밀려왔다.

요르겐은 한 팔로 루이세를 꽉 안고서 외양간 통로 안쪽으로 밀어붙였다. 루이세가 거친 숨을 몰아쉬며 계속 반항하자 요르겐은 루이세의 스웨터를 뜯어 벗기고 권총집을 머리 위로 홱 잡아당겼다. 가죽 끈이 살갗을 파고들 것처럼 쓸고 지나갔다.

'반항하지 않는 게 상책이야.' 루이세는 아까 보딜이 했던 말이 퍼뜩 떠올랐다.

때마침 뒤에서 무슨 소리가 들렸다. 콘크리트 바닥을 내딛는 발자국 소리였다. 고개를 돌리고 싶었지만 꼼짝할 수 없었다. 요르겐은 짐승 같은 소리를 내면서 그녀를 구석으로 밀어붙이고 블라우스를 홱 잡아당겼다. 브래지어도 단번에 뜯어내고 그녀의 가슴을 마구 주무르기 시작했다.

그의 거센 악력에 가슴이 터질 것처럼 아팠다. 루이세는 눈을 질끈 감았다. 뜨거운 입김이 목덜미를 지나 뺨까지 전해졌다. 다음 순간 그가 블라우스 조각으로 그녀의 입을 틀어막았다.

그는 체중을 이용해 그녀를 내리눌렀다. 말안장을 받쳐 두는 받침대에 루이세의 상체가 걸쳐졌다. 먼지가 잔뜩 쌓인 낡은 곡식 자루에 루이세의 얼굴이 묻혔다.

그는 벨트를 풀려고 두 손을 루이세의 허리 안쪽으로 밀어 넣었다. 바지를 홱 끌어내리자 단추가 툭 떨어져 나갔다. 그와 동시에 그의 발밑에서 돌멩이가 와사삭 부서지는 소리가 들렸다.

뒤쪽에서 나던 발자국 소리가 조금씩 가까워졌다. 루이세는 외양간 입구를 보려고 고개를 들었다. 외양간 통로에 비쳐든 석양에 눈이 부셨다. 처음엔 요르겐의 육중한 몸 뒤로 사람 형체만 어렴풋이 보였다. 조금씩 다가오는 형체가 엽총을 든 르네라는 걸 알았다.

그와 눈이 마주친 순간 루이세는 안도감이 밀려왔다. 하지만 그의 눈길이 자신의 노출된 하체로 향하는 순간 루이세는 그의 바짓가랑이가 불룩 솟은 걸 보았다.

요르겐이 뒤에서 몸을 밀착시켰다. 그녀의 벗겨진 엉덩이에 그의 바지 감촉이 느껴졌다. 가슴은 인두로 지지는 것처럼 화끈거렸다. 숨 쉬기가 힘들었다.

요르겐이 바지 지퍼를 내리는 소리가 들렸다. 그의 거칠고 뜨거운 숨결이 그녀를 후려치는 것 같았다. 루이세는 다시 눈을 감고 고개를 돌렸다.

그 순간 첫 번째 총성이 울렸다. 요르겐의 몸이 휘청 흔들렸다. 곧이어 두 번째 총성이 울렸다.

요르겐의 끊어진 혈관에서 피가 솟구쳐 루이세의 노출된 등으로 쏟아졌다. 곧이어 그의 육중한 몸이 루이세 위로 푹 쓰러졌다.

요르겐의 압박이 느슨해지자 루이세는 받침대 양끝을 붙잡고 몸을 비틀기 시작했다. 그의 머리에서 흘러내린 핏물이 어깨로 뚝뚝 떨어졌다. 숨이 턱턱 막혔다.

마침내 루이세는 그의 육중한 몸에서 빠져나와 바닥에 풀썩 주저앉았다. 일단 발목에 걸쳐 있는 바지부터 끌어 올렸다.

요르겐의 몸은 안장 받침대에 걸쳐진 채 두 팔이 덜렁거렸다. 루이세는 천 조각을 입에서 빼내고 헉 하고 가쁜 숨을 토해냈다.

르네는 여전히 총을 쥐고 있었다.

"내가 맞을 수도 있었잖아요." 루이세는 남아 있는 블라우스 조각으로 가슴을 가리며 말했다.

"그 정도 위험이야 얼마든지 감수할 수 있지."

뿌연 먼지가 창문으로 비쳐든 햇살 조명을 받아 반짝거렸다. 요르겐의 피가 바닥으로 뚝뚝 떨어졌다.

"왜 바로 쏘지 않았죠?"

루이세는 르네를 똑바로 쳐다볼 수가 없었다.

"당신이 좋아하는 것 같아서." 르네가 조롱하듯이 말했다. "당신이 반항하지 않는 모습을 클라우스가 봤으면 뭐랬을까?"

"당신을 죽여 버릴 거야."

루이세가 격노하며 소리쳤다. 심장이 마구 뛰기 시작했다. 맥박이 고동치고 심장이 조여들었다.

그는 처음부터 그녀를 알아봤던 것이다. 루이세는 통제력을 잃지 않으려 애쓰면서 천천히 숨을 들이쉬고 내쉬었다.

불끈 쥔 주먹 탓에 손톱이 손바닥을 파고들었다. 그의 눈을 똑바로 쳐다봤다.

"여기서 클라우스 얘길 왜 꺼내지?" 루이세는 이를 악물고 말했다. "그가 목숨까지 내놓으면서 당신들 패거리한테서 벗어나려 한 이유를 알겠어."

"흥!" 그가 코웃음을 쳤다. "넌 아무것도 몰라. 예전이나 지금이나 변한 게 없어."

"그게 무슨 뜻이지?" 루이세가 몸을 똑바로 쳐들고 물었다. 부러진 갈비뼈가 가슴을 파고들어 극심한 통증이 일었다.

"톰슨 말이 맞았어. 넌 멍청해서 홀랑 속아 넘어갔어."

극심한 통증에도 불구하고 루이세는 그가 반응할 새도 없이 발로 총을 차버린 후 그의 팔을 뒤로 힘껏 비틀었다.

르네가 몸을 앞으로 꺾으며 비명을 내질렀다.

"무슨 일이 있었는지 말해!" 루이세가 팔을 더 비틀며 소리쳤다.

"네 남자 친구는 계집애 같았어." 그는 숨이 막힌 듯 헉하는 소리를 내더니 다시 소리쳤다. "용기가 없어서 자기 목에 올가미를 두르지도 못하더라고!"

루이세는 그 말에 눈앞이 캄캄해졌다. 하지만 그를 통로 바닥에 쓰러뜨리고 무릎으로 그의 등을 짓눌렀다. 그리고 바닥에 떨어진 권총집에서 끈을 두 개 빼냈다.

기다란 끈 하나로 팔목을 둘둘 감아 묶자 그가 비명을 질렀다. 루이세는 다른 끈으로 팔목과 말 우리의 빗장을 연결해 단단히 묶었다. 그런 다음 뒤도 돌아보지 않고 외양간을 나왔다. 때마침 본채 문이 벌컥 열리며 여경이 뛰어나왔다.

"방금 총소리 들었어요?" 여경이 소리쳤다. "바로 근처에서 났는데…. 일단 미크에게 연락했어요. 지금 오는 중-"

여경은 그제야 루이세의 몰골을 쳐다봤다.

“무슨 일….” 여경은 말을 잇지 못하며 루이세 쪽으로 다가왔다.

루이세는 여경을 옆으로 밀치고 자갈밭에 풀썩 쓰러졌다. 찢어진 블라우스를 여며 드러난 가슴을 가린 후, 시커먼 주춧돌에 몸을 기대고 눈을 감았다.

외양간 안에서는 르네가 욕설을 내뱉었다.

곧이어 황급히 뛰어오는 발자국 소리가 들렸다. 누군가가 그녀 옆에 멈춰 섰지만 루이세는 눈을 뜨지 않았다. 그 사람은 외양간 쪽으로 갔다가 다시 돌아오더니 그녀 옆에 무릎을 꿇고 앉았다. 그리고 루이세의 이름을 불렀다. 미크였다.

“갈비뼈가 두어 개 부러진 것 같아.” 루이세가 나직이 말하며 눈을 떴다.

사람들이 더 뛰어왔다. 루이세는 조깅하던 여자가 멀지 않은 곳에서 발견됐다는 이야기를 들었다. 목숨은 부지했지만 꼴이 말이 아니라고 했다. 뱃속 아기에 대해서는 아무도 언급하지 않았다. 더 많은 발소리와 목소리가 들렸지만 그녀는 꼼짝할 수 없었다. 구급차가 호출되었고 누군가가 그녀의 몸에 담요를 둘러주었다.

에이크가 숨을 헐떡이며 안뜰로 뛰어왔다. 그는 깜짝 놀라며 그녀 옆에 주저앉더니 피로 얼룩진 그녀의 얼굴을 어루만졌다.

구급차 두 대가 안뜰로 들어왔을 때도 에이크는 루이세 곁을 지키고 있었다. 루이세는 그의 가죽 재킷 냄새를 맡고 그의 숨소리를 들을 수 있었다. 하지만 그를 볼 수는 없었다.

누군가가 그녀를 부축하며 몸을 일으켜 세웠다. 통증이 온몸을 관통하며 몽롱한 감각을 일깨웠다. 에이크가 같이 가겠다고 했지만 루이세는 고개를 저었다.

"같이 나왔으면 같이 들어가야죠." 에이크가 우겼다.

"오늘은 말고요." 루이세가 몸에 두른 담요를 바싹 당기며 나직이 말했다.

외양간 앞에선 르네가 경찰차 뒷좌석에 태워지고 있었다. 루이세는 그쪽으로 눈길을 돌렸다가 잽싸게 거뒀다. 하지만 그의 비웃는 표정과 씰룩거리는 입꼬리를 피할 만큼 빠르진 못했다.

구급차 기사가 자리에 눕고 싶으냐고 해서 루이세는 고개를 끄덕였다. 기사는 그녀가 어떤 상태인지, 어디가 아픈지도 물었다. 하지만 루이세는 고개를 돌리고 눈을 감아버렸다.

르네를 태운 경찰차가 먼저 출발하는 소리가 들렸다. 루이세는 총성이 울리기 전 르네가 자신의 벗은 몸을 훑던 눈길을 떠올렸다. 그가 도와줄 거라고 생각했는데, 저 패거리는 결국 자기들끼리만 도왔을 뿐이다.

구급차가 자갈길에 패인 구덩이를 지날 때마다 구급상자가 덜거덕거렸다.

에필로그

요나스와 멜빈이 소식을 듣자마자 병원으로 달려왔다. 루이세의 부모는 이미 와 있었다. 딸 옆에 앉아 갈비뼈만 부러져 천만다행이라고 위로했다. 루이세는 강한 사람이었다. 훨씬 더 험한 일도 견뎌 냈으니 이만한 상처는 너끈히 이겨 낼 터였다. 하지만 부러진 갈비뼈와 타박상, 그에 따른 통증은 그녀가 입은 상처의 지극히 사소한 부분임을 그들이 알리 없었다.

담당 의사는 루이세를 퇴원시키기 전에 정신과 의사와 상담하라고 강력히 권고했다. 루이세는 신경 써줘서 고맙다고 인사한 뒤 조만간 연락하겠다고 약속했다. 하지만 병원 문을 나선 뒤 의사가 건네준 추천의 목록을 주차장 쓰레기통에 던져버렸다.

루이세는 정신적으로나 육체적으로 몹시 지쳐 있었다. 상처를 치유하고 마음을 추슬러야 한다는 걸 누구보다 잘 알았다. 하지만 낯선 의사 앞에서 눈물, 콧물 흘려가며 서글픈 사연을 읊어댈 생각은 추호도 없었다. 그녀의 방식대로 치유할 생각이었다. 지금은 무엇보다도 휴식이 필요했다. 그리고 묻어 두고 잊으려고만 했던 일들을 정리할 시간이 필요했다.

이틀 뒤 루이세는 낡은 트렁크를 찾으러 다락에 올라갔다. 트렁크 안에는 그녀의 과거를 뜨문뜨문 이어주는 물건이 가득 들어 있었다. 하지만 실제로 무엇을 마주하게 될지는 그녀도 몰랐다. 오랫동안 의도적으로 회피했던 유품과 기록을 그대로 두고 내려가고픈 충동이 마구 일었다. 그런데 르네의 조롱 섞인 마지막 말이 머릿속을 떠나지 않았다.

네 남자 친구는 올가미를 목에 두를 용기도 없더라고!

루이세는 더 이상 미룰 수 없다는 걸 알았다. 지금이 아니면 영영 못할 것 같았다.

클라우스가 떠난 뒤 숱한 세월 동안 루이세는 그의 체취를 잊으려 애썼다. 둘이 나눴던 사랑의 기억을 잊으려고 몸부림쳤다. 다 잊고 멀쩡한 척하면서 살아왔지만 기억의 굴레에서 한 순간도 벗어나지 못했다.

넌 아무것도 몰라. 예전이나 지금이나 변한 게 없어.

루이세는 정신을 집중했다. 이젠 절대로 절망에 굴복하지 않을 것이다. 요나스를 위해서라도 반드시 이겨낼 것이다.

건강상의 문제로 휴직을 하겠다는 그녀의 뜻을 상부에서 흔쾌히 받아주었다. 그 덕에 번거로운 절차에 시달릴 필요가 없었다. 돌아왔을 때 그녀의 책상이 빠졌을까 염려할 필요도 없었다. 새 팀을 꾸리고 막중한 책임을 맡은 지 얼마 안 돼 자리를 비우는 게 마음에 걸렸다. 그 책임은 당분간 에이크가 짊어질 것이다. 루이세는 그가 충분히 감당할 수 있을 거라고 믿었다. 더구나 그녀의 현재 상태로는 동료들에게 도움을 줄 수도 없었다.

루이세는 마음을 굳혔다. 대충 짐을 꾸려 차에 실은 뒤, 클라우스의 낡은 트렁크는 맨 밑에 안전하게 실었다. 얼마나 놀랍고 충격적인 진실이 기다리든 이젠 뚜껑을 열고 마주할 것이다. 베일에 가려진 진실을 파헤치고 말 것이다. 클라우스가 스스로 올가미를 두르지 않았다면 누가 둘러줬는지 알아낼 것이다.

아들과 강아지를 차에 태운 뒤 운전대를 잡았다. 그들은 주말 별장으로 출발했다. 바닷가에 자리 잡은 주말 별장은 규모가 크진 않았지만 언제 찾아가도 그들을 반갑게 맞아주었다. 요나스는 이번 휴가가 엄마의 회복에 무척 중요하다는 사실을 아는 것 같았다. 처음엔 바다를 보면서 곡을 만들고 해변에서 디나와 신나게 뛰놀겠다고 들떠 하더니 이내 입을 다물었다. 갑자기 두 사람 사이에 침묵이 흘렀다. 수 킬로미터를 가는 내내 말이 없었다. 루이세는 운전하고 가면서 조수석을 흘끔흘끔 살폈다. 요나스는 생각에 잠긴 듯 보였다. 게다가 전에 없이 심각해 보였다.

"무슨 일 있니? 괜찮아?" 루이세는 아들에게 부담 주지 않으려 애쓰며 물었다.

"엄마가 일을 무척 좋아한다는 거 알아요." 요나스가 잠시 시간을 두었다가 말했다. "해고되면 뭘 하실 거예요?"

"해고? 아니야, 요나스. 엄만 나중에 다시 복귀할 거야." 루이세는 아들을 안심시키려 애썼다. "그들은 내가 회복되길 바라고, 또 회복될 거라 믿고 있어. 하지만 당분간 내가 푹 쉬어야 한다고 생각해. 그들은 이번 휴직이 나한테 꼭 필요하다는 걸 알아. 그래서 내 빈자리를 든든히 받쳐주고 있어. 그러니까 넌 아무 걱정하지 마. 너랑 시간을 보내는 게 나한테는 최고의 치료제야."

루이세는 손을 뻗어 요나스의 머리를 헝클어뜨렸다. 엄마가 괜찮아질 거라는 확신을 심어주려고 활짝 웃어 보였다.

두 사람은 쉬지 않고 달렸다. 해가 저물기 시작했다. 길가에 늘어선 아기자기한 집들을 보면서 두런두런 이야기를 나눴다. 잘 가꾼 정원과 펄럭이는 덴마크 국기가 인상적이었다. 저녁에 무슨 요리를 할지도 의논했다.

루이세는 주말 별장 앞에 아무렇게나 차를 세웠다. 흥분해서 뛰어내리는 요나스를 따라 차에서 내렸다. 짭조름한 바다 내음을 한껏 들이켰다. 힘겨운 싸움이 그녀를 기다리고 있었다. 상처가 아물려면 시간이 걸릴 것이다. 하지만 환하게 웃는 사랑스러운 아들이 곁에 있었다. 이 아이를 위해서라면 못할 게 없었다. 길게 내쉬는 숨에 온갖 상념을 떨쳐버리고 루이세는 아들을 따라 해변으로 걸어갔다.

FORGOTTEN GIRLS

포가튼 걸

초판 2017년 8월 14일 1쇄
저자 사라 브리달
옮긴이 박미경

출판사 도서출판 북플라자
주소 경기도 파주시 파주출판단지 서패동 471-1
전화 070-7433-7637
팩스 02-6280-7635
오탈자 제보 book.plaza@hanmail.net
홈페이지 www.book-plaza.co.kr

ISBN 978-89-98274-91-7 03850